Marian Offman

Dreierliebe

Eine Roadstory

Roman

Handlung und Charaktere sind fiktiv. Die Figur „Süßkind von Trimberg" ist inspiriert vom Buch des Autors Friedrich Torberg. Das Geschehen im vorliegenden Roman um Süßkind ist frei erfunden.

Bibliografische Information der Deutschen Nationalbibliothek: Die Deutsche Nationalbibliothek verzeichnet diese Publikation in der Deutschen Nationalbibliografie; detaillierte bibliografische Daten sind im Internet unter http://dnb.ddb.de abrufbar.

© 2025 Marian Offman   www.offman.org
Verlag: BoD · Books on Demand GmbH, Überseering 33,
22297 Hamburg, bod@bod.de
Druck: Libri Plureos GmbH, Friedensallee 273, 22763 Hamburg
Covergestaltung: Pokorny Design, München
1. Auflage
ISBN: 978-3-8192-6288-3

Dieser Roman ist allen jungen Familien
auf der Flucht gewidmet.

Inhaltsverzeichnis

I

Nach Bozen

Wir haben uns um Abrahams Bett versammelt. Es ist früh am Morgen. Er liegt im Sterben. Seit Tagen wartet er auf seinen Tod, atmet unregelmäßig und röchelt. Ich streiche über seine kühle Stirn. Er blickt mit einem letzten Lächeln ins Leere und geht mit einem tiefen Seufzer von uns. Nathan, mein Vater, verschließt zärtlich seine Augen, senkt den Kopf auf seine Brust und weint leise. Wir sind sehr traurig und planen ihn heute noch zu bestatten. Vorher werden wir Großvater in einer kleinen Kammer neben der Synagoge waschen und sein weißes Totengewand anlegen, das er an den hohen Feiertagen trug.

Vor den Toren der Stadt im Westen befindet sich eine kleine Waldlichtung, ein verborgener kleiner Friedhof. Nach einem Dekret des Herzogs dürfen die Juden Münchens ihre Toten nur in Regensburg beerdigen. Mein Großvater überführte mehrere Male Verstorbene dorthin. Es war auf den staubigen Landstraßen stets beschwerlich und dauerte Tage, bis er mit seinen Helfern erschöpft zurückkam. Ihm wird diese letzte lange Reise erspart bleiben. Nun duldet die Obrigkeit das Begräbnis vor den Stadtmauern.

Wir werden ihn am frühen Nachmittag zu unserem von hohen Tannen umgebenen, geheimen Friedhof bringen. Um nicht aufzufallen, gehen wir in einer kleinen Gruppe durch das Kreuzviertel zum Neuhauser Tor und verlassen die Stadt. Abwechselnd ziehen die Männer den Leiterwagen, auf dem über dem Leichnam meines Großvaters Stoffballen verteilt liegen, worüber noch eine dicke Wolldecke liegt. Wir vermitteln das Bild von Hausierern auf dem Weg zu den Bauern der Umgebung. Die Passanten sehen an unserer Kleidung, dass wir Juden sind, aber ahnen nichts vom letzten Gang meines Großvaters. Erblickten sie den Leichnam im Leiterwagen, gäbe es schnell Tumulte, Unterstellungen und Schlägereien.

So erreichen wir am frühen Nachmittag unbehelligt die Waldlichtung. Wir suchen nach einer freien Stelle und Vater und ich heben abwechselnd mit einer kurzen Schaufel das Grab bis zu einer Tiefe von etwa vier Ellen aus. Es ist kühl geworden an diesem schönen

Sommertag. Wir haben den Kaftan abgelegt und nur die Schaufäden unserer kleinen Hemden zittern leicht im Abendwind. Inzwischen sind auf verschiedenen Umwegen noch Trauernde zu uns gelangt. Mein Vater und ich legen den Leichnam im weißen Sterbemantel sanft in das Grab. Es ist eine letzte Berührung des Toten. Mit Tränen in den Augen schließen wir behutsam das Grab mit der daneben liegenden Erde. Mein Vater spricht das Kaddisch.

Da die Wächter mit uns Juden besondere streng und ungerecht sind, sollten wir vor Einbruch der Nacht das Tor erreichen. Dennoch ist es schon stockfinster, als wir müde, erschöpft und traurig vor dem Tor stehen.

Wir sind nicht fremd, sondern Bürger dieser Stadt. Dennoch fordert der Wächter von uns ein höheres Torgeld, droht den Inhalt des Leiterwagens zu kontrollieren oder zu beschlagnahmen. Mein Vater zahlt anstandslos und legt noch eine Münze drauf. Wir ziehen leise durch das Tor, zurück über das Kreuzviertel in die Judengasse. In der Synagoge verrichten wir das Abendgebet, mein Vater spricht das Totengebet und darf nun sieben Tage das Haus nicht verlassen. Leise, mit brüchiger Stimme sagt er: „Jakov, nimm morgen früh den Barchant aus dem Leiterwagen und trage ihn zu St. Peter. Bleibe dort, bis du die Tücher verkauft hast. Du musst nicht mit uns Schiwa sitzen. Wir brauchen das Geld, denn die Leute des Herzogs sitzen mir wieder im Nacken."

Die Pfarrei duldet, dass wir in einer Nische an der südlichen Fassade der Kirche unsere Stoffe anbieten. Wir beziehen den Barchant, eine Mischung aus Wolle und Leinen, von meinem Onkel in Ulm. Er hat dort eine Weberei und besucht uns regelmäßig und bringt neue Ware. Ich entferne zunächst den Schmutz auf dem breiten Mauervorsprung, lege darauf ein dickes Filztuch mit zwei Stoffballen und hoffe nun auf Kundschaft. Neben mir werden in einem Stand Schuhe angeboten. Ich mag den herben Geruch des Leders. Es sind noch einige Stunden bis zum Mittagsläuten, es ist Sommer, die Sonne wärmt die Steinmauer, vor der ich stehe, und von Westen weht ein lauer Wind.

Zwei junge Mägde sprechen mich an. Sie streichen mit ihren Händen sanft über den Stoff, riechen daran, neigen sich nach vorne und meine Blicke streifen ihre reizvollen Dekolletés. Eine der beiden hüllt sich mit meiner Hilfe in das dunkelgrüne Tuch, das hervorragend zu ihren braunen Augen und ihrem schwarzen Haar passt. Interessiert sehe ich sie an, meiner Berührung beim Festhalten des Stoffes widersetzt sie sich nicht, und sage ihr, wie gut sie darin aussähe und dass der Barchant sich besonders für einen Winterumhang eignen würde. „Liebes Fräulein, der Stoff ist von ganz besonderer Qualität, kommt aus einer bekannten Weberei in Ulm, ist eine Mischung aus Wolle und Leinen und deshalb sehr strapazierfähig und langlebig." Sie meint, ich hätte ein ehrliches Gesicht, dennoch wisse sie nicht, ob sie einem jüdischen Tuchhändler trauen dürfe. Sie diskutieren untereinander aufgeregt und am Ende bekommen sie den Stoff unter Preis. Mit einem scharfen Messer trenne ich vom grünen Tuch ein Stück in der vereinbarten Länge und überreiche es den beiden Damen. Sie zählen ihre Münzen in meine Hand, verabschieden sich freundlich und eilen schnell davon.

Bei keinem anderen Händler hätten sie einen Stoff von vergleichbarer Güte zu diesem Preis bekommen. Dies hatte sich wohl herumgesprochen, denn bald kommen weitere Kundinnen und am Spätnachmittag sind beide Stoffballen fast verkauft. Mit gefülltem Geldbeutel gehe ich zurück in die Judengasse zu unserer Wohnung. Meine Eltern sitzen Schiwa, mehrere Gäste aus unserer kleinen Gemeinde brachten Essen. Zum Gebet gehen wir gemeinsam in die Synagoge. Vorher gab ich Vater das Geld. Er erklärte mir, dass meine zu niedrigen Preise ihn noch in den Ruin treiben würden, er aber dennoch sähe, dass die Kasse wieder etwas aufgefüllt wurde. „Die Schicksen haben dir schöne Augen gemacht, du bist dahingeschmolzen und hast die Ware fast verschenkt." Das sagt er stets an solchen Abenden, ohne sich dafür zu bedanken, dass ich stundenlang bei jedem Wetter wegen seiner Stoffe hinter der Kirche stehe. Zumeist verhandle ich mit älteren Damen, gelegentlich mit jungen Frauen. Ich mag ihre Gesellschaft und oftmals erlebe ich sie anziehend, ich werfe ihnen vertraute Blicke zu. Sie sind nicht jüdisch und für mich unerreichbar. Sie wissen das und begegnen mir herablassend. Ihr Begehren gilt niemals meiner Person, sondern einem Stück Stoff aus meiner Hand um ihrer Attraktivität willen anderen Männern gegenüber. In einem oberflächlichen Spiel gestatten sie die eine oder andere Berührung in der Gewissheit, dass ich daraus niemals eine Verpflichtung ableiten könnte.

Am nächsten Morgen holt mein Vater zwei weitere Ballen aus dem Lager. Es ist die gleiche Qualität in Dunkelbraun und Schwarz. Wieder laufe ich mit dem Tuch unter dem Arm hinter die Kirche. Vor dem Gebet in der Synagoge war es noch bewölkt und nun reißt der Himmel auf, die Sonne sticht durch die Wolken und es wird wärmer. Ich breite den Stoff aus und warte auf Kundinnen. Der Gottesdienst ist längst vorüber und ich sehe eine junge Frau mit ihrem Mann und einem Säugling im Arm lächelnd vorübereilen. Sicherlich waren sie zur Taufe ihres Neugeborenen in St. Peter. Sie würdigen mich keines Blickes, so als wäre ich des Teufels.

Kurz vor dem Mittagläuten spricht mich eine ältere, gut gekleidete und etwas untersetzte Dame mit der Bitte an, das braune Tuch näher ansehen zu dürfen. Ich entrolle den Ballen auf dem Mauervorsprung. Sie berührt den Barchant gleichzeitig von beiden Seiten mit Daumen und Zeigefinger, prüft die Dicke und Festigkeit des Gewebes, zieht fest daran und hält den Stoff nach oben gegen das Sonnenlicht. Sie scheint sehr sachverständig zu sein und auf ihre Frage nach der Herkunft der Ware berichte ich von der Weberei meines Onkels in Ulm. Sie ist interessiert, ich nehme das Tuch und drehe den Ballen, bis er vollends aufgerollt ist. Sie blickt mir in die Augen und sagt mit fester Stimme. „Ich bin die Schneiderin des Herzogs und suche nach Stoffen für die Aussteuer seiner Tochter. Eigentlich kaufen wir nicht beim Juden. Macht ein gutes Angebot für die gesamte Rolle, ich würde eine Ausnahme machen. Die Qualität des Stoffes ist so schlecht nicht." Ich erwidere: „Es gibt keinen Zweifel, die Tuche von meinem Onkel sind hervorragend." Nach längerer Diskussion verkaufe ich ihr den gesamten Ballen etwas günstiger als gestern den beiden Mägden.

Es ist Mittagszeit, die Sonne steht hoch am Himmel und es ist nun heiß geworden. Mit dem schwarzen Stoff unter dem Arm mache ich mich hungrig auf den Nachhauseweg.

Am Ende der Kirchenwand sitzt auf einem niedrigen Hocker eine schwarz gekleidete jüngere Frau. Ihre gekreuzten Beine sind von einer bunten Schürze vollends verdeckt. Vor ihr stehen auf einem fleckigen Leinentuch mehrere dunkle Holzschalen mit verschiedenen Gewürzen. „Gewürze, beste Gewürze aus dem Orient", ruft sie den Passanten zu. Sie blickt mich mit einem einladenden Lächeln an, das ich verlegen erwidere. Als ich mich ihr nähere und mich bücke, nimmt sie eine der Holzschalen und hält sie mir vor die Nase. Ich atme tief ein und mir wird leicht schwindlig von dem starken, wohltuenden Geruch. Sie sagt, es seien Myrtenblätter aus Griechenland.

Der Duft ist betörend und hellt meine Stimmung auf. Ich reiche ihr die Schale zurück, die wir für mehrere Sekunden gemeinsam halten, und blicke in ihr schmales Gesicht und ihre mandelförmigen, braunen Augen. Ihre Haut ist dunkel und sie hat schwarzes Haar mit rötlichem Glanz. „Du also bist der Judenjunge, der Tuchhändler von St. Peter." Sie erhebt sich langsam, nimmt den schwarzen Barchant und hält ihn vor ihren Körper. „Der Stoff ist weich und anschmiegsam und er ist schwarz. Wie du siehst, gehe ich in Trauer. Mein Gatte wurde vor einem Jahr auf dem Weg nach Tirol von Räubern getötet. Nun lebe ich vom Verkauf von Gewürzen aus Italien. Dein Tuch könnte ich mir nie leisten. Wie heißt du?" Ich sage ihr meinen Namen, sie nickt und lächelt, ich bitte um den Barchant und bedeute ihr, dass ich nun zum Mittagessen nach Hause gehen würde. Das trifft sich gut, meint sie und erzählt, dass sie in einer kleinen Dachkammer in der Dienergasse, unweit der Judengasse wohnen würde. „Du kannst mich gerne mit meinem Namen Maria ansprechen." Nachdem sie die Gewürzschalen mit einem Holzdeckel verschlossen und in einen Jutesack gelegt hatte, bittet sie mich, ihr beim Tragen des Schemels zu helfen. Mit meinem Stoff und dem Schemel schlendere ich an ihrer Seite vorbei am Eingangsportal der Kirche langsam in die Dienergasse. Uns bleiben die spöttischen Blicke von

Vorübergehenden nicht verborgen. Was für ein seltsames Paar? Der jüdische Tuchhändler von St. Peter geht mit der Kräuter-Witwe.

Kurz vor der Einmündung in die Dienergasse kommt uns eine aufgeregte, schwergewichtige ältere Magd entgegen. Sie humpelt und geht in Lumpen. „Die Juden haben schon wieder unsere Kinder geschlachtet." Mit gesenktem Kopf läuft sie weiter in Richtung Synagoge. Maria lächelt spöttisch und sagt: „Sie ist verrückt, das ist bekannt in unserer Straße und du solltest dir darüber keine Gedanken machen." Als wir vor ihrer Haustür ankommen, stelle ich den Schemel ab und will schnell nach Hause. „Jakov, mach dir keine Sorgen, sondern hilf mir bitte, die Sachen in meine Wohnung zu tragen." Sie sieht mich an und nickt, als hätte ich schon zugestimmt, und sagt: „In wenigen Minuten bist du frei und kannst zu deiner Familie laufen." Wir gehen in den dunklen Flur des schmalen Hauses und klettern über die engen knarzenden Holztreppen in das oberste Stockwerk. Das Treppenhaus ist von einem feuchten und modrigen Geruch erfüllt. Oben angelangt, schließt sie die Wohnungstür auf, geht voran und bittet mich, ihr zu folgen. Es ist eine kleine Kammer mit einem Bett, einem Tisch mit einigen Stühlen und einem Kleiderschrank. Das Mansardenfenster spendet wenig Licht. Sie öffnet es sofort, damit die stickige und warme Luft nach außen strömen kann. Ich blicke durch das Fenster in den Hof und sehe den Stadtbach mit einem langsam fließenden Rinnsal von brackigem Wasser. Dann stelle ich den Schemel in eine Ecke neben den Kleiderschrank und gehe in die Richtung des Treppenhauses.

Sie bittet mich, noch auf ein Glas Wein bei ihr zu bleiben. Außerdem könne sie mir Brot mit würzigem Käse anbieten. Da ich hungrig bin, setze ich mich zu ihr. Nach dem ersten Glas bin ich leicht angetrunken. Obwohl sicherlich nicht koscher, esse ich vom Käse und vom Brot. Ich hoffe, dass niemand davon erfahren und sie sicherlich nichts davon erzählen wird. Nun steht sie auf und ich sehe im dämmrigen Licht dieser Kammer, wie schön Maria mit ihren dunklen großen Augen und den feinen Gesichtszügen ist. Sie entledigt sich ihrer Jacke, ihres Wollrockes, ihres Hemdes und drapiert den schwarzen Stoff um ihren Körper. Betört vom Wein und von diesem Anblick umfasse ich sie an der Hüfte. Sie lässt mich gewähren, der Stoff fällt langsam zu Boden, weil sie mit beiden Händen zart durch mein Haar fährt. „Du gefällst mir, Jakov, mit deinem Lächeln, den lustigen Locken und den dunkelbraunen Augen." Ich drücke sie fest an mich und möchte gerne Stunden so verweilen. Wir lieben uns in dem schmalen Bett in dieser kleinen Kammer. Dann falle ich in einen tiefen Schlaf und erst das Glockengeläut von St. Peter weckt mich. Maria war schon aufgestanden, sie sitzt neben mir, blickt mich lächelnd an und streicht wieder durch mein Haar. Wie wohltuend sind diese menschlichen Berührungen, die ich zu Hause so vermisse. „Nun geh endlich. Sie werden dich schon suchen und wir sehen uns vielleicht morgen an den Buden vor St. Peter." Ich binde meine Hose zu, nehme den Stoffballen, drücke ihr einen Kuss auf die Stirn und eile die Treppen hinab. Die Abenddämmerung hat bereits eingesetzt. Lange, rötliche Wolken verdecken die untergehende Sonne.

Auf der Straße kommt mir ein beißender Geruch entgegen. Es riecht nach verbranntem Holz, nach Feuer. Ich denke an die ältere Magd von vorhin und an ihre Lügen und eile wie von Sinnen mit meinem Stoffballen unter dem Arm mit großer Angst zur Synagoge. Sie ist ausgebrannt und die verbliebenen Mauern sind mit schwarzem Ruß bedeckt. In einigen Holzbalken lodert noch die Glut. Um die Ruine ist es menschenleer und still. Keine Seele verweilt an diesem Ort und ich gehe langsam in die gebrandschatzte Synagoge. Ein fürchterlicher Gestank ist in den Räumen und ich sehe überall entstellte Leichname. Der Thoraschrein ist vom Feuer zerstört und das angekohlte Pergament der Thorarolle liegt auf dem Boden. Ich denke an meine Familie und mich erfasst die Panik. Vielleicht sind sie in der Mikwe im Keller. Überall liegen Leichenteile. Zitternd steige ich die Treppe zur Mikwe hinab. Im Wasserbecken steht wie immer das schmutzige Wasser. Niemand ist zu sehen und meine Schritte hallen gespenstisch. Verzweifelt verlasse ich das zerstörte Gotteshaus und eile in die Judengasse zu unserer Wohnung. Ich betrete das Treppenhaus und sehe die Tür zu unserer Wohnung weit geöffnet. Tische und Stühle wurden umgeworfen, zerrissene Gebetsbücher und

Tellerscherben bedecken den Boden. In meinem Zimmer liegen Bettfedern und Kleidungsstücke auf dem Boden, besudelt von Exkrementen und Urin. Von meiner Familie gibt es keine Spur.

Während ich mit Maria in ihrem Bett lag, wurde in der Synagoge das Nachmittagsgebet verrichtet. Es kann doch nicht sein, dass sie während des Gebets die Synagoge in Brand setzten und die Menschen dabei in den Flammen umgekommen sind. Unter ihnen war auch meine Familie. Ich will das nicht glauben und stürze von Panik ergriffen die Treppen hinab, laufe nochmals zur Synagoge und rufe laut die Namen meiner Eltern und meiner Schwester. Der beißende Geruch liegt nach wie vor in der Luft. Der Platz vor der verkohlten Ruine der Synagoge ist menschenleer. Meine Rufe verhallen ungehört. Ich zittere am ganzen Leib und könnte schreien vor Wut und Verzweiflung. Aus der Judengasse höre ich Stimmen und erkenne in der Ferne, wie Menschen Stühle, Tische und Kochgeschirr davonschleppen. Ich kehre zurück und frage einen finster blickenden Mann, der unsere Wohnung verlässt, voller Zorn, was er sich erlaube. Er hat den Stoffballen unter seinem Arm, den ich in meiner Panik in unserer Wohnung vergaß, blickt mich mit einer bösen Fratze an und schreit laut: „Da hat noch ein Jüdlein überlebt. Fasst ihn und tötet ihn!"

Plötzlich bin ich von mehreren Menschen umringt. Einige Gesichter kenne ich von St. Peter. Sie versuchen mich aufzuhalten und einige spucken mir ins Gesicht und schlagen auf mich ein. „Ihr habt Jesus Christus ans Kreuz genagelt und schlachtet unsere Kinder wegen ihres Blutes." Mit beiden Händen schiebe ich die Angreifer auseinander und entkomme in letzter Sekunde ihrer Umklammerung. Niemals in meinem Leben bin ich so schnell gelaufen, bis ich am Ende der Judengasse rechts in die Dienergasse einbiege und in den Hof von Marias Haus schleiche.

Ich kauere mich in eine Ecke neben dem Hofeingang, zittere am ganzen Leib und weine laut und ungehemmt. Immer wieder nenne ich die Namen der Eltern und meiner Schwester und frage schluchzend, wo sie geblieben sind. War einer der verkohlten Leichname, den ich in gekrümmter Haltung sah, mein Vater? Sollen sie mich doch töten, dann werde ich meine Familie im Himmel treffen. Vielleicht sind sie vor dem Feuer geflohen, kehren zurück und abends treffen wir uns in der Wohnung.

Der warme Sommerwind streicht durch den Hof und dennoch ist mir kalt. Ich fürchte, sie nie mehr zu sehen, und bei diesem Gedanken nenne ich flehend die Namen von Vater, Mutter und Schwester und beginne, das Schma Israel in Hebräisch wie eine Zauberformel zu sagen. Plötzlich spüre ich zwei warme, feuchte Hände auf meinen Augen und neige meinen Kopf nach oben. Über mir steht Maria und sieht mich mit großen Augen an. „Was ist passiert, Jakov, du siehst fürchterlich aus." Mit wenigen Worten erzähle ich von der verbrannten Synagoge, meinen verschwundenen Eltern und unserer zerstörten Wohnung sowie den Drohungen, mich zu töten: „Ich bin wie von Sinnen und möchte am liebsten sterben. Wenn ich in die Wohnung zurückkehre, werden sie mich töten. Wo soll ich meine Eltern suchen? Wo kann ich bleiben? Gott hat mich verlassen." Maria streicht über mein Haar und führt mich nach oben in ihre Kammer. Ich kann kaum auf den Beinen stehen. Sie füllt aus einem Krug Wasser in einen Becher, den sie mir mit einem Stück Brot reicht. Meine Kehle ist wie zugeschnürt. Ich kann weder trinken noch essen. „Jakov, ich gehe jetzt in den Ausschank im Tal und höre mich um, was geschehen ist und was vielleicht noch geschehen wird. Bist du sicher, dass ihr für eure Riten keine Kinder getötet habt?" „Was für ein Unsinn. Wir würden das nie tun. Wir lieben Kinder. Es gibt nichts, was deren Tötung rechtfertigt." Sie blickt mich besorgt an. „Ich bin geneigt, dir zu glauben. Hier bist du sicher. Bleibe, bis ich zurückkomme, und dann sehen wir weiter." Sie hüllt sich in ein breites, schwarzes Tuch und steigt die Treppe hinab. Die Tür zur Kammer verschließt sie von außen.

Während ich schlief, hatte sie wohl am Nachmittag heimlich vom Stoffballen ein kleines Stück abgetrennt, das sie nun vor meinen Augen um ihre schönen Schultern schwang. In meinem Elend lächle ich für einen kurzen Augenblick, lege mich auf die Bettdecke und versinke schnell in einen traumlosen Schlaf. Als ich aufwache, sehe ich Maria am Tisch sitzen und Brot essen. Es muss schon spät sein.

Am dunklen Himmel über dem Dachfenster glitzern schon Sterne. Ich sehe sie fragend an. Sie ist kreidebleich und erzählt, dass am späten Nachmittag eine aufgebrachte Menschenmenge vor die Synagoge gezogen sei und wegen der angeblichen Tötung von Christenkindern meine Leute aufgefordert hätte, herauszukommen. „Nachdem die Juden sich verbarrikadiert hatten, entzündete der Mob mit brennenden Fackeln eure Synagoge. Nach wenigen Minuten stand sie in Flammen. Wegen der geschlossenen Türen gab es für die Eingeschlossenen kein Entkommen. Sie alle starben. Der Mob ist dann durch die Judengasse gezogen, forderte den Tod aller Juden und plünderte deren Wohnungen. Jakov, du kannst nicht zurück in dein Zuhause, sie warten auf dich und würden dich auf offener Straße meucheln. In der Schenke war die Rede von einem Jüdlein, das überlebt hätte und noch daran glauben müsse. Du darfst bis morgen bei mir bleiben. Dann musst du weg." Ich verstehe, dass mein Leben an einem seidenen Faden hängt. „Wenn du leben willst, kannst du dich nicht als Jude auf der Straße zeigen." Sie reißt den gelben, schon vergilbten Judenstern von meiner Jacke und gibt mir ein Messer, mit dem ich meinen noch jugendlichen, tiefschwarzen Bart stutzen soll. Ich zögere. Sie will, dass ich mein Judentum verleugne, und ich habe meine Eltern vor Augen. „Ich kann das nicht, lieber will ich sterben." Sie blickt mich mitleidsvoll an, wieder rinnen Tränen über mein Gesicht. Sie legt ihren Arm um meine Schultern und zieht mich zu sich. Ich spüre ihre Brüste an meinem Oberkörper. Die Berührung vertreibt meine Ängste für wenige Sekunden. „Wir fahren morgen zusammen nach Tirol. Es ist schönes Wetter und ich benötige für das Herbstgeschäft frische Kräuter. Du kürzt nun deinen Bart und ich besorge morgen Vormittag für dich ein kleines Kreuz an einem Lederband, das du umhängen wirst. Dein Gott wird dir verzeihen, wenn er will, dass du weiterlebst." Vielleicht leben Teile meiner Familie und nicht alle waren während des Feuers in der Synagoge. Kann sie meine Gedanken lesen, denn sie sagt: „Jakov, sie haben alle deine Leute ermordet und dies brutal, mit fester Absicht. Weder Ludwig der Strenge noch die Pfaffen haben sie davon abgehalten. Wenn ich dich nicht so gern hätte, müsste ich dich aus meiner kleinen Kammer jagen." Wir legen uns ins Bett, sie schmiegt sich eng an mich und ich falle in einen unruhigen Schlaf. Als es langsam hell wird, erwache ich, stehe auf, trinke ein Glas Wasser und nach wenigen Sekunden erfasst mich wieder das Grauen. Ich denke an die Ermordung meiner Familie und dann an die Lebensgefahr, in der ich mich befinde. Maria steht auf und wäscht sich. In meinem unendlichen Elend möchte ich sterben. Während Maria etwas Brot und Käse isst, schnürt sich mir beim Anblick des Essens die Kehle zu. „Du darfst auf keinen Fall unsere Kammer verlassen. Ich gehe runter, hole Proviant für die Reise und besorge für dich das Kreuz." Vom Verkauf der Stoffballen habe ich noch Münzen und lege zwei Silberstücke auf den Tisch. Sie nimmt das Geld, verlässt das Haus und läuft auf die Straße.

Ich erinnere mich an das Versteck meines Vaters in unserer Wohnung, in dem er Geld und Schmuckstücke aufbewahrte. Unter den Holzdielen des Schlafzimmers der Eltern lag die kleine Schatztruhe verborgen. Um meine düsteren Gedanken von Tod und Untergang zu vertreiben, überlege ich, wie wir unbemerkt in die Wohnung gelangen könnten, um das zu holen, was uns gehört.

Mit dem spärlichen Rest des Wassers aus dem Krug wasche ich mich, falle auf das Bett und starre an die Decke, bis Maria zurückkommt. Ich drehe mich zu ihr, sie lächelt und streicht über mein Haar. Mir ist übel. Ich möchte mich übergeben.

Sie bemerkt, wie bleich und krank ich aussehe, und bindet ein Lederband mit einem kleinen Kreuz um meinen Hals, das ich sofort unter meinem Hemd verberge. Sie meint, ich würde es schon noch lernen und mich daran gewöhnen müssen. Will sie mich retten oder will sie mich missionieren? Was für ein Unsinn, denke ich und erzähle von der kleinen Kiste mit Münzen und Schmuck in der geplünderten Wohnung. Sie sieht mich an und scheint erfreut und überrascht zugleich. „Damit könnten wir uns vielleicht einen Wagen mit Pferd kaufen, unsere Reise wäre nicht so beschwerlich und sicherer."

Am frühen Nachmittag steigt sie mit ihrem Jutesack das Treppenhaus hinab in die Dienergasse. Sie pfeift, da die Straße menschenleer ist, und ich folge ihr. Der Brandgeruch liegt noch in der Luft. Langsam schleichen wir zur Judengasse und betreten das Haus meiner Eltern. Mein Herz beginnt schnell zu pochen. Vielleicht warten sie schon auf uns?

Wir steigen die Treppen hinauf und gehen durch die weit geöffnete Türe in die Wohnung. Alle Möbelstücke und aller Hausrat sind geplündert. Auf dem Boden liegt stinkender Unrat. Es riecht wie in einer Kloake. Die dicken, in Blei gefassten Fenstergläser sind zerschlagen. Die Wohnung meiner Familie wurde verwüstet. Teile der Thorarollen sind zerfetzt und gelblich gefärbt, weil der Mob darauf urinierte. Ich übergebe mich. Ein Zittern durchfährt meinen Körper. Im Elternschlafzimmer finden wir tatsächlich unter den Bodendielen den Holzkasten mit Münzen und Schmuck. Welch eine Fügung des Schicksals! Maria steckt den Kasten in ihren Jutesack, den sie geschickt über die Schultern schwingt, und wir verlassen schnell diesen mir so vertrauten, nun grausam zerstörten und entweihten Ort. Von der Tür entferne ich die angestochene Mesusa und lasse sie in meine Hosentasche gleiten, ohne dass Maria dies bemerken konnte. Wir gehen so unauffällig langsam, wie wir gekommen waren, zurück zur Dachkammer. Nach wie vor sind die Straßen menschenleer. Über die Stadt kam ein großes Unglück und die Menschen fürchten mögliche Konsequenzen. Aus Angst meiden sie die Straßen. Vielleicht kommt der Rächer in Gestalt des schwarzen Todes. Dieses wäre mein sehnlichster Wunsch. Doch vorher werde ich mit Maria fliehen. In der Dachkammer angekommen, öffnen wir den Holzkasten. Er ist gefüllt mit Münzen, Goldschmuck und einer kleinen Thorarolle für die Reise. Maria schwärmt, wir sind nun reich und werden noch heute Nacht diese Stadt des Grauens verlassen. Wir überlegen, uns als Geschwisterpaar auszugeben, das seine Eltern verloren hat und nun Schutz und Geborgenheit bei einem Onkel nahe dem Schloss Tirol bei Meran suchen will.

Vor Einbruch der Dunkelheit dürfen wir uns nicht auf den Weg machen. Maria verbirgt einen Teil der Münzen, Schmuckstücke und Ringe unter ihrem Rock. Das alles hat sich Vater vom Munde abgespart für die Aussteuer meiner ermordeten Schwester. Ich bin von

Gewissensbissen geplagt. Was würden sie sagen, wenn sie wüssten, dass ich einer fremden, nichtjüdischen Frau ihr Vermögen anvertraue? Mit diesen in mir bohrenden Fragen verlassen wir nach dem Abendläuten die Kammer.

Die Gassen sind noch immer menschenleer, nur das entfernte Rufen des Nachtwächters und das gelegentliche Klagen von Eulen sind zu hören. Ich trage den Jutesack, unser spärliches Reisegepäck, und nach kurzer Zeit sind wir am Isartor. Davor steht ein Ochsenkarren und wir sehen einen Mönch im Handel mit dem Torwärter. Der Wachmann sagt laut, niemand dürfe die Stadt verlassen, man wolle den Juden die Flucht verwehren. Der Mönch zeigt mit fragendem Blick auf sich selbst. Maria sieht mich an, zieht das kleine Kreuz unter meinem Hemd hervor und legt es gut sichtbar auf das Revers meiner Jacke. Ich erinnere mich an meinen Vater in ähnlichen Situationen und verspreche dem Torwärter einen Kreuzer. Er mustert mich aufmerksam, ich stecke ihm eine kleine Münze zu. Er blickt ängstlich nach allen Seiten und öffnet langsam beide Torflügel. Wir passieren zu dritt mit einem Ochsenkarren das Stadttor. Nur der Torwärter, der uns nicht kannte, sah uns die Stadt im Schutze der Dunkelheit verlassen.

Vor der Stadtmauer kniet der Mönch nieder und spricht ein Gebet. Maria flüstert mir zu, wir sollten es ihm gleichtun. Nach wenigen Minuten erhebt er sich und sagt: „Dank sei der Muttergottes, dass sie mich haben ziehen lassen. Liebe Christenmenschen, ich bin auf dem Weg zu meinem Kloster nach Benediktbeuern. Ihr könnt gerne auf den Karren klettern. Der kräftige Ochse wird uns langsam in den Isarauen entlang des Flusses ziehen." Es ist schon stockdunkel und ich kann nur die Umrisse des frommen Mannes erkennen. Er sitzt in der Mitte, links und rechts sitzen Maria und ich. In einem Kasten vor seinen Füßen, den er öffnet, liegen Brot und ein kleines Fass mit Bier. Während er die Zügel hält und den Ochsen immer wieder zum Laufen anhält, schneidet Maria mit einem sehr stumpfen Messer einige Scheiben vom Brot ab. Dann füllt sie einen Holzbecher mit dem schon schalen Bier, aus dem wir abwechselnd trinken.

Der Mönch drückt sich fest an Maria. Sie lässt ihn gewähren. Kurze Zeit später schläft er und ich übernehme die Zügel. Das Tier merkt schnell, dass es nicht mehr sein Herr ist, der es lenkt, und bleibt bald stehen. Ich klettere vom Wagen und ziehe den Ochsen, der sich sträubt, zu einem naheliegenden Baum. Maria und ich lehnen uns sitzend gegen ein Wagenrad. Es ist so dunkel, dass man die Hand vor den Augen nicht sehen kann. Nur einige Sterne blinken am Firmament. Aus der Ferne sind das Heulen von Wölfen und gelegentlich lang gezogene Schreie von Eulen zu hören. Es ist gespenstisch. Wir fürchten die Räuberbanden, die in dieser Gegend ihr Unwesen treiben. Ihrer hätten wir uns ohne Waffen nicht erwehren können. Dem Mob in der Stadt war ich entkommen. Nun bin ich den Mordgesellen auf dem Weg in den Süden ausgeliefert.

Während Maria eingeschlafen ist, kann ich kein Auge zutun und wache ängstlich in der dunklen Nacht. Der Mönch schnarcht beharrlich laut und ohne Einhalt. Maria seufzt gelegentlich. Ich bin müde, sehr müde, spüre einen kühlen Luftzug und sehe erstaunt zwei graue, hohe, gesichtslose Gestalten im spärlichen Licht des Mondes vor mir schweben. Sie umfangen mich und langsam heben wir uns vom Boden ab. Ich spüre eine angenehme Wärme meinen Körper durchfluten. Die beiden Gestalten, es könnten Engel sein, heben mich weit über die Wipfel der Bäume, die sich langsam im Wind wiegen. Wir schweben zurück zur Stadt und ich blicke hinab in die Tiefe ohne Angst. Ist es der Weg zu Gott und den Seelen meiner Familie, mein Tod? Doch bald stehen wir über der Synagoge, die lichterloh brennt. Ich höre das Schreien und Klagen von Vater und Mutter. „Jakov, wir sind verloren! Erbarme dich unserer Seelen. Wir wollen in aller Zukunft in dir fortleben." Ich sehe ihre Gesichter, wie sie vom Feuer verzehrt werden, verstummen, dahinschmelzen wie Wachsfiguren. Ein Beben durchzieht meinen Körper. Wir wenden uns ab und schweben langsam zurück zum Rastplatz. Ich sitze wieder neben Maria. Meine Blicke folgen den Engeln, wie sie davonziehen und langsam in der Tiefe des Himmels vergehen. Ich kann nicht glauben, was ich soeben erlebte. Es war kein Traum. Ich musste zusehen, wie meine Eltern im Feuer schmerzvoll dahingerafft wurden, spürte noch den ekligen Brandgeruch in der Nase und den kühlen Luftzug in weiter Höhe. Die Gewissheit über ihren Tod ist unumstößlich, auch ihr Vermächtnis. Dieses wundersame Geschehen wird mein Geheimnis bleiben. Bald übermannt mich die Müdigkeit. Ich falle in einen leichten Schlaf und die letzten Stunden ziehen vor meinen Augen vorüber, Bilder einer unfassbaren Tragik.

Das laute Zwitschern einer vorüberziehenden Vogelzuges weckt mich. Neben mir sitzen Maria und der Mönch, essen die Reste des Brotes und trinken vom Bier. Er sagt: „Na, mein lieber Jakov, hast du schön geträumt und tief geschlafen?" Ich nicke, grinse und bitte um ein Stück Brot. Der Mönch reicht mir die Schale mit Bier und stellt sich mit seinem Namen vor. „Deine Schwester hat mir schon eure Familiengeschichte erzählt und mir deinen Namen genannt. Ihr habt noch einen langen und gefährlichen Weg in Richtung Süden vor euch und unser Herr, Jesus Christus, möge euch schützen. Ihr dürft mich gerne bis zu meinem Kloster begleiten. Übrigens, ich bin Bruder Richolf. Wir werden in zwei bis drei Tagen ankommen und heute Abend erreichen wir ein kleines Dorf. Dort können wir vielleicht Brot, etwas Speck und Bier kaufen. Ich bin bettelarm, wie es ein Mönch eben ist, aber ich habe gesehen, Jakov, dass du einige Münzen im Sack hast. Meinen Ochsen habe ich noch nicht vorgestellt. Er heißt Sepp. Der Mönch befreit ihn von der Deichsel, zieht das Tier auf eine nahe Wiese und bindet es mit einem langen Strick an einem Baum fest, sodass es bequem grasen kann. Als wir außerhalb der Sichtweite des Mönches sind, küsst mich Maria zärtlich am Nacken. Ein wohliger Schauer durchfährt mich und sofort drängt sich mir das Bild meiner Eltern in der brennenden Synagoge wieder auf.

Er kehrt zurück, füllt sich einen Becher mit Bier, den er schnell austrinkt, zieht einen Rosenkranz aus seiner Tasche und kniet einige Meter entfernt zum Gebet nieder. Maria ist, wie sie mir erzählte, seit dem Tod ihres Mannes mit Gott uneins und betet nicht. Ich kann schlecht neben dem Mönch das „Schma Israel" sagen, so brumme ich Unverständliches vor mich hin, bis auch der Kirchenmann am Ende seiner Litanei angelangt ist. Danach klopft er wohlwollend auf meine Schulter. Es ist nun früher Morgen, die ersten Sonnenstrahlen tauchen die Isarauen in ein rötliches Licht, Richolf legt Sepps Geschirr an, wir steigen auf den Wagen und fahren langsam entlang der Isar in den Süden. Maria hält die Zügel, doch egal ob sie zieht oder den Lederriemen lockerlässt, Sepp schleppt uns langsam und unbeirrt entlang des schmalen Weges, ohne seinen schweren Schädel nach rechts oder links zu drehen.

Aus der Ferne hören wir das stete Rauschen des Flusses, das Zirpen von Grillen und das Surren von lästigen Fliegen und Mücken, die uns behelligen. Es ist heiß geworden, Maria entledigt sich ihrer Jacke und sitzt nur in einem dünnem Hemd auf dem Kutschbock. Mir ist nicht entgangen, dass Bruder Richolf seine gierigen Augen von ihr nicht abwenden kann.

Es ist Mittag. Die Sonne steht im Süden hoch am Himmel. Wir lenken den Karren nahe zum Fluss und bleiben im Schatten eines Baumes stehen. Ich mag das laute Rauschen der Isar und den kühlenden Wind, der zu uns weht. Der Mönch holt ein Netz aus dem Wagen und bittet mich, ihn zum Fluss zu begleiten. Im Wasser waten wir bis zu einer schmalen, seichten Stelle eines Seitenarmes, den wir mit dem Netz versperren und warten, bis Fische sich in den engen Maschen verfangen. So haben wir schnell mehrere Forellen gefangen. Bruder Richolf erweist sich als listiger und erfahrener Fischer. Mit einem großen Stein tötet er die Tiere, die wir am Lagerfeuer grillen. Maria würzt sie mit frischen Kräutern vom Flussufer. Nach einem kurzen Mittagsschläfchen machen wir uns wieder auf den Weg und Sepp zieht den Karren entlang der Isar, bis wir am frühen Abend in der Ferne einige Hütten sehen. Es ist das kleine Dorf, das der Mönch angekündigt hatte. Als wir den Dorfplatz erreichen, umringen ärmlich gekleidete Kinder unseren Karren und Erwachsene schlagen das Kreuz, als sie den Mönch erblicken. Ich sehe in die von Angst erfüllten, schmalen, verhärmten Gesichter dieser Menschen. Sie haben kaum was zu essen und werden, wie mir Richolf erzählte, von den Schergen des Herzogs schamlos ausgebeutet.

An einer großen Linde inmitten des Dorfes machen wir halt und binden unseren Karren fest. Maria befreit Sepp von seinem Geschirr und führt ihn auf eine Wiese. An einem langen Seil festgebunden, beginnt er sofort zu weiden. Sie streichelt zärtlich sein braunweißes Fell über den Augen, verscheucht die Fliegen, die ihn umschwirren, und kommt zu uns. Wir setzen uns auf die Bank, die an den wuchtigen Stamm des Baumes lehnt, und haben noch einige Scheiben Brot, etwas Bier und einen der gegrillten Fische vom Lagerfeuer übrig. Maria verteilt das Essen.

Es ist noch hell, am Himmel zeichnen sich rötliche Streifen ab, aber bald wird es dunkel. Ein älterer Mann, ärmlich gekleidet, kommt mit einem verzagten Lächeln auf uns zu. Er stellt sich als Dorfältester mit dem Namen Answalt vor und fragt nach unserem Reiseziel. Bruder Richolf erzählt von seinem Kloster und unserem Onkel in Tirol. Answalt lädt uns in sein nahe gelegenes Haus ein.

Es ist eine Holzhütte mit nur einem großen Raum und viel Ruß an den Wänden. In einer seitlich gelegenen, offenen Feuerstelle mit Kamin züngeln bläuliche Flammen über angekohlten Holzscheiten. Wir sitzen gemeinsam um den runden Tisch und es gibt in Holzschüsseln Brotsuppe mit Zwiebeln. Mit dabei sind seine Frau und seine sechs Kinder. Vor dem Essen spricht der Mönch ein Gebet und nachdem sich alle bekreuzigt hatten, beginnen wir die noch dampfende Suppe zu löffeln. Maria und ich beteiligen uns nicht am Gebet. Richolf mustert uns kurz mit ernstem Blick.

Nach dem Essen gibt es ein kurzes Dankesgebet und die Kinder stürzen hinaus, umringen unseren Ochsen Sepp und streicheln ihn vorsichtig. Er lässt sie gewähren, senkt dann schnell seinen Kopf und grast weiter.

Answalt und seine Frau bitten den Mönch, ihnen die Beichte abzunehmen. Wir verstehen, dass sie ungestört sein wollen, und gehen hinaus in die Abenddämmerung, sehen die Kinder Sepp liebkosen und gehen zurück zur Bank, die an einer mächtigen Eiche hinter der Holzhütte lehnt. Maria setzt sich und ich lege mich auf die Bank und meinen Kopf in ihren Schoß. Wir fühlen uns unbeobachtet, Maria streicht durch mein dichtes Haar, beugt sich über mein Gesicht und gibt mir einen flüchtigen Kuss. Eines der Kinder, ein schon älteres Mädchen, hat uns, während ich meinen Kopf langsam nach oben hob, gesehen und fragt, ob wir ein Paar wären. Maria sagt: „Ja, das sind wir, allerdings ein Geschwisterpaar." Das Mädchen, ärmlich in Sackleinen gekleidet, nickt und läuft zurück zu seinen Geschwistern.

Als die Sonne untergegangen ist und die ersten Sterne am Himmel stehen, holt uns Richolf zurück in das Holzhaus. Die Frau sitzt mit geröteten Augen an ihrem Platz nahe am Kamin. Es ist dunkel. Nur eine Kerze brennt. Der Dorfälteste Answalt sagt mit heiserer Stimme: „Es ist schwer, an der Seite eines vom Teufel besessenen Weibes zu leben. Ich hoffe, Bruder Richolf hat ihr die bösen Geister ausgetrieben. Ihr könnt heute Nacht im Stall übernachten. Morgen früh bekommt ihr Proviant mit auf die Reise. Bruder Richolf versprach uns einige Münzen dafür." Ich nicke beiläufig und wir gehen mit Richolf in den Stall, in dem zwei Ziegen und eine Kuh angebunden sind. Unseren Karren mit Sepp schieben wir zum Stalleingang und befestigten ihn dort. Durch das halb geöffnete, brüchige Tor haben wir einen steten Blick auf Sepp und den Wagen. So liegen wir zu dritt auf dem Stroh und nach wenigen Sekunden war ich eingeschlafen. Ein kurzer Schrei von Maria weckt mich. Bruder Richolf hat sie liegend fest umklammert und erst, als ich mich nach oben beuge und ihn gewaltsam wegziehe, lässt er sie langsam los. Maria streicht ihr Haar zurecht, wirft dem Gottesmann einige böse Blicke zu und beruhigt sich schnell. „Deinem Jesus wird das nicht gefallen." Der Mönch steht auf, kniet dann vor Maria und bittet mit Tränen in den Augen um Verzeihung. Als sie nickt, weint er leise und beginnt mit brüchiger Stimme das Vaterunser zu beten. Er wiegt uns mit dem sonoren Ton seines Klagens in den Schlaf.

Am frühen Morgen weckt uns das laute Krähen des Dorfhahnes. Bald stehen wir auf, schütteln das Stroh von unserer Kleidung und gehen hinaus in die frühe Morgendämmerung. Sepp steht vor uns, brummt und kaut. Richolf bringt ihm Wasser. Das Tier leert mit wenigen Zügen den Bottich. Nun kommen Answalt und seine Frau und stellen einen Korb mit Verpflegung auf den Boden. Darin finden sich ein wenig Speck, mehrere rote Äpfel, Brot und zwei große Kohlrabi. Erwartungsvoll sieht er mich an und ich gebe ihm zwei Geldstücke. Bruder Richolf streckt mir drei Finger entgegen und ich gebe ihm eine weitere Münze. Der Dorfälteste scheint zufrieden, wir verabschieden uns, klettern auf den Wagen und Sepp zieht uns gemächlich weiter in den Süden entlang der Isar.

Nach einigen Stunden rasten wir am Fluss. Maria geht ans Ufer hinter ein Gebüsch und wäscht sich am Wasser. Bruder Richolf versucht vergebens, seine Blicke in eine andere Richtung zu lenken. Bald kommt sie mit nassen Haaren zurück und fordert mich auf, es ihr gleichzutun. Der Mönch und ich gehen nun hinunter zur Isar, die an dieser Stelle träge vorbeifließt. Wir entkleiden uns und waten knöcheltief im kalten Fluss. Es ist angenehm, sich vom Staub der letzten Tage zu befreien. Bruder Richolf mustert mich, während wir uns anziehen. Wir gehen zurück zu Maria und unserem Karren. Während Sepp grast, sitzen wir am Ufer der Isar und essen nur wenig vom Proviant, der schließlich bis in den späten Abend reichen soll. In einer Holzschale holt Maria Wasser. Wir trinken davon. Der Mönch schaut versonnen zum Wasser, wir hören das Rauschen des Flusses. Er blickt nun ernst in meine Richtung und sagt: „Ich hoffe, den gottesfürchtigen Dorfältesten und seine Frau konnte ich versöhnen. Jakov, ich habe vorhin am Wasser gesehen, dass du beschnitten bist. Warum habt ihr mir eure Herkunft verschwiegen? Ich nehme an, ihr seid wegen der Kindermorde durch eure Sippschaft aus der Stadt verjagt worden." Maria und ich blicken uns gegenseitig an. „Jetzt verstehe ich, dass ihr Geld habt." Marias Augen verengen sich. Sie ist kreidebleich. „Du siehst doch, dass Jakov ein Kreuz trägt. Ich bin als Christin geboren, doch als mein Gatte von Räubern gemeuchelt wurde, habe ich meinen Glauben verloren." Der Mönch schneidet sich ein Stück vom Speck und Brot ab und kaut langsam und bedächtig, während er unseren Blicken ständig ausweicht. Er scheint angestrengt nachzudenken. Ich bin wütend auf den Mönch. Er behauptet, wir hätten Kinder ermordet, lässt mich für sich bei Answalt bezahlen, will Maria vergewaltigen und taxiert mein Geschlecht. Meine Frage, was er von uns wolle, lässt er unbeantwortet. Ich sage ihm, dass wir auch ohne ihn zu Fuß, wenn auch langsamer, weiterkämen.

Nun blickt er auf und mit dem Versuch eines angedeuteten, milden Lächelns spricht er leise: „Sie haben in München die Kirche der Juden angezündet und alle sind umgekommen. Das war nicht richtig und sicherlich nicht Gottes Wille. Ich nehme an, dass du entkommen und mit Maria auf der Flucht bist. Ich glaube, ihr seid ein Paar und keine Geschwister. Maria, du solltest Jakov zu unserem einzigen richtigen Glauben bekehren. Er muss sich im Kloster taufen lassen."

Niemals würde ich meinen Glauben verraten, meinen Glauben an den einen Gott und an sonst keinen. Ich schüttele heftig den Kopf und Bruder Richolf fragt, ob wir aufsteigen wollen. Bald setzt sich der Ochsenkarren in Bewegung und wir fahren weiter den Alpen entgegen. Gelegentlich verschwindet der Fluss aus unserem Blickfeld. Nach einer Biegung wird das Rauschen des Wassers lauter und der frische Wind vom Fluss kühlt angenehm an diesem heißen Sommertag. Am späten Nachmittag rasten wir abseits der Straße und weil hungrig, laufen wir zum Fluss, um dort zu angeln. Da es für unser Netz keine geeignete Stelle in der starken Strömung gibt, ist es schwierig und wir fangen nur zwei kleine Forellen. Wir grillen sie über dem von Richolf geschickt entfachten Feuer und teilen den Fisch gerecht auf.

Ich hoffe, dass wir bald unsere Reisebegleitung loswerden. Das Versteckspiel muss aufhören und ich will mit Maria allein sein.

Als wir wieder im Wagen sind, den nun Maria lenkt, frage ich Bruder Richolf: „In Benediktbeuern angekommen, was ist dann euer Plan?" Nach längerem Überlegen antwortete er: „Wir werden erst zu später Stunde dort sein. Im Kloster dürft ihr nicht übernachten. Ihr lebt in Sünde und du bist zudem Hebräer. Unser Kloster benötigt für die Erneuerung des Daches dringend Unterstützung. Zur sicheren Weiterreise braucht ihr den Ochsenkarren mit Sepp. Juden sind doch reich, gebt mir einige Goldmünzen oder ein schönes Schmuckstück und ich überlasse euch den Karren und die Freiheit weiterzureisen."

Maria hat mitgehört und fragt ihn wütend, inwieweit unsere Freiheit des Weiterreisens von ihm abhinge. „Ein Wort von mir an die Knechte des Herzogs, die häufig bei uns im Kloster verkehren, und ihr landet schnell in Gefangenschaft. Ich glaube, ihr seid gute

Menschen, deshalb helfe ich gerne und möchte euch nicht im Kerker sehen. Wir hatten Glück, dass die Leute des Herzogs bisher nicht vorbeigeritten kamen. Viele meiden den Fluss wegen der Mücken, die uns bisher verschonten. Die schnellen Reiter bevorzugen die naheliegende Salzstraße. Ich habe diesen Weg gewählt, um euch unangenehme Begegnungen zu ersparen." Maria blickt ihn an und dann zum Ochsen, der unbeirrt weiterzockelt.

Wir legen eine kurze Pause ein, lassen ihn in Ruhe grasen und ich hole eine Schüssel mit Wasser, die er mit drei großen Zügen schnell leert. Angesichts der vorangegangenen Diskussion bin ich ratlos und verärgert. Zudem, das Bild vom grausamen Tod meiner Familie quält mich unablässig. Ich habe Maria an meiner Seite, aber wie lange würde sie bei mir, dem Juden, bleiben? Sie muss gesehen haben, wie sich mein Blick verdüstert hat, lächelt und herrscht den Mönch an, er solle ihr doch den Preis für seinen klapprigen Karren und den alten Ochsen nennen. „Ich bin Gewürzhändlerin und ich lasse mich nicht betrügen. Deine schamlose Zudringlichkeit habe ich nicht vergessen." Das rundliche Gesicht von Bruder Richolf läuft rot an. Eine dermaßen schwere Anschuldigung von Maria hatte ich nicht erwartet. Ich blicke fragend zu ihm. „Für meine Stoffballen bekam ich bei St. Peter einen Silbergulden und einige Kreuzer." Ich zeige ihm die Silbermünze und frage, ob dies ausreichen würde. Maria sieht mich böse an. Ein Silbergulden für dieses wacklige Gefährt sei zu viel. So verhandeln wir zu dritt über eine halbe Stunde, während langsam die Sonne untergeht. Am Ende einigen wir uns auf den Silbergulden und erreichen am späten Abend einen Abzweig am Waldrand, der zum Kloster führt. Wir bleiben dort stehen, der Mönch steigt langsam vom Wagen, geht zunächst zu Sepp und streichelt zärtlich seine Stirn. Dieser schüttelt dabei sein mächtiges Haupt. Dann geht Richolf zu Maria, sieht ihr in die Augen und sagt: „Mea culpa." Er scheint sichtlich gerührt. Ich gebe ihm die Silbermünze und er versteht, dass ich mich nicht bekehren lassen würde, schwingt den Sack mit seinen wenigen Habseligkeiten über die Schultern, wendet sich von uns ab und geht langsam auf dem

Waldweg zu seinem Kloster. Wir sehen ihm lange nach, er blickt nicht zurück, so als wären wir uns nie begegnet.

Maria hat Tränen in den Augen, was ich nicht verstehen kann und will. Wir steigen auf den Karren, ich rufe zum Ochsen ein leises Hü-Hott. Er reagiert nicht. Maria springt vom Wagen und zieht an seinem Halfter, bis das Tier sich langsam in Bewegung setzt und wir in der Dunkelheit weiterfahren. Es ist finster und der angehende Vollmond spendet ein mattes, graues Licht. Die schmale, holprige Landstraße ist auf der rechten Seite von hohen, dunklen Fichten gesäumt. Maria schmiegt sich an mich und legt ihren Kopf auf meine rechte Schulter, während ich den Wagen lenke. Sie hat wohl meine Verstimmung während des Abschiedes von Richolf gespürt. Wir müssen für die Nacht einen sicheren Rastplatz finden. Das Rauschen des Flusses zur linken Seite ist lauter geworden. Nachdem ich den Karren von der Straße gelenkt hatte, zieht uns Sepp unbeirrt in die Richtung des Isarufers. Auf einer Wiese mit hohem Gras bremse ich ihn fluchend, bis er endlich langsam zum Stehen kommt. Ich fürchtete schon, er würde uns in die Isar ziehen und wir könnten ertrinken. Maria, vom Lärm geweckt, springt vom Wagen. Wir stehen in der Dunkelheit zwischen hohen Gräsern und Schilf. Mehr ist momentan nicht zu erkennen. Das Tier befestige ich mit dem Seil, das uns der Mönch im Wagen gelassen hat, an einem nahegelegenen Baum. In einer Schüssel hole ich vom noch schmalen, aber reißenden Fluss frisches Wasser für uns und den Ochsen. Er säuft das Isarwasser, kaut in der Dunkelheit beharrlich das Gras und das Schilf. Maria und ich sitzen auf dem Boden neben dem Wagen auf einer groben Leinenplane, die ich zusammengefaltet mit dem Seil im hinteren Wagen fand. Bald liegen wir auf dem Rücken, schauen in die Sterne und lieben uns. Diese schönen Momente der Lust vertreiben das dumpfe Gefühl der Trauer für eine Weile, die Sehnsucht nach meiner verlorenen Familie. Anschließen sinkt Maria in einen tiefen Schlaf.

Ich schaue in den Sternenhimmel und bin dankbar für diese wenigen Sekunden der Unbeschwertheit. Sofort plagt mich wieder das schlechte Gewissen, weil ich im Bett meiner Freundin das Massaker an meinen Leuten überlebte. Nachdem ich aufgestanden war, bete ich neben dem Wagen stehend Teile des „Schma". Dann singe ich leise die „Keduscha" des „Schmone Esre" und lege mich wieder zu Maria. Sepp frisst unbeirrt weiter. Neben dem Rauschen des Wassers erfüllen der Gesang der Nachtigallen und das Raunen des Windes in den Tannen die Luft. Es hört und fühlt sich paradiesisch an. Marias Gatte wurde auf einer Reise von Räubern getötet. In der Gegend leben Wölfe und Bären und wir liegen hier scheinbar unbeschwert neben unserem Ochsenkarren. Ich darf jetzt nicht einschlafen, sondern muss bis zum Morgengrauen wachen. Aus dem Wagen hole ich einen dicken Holzprügel, den der Mönch zu seinem Schutz stets mitführte und uns überließ.

Bald übermannt mich die Müdigkeit und ich schlafe ein. Wieder erscheinen meine Eltern im Traum und ich bilde mir ein, das entfernte, bedrohliche, sonore Brummen eines Bären zu hören. Plötzlich schüttelt mich Maria. Es ist bereits hell geworden. Sie ruft laut: „Wo ist unser Wagen?". Ich stehe schnell auf, ich schwanke und kann mich kaum auf den Beinen halten. In einiger Entfernung sehen wir den Karren und das straffe Seil, mit dem wir Sepp am Abend festgebunden hatten. Der Ochse zieht kräftig und bald würde der Baum umknicken. Wir haben versäumt, ihn von der Deichsel loszubinden, und er suchte mit dem Wagen wohl den Weg zurück zu Richolf. Wir nehmen schnell die Plane, den Knüppel und die Wasserschüssel und eilen zu Sepp. Das Tier neigt seinen Kopf zur Seite, es sieht und hört uns kommen. Dann senkte es seinen Schädel und zermalmt weiter das Gras. Maria steigt auf den Karren und sucht nach Essensresten. Sie findet nur leicht angeschimmeltes Brot und ein Stück Käse in einem kleinen Beutel, den sie noch zu Beginn unserer Reise unter ihrem Rock verborgen hatte. Wir binden das Seil vom Baum und vom Ochsen los und verstauen es mit der Plane im Wagen. Nach dem kargen Frühstück fahren wir zurück auf die Straße. Der Himmel ist nun bewölkt und es weht ein kühler Wind. Bruder Richolf versicherte uns beim Abschied, dass dies der Weg zur Salzstraße in den Süden sei.

Um uns vor Regen und Staub zu schützen, versuchen wir, die Plane auf dem schiefen Gestell über dem Wagen zu befestigen, was nach vielen Versuchen endlich gelingt. Nun haben wir ein Dach über dem Kopf und neben mir liegt, für alle Fälle am Boden verstaut, der Holzprügel. Sepp trottet gemächlich los, der Wagen rollt langsam zur Straße. Maria legt ihren Arm um meinen Hals und fragt lächelnd, wovon wir uns an diesem Tag ernähren sollten, denn allein von der Liebe könnten wir nicht lange leben. Es beginnt für kurze Zeit leicht zu regnen. Nun kommt zum Rauschen des Flusses das dunkle Klopfen der Regentropfen auf die Dachplane hinzu. So zieht uns Sepp langsam durch die Pfützen dieser kleinen, einsamen Landstraße.

Als die Wolken etwas aufreißen, springt Maria vom Wagen, beschwert sich über ihren Hunger und läuft in den dichten Wald auf der rechten Seite unseres Weges. Auch mir knurrt der Magen. Es regnet noch leicht und gleichzeitig bricht die Sonne durch die grauen Wolken. Am fernen Horizont sehe ich einen angedeuteten Regenbogen. Ich lächle still vor mich hin. Der Regenbogen nach der Flut und der Rettung der Arche soll ein Zeichen des Friedens zwischen Gott und den Menschen gewesen sein. Warum hat er die Ermordung meiner Familie zugelassen? Die Sonne vertreibt die Wolken. Der Regenbogen verblasst schnell und verflüchtigt sich am Himmel. Ich kann mit Gott keinen Frieden finden. Nach einiger Zeit sehe ich Maria aus dem Dickicht des Waldes laufen. In ihrer Schürze hat sie rote und blaue Beeren gesammelt. Ein süßlicher Geruch nach diesen Früchten strömt von ihr. Sie steigt auf den Wagen und wir essen gemeinsam von diesen köstlichen, frisch geernteten Beeren.

Ich laufe zur Isar, um Wasser zu holen, und sehe auf dem Fluss ein Floß aus der Ferne herannahen. Bald zieht es schnell an mir vorüber. Die Flößer sehen mich und winken. Sie befördern mächtige Baumstämme. Ich winke zurück, laufe dann mit dem Wasser zu unserem Rastplatz und erzähle Maria von dieser Begegnung. „Gott sei's gedankt, sie können uns nichts anhaben, denn ob sie wollen oder nicht, das Wasser treibt sie weiter. Das sind sonst recht grobe Gesellen." Zur Mittagszeit könnte es sehr heiß werden. Wir nutzen die Morgenstunde zur Weiterfahrt und denken uns eine neue, glaubwürdige Lebensgeschichte aus: „Seit einigen Jahren verheiratet, besuchen wir als fahrende Gewürzhändler die Märkte in Bayern und verkaufen orientalische Gewürze. Deshalb auch in diesem Sommer die beschwerliche Reise nach Tirol."

Der Weg führt uns langsam weg vom Fluss, sein Rauschen ist verstummt. Aus weiter Ferne erklingt leises Glockengeläut. Nach einer starken Rechtsbiegung erkennen wir vor uns eine befestigte, mit groben Steinen gepflasterte Straße. Das muss die Salzstraße sein, von der Bruder Richolf sprach. In der Mitte befinden sich zwei Rinnen, welche die großen Räder unseres Karrens aufnehmen. Wir sind erstaunt, um wie viel schneller Sepp den Karren zieht. Einige Reiter eilen vorüber, grüßen kurz und verschwinden wieder schnell aus unserem Blickfeld. Die Zeit des einsamen Reisens ist vorüber.

Am Nachmittag sehen wir rechts einen kleinen Weg. Entfernt erkennen wir mit Stroh gedeckte, grob gezimmerte Holzhütten. Da wir sehr hungrig sind, lenken wir unseren Wagen dorthin, fahren durch ein schiefes Holztor und bringen den Wagen auf einem mit Sand und Kiesel bedeckten Platz unweit der Hütten zum Stehen. Nach einer Weile kommt uns eine jüngere Frau mit einem weißen Kopftuch entgegen. Sie trägt einen langen, grünen, verblichenen Rock, darüber eine fleckige, blaue Schürze und ein ärmelloses Leinenhemd. „Gegrüßt seid Ihr, im Namen des Vaters, des Sohnes und des Heiligen Geistes. Woher kommt Ihr und was wollt Ihr?" Ich verstehe diesen Gruß nicht, blicke zu Maria, die nun erwidert. „Wir sind Gewürzhändler, kommen aus München, fahren in den Süden, um neue Ware zu kaufen, und benötigen einen sicheren Ort für die Nacht und Proviant." Die Frau lächelt verlegen, kehrt uns den Rücken zu und geht zurück ins Haus. Bald kommt ein stämmiger Mann mit langem schwarzen Bart auf uns zu. Seinen Kopf bedeckt eine Kappe mit einer schillernden Vogelfeder. Er bleibt vor dem Karren stehen und blickt aufmerksam in das Innere, überlegt kurz und sagt: „Wenn Ihr gottesfürchtige Menschen seid, könnt Ihr hinter unserem Hof während der Nacht rasten. Proviant haben wir keinen zu verschenken. Wir selbst haben nicht genug. Folgt mir." Er geht voran und wir begleiten ihn mit unserem Karren bis hinter das Haus zum Stall. Dort grunzen einige Schweine und fast unerträglich ist der Gestank des Misthaufens davor. Maria schmeichelt ihm und dankt vielmals für seine Güte, die ich meinerseits nicht erkennen kann. Dann blickt sie ihn mit einer sorgenvollen Miene an und sagte leise: „Versteht bitte, mein Gatte und ich haben Hunger und möchten gerne Brot, einige Eier und etwas Speck kaufen. Vom Markt in München haben wir noch etwas Geld." Die Augen des Bauern verengen sich zu einem listigen Blick, den ich oft bei gierigen Kunden hinter St. Peter gesehen habe.

Er bittet Maria, ihn in das Haus zu begleiten. Ich lasse sie nicht allein gehen und schließe mich an. Zunächst durchqueren wir den kleinen Stall mit den Schweinen und ihren Ferkeln, die quiekend an den Zitzen der Muttersäue hängen. Vom Stall führt ein Durchgang in die Stube. Die mit Ruß überzogene Decke hängt tief. Gegenüber dem Eingang befindet sich die Feuerstelle. Darüber hängen an Schnüren mehrere geräucherte Schweineschwarten.

Die junge Frau von vorhin stellt sich nun als Bäuerin vor, nimmt einen Laib Brot aus einem Kasten und schneidet vorsichtig ein kleines Stück Speck von einer Schwarte, die sie auf einen Holzpflock neben dem Ofen legt. Maria fragt, ob sie auch frische Hühnereier hätte. Sie geht hinaus, läuft über den Hof zu einem am Rande des Platzes stehenden Holzverschlag. Laut ertönt das Gackern der Hühner. Sie kommt mit drei, etwas klein geratenen Eiern zurück, die sie in ihrer Schürze vorsichtig vor sich herträgt. Nun liegt das Essen auf dem grob gezimmerten Holztisch. Ich ziehe einen Kreuzer aus meiner Tasche und reiche das Geldstück dem Bauern. Er sieht mich fragend an und sagt, dass dies zu wenig sei. Maria und ich tauschen Blicke. Sie nickte fast unmerklich. Ich verspreche dem Mann einen weiteren Kreuzer, vorausgesetzt, er überlässt uns einen zweiten Brotlaib. Die Bäuerin holt aus dem Kasten ein kleineres Brot und legt es mit auf den Tisch. „Ihr seid ja schlimmer als die Juden und raubt das letzte Stück Essen von meinem Tisch. Geht nun zu Eurem Karren. Morgen, kurz nach dem Morgengrauen, seid Ihr verschwunden. Es ist schon spät und wir müssen uns schlafen legen." Beim Hinausgehen frage ich ihn nach dem nächsten, größeren Ort an der Salzstraße auf dem Weg nach Tirol. Er überlegt lange und sagt dann: „Mit dem schläfrigen Ochsen braucht ihr zwei Tage bis nach Kochel am See und mindestens noch drei Tage bis nach Berchtesgaden." Leise gehen wir durch den Schweinestall zurück zu Sepp. Er kaut das frische Gras, das vor ihm am Boden liegt. Wir befreien ihn von seiner Deichsel. Er scheint müde zu sein und legt sich in den Morast hinter dem Bauernhof. Wir binden ihn und den Karren an einem nahegelegenen Baum fest und richten uns im Wagen ein Schlaflager. Wegen der Enge liegen wir umschlungen, mit angewinkelten Beinen. Nach wenigen Minuten schlafe und träume ich und höre wieder meine Eltern verzweifelt in der Synagoge laut schreien, sehe die Flammen, die über dem Dach des Gotteshauses lodern, und in den Flammen Satan, der mit hämischem Grinsen hinterherwinkt.

Beim ersten lauten, heiseren Krähen des Hahns erwache ich in der Morgendämmerung und sehe Maria auf der Kutschbank sitzen. Sie reibt sich den Schlaf aus den Augen und hat ihren Blick auf mich gerichtet und lächelt zuversichtlich. Lass uns Sepp schnell einspannen und diesen grässlichen Ort verlassen. Bald lenken wir den Karren auf die Salzstraße. Die Plane liegt noch auf dem Wagenboden. Während ich die Zügel halte, schneidet Maria zwei Scheiben Brot und ein Stück Speck von der Schwarte. Ich schüttle den Kopf. „Maria, ich esse kein Schweinefleisch." Maria sieht mich wütend an. „Diesen Starrsinn musst du ablegen, wenn du überleben willst!" Langsam wird es heller und der Tag bricht an. Die Straße ist an der rechten Seite von einem dichten Wald gesäumt. An der linken Seite befindet sich eine weite Wiese mit Schilf, hohen Gräsern und bunten Blumen.

Ich vermisse das belebende Rauschen der Isar. Stattdessen erfüllt die Luft ein lauter dissonanter Chor schrill zirpender Grillen. Ich denke an die Heuschreckenplage beim Auszug der Juden aus Ägypten und sehe meine Familie am Sederabend zu Pessach um den großen, runden Tisch fröhlich singend versammelt. Gleichzeitig höre ich die sonoren Glocken von Sankt Peter. Meine Augen werden feucht. Maria blickte mich fragend an. Verlegen streiche ich über meine Tränen und sehe wie durch einen Schleier das schöne Antlitz meiner Freundin. Ich küsse sie. Dann nimmt sie die Zügel und ich richte meinen Blick nach oben durch den Morgendunst zum hellblauen Himmel.

Hinter uns dröhnt das laute Schlagen von Hufen auf dem harten Straßenbelag. Es nähert sich schnell. Ein vornehm gekleideter Reiter auf einem dunklen schlanken Pferd bleibt neben uns stehen. Er trägt ein mit einer langen schwarzen Feder geschmücktes Barett. „Seid gegrüßt, ich bin Gutsherr nahe bei Kochel und war in München. Ich habe dort eingekauft und die Stadt in einem traurigen Zustand gesehen. Woher kommt Ihr und was ist Euer Reiseziel?" Ich schmunzele, überlasse Maria das Wort. Sie blickt den Reiter mit einem einnehmenden Lächeln an und erzählt ihm unsere Geschichte. Während wir uns unterhalten, trottet Sepp langsam dahin. „Ich muss schnell fort. Auf dem Gut warten Arbeit und der alte Herr auf mich. Ich heiße Anselm Hofmann. Wenn Ihr nach Kochel kommt, fragt nach mir. Ihr seid ein schönes, junges, fleißiges Paar und gerne meine Gäste." Mit diesen Worten drückte er seine Stiefel leicht in die Flanken des Pferdes, das daraufhin lostrabt. Das schlanke Tier mit seinem Reiter verschwindet schnell in der Ferne. Während wir mit ihm sprachen, hielt ich den unter der Plane verborgenen Holzprügel fest in meiner Hand. Marias Charme hat den jungen Herrn für uns eingenommen.

Nach dieser geheimnisvoll anmutenden Begegnung verlassen wir die Straße und fahren links auf eine Wiese. Dort wird Sepp von seiner Deichsel befreit und an einer großen Eiche festgebunden, sodass er in Ruhe grasen kann. Ich stelle mich in den Schatten des Baumes und bete, während Maria loszieht, um nach besonderen Kräutern zu suchen. Nach einer halben Stunde kommt sie mit einem großen, grünen Bündel in ihrer Schürze zurück, setzt sich neben mich und hält mir ihre Kräuter unter die Nase. Ich atme den Duft tief ein. Er wirkt betäubend und ein leichter Schwindel erfasst mich. „Das ist Liebeskraut, das gefragteste Gewürz an meinem Verkaufsstand vor St. Peter." Auch sie riecht an diesen dünnen, blaugrünen Blättern, atmet tief ein. Später lieben wir uns im hohen Gras und schlafen dann in der Mittagssonne ein. Als unser Ochse laut zu schnauben beginnt, erwachen wir und blicken ängstlich um uns. Nichts ist zu sehen.

Maria meint, er könnte durstig sein, doch weit und breit gäbe es kein Wasser. Wir trinken die letzten verbliebenen Tropfen aus einem Ledersack. Das Tier soll nicht verdursten und wir müssen schnell aufbrechen. Hoffentlich treffen wir bald auf einen Weiher oder einen Bach.

Auf der Straße überholt uns nach kurzer Fahrt ein Gespann mit zwei Pferden und einem zweiachsigen Wagen. Den Kutschbock besetzen, dicht gedrängt, Männer mit Tiroler Hüten in ärmellosen Hemden und Lederhosen. Sie befördern aufgestapelte Bierfässer, die mit dicken Stricken zusammengebunden sind. Dennoch wackeln diese bedrohlich auf dem Bierwagen, der schnell fahrend bald hinter einer Biegung verschwunden ist und uns in eine dicke Staubwolke hüllt.

Nach wie vor quält mich der Hunger. Der würzige Geruch des geräucherten Schinkens facht ihn weiter an. Soll ich verhungern? Was würde geschehen, wenn ich vom verbotenen Schweinefleisch versuchte? Würde Gott vom Himmel herabsteigen und mich hier auf Erden strafen? Solche wüsten Gedanken gehen mir in der heißen Mittagssonne durch den Kopf, während Maria ein Lied nach dem anderen trällert. Sie hat eine schöne Stimme. Verzweifelt schneide ich, wie in Trance, eine Scheibe vom Speck und führe sie vorsichtig zu meinem Mund. Der Geruch erfüllt mich nicht mit Ekel, so wie ich erwartet hatte, sondern fördert nur meinen Appetit. Ich beiße vorsichtig hinein und an meinem Gaumen entfaltete sich ein wunderbares Aroma. Ich blickte nach oben in der Erwartung, dass etwas Fürchterliches geschehen müsste. Ein Blitz könnte mich erschlagen. In der Bibel steht, man darf kein Schweinefleisch essen und sie ist das Gesetz Gottes. Nichts geschieht. Maria schielt singend in meine Richtung und beobachtet mich aufmerksam.

In der Sommerhitze fahren wir auf der Salzstraße in den Süden. Nun beiße ich weiter beherzt in den Speck und Maria klopfte anerkennend auf meine Schultern. Ich habe ein wichtiges Gesetz gebrochen und mich von der Tradition meiner Vorfahren entfernt. Wie aber kann ich mich von jenen entfernen, die schon tot sind, gemeuchelt wurden? Wie kann der Ewige das zulassen? Vielleicht schweigt er deshalb?

Unser Ochse hat große Mühe, uns nach vorn zu ziehen. Die leichte Steigung der Straße verlangsamt die Fahrt. Während die Plane vor der Sonne schützt, scheint das arme Tier in der Hitze und unter seinem Durst zu leiden.

Am frühen Nachmittag erreichen wir endlich einen Rastplatz mit einer Wassertränke. Maria springt mit der Schüssel in der Hand vom Wagen, schöpft Wasser und hält es Sepp vor seine Nüstern. Sofort schnellt seine breite, rosige Zunge in die Wasserschüssel und dann stößt er mit seinem ganzen Maul hinein, sodass in wenigen Zügen die Holzschüssel geleert ist. Das wiederholt sich mehrere Male, bis der Durst des Tieres endlich gestillt scheint. Wir befreien ihn von der Deichsel und binden ihn fest. Dann grast er zufrieden unter der großen, Schatten spendenden, hellgrünen Baumkrone einer Linde.

Am Platz stehen noch zwei weitere Pferdegespanne. Wir erkennen den Bierwagen, der uns vorhin so eilig überholte. Die Kutscher liegen laut schnarchend, gelegentlich rülpsend, in einem tiefen Schlaf im Gras. Nicht weit entfernt, hinter niedrigen Büschen, ist neben einem Baum ein Wagen abgestellt. Das Pferd ist losgebunden und grast friedlich im Schatten. An den großen Wagenrädern angelehnt sitzen mehrere Frauen und Mädchen und dösen vor sich hin. Sie tragen lange, aus Stoffflecken in verschiedenen Farben und Mustern genähte Kleider. Vor ihnen schlafen zwei Männer, lang ausgestreckt auf der Wiese.

Wir haben nichts zu befürchten. Sitzen auf dem Boden und lehnen an einem Baumstumpf. Maria schläft ein. Auch mir fallen bald die Augen zu. Nach einem kurzen, tiefen, erholsamen Schlaf weckt mich das laute Wiehern von Pferden. Ich erschrecke, mir stockt der Atem, als ich zwei Reiter sehe, die mit laut schlagenden Hufen ihrer Pferde nahe an uns vorbeihasten. Um meinen Holzprügel zu holen, schleiche ich geduckt zum Karren. Maria war bereits schnell zum Wagen gelaufen und versteckte sich im hintersten Eck. Die Reiter lenken ihre Pferde vorbei am Bierwagen bis zu dem Gespann. Dort sitzen sie schnell ab. Eine laute Diskussion entspannt sich mit zwei Frauen, die sich neben den Wagenrädern erhoben haben und mit den Händen in den Hüften gestemmt den Reitern gegenüberstehen. Ihre Worte klingen fremd und ich kann sie nicht verstehen. Die Männer, die im Gras lagen und schliefen, haben das Weite gesucht. Plötzlich schreit ein Mädchen schrill und sehr laut, weil ein Reiter wild auf sie einschlägt. Er schleppt sie zu seinem Pferd, hebt sie auf den Sattel. Sie wehrt sich, fleht laut um Hilfe, ist verletzt und blutet im Gesicht. Ohne eine Sekunde zu zögern, galoppieren sie mit der laut weinenden jungen Frau im Sattel davon. Ich rufe nach Maria, nachdem sie aus meinem Blickfeld verschwunden waren. Langsam und ängstlich nach allen Seiten blickend, klettert sie vorsichtig vom Karren. Ich erzähle ihr, was geschehen war.

Sie schüttelt verzweifelt den Kopf und geht dann zu den weinenden Frauen, die zurückblieben. Zögerlich kommen ihre Begleiter hinter den Büschen hervor. Der Bierwagen ist währenddessen weitergefahren. Maria spricht lange mit ihnen, dann kommt sie langsam zurück und erzählt: „Die Paare sind Gaukler, die von Jahrmarkt zu Jahrmarkt fahren, um dort Komödien aufzuführen. Eine der Frauen aus Bozen ist vor ihrem Mann geflohen und zieht als Schauspielerin mit ihrem Liebsten durch die Lande. Ihr jähzorniger Gatte hat sie nun gefunden und wird sie gegen ihren Willen mit Gewalt zu seiner Burg nach Südtirol schleppen." Maria fürchtet um ihr Leben.

Wir spannen Sepp ein, fahren in der Abenddämmerung zurück auf die Salzstraße in Richtung Kochel. Schnell zieht der von Pferden gezogene Wagen der Gaukler an uns vorüber. Sie winken uns herzlich zu und wir erwidern ihren Gruß. Nun sind wir allein auf der Landstraße. Es geht weiter bergauf. Wir kutschieren noch einige Stunden, bis die Nacht angebrochen ist, und lenken dann den Wagen auf einem Feldweg von der Straße in ein Waldstück, bis wir eine lauschige Lichtung erreichen. Dort wollen wir ungestört diese milde Sommernacht verbringen. Nach den Aufregungen der letzten Stunden und der Angst vor Räubern, die uns befiel, brauchen wir Ruhe. Wir binden unseren Ochsen an den Rädern des Karrens fest. Er legt sich schnell ins Gras und kaut unaufhörlich.

Uns knurrt der Magen. Ich esse mehrere Scheiben vom trockenen Brot und ein Stück saftigen Speck ohne Gewissensbisse. Maria hat noch Wasser in der Schüssel und ohne, dass ich es bemerkte, von den Bierfahrern etwas Bier in ihren Lederbeutel eingefüllt bekommen. Sie erzählt lächelnd, dass sie den Kutschern dafür zwei Küsse schenkte. Ich bin erstaunt, dass ich weder wegen der Avancen des Gutsherrn noch wegen der Schäkereien mit den Bierfahrern Eifersucht verspüre.

Nach dem Essen und Trinken liegen wir im tiefen Gras, schauen in die blinkenden Sterne am Himmel, umarmen und lieben uns. Gespenstisch klingen die Rufe der Eulen. Aus weiter Ferne höre ich das dumpfe Bellen von Hunden. Langsam schläft Maria ein.

Neben ihr im Gras spüre ich ihren warmen Körper und berühre mit einer Hand zärtlich ihre Brüste. Sie seufzt leise. Von fern hallt leises Donnergrollen. Ich denke an München, an meine Eltern und ihren Tod. Vielleicht lebt noch mein Onkel in Ulm. Hätte ich nicht zu ihm fahren sollen, anstatt mit Maria unbeschwert in den Süden zu reisen? Die Gewissensbisse lassen mich nicht los und ich bleibe wach.

Sepp hat sich plötzlich aufgestellt, wackelt unruhig mit seinem schweren Haupt und zieht fest am Seil, als wollte er fliehen. Plötzlich stößt er einen herzzerreißenden Schrei aus. Maria wacht auf, sieht mich erschreckt an und klammert sich an mir fest. Ich stehe auf, sie lässt langsam los, und bewege mich mit kleinen leisen Schritten in die Richtung von Sepp. Im Dunkeln erkenne ich die Umrisse von Wölfen und höre ihr bedrohliches Geheul. Schnell laufe ich zum Wagen, nehme den Holzprügel und schleiche zu den Bestien. Sie sehen mich und weichen zurück. Das macht Mut und ich lasse den Prügel auf eines der Tiere, das sich nähert, niedersausen und treffe den Kopf. Der Wolf heult laut auf, springt in einem Satz zu mir und beißt in meine nackten Waden. Vor Schreck und Schmerz rufe ich laut nach Maria, darauf fliehen die Tiere in das naheliegende Dickicht des Waldes. Ich greife an mein rechtes, schmerzendes Bein und fühle Blut. Um die Wunde zu stillen, drücke ich meine Hand auf die verletzte Wade.

Maria kommt, stützt mich und schiebt mich auf den Wagen. Sie blickt in mein schmerzerfülltes Gesicht. In der Dunkelheit betrachtet sie die Wunde aus nächster Nähe, murmelt einige Zaubersprüche und verspricht baldige Heilung. Zunächst reinigt sie die blutende Stelle mit einem Tuch, legt darauf große Blätter aus ihrem Kräutersack, bindet sie mit einem dünnen Fetzen Stoff fest und reicht mir süßlich riechende, halb welke Blätter zum Kauen. Bald versinke ich in einen unruhigen Schlaf mit fürchterlichen Albträumen. Als schon der Morgen dämmert, erwache ich völlig durchgeschwitzt und schwach. Das Bein schmerzt, es ist steif und ich kann nicht aufstehen. Maria streicht mir den Schweiß von der Stirn und meint, dass ich bald wieder gehen könne. Die Schmerzen sind nun erträglich. Maria versorgt die Verletzung und ich kaue wieder von dem Kraut. Dann lege ich mich auf den Boden des Wagens und schlafe bald traumlos und tief bis zum nächsten Morgen. Als ich aufwache, sitzt Maria mir gegenüber, lächelt und meint, ich sei nun über dem Berg.

Tatsächlich sind meine Schmerzen fast vergangen, es gelingt hochzukommen und ich stehe, wenn auch sehr wackelig, auf meinen Beinen. Maria verbindet erneut die Wunde, auf der sich bereits eine Kruste gebildet hat. Sie erzählt, dass unser Ochse Sepp noch wohlbehalten sei, er friedlich weiden würde und die Wölfe sich verzogen hätten. Aus einer naheliegenden Quelle im Gras, die einen kleinen Bach speist, konnte sie frisches Wasser schöpfen. In mehreren Zügen leere ich die Holzschale und atmet tief durch. Sie erzählt von meiner Verletzung, die unbehandelt zu einer schlimmen Krankheit hätte führen können. Dann fragt sie mich, ob es stimmt, dass die Juden nicht das gleiche Blut wie Christen hätten und fügt erstaunt an: „Dein Blut hat doch die gleiche Farbe wie meins?" Mir ist noch nicht zum Scherzen zumute und so antworte ich gelassen, dass nur in den Adern des Teufels schwarzes Blut fließen würde. Maria nickt zögerlich und ihr Zweifel bleibt. Ich liebe sie und will sie nicht verletzen.

Wir spannen Sepp ein und lenken, nachdem wir unseren Hausrat eingesammelt hatten, den Karren auf die Landstraße. Es ist bewölkt und nicht mehr so heiß. Wir bleiben dennoch unter der Plane und rumpeln mehrere Stunden über den groben Steinbelag, bis die Straße beträchtlich an Steigung gewinnt. Sepp hat Mühe, uns nach vorn zu ziehen. Er bleibt stehen, schnaubt laut durch seine Nüstern und schüttelt sein mächtiges Haupt. Maria und ich steigen vom Wagen, ziehen gemeinsam, während wir ihm gut zureden, fest an seinem Halfter, bis er sich wieder langsam in Bewegung setzt und schwer atmend weitergeht. Versehentlich stoße ich mit meinem Bein gegen den Karren und könnte schreien vor Schmerz. Gott sei Dank, die Wunde öffnet sich nicht. Wir bleiben bei Sepp bis zur Anhöhe. Während wir nur im Schneckentempo vorankommen, ziehen schnelle Reiter an uns vorüber und einige Pferdefuhrwerke überholen uns. Die Kutscher winken freundlich und einige hämisch. Mit einem Ochsen sollte man nicht auf lange Reisen gehen! Wir bewegen den Wagen von der Straße auf die Wiese, befreien Sepp von seiner Last und lassen ihn grasen.

Von hier bietet sich ein schöner Ausblick in das weite Tal. In der Ferne glitzert in der Sonne das dunkelblaue Wasser des Kochelsees. Daneben sind die Umrisse kleiner Hütten zu sehen. Maria sagt: „Mit unserem Ochsenkarren brauchen wir mindestens zwei Tage bis dorthin. Ich träume schon seit Tagen, mit dir im See zu baden. Kannst du überhaupt schwimmen?" Ich erzähle ihr, dass mein Vater mit mir in der Isar das Schwimmen übte, und denke an diese törichte Frage zum Blut. „Wir haben in der Arche Noah die Sintflut überlebt und auf der Flucht aus Ägypten spaltete sich für uns das Meer. Wie du siehst, Wasser ist unser Element. Deshalb schwimme ich gut und gerne." Maria sieht mich erstaunt an. Sie schien die Ironie meiner Antwort zu verstehen und meint trocken, unter diesen Umständen könnten wir gemeinsam im See baden.

Ein halber Wecken trockenes Brot und etwas Speck liegen im Wagen. Wir bereiten uns ein spärliches Mittagessen, holen Wasser von einem kleinen mäandernden Rinnsal auf der Wiese. Dann spannen wir den Ochsen ein und fahren auf der abschüssigen Landstraße weiter. Unser Ziel ist Kochel. Die Fahrt ist nun schneller und durch sein großes Gewicht hat Sepp keine Mühe, unseren Karren zu bremsen. Eng umschlungen sitzen wir auf dem Kutschbock und halten gemeinsam die Zügel. Mein rechtes Bein schmerzt nur, wenn ich es knicke. Maria meint, ich sei vom Glück verfolgt. „Die Wölfe hätten dich töten können. Sicherlich stand ein Schutzengel an deiner Seite. Vielleicht auch deshalb, weil du mit deinem Lockenschopf ihnen gleichst." Ich antworte: „Dann wäre ich ohne Geschlecht und wir könnten uns nie lieben." Sie lächelt mit einem Anflug von Spott und blickt angespannt nach vorn. Nach einigen Stunden geht es wieder bergauf, der Blick ins Tal ist versperrt, die Fahrt wird mühsam und langsamer. Die Sonne ist bereits untergegangen und wir müssen ein Nachtlager suchen. Unser Ochse hat wieder genug. Er bleibt einfach stehen und scheint Gefallen an dieser Geste gefunden zu haben. Wir ziehen ihn mit unseren letzten Kräften von der Straße auf eine Wiese, die vor einem dichten Wald liegt. Dort wollen wir für die Nacht bleiben und binden Sepp fest. Geschäftig beginnt er laut schmatzend sofort zu grasen und seine Müdigkeit scheint verflogen. Wir sind hungrig. Ich befestige unseren Karren und Maria sucht am Waldesrand nach Beeren und Pilzen.

An eines der großen Räder angelehnt, schaue ich ihr nach. Ich erkenne in der Nacht nur ihre Umrisse. Sie bewegt sich elegant zwischen den hohen Gräsern und Büschen. Ihr rötliches Haar schimmert aus der Ferne. Plötzlich ist sie aus meinem Blickfeld verschwunden. Angst erfasst mich. Ich rufe leise ihren Namen. Sie wird doch nicht so leichtsinnig sein, jetzt, bei Anbruch der Nacht in den Wald zu laufen! Nochmals rufe ich nach ihr, nun lauter. Außer den Mahlgeräuschen von Sepp, den Rufen von Nachtigallen und dem Summen von lästigen Mücken ist nichts zu hören. Nach einer Weile kommt sie gemächlich zurück. Ihr Kleid hat sie hochgerafft bis über die Oberschenkel und trägt darin unser Abendessen. Sie hat süßlich duftende Beeren und große Pilze gesammelt, die sie auf dem Boden ausbreitet. Meine Angst um Maria ist verflogen. Sie kniet im Gras und verteilt unser Abendmahl. Nachdem ich bei den Pilzen zögerlich zugreife, versichert sie, dass sie nicht giftig seien und ich ihr vertrauen kann. Die Waldbeeren schmecken köstlich, sie sind süß und saftig. Es ist schon spät geworden, wir liegen nebeneinander im Gras und schlafen bis zur Morgendämmerung. Bevor wir losziehen, schleichen zunächst Maria und ich in den Wald, um unsere Notdurft zu verrichten. Für das Frühstück bleiben nur noch zwei dünne Scheiben Brot. Ich spanne den Ochsen ein, wir fahren guten Mutes weiter auf der Landstraße, erleben einen wunderschönen Sonnenaufgang und sitzen fest umschlungen nebeneinander. Das Zirpen der Grillen erfüllt den Morgen. Ich habe Maria nicht verdient. Ich bin betört von ihrer Milde, von ihrer Schönheit. Was kann die junge Witwe diesem jüdischen Jungen abgewinnen? Sie setzt sich meinetwegen einer großen Gefahr aus. Wenn der Mob mich meuchelte, würde ihr Gleiches widerfahren. Maria erkennt meine trüben Gedanken und sieht mich fragend an. Ich sage: „Warum setzt du dich dieser Gefahr aus? Sie hassen die Juden und sie hassen ebenso Christen, die sich mit Juden einlassen. Während ich dies ausspreche, halte ich die Zügel und schaue in die Ferne der Straße. „Sie werden dich nicht als Juden erkennen, solange du dich nicht entblößt. Du trägst keinen Judenstern, sondern ein Kreuz, keinen Judenhut und sprichst unsere Sprache. Gott wird dich beschützen, denn du bist ein guter Junge und ich liebe dich." Ich versuche ihr zu erklären, dass ich mich verkleiden könnte wie ich wollte, sie würden mich immer als Hebräer erkennen. Sie sieht mich lächelnd an und drückt ihre feinen Lippen auf die meinen, als ob sie mir den Mund verschließen wollte. „Lass uns diesen Tag genießen, wer weiß, was morgen sein wird. Deine Eltern würden sich freuen, wenn sie wüssten, dass du noch lebst." Ich bezweifele, dass sie das Leben, das ich jetzt führe, jemals akzeptieren könnten.

Am frühen Vormittag ziehen Wolken auf und unerwartet weht ein kühler Wind. In östlicher Richtung sehe ich durch das Dickicht des lichten Waldes die Umrisse einer Holzhütte. Angespannt blicken wir in diese Richtung, während uns plötzlich das laute Aufschlagen von Pferdehufen auf der Straße erschreckt. Nach wenigen Sekunden steht ein Reiter neben uns. Eine Staubwolke aufwirbelnd, brachte er sein Pferd abrupt zum Stehen. Der Ochse erschrickt, schüttelt seinen breiten Schädel in beide Richtungen und bleibt mit einem Ruck stehen. Der Mann auf dem Pferd trägt eine braune Kutte, an einer Schnur baumelt ein großes Holzkreuz, er ist schlank und in seinem hageren Gesicht mit dunkel umränderten Augen wächst ein dichter schwarzer Bart. „Seid gegrüßt im Namen des Herrn und seines

Sohnes und des Heiligen Geistes. Ich sah Eure Blicke in Richtung einer einfachen Hütte, in der eine fromme Familie mit vielen Kindern lebt, die sich von zwei Kühen und von Karpfen in einem naheliegenden Weiher ernährt. Ich reite zu meinem Kloster in Bozen und wollte auf meinem Weg die Familie besuchen, um ihr das Heilige Abendmahl zu spenden. Gott und sein Sohn kümmern sich um alle, auch um jene, die fernab, arm und einsam leben." Ich verstehe nicht, wovon er spricht, und schweige.

Er stellt die üblichen Fragen und wir erzählen ihm unsere ausgedachte Geschichte. Er scheint den Worten zu glauben und bittet uns, ihn zum Bauernhof zu begleiten. Wir stimmen zu, denn wir benötigen Proviant. So reitet er langsam voran, bis wir auf einen Feldweg gelangen, der von der Straße abzweigt, und tatsächlich bald zwischen zwei niedrigen Holzhütten zum Stehen kommen. Erst als der Mönch vom Pferd absteigt, den Staub aus seiner Kutte schüttelt und zum Haus geht, öffnet sich die Tür und ein älterer, gebückt gehender Mann mit zwei kleinen Kindern an der Seite begrüßt den Geistlichen herzlich. Sie sind ärmlich in Lumpen gekleidet, ihre Gesichter ungewaschen und doch lächeln sie fröhlich. Sie schütteln dem Mönch die Hände und umarmen ihn, kommen auf uns zu, nachdem wir vom Wagen gesprungen sind, und begrüßen uns mit der gleichen Herzlichkeit. Eines der größeren Kinder bringt unserem Ochsen einen Holzeimer mit Wasser und streut frisches Heu vor seine Hufe. Dann kommt die Bäuerin aus dem Haus zu uns. Sie ist sehr einfach gekleidet und dennoch eine stattliche Frau. Unter ihrem Rock verbergen sich breite Hüften und unter ihrem verschlissenen Hemd ein mächtiger Busen. Der Mönch schüttelt ihre Hand, mustert sie eingehend und meint lächelnd, es sei schön, dass sie dem Herrn jedes Jahr ein Kind schenke. Sie begrüßen sich, als wären sie einander gut bekannt. Der Bauer lädt uns zum Mittagsmahl ein. In der Hütte ist es dunkel, die schwarze Decke hängt so tief, dass ich meinen Kopf senken muss, um nicht anzustoßen. Durch zwei kleine Fenster dringt wenig Licht in den Raum. Maria und ich sitzen dem Bauernpaar und dem Mönch gegenüber. Mindestens zehn Kinder sind um den Tisch versammelt. Es ist laut und alle sprechen durcheinander. Einen Säugling und einen kleinen, schmächtigen Jungen, sie weinen laut, nimmt die Bäuerin ohne Scham gleichzeitig an ihre weiß schimmernden Brüste. Plötzlich schlägt der Bauer mit seiner rechten Faust laut auf den Tisch und sofort verstummt die Kinderschar. Gemeinsam wird mit dem Mönch das Tischgebet gesprochen. Maria und ich bewegen lautlos unsere Lippen. Die Bäuerin legt die Kinder zurück in ihre Wiegen und holt eine große, dampfende Schüssel mit Linsen vom Feuer, die sie geschickt mit einem Schöpflöffel auf die vor uns stehenden Holzteller verteilt. Der Geistliche sagt ein kurzes Gebet und wir essen seit langer Zeit unsere erste warme Mahlzeit. Noch nie wurde ich von völlig fremden Menschen so herzlich empfangen und bewirtet.

Nach dem Essen zeigt uns der Bauer den Stall mit den beiden Kühen und mehreren Hühnern. Gegenüber den Kühen lagert hinter einer hohen Holzwand frisch gemähtes, dampfendes Gras, das fast bis zur Decke reicht.

Dann führt er uns zu einem naheliegenden Teich und füttert die dicken Karpfen, die durch das dunkelgrüne Wasser bis an die Oberfläche schwimmen und ihre großen runden Mäuler offenhalten, um das vom Bauern zugeworfene Futter schnell abzufangen. Am jüdischen Neujahrsfest gab es Karpfen, den meine Mutter am Viktualienmarkt kaufte und zu Hause in einem Holzbottich noch einige Stunden umherschwimmen ließ. Bevor der Fisch in einem heißen Sud zubereitet wurde, erschlug ihn mein Vater mit einem Holzschlegel. Es war jedes Jahr die gleiche Zeremonie vor dem Neujahrsfest. Wir Kinder durften nicht dabei sein. Dieses grausame Ritual war nicht für Kinderaugen bestimmt. Das Fest zum jüdischen Neujahr mit meinen Eltern wird es nie mehr geben. Der Gedanke daran lähmt für mehrere Sekunden meinen Atem.

Nachdem die Fische gefüttert waren, schwimmen sie an der Oberfläche des Wassers noch einige Runden, bis sie in der Tiefe des Teiches versinken.

Als wir zurückkommen, sehen wir den Mönch im Hof neben seinem Pferd stehen, wie er einen kleinen Jungen in den Sattel hebt. Er mag vielleicht fünf Jahre alt sein und lächelt stolz zu uns herüber. Sie unterhalten sich angeregt.

Es ist bereits früher Nachmittag. Wir betreten die Stube. Einige Mädchen halten Maria an beiden Händen und möchten mit ihr Fangen spielen. Die Bäuerin geht in den Stall, um die Kühe zu melken. Ich frage den Bauern, als wir am Tisch sitzen und er mir einen Becher Milch anbietet, ob wir bis morgen früh bleiben und einigen Proviant von ihm abkaufen könnten. Er antwortet: „Wir haben leider selbst sehr wenig, der Hunger ist unser täglicher Begleiter. Wie sollen wir mit zwei Kühen und einigen Karpfen zehn Kindermäuler stopfen?" Ich lege ihm drei Münzen auf den Tisch. Er nimmt sie und betrachtet mit einem bekümmerten Blick das Geld. Währenddessen kommt der Mönch mit dem Jungen an der Hand in die Stube. Der Bauer sieht angestrengt auf die Kreuzer und wirft dem Geistlichen einen fragenden Blick zu. „Was soll ich damit?" Der Mann mit dem hageren Gesicht, umrahmt von seinem tiefschwarzen Bart, nimmt die Münzen an sich. „Damit kaufe ich von einem Bauern in der Nähe Saatgut, damit ihr etwas Getreide hinter dem Haus anbauen könnt. Ich werde euch deshalb morgen früh verlassen und in einigen Tagen zurückkommen. Dem jungen Paar aus München gib dafür einen schönen großen Karpfen, zwei Laib Brot und ein Stück vom Speck." Maria hörte nebenbei von unserem Handel und meint, als wir wieder zusammensitzen, dass für so spärlichen Proviant, den wir noch nicht hätten, drei Kreuzer eine großzügige Entlohnung seien. Ich entgegne ihr: „Selten wurde ich von fremden Leuten so freundlich und herzlich empfangen wie von diesen bettelarmen Menschen. Von dem Geld aus der Wohnung meiner Eltern haben wir bisher wenig ausgegeben."

Es ist schon fast dunkel, als Maria sich schweren Herzens von den Kindern losreißt und wir hinaus in den Hof gehen und unserem Ochsen Futter und Wasser bringen. Er war unweit vom Pferd an einem Haken am Stall festgebunden. Da sich die Stelle nahe am Misthaufen befindet, stinkt es hier unerträglich. Der Mönch kommt, um seinen Gaul zu versorgen und erzählt, während er seine Nase rümpft: „Wenn der Wind aus Westen weht, trägt er diese üblen

Gerüche bis in die Stube. Fast unerträglich!" Er verabschiedet sich höflich von uns und geht in den Stall, um dort auf dem frisch gemähten Gras seine Schlafstätte einzurichten. Als er den Stall betritt, beginnen die Kühe laut zu muhen und mit den Hufen zu scharren.

Wir ziehen den Karren weg vom Misthaufen an das andere Ende des Hofes und stützen die Deichsel auf eine kleine Mauer, sodass der Wagen waagerecht steht. Nur so können wir dort ungestört die Nacht verbringen. Maria hat sich schon auf den nackten Brettern des Karrens hingelegt. Ich stehe hinter dem Wagen und sage im Gedenken an meine Eltern das Kaddisch Gebet. Es ist unüblich, dieses Gebet nicht im Kreis der Gemeinde zu verrichten. Der Ewige möge mir verzeihen, denn diese Gemeinde ist ausgelöscht. Da ich noch wach bin, setze ich mich auf die Kutschbank und schaue über die Strohdächer der beiden Hütten in den Himmel. Es ist fast Vollmond und heller als sonst. Am Firmament leuchten einige Sterne. Von fern höre ich das Quaken der Frösche im Fischteich. Aus der Stube und vom Stall dringt kein Laut bis zu uns. Maria hat sich vom Boden erhoben und sitzt nun neben mir. Ich drückte sie fest an mich, während sie zärtlich über meine Wangen streicht. Als ich ein leichtes Knarzen höre, richtet sich mein Blick unversehens zur Haustür, die sich langsam öffnet. Die Bäuerin eilt im wehenden Nachtgewand im Mondschein mit wogendem Busen und offenem, langem Haar zum Stall. Von innen öffnet sich die Türe, an der kurz der Mönch mit seinem schwarzen Bart zu sehen ist, wie er die Bäuerin zu sich zieht und mit ihr schnell im Stall verschwindet. Das weckt die Kühe und sie bewegen sich hörbar. Was für ein Schauspiel! Kaum zu glauben. Maria beginnt zu lachen und fragt mich, wer denn nun tatsächlich der Vater dieser Kinderschar sei. Nun verstehe ich, warum der Kirchenmann sich so liebevoll um diese Familie und deren Nachwuchs kümmert. Vielleicht ist der Junge, den er in den Sattel seines Pferdes hob, sein ältester Sohn.

Bald liegen wir im Wagen und feiern unersättlich und leidenschaftlich unsere Liebe, angefacht vom Schäferstündchen des Mönchs mit der üppigen Bäuerin. Dabei vergesse ich für einige Stunden das Schicksal meiner Familie und meine Sorge über den

Fortgang der Reise. Ist die Bäuerin inzwischen an die Seite ihres Gatten zurückgekehrt? Da ich nicht schlafen kann, lege ich mich auf die Lauer und beobachte die Tür des Stalls. Als sich in Ankündigung des Morgens die ersten rötlichen Streifen am Himmel abzeichnen, sehe ich, wie die Stalltür sich öffnet, der Mönch lugt hinaus, die Bäuerin verlässt den Ort des Stelldicheins und geht langsam zurück zur Stube. Unterwegs auf dem Misthaufen hebt sie breitbeinig ihr Nachtgewand und verrichtet dort ihre Notdurft, während der Mönch seinen Blick langsam abwendet und zurück zu seiner Schlafstatt wankt.

Nach diesem Schauspiel glaube ich nicht mehr, dass der Mönch und die arme Familie unsere Abmachung einhalten würden. Schließlich haben sie das Geld bereits erhalten. Schlaftrunken lege ich mich nochmals zu Maria und falle in einen leichten Schlaf. Grauenhafte Gestalten ziehen im Traum an mir vorüber. Zumeist sind es meine Eltern und meine Schwester mit hohlen Gesichtern, leeren Augenhöhlen und verkohlten Körpern. Ein lautes Schluchzen durchbebt meinen Körper. Maria fasst mich fest an den Schultern. „Jakov, beruhige dich. Wir sind in Sicherheit. Du bist meine Liebe." Ich öffne meine Augen, sehe am Himmel den blassen Mond. Es wird heller und langsam bricht der Tag an. Maria ist wieder eingeschlafen.

Ich höre den Ochsen mit seinen Hufen scharren und eine Kuh schreien. Nun kommt der Mönch aus dem Stall, nähert sich unserem Karren, während er mit der rechten Hand Stroh aus Haar und Bart zupft. Das Klappern seiner Holzpantinen auf dem trockenen, harten Boden weckt Maria. Sie erhebt sich schnell und beide blicken wir freundlich lächelnd in seine Richtung. Er steht vor uns, mustert die karge Ausstattung unseres Wagens, fährt sich mit einer Hand durch seinen schwarzen Bart und beginnt zu reden. „Ich bin ein Mann Gottes und er lenkt meine Blicke stets an die richtige Stelle. Ihr habt gesehen, wie die Bäuerin zu mir in den Stall kam. Ich will das nicht verhehlen. Wir lieben uns schon seit langer Zeit und ihr Gatte kann seit Anbeginn ihrer Ehe wegen einer bösartigen Erkrankung seines Schwengels die ehelichen Pflichten nicht erfüllen. Der Herrgott gab mir dieses wunderbare Weib und ich schenkte ihm viele Kinder. Ich fühle mich verpflichtet, dieser Familie zu helfen. Deshalb lege noch einige Kreuzer dazu. Neben dem Saatgut werde ich einen Hahn mit einigen Hühnern und vielleicht eine Ziege besorgen." Maria entgegnet etwas wütend, dass wir das Wenige, das wir besäßen, dringend für unsere weitere Reise nach Tirol benötigten. Nun wird der Mönch seinerseits schroff und blickt zu mir. „Du trägst das Kreuz zu Unrecht. Du bist nicht Christ, sondern Jude. Ich sah dich in München, als ich auf dem Weg zu St. Peter war, in der Judengasse mit einem Glaubensbruder gestikulierend einhergehen. Er trug auf seinem Mantel den gelben Judenstern. Dass du ein Beschnittener bist, könnte sich in dieser Gegend wie ein Lauffeuer schnell herumsprechen und würde eurer Reise in den Süden ein jähes Ende setzen. Doch gemach, gemach, lasst uns zu den Kindern in die Stube gehen. Es gibt Brot und Wasser und frische Äpfel." Maria sieht mich entsetzt an, erkennt rasch die Gefahr, die uns droht. Wir gehen hinter dem Geistlichen und sie flüsterte kurz in mein Ohr: „Er hat ein Geheimnis, wir haben ein Geheimnis und beide dürfen wir es nicht preisgeben. Das verbindet!" Schnell sind wir in der Stube, die Kinder laufen freudestrahlend auf Maria zu und ziehen sie zu sich. Wieder ist es sehr laut, die Bäuerin hantiert am Ofen und ich kann meine verstohlenen Blicke von ihrem üppigen Busen kaum abwenden. Wie ich sehe, scheint das Maria nicht zu stören.

Auf dem Tisch liegen zwei Laib Brot, daneben eine dicke Scheibe Speck und ein großer Karpfen schwimmt unruhig in einem Holzkübel. Ich setze mich zum Bauern und zum Mönch und lege noch zwei weitere Münzen auf den Tisch, die der Mönch mit einem zustimmenden Nicken des Bauern schnell in seine Tasche steckt. Bald sind wir alle mit den Kindern um den Tisch versammelt. Der Geistliche spricht ein Morgengebet und die Bäuerin verteilt Schüsseln mit noch warmer fetter Milch, auf der eine weiße Haut schwimmt. Schon als kleines Kind erfüllte mich Milchhaut mit Ekel. Diesmal sitze ich zwischen Maria und der Bäuerin. Von ihr strömt der Geruch des Kuhstalls und von Wollust aus. Sie sitzt unruhig auf der Bank und blickt dem Mönch tief in die Augen. Wir tunken das Brot in die Milch, das beim Herausziehen von der Haut benetzt ist. Ich überlasse Maria mein erstes Stück.

Nach dem Essen verabschieden wir uns, die Bäuerin drückt mich fest an sich und ich fühle mich in diesem Augenblick wie in Abrahams Schoß. Unsere Gastgeber schlagen vor, sie auf dem Weg zurück nach München wieder zu besuchen. Als wir hinausgehen, stehen die Kinder in einer Reihe und winken fröhlich, die beiden jüngsten hält der Mönch in seinen Armen. Auf dem Hof binde ich Sepp los und ziehe ihn zum Wagen. Er ist etwas störrisch, denn ein gutes Bündel Heu, mit dem ihn der Bauer fütterte, musste auf seinem Rastplatz zurückbleiben. Ich ziehe beherzt an seinem Strick, bis wir mit gutem Zureden den Karren erreichen und ihm sein Geschirr anlegen. Maria kommt in Begleitung des Mönches nach. Er bedankt sich in ihrer Gegenwart für den zusätzlich entrichteten Obolus. Wir versprechen uns gegenseitiges Stillschweigen über unsere Geheimnisse. Dann spricht er einen Segen über uns beide. „Ihr müsst verstehen, ohne Hilfe werden die vielen Kinder den Winter nicht überleben. Sie brauchen mehr Vieh und zusätzliches Getreide und dafür werde ich sorgen." Maria fügt an, dass wir hoffentlich vor Wintereinbruch zurück sein werden, und verspricht, seine Familie auf dem Weg zurück nach München zu besuchen. Ich denke an meinen Vater. Am Freitagabend vor dem Kiddusch, bevor wir gemeinsam das „Schalom Aleichem" sangen, standen wir zusammen, er legte beide Hände auf mein und meiner Schwester Haupt und sprach dann den Segen auf unser Leben. Ich werde nie mehr an den Freitagabenden seine warme Hand auf mir spüren.

Bald erreichen wir die Salzstraße, die in Serpentinen in das noch ferne Tal bis zum See führt. Wir haben unseren Proviant im Wagen unter einer Decke versteckt. Maria fragt, ob meine Mutter ähnlich wie die Bäuerin ausgesehen hätte. Ich entgegne, dass sie klein, schlank, schön und belesen gewesen wäre. „Vielleicht hätte dir als kleiner Junge eine dicke Mama gutgetan? Deine sehnsuchtsvollen Blicke nach der Bäuerin blieben mir nicht verborgen." Ich antworte nicht, denke an meine Mutter, die eine temperamentvolle, elegante

Jüdin aus Toledo war und von der ich meine schwarzen Locken und dunklen Augen geerbt habe.

Der Vormittag ist angebrochen. Wir haben von unserer Kutschbank einen wunderschönen Ausblick in das Tal. Mühelos bremst der Ochse bei abschüssiger Fahrt den Karren. Vom Feld hören wir das fortwährende Zirpen der Grillen und das stetige Summen von Mückenschwärmen. Maria leidet unter den unzähligen Stichen dieser Insekten. Mich lassen sie in Ruhe, was sie damit kommentiert, dass sie wohl kein Judenblut trinken würden. Ich erwidere darauf nichts und hülle mich für einige Zeit in Schweigen. Sie soll spüren, dass sie zu weit gegangen ist.

Die Sonne steht hoch am Himmel. Ich lenke den Karren auf eine Wiese zur rechten Seite und bremse am Waldesrand. Die Bäume spenden ein wenig Schatten. Wir befreien unseren Ochsen von seinem Geschirr und binden ihn an den Strick. Sofort beginnt er zu grasen. Müde und wütend lege ich mich in den Schatten. Marias Frage, ob ich essen wolle, verneine ich nur mit Kopfschütteln. Da ich in der vergangenen Nacht wenig Schlaf fand, nicke ich schnell ein.

Als Marias Hand zärtlich über meine Wangen streicht, stelle ich mich schlafend, als würde ich ihre Liebkosungen nicht spüren. Ihre Bemerkungen zum Judenblut lassen mich nicht los. Sie küsst mich am Nacken und nun wende ich mein Gesicht zu ihr. Mit ernster Miene blicke ich sie an und frage, ob sie kein Problem gehabt hätte, das „jüdische Geld" meiner Eltern zu nehmen. Sie überlegt lange, bis sie antwortet. „Ich spreche so, wie alle Christen über Juden. Wenn ich dich als Juden wie fast alle Christen hasste, wäre nie unsere Liebe entkeimt. Künftig werde ich meine Zunge im Zaum halten. Habe ich dich verletzt, so verzeih bitte. Außerdem sollten wir jetzt den Karpfen essen, in der Mittagssonne beginnt er bereits zu stinken." Bald ist mein Ärger verflogen. Ich verstehe, dass unsere gemeinsame Reise für sie nicht unerhebliche Risiken birgt. Wie die vergangenen Tage gezeigt haben, kann ich mein Judentum nur schwer verbergen.

Wir versöhnen uns, liegen im tiefen Gras nebeneinander. Sie fährt mit einer Hand durch meine schwarzen Locken, zieht an meinem langen Bart, meint, es sei zu auffällig, wir sollten ihn vor der Weiterfahrt auf Normallänge stutzen.

Am Feuer braten wir den Fisch, er schmeckt köstlich mit einigen Scheiben vom frischen Brot. Nach dem Essen kommt Maria mit dem Messer und schneidet meine Haare. Die schwarzen, langen Locken fallen ins tiefe Gras. Sie ermahnt mich, das Kreuz stets sichtbar zu tragen. Mir missfällt das beschämende Versteckspiel.

Nachdem Sepp eingespannt war, steigen wir in den Wagen und er zieht ihn gemächlich über die Wiese zur Landstraße. Einige Reiter eilen hastig vorüber. Sie wirbeln Staub auf, der uns einhüllt und das Innere des Wagens mit einem grauen Schleier bedeckt. So geht es Stunden dahin, die Mücken sind nun verschwunden, die Sonne geht langsam unter. Wir fahren bis zu einem Rastplatz, an dem bereits mehrere Fuhrwerke stehen. An der Seite befindet sich ein runder Brunnen, darüber ein kleines Holzdach. Daneben liegt ein Kübel an einem Seil befestigt, um Wasser zu schöpfen. Der Brunnen scheint sehr tief, denn es dauert lange, bis das Gefäß mit dem über eine Rolle laufenden Seil ins Wasser gelangt und das Platschen auf dem Grund nach oben hallt. Um den Brunnen stehen die Reisenden, tränken ihre Tiere, trinken selbst und waschen sich ungeniert, halb nackt vor den Augen der Umstehenden.

Ich bin vorsichtig und bleibe im Wagen. Maria kommt mit zwei gefüllten Krügen und klettert zu mir. Wir trinken von dem frischen Wasser und essen die Reste von unserem Mittagsmahl. Sepp säuft aus der Schale, in der vorher der Karpfen lag. Dann begibt sich Maria in den hinteren Teil des Karrens und wäscht sich gründlich. Es ist schon dunkel, ich sehe sie nur schemenhaft und gerade deshalb erregt mich ihr Anblick. Nach einer Weile zieht sie mich zu sich, entkleidet meinen Oberkörper und reinigt mich mit ihrem nassen Lappen. Ich beginne zu kichern, ich war schon als Kind sehr kitzlig. Sie legt ihre Hand auf meinen Mund und ich verstumme schnell. Arm in Arm liegen wir eng nebeneinander. Die Reisenden trauen einander nicht und gleichzeitig fühlen sie sich als Gruppe sicherer vor Räubern.

Wir wollen zunächst einige Stunden schlafen, beim ersten Morgengrauen die beiden Krüge nachfüllen und, ohne Zeit zu verlieren, auf der Landstraße weiterfahren. Maria fällt in einen unruhigen Schlaf, schüttelt gelegentlich den Kopf und flüstert leise Unverständliches. Irgendwann übermannt auch mich der Schlaf und ich erwache erst, als Maria auf meine Schultern klopft. Sie erzählt, dass sie fürchterliche Albträume von ihrer Mutter hatte.

Ich steige vom Wagen und fülle am Brunnen beide Krüge randvoll. Die Morgendämmerung bricht an. Ich verrichte schnell einige Meter entfernt vom Brunnen meine morgendliche Notdurft und eile mit den Krügen zurück zu unserem Karren. Auch Maria steigt vom Wagen und verschwindet schnell hinter nahen Büschen. Die anderen Reisenden schlafen noch oder haben sich schon längst auf den Weg gemacht. Bald sitzen wir auf der Kutschbank und unser Ochse Sepp zieht uns behäbig vom Rastplatz zur Landstraße.

Als wir mit unserem Karren auf die Straße biegen, schiebt sich in der Drehung ein Mann in mein Blickfeld, der zunächst von einem Wagen verdeckt war und an einem Baum lässig angelehnt steht. Er trägt einen spitzen gelben Hut und einen langen Bart. Seine Lippen bewegen sich langsam, als würde er zu sich reden oder singen. Bald ist er nicht mehr zu sehen. Die Landstraße ist wieder leicht abschüssig und bisweilen sehen wir zwischen den Hügeln und Bäumen in der Ferne die Umrisse des Sees. Bisher haben wir auf der Straße weder Reiter noch Fuhrwerke getroffen.

Maria erzählt von ihrem Traum und dass ihre Mutter vor zwei Jahren als Hexe verbrannt wurde. Dabei beginnt sie laut zu weinen und legt ihren Kopf auf meine Schultern. Ich versuche sie zu trösten, streiche über ihr Haar und ihre Wangen und spüre die Tränen auf ihrem Gesicht. Nachdem sie sich beruhigt hatte, beginnt sie zu erzählen, während vor uns langsam die Sonne aufgeht. „Meinen Vater habe ich nicht gekannt. Er begleitete angeblich einen Kreuzzug ins Morgenland. Wir wohnten am Rande eines Dorfes, östlich von München, nahe der Isar. Meine Mutter sammelte Kräuter, braute und verkaufte Arzneien. Sie konnte die Zukunft aus der Hand lesen. Oft war sie laut und streitbar. Einmal wehrte sie sich gegen einen

wohlhabenden Bauern, der ihr unter den Rock wollte und die ge-
kaufte Arznei nicht bezahlte. Ebendieser Bauer, dieses Schwein,
wollte gesehen haben, wie Mutter den Heiland auf einem Kruzifix
bespuckte. Die gemeine Lüge hat sie von sich gewiesen. Sie konnte
sich nicht wehren. Da sie ohne Ehemann war, mich allein aufzog und
man ihr wegen der oft wirksamen Arzneimittel Zauberkräfte unter-
stellte, war es nicht weit bis zu der Anschuldigung, sie sei eine Hexe
und noch dazu mit dem Teufel im Bunde." Maria blickt mich mit
weit aufgerissenen Augen an und fährt fort. „In der Walpurgisnacht
drangen die Knechte des Herzogs gewaltsam in unsere Hütte. Da ich
mich unbemerkt im Schrank verstecken konnte, verschleppten sie
nur meine Mutter und sperrten sie ein. Ihre lauten, gellenden Hilfe-
rufe höre ich fast jede Nacht. Wenige Tage später machten sie ihr den
Prozess, bezichtigten sie der Hexerei und dass sie mit dem Teufel im
Bunde stünde. Sie verbrannten meine Mutter erbarmungslos auf
einem Scheiterhaufen. Da ich fürchten musste, sie würden auch mich
verurteilen, hielt ich mich von dem Prozess und der Verbrennung
fern. Nun kennst du den dunklen Teil meiner Geschichte, lieber
Jakov, und sie ist nicht minder blutig als deine. Ich hatte bisher
Glück, denn die Kunde von der Ermordung meiner Mutter als Hexe
drang nicht bis nach München."

Die aufgehende Sonne färbt die Wolken am Horizont in rosa Farben. Es weht ein kühler Wind und von Westen ziehen Wolken auf.
Nach einigen Stunden rasten wir auf einer Wiese, die von einem
kaum sichtbaren, von hohem Gras überwucherten kleinen Bach
durchzogen ist. Nun hat unser Ochse genug frisches Wasser zu saufen und auch wir füllen unsere Krüge, laufen barfuß im Rinnsal, legen uns ins Gras und sehen in den Himmel, an dem sich dunkle Wolken zusammenziehen. Maria ist fröhlich und lacht. Ihre nächtliche
Verzweiflung ist wie fortgeweht. Was für ein besonderes Paar wir
doch sind. Der jüdische, verwaiste Junge mit der Tochter einer Frau,
die auf dem Scheiterhaufen verbrannt wurde. Wir schauen uns an
und wissen, dass unsere Gedanken die gleichen sind. Die Ermordung unserer Eltern wird uns nicht loslassen, nicht in unseren Träumen und nicht in unseren Gedanken. Niemand darf von den

Gründen erfahren, es muss unser stilles Geheimnis bleiben. Würde es bekannt, so hätten wir viele Tode zu sterben.

Ich spüre erste Regentropfen. Wir steigen in den Karren, lenken unseren Ochsen zurück zur Landstraße, während bereits dicke Wassertropfen auf die Plane prasseln. Helle Blitze durchzucken den Himmel, gefolgt von einem tiefen, krachenden Donner. Die Straße ist bereits von Wasser und Schlamm überzogen. Plötzlich taucht ein greller Lichtstrahl die Umgebung in blendend helles Licht. Am nahen Waldesrand wurde ein hoher Baum von einem mächtigen Blitz getroffen, er neigt sich zur Seite, während gleichzeitig ein ohrenbetäubendes Donnern die Luft erfüllt. Der Baum fing Feuer und gelbe Flammen züngeln aus dem Holz. Maria hält sich die Ohren zu, schließt die Augen und schreit vor Angst. Der Ochse bleibt abrupt stehen, brüllt laut und rührt sich trotz meines gutmütigen Zuredens nicht von der Stelle. Langsam neigt sich der Baum in unsere Richtung und fällt dann krachend auf den Boden. Wir hatten Glück, dass uns die Spitze des Baumes nicht traf. Ein dicker, brennender Ast liegt unweit unseres Wagens. Ich steige schnell vom Karren, bin nach wenigen Metern vom sintflutartigen Regen vollends durchnässt, gehe zu unserem Ochsen und versuche, ihn zum Weitergehen zu bewegen. Der beißende Brandgeruch erfüllt die Luft. Wir müssen diesen Ort schnell verlassen, um zu verhindern, dass Sepp sich in Panik mit einer entfesselten, gewaltigen Kraft befreit und das Weite sucht. Ich ziehe mit meinem ganzen Gewicht an seinem Geschirr, um ihn nach vorn zu bewegen. Dabei senkt er schnell seinen Schädel nach unten, mir entgleitet das Lederzeug aus den Händen und ich falle seitlich nach hinten in den Schlamm. Ein beißender Schmerz durchzieht meinen Rücken. Ich spüre die Stelle mit dem Wolfsbiss am Bein. Sie ist fast verheilt. Ein wenig Blut quillt aus der vom Straßenschlamm bedeckten, verkrusteten Wunde. Wieder versuche ich, nachdem ich aufgestanden war, unseren Ochsen zum Gehen zu bewegen. Er ist wie ich völlig durchnässt, schleckt mit seiner langen, breiten Zunge an den dicken Regentropfen vor seinem Maul. Der aufkommende Wind bei dem Regen facht das Feuer in den Ästen an. Instinktiv spürt unser Ochse die Gefahr und fängt langsam an loszutraben.

Schnell springe ich auf den Karren und ziehe stark an den Zügeln. Er fällt zurück in den normalen langsamen Gang, schüttelt mehrmals sein mächtiges Haupt und so fahren wir im nachlassenden Regen zügig in die Richtung des Kochelsees. Der Brandgeruch hat sich verzogen, ebenso das Gewitter. Marias Angst ist verflogen. Sie sitzt nun neben mir und bemerkt mit Schrecken, wie von meinem rechten Bein Blut auf den Holzboden des Wagens tropft. Sie fragt, was geschehen sei, und ich erzählte ihr von dem unglücklichen Sturz. Mit einem Tuch säubert und verbindet sie die Wunde, die zunehmend schmerzt.

Langsam vertreibt die Sonne die Wolken, der Wind legt sich und es wird wärmer. Die Straße verläuft nun eben und ist trocken. Hier scheint das Gewitter nicht gewütet zu haben. Erste kleine Hütten am Straßenrand tauchen auf. Dann ist die Straße gesäumt von Wiesen mit hohem Gras und Schilf. Wir halten an einer Ausbuchtung der Straße an. Es ist früher Nachmittag und wir essen vom Brot und vom Speck. Maria will in einem naheliegenden Wald nach Beeren und Pilzen suchen. Sie betritt die Wiese und versinkt unversehens tief im feuchten Boden. Erschrocken sieht sie zu mir und bittet mich, sie herauszuziehen. Als sie befreit ist, meint sie lächelnd, heute Nacht würden wir den Moorgeistern begegnen, denn diese Straße grenzt an ein großes, tiefes Moor.

Maria hat sich von ihrem Schreck erholt. Wir steigen in unseren Karren und halten den Ochsen zur Weiterfahrt an. Langsam zieht er uns auf der Salzstraße. Aus der Ferne sehen wir einen Reiter in einer großen Staubwolke uns entgegeneilen. Als er näherkommt, bremst er seinen Gaul, bleibt stehen, hebt sein mit einer bunten Feder verziertes Barett vom Kopf, verbeugt sich und lächelt Maria an. Sie erwidert freundlich seinen Gruß. Er fragt nach unserem Reiseziel. Bereitwillig erzählt Maria, dass wir aus München kämen und nach Tirol wollten und fügt an: „Unterwegs trafen wir einen Gutsherrn mit dem Namen Anselm Hofmann, der uns anbot, ihn am Kochelsee zu besuchen." Nun steigt der Reiter ab, bindet sein Pferd an den Speichen unseres Karrens fest, verbeugte sich höflich und sagt: „Ich bin Albert Hüfner, Baumeister und plane einen wehrhaften Anbau an die Wallburg über dem Kochelsee. Mein Herr sendet mich nach München, um beim Herzog eine Genehmigung für das Bauvorhaben zu erbitten." Meine Frage, ob er den Gutsherrn kennen würde, beantwortet er zunächst nicht. Maria lächelt und sagt in vertrautem Ton: „Der Anselm Hofmann scheint mir fast so elegant zu sein wie Ihr." Er setzt sein Barett wieder auf, verbeugt sich abermals und erwidert nun: „Ich kenne den Anselm gut. Aber er ist mit Verlaub nicht Gutsherr, sondern der Verwalter auf der Burg. Er lebt mit seinen drei Kindern, seine Frau ist vor zwei Jahren im Wochenbett verstorben, in einem kleinen Haus innerhalb der Burgmauern. Verzeiht, ich muss nun weiter und möchte vor Einbruch der Nacht noch eine weite Wegstrecke hinter mich bringen. Wenn Ihr auf der Salzstraße weiterzieht, findet Ihr in einigen Stunden auf einer Anhöhe die Burg. Ein kleiner Weg zweigt von der Straße ab und wird Euch hinführen."

Er steigt auf, gibt seinem Pferd die Sporen und hetzt davon. Den Staub, den er dabei aufwirbelt, trägt der Wind bald in unsere Richtung. Er dringt tief in meine Lungen und ich huste heftig nach Luft ringend. Maria klopft fest auf meinen Rücken. Als ich nach einer Schrecksekunde wieder Luft bekomme, sammle ich mich und frage dann: „Warum waren Anselm und Albert so sehr von dir angetan? Kanntest du sie?" Maria grinst und meint, vielleicht hätte sie die beiden verhext. Über diesen Scherz kann ich beim Schicksal ihrer Mutter nicht lachen. „Jakov, du musst wieder lernen, die Dinge nicht so ernst zu nehmen. Als ich dich vor St. Peter kennenlernte, war ich von deinem Lächeln unwiderstehlich angezogen. Diese Heiterkeit vermisse ich." Unser erstes Treffen nach dem Verkauf der Stoffballen. Es bleibt mir in Erinnerung. Da war die Welt noch in Ordnung, meine Familie lebte. Wie kann ich das große Unglück jemals vergessen?

Maria ermuntert unseren Ochsen mit lautem Rufen zum Weitergehen. Er setzt sich langsam in Bewegung. Ich küsse sie auf ihren Mund, sie zieht mich zu sich und knetet mit ihren Fingern meinen Oberarm. Ich lächle verhalten. Sie nickt und erkennt mein Bemühen. Langsam setzt die Abenddämmerung ein. Links von der Straße schimmert das dunkle Blau des Sees durch die Bäume. Es ist bereits zu spät, um noch heute Anselm Hofmann zu besuchen. Nach wenigen Minuten erspähen wir einen schmalen Weg, der in die Richtung des nahen Sees führen müsste. Wir lenken den Wagen dorthin, gelangen an ein steiniges Seeufer, erlösen Sepp von der Deichsel, binden Tier und Wagen fest und laufen schnell zum Ufer. Maria durchfurcht mit ihren nackten Füßen das Wasser. Sie lacht dabei laut und vergnüglich. Ich folge ihr und wir stampfen heftig im Wasser, bis wir uns gegenseitig nass gespritzt haben. Zurück am Ufer, ziehen wir uns schnell aus, waten in den See und bald reicht das Wasser bis an die Schultern. Es ist warm, riecht nach Moor und fühlt sich am Körper weich an. Das Abendrot spiegelt sich im See. Wir umarmen uns, Maria blickt nach unten und fragt mich, was los sei. Ich löse mich verlegen von ihr und beginne mit ersten vorsichtigen Schwimmzügen. Bald durchfurche ich gleichmäßig die leicht wogenden Wellen und schwimme voran. Maria folgt mir und wir schweben nebeneinander auf dem Wasser. In einem weiten Bogen kehren wir zurück, langsam steigen wir zum Ufer und setzen uns nebeneinander auf die Kieselsteine. Unsere Blicke verlieren sich im See und in den gegenüberliegenden Berghängen. Reiher stürzen, gleich einem Pfeil, mit dunklem Gefieder von weit oben in das Wasser, tauchen mit einem kleinen Fisch im Schnabel auf, um sich wieder schnell empor in die Lüfte zu schwingen. Was ist das für ein Schauspiel? Ansonsten erklingt der Singsang der Vögel in den Bäumen und ganz leise aus weiter Ferne das Läuten von Kirchenglocken.

Nachdem wir uns satt gesehen hatten an diesem schönen, stillen Ausblick auf die glatte Oberfläche des Sees, auf dem sich nur gelegentlich durch leichte Böen kaum sichtbare Wellen kräuseln, setzen wir uns auf die Kieselsteine des Ufers nahe an unserem Wagen und entzünden ein Lagerfeuer, an dem wir Speck und Brot auf Weidenästen grillen. Wir sehen und hören keine Menschenseele. Nach unserem Abendmahl liegen wir nah nebeneinander, schauen in den Sternenhimmel und Maria beginnt von ihrer Mutter zu erzählen, wie sie viele Male gemeinsam den Wald durchstreiften. Wie sie von ihr lernte, Kräuter und Pflanzen nach ihren Heilkräften zu unterscheiden und giftige Pilze zu erkennen. Das rötliche Haar hätte sie von ihrer Mutter und ebenso die anziehende Wirkung auf Männer. „Sie war nie eine Hexe. Wie dumm und herzlos nur die Menschen sind. Sie war klug und frei." Dann weint sie, drehte sich zur Seite und schläft schluchzend ein. Nun streicht ein kühler, angenehmer Wind über das Seeufer. Mit Wasser lösche ich die Glut des Lagerfeuers, liege nahe an der Seite von Maria und schlafe bald ein.

Einige Wassertropfen auf meiner Haut wecken mich. Über mir sehe ich Maria lächeln. Sie hat nasses Haar und ist unbekleidet. „Jakov, während du schliefst, war ich im See und schwamm umher." Ich gähne und sage nichts, sondern versuche mich an die Träume dieser Nacht zu erinnern. Es gab keine Träume, keine Albträume. Ich sehne mich nach Maria, nach ihrem Körper. Sie ist zum Wagen gegangen und zieht sich an. Bald folge ich ihr, suche für unseren Ochsen nach frischem Gras und gebe ihm Wasser aus einer Holzschüssel. Er scharrt mit seinen Hufen. Ich möchte nochmals schwimmen, vielleicht das letzte Mal für lange Zeit, entkleide mich und laufe zum See. Vor mir liegt einladend dessen glatte Oberfläche. Langsam steige ich hinein und fühle, wie das moorige, weiche Wasser meine Beine umspült. Der Geruch des Sees erinnert mich an das Bad mit Vater in der Isar. Ich schwebe im Wasser, tauche hinein, mit geöffneten Augen, sehe Schwärme kleiner schwarzer Fische an mir vorüberziehen und das wogende hohe Gras am Seegrund. Plötzlich spüre ich eine Berührung an meinem rechten Fuß. Erschrocken drehe ich mich und sehe Maria unter Wasser, wie sie mein Bein mit einer Hand festhält. Ich befreie mich und tauche zur Oberfläche, wir umarmen uns und schwimmen zurück zum Ufer. Das Wasser trocknet schnell auf der Haut und die Schwerelosigkeit, die mich im Wasser umfing, spüre ich noch auf dem Weg zum Wagen.

Wir spannen den Ochsen ein und sitzen nach dem gemeinsamen Bad auf der Kutschbank, lenken den Wagen in Richtung Wallburg. „Jakov, du kannst wirklich schwimmen und sogar unter Wasser. Nur Juden und Hexen haben den Mut dazu. Die rechtschaffenen Menschen fürchten sich vor gefährlichen Tieren in den Tiefen des Bergsees." Ich streiche lächelnd über ihr Haar. Dieses Mal habe ich die Ironie ihrer Bemerkung verstanden und antworte: „Selten war ich so glücklich wie in den letzten Stunden mit dir."

Wir essen während der Fahrt zur Burg vom harten Brot und vom Speck. Maria überlegt, ob wir bei Anselm vielleicht einen Teil des Schmucks gegen Naturalien und unseren Ochsen gegen ein Pferd eintauschen sollten. Mit Sepp als unserem „Zugtier" würden wir vielleicht nicht rechtzeitig zur Jacobi Dult im Frühherbst nach München kommen. Er trabt nun zügig voran, als hätte er unsere Gedanken erraten.

Auf Burg Wallstein

Die Sonne steht hoch am Himmel und es ist nicht mehr lange bis zum Mittagsläuten. Vor uns auf einer Anhöhe sehen wir endlich die Burg Wallstein. Wie war doch unsere gemeinsame Lebensgeschichte? Wir sind Händler auf Jahrmärkten und schon seit mehreren Jahren verheiratet, gottesfürchtige Christen auf dem Weg nach Tirol, um dort orientalische Kräuter und wertvolle Stoffe zu kaufen. Unsere beiden Familien wurden vor mehreren Jahren Opfer der schwarzen Pest. Wir kannten uns schon seit frühen Jugendjahren und überlebten. Mit Herzklopfen lenke ich den Wagen zu dem kleinen Weg, der hinauf zur Burg führt. Er ist sehr steil, wir steigen vom Karren ab, Maria zieht Sepp an seinem Halfter und ich schiebe den Wagen von hinten mit an. Wir schwitzen in der Mittagssonne und erreichen mit großer Mühe das verschlossene Tor. Davor steht ein Wächter, ein alter Mann auf einen langen Stock gestützt, in verschlissenen Kleidern, mit einem speckig glänzenden, schmalen Federbarett auf seinem ergrauten Haupt. Er mustert uns neugierig. Maria begrüßt ihn höflich und sagt, wir kämen auf Einladung von Anselm Hofmann und ob er uns einlassen wolle. Er antwortet nicht. Ich kenne das Spiel und drücke ihm einen Kreuzer in die mit Narben übersäte Hand. Darauf dreht er sich wortlos um, geht zum Tor und öffnet die beiden grob gezimmerten Holzflügel. Als wir mit unserem Gespann durch das Tor in den Burghof langsam einfahren, zeigt er auf ein Haus zur Rechten an der Burgmauer. „Dort wohnt unser

Verwalter Anselm Hofmann mit seinen drei Kindern. Die Unglücklichen haben ihre Mutter verloren." Wir ziehen unseren Wagen vor sein Haus. Eine Steintreppe mit drei Stufen führt zur Eingangstür. Darauf sitzen zwei junge Mädchen und blinzeln in die Sonne. Das kleine, einfache Haus lehnt schräg gegen die Burgmauer. Es ist im Erdgeschoss mit groben Steinen gemauert, im ersten Stockwerk aus Holz gezimmert und überdeckt von einem Dach aus verwitterten Holzschindeln.

Maria geht lächelnd zu den Mädchen, und fragt, ob ihr Vater zu Hause sei. Sie stehen auf, blicken traurig und die größere von beiden sagt, ihr Vater besuche den Burgherrn und käme erst später. Ihre Schwester beginnt leise zu weinen, deutet auf ihr kleines Bäuchlein und sagt, sie habe Hunger. Ihr Vater musste schnell weg und sie bekamen deshalb kein Frühstück. Ich gehe zum Karren und sammle die letzten Brotscheiben und bringe sie den Mädchen. Sie sehen einander mit zweifelnden Blicken an, als wüssten sie nicht, ob sie unser Angebot annehmen dürfen, und nach einem gegenseitigen vertraulichen Nicken greifen sie schnell zu. Sie haben brünettes, langes Haar, blaue Augen und schöne, fein geschnittene Gesichtszüge, tragen Schürzen mit Blumenmuster und scheinen nun nach einigen Bissen vom Brot besser gelaunt. Maria fragt, ob sie noch Geschwister hätten. Sie erzählen von ihrem großen Bruder, der den Vater in die Burg begleiten durfte, was ihnen nicht gestattet sei. „Das ist doch ungerecht", beschweren sie sich im Chor.

Sie stehen auf und gehen zu unserem Ochsen Sepp. Als sie sich ihm nähern, senkt er seinen breiten Schädel und sie streicheln vorsichtig seine Stirn. Eines der Mädchen schaut mich an und fragt neugierig, ob wir Kinder hätten. Ich schüttle den Kopf, blicke zu Maria, die nun zögerlich lächelt und erwidert, dass wir noch jung wären und wenn unser Herrgott das wünscht, wird er uns Kinder schenken. Schade, meint das Mädchen, sie hätten sich so gerne Spielkameraden gewünscht. Sie müssten jetzt zum Pferdestall und wie jeden Tag beim Ausmisten helfen. Widerwillig überqueren die Mädchen den Platz bis zu einer Holzscheune auf der gegenüberliegenden Seite des Burghofes.

Nun stehen wir mit unserem Karren einsam vor dem Haus des Verwalters und nichts geschieht. Ich fürchte, Unheil könnte drohen. Vielleicht hält der Verwalter uns für Lügner oder der Mönch und mehrfache Vater hat sich verplaudert. Ich sage leise zu Maria: „Wir sollten schnell unseren Karren nehmen und von hier verschwinden, ansonsten finden wir uns bald in einem dunklen Burgverlies." Maria blickt um sich und meint, schon in vielen Burghöfen habe es Hexenverbrennungen gegeben. Ich versuche, Sepp an seinem Halfter in die Richtung des Burgtores zu ziehen. Er ist zunächst störrisch, bewegt sich aber dann langsam und dreht den Karren in die Richtung des Tores. Wir springen auf den Wagen und erwarten eine erneute Diskussion mit dem Torwächter. Plötzlich hören wir hinter uns ein lautes „Halt" rufen. Maria dreht ihren Kopf gegen die Fahrtrichtung, blickt wieder nach vorn zu unserem Ochsen und zieht fest am Zügel, um ihn zu bremsen. Nun steht Anselm Hofmann, an jeder Hand eine Tochter, neben uns und fragt, wohin wir wollten. Maria sieht ihn an und ist um eine Antwort nicht verlegen. „Wir suchen nach einer Futterstelle und Tränke für unseren Ochsen Sepp." Anselm lächelt: „Das ist die falsche Richtung. Ihr müsst zum Stall zur anderen Seite des Burghofes. Aber nun steigt erst ab. Meine beiden Mädchen kennt Ihr schon. Ihr habt wohl bei ihnen den besten Eindruck hinterlassen." Zunächst geht er auf Maria zu, verbeugt sich vor ihr elegant, nimmt ihre rechte Hand, berührt sie mit einem flüchtigen Kuss, klopft auf meine Schultern und bittet uns, ihn in sein Haus zu begleiten. Als ich einen fragenden Blick auf unseren Wagen werfe, ruft er den Stalljungen. Er kommt schnell gelaufen, ist groß und scheint kräftig, geht in Holzpantinen und hat um seine verschlissene Hose eine fleckige, braune Lederschürze gebunden. Der Verwalter weist ihn an, unseren Ochsen zu füttern, ihn zu tränken und den Karren vor dem Stall abzustellen.

Dann betreten wir gemeinsam Anselms Haus. Inmitten des großen dunklen Raumes steht ein aus gehobeltem Fichtenholz gezimmerter Tisch mit mehreren Stühlen. Drei kleine Fenster mit dickem, fast stumpfem Glas spenden dem Raum spärliches Licht. An der Wand zur Hofmauer sind zwei Kinderbetten aufgestellt. In einer offenen Feuerstelle gegenüber liegen verglühte, mit weißer Asche überzogene Holzscheite. Neben dem Rauchabzug hängen mehrere Speckschwarten. Anselm öffnet eine kleine Tür unterhalb der Treppe zum Obergeschoss. Er bückt sich, um im Vorratsraum nach Essbarem zu suchen, wird fündig und reicht Maria einen Laib Brot und einen Topf mit Schmalz. Sie geht ihm zur Hand und schneidet einige Scheiben vom Brot und vom Speck ab. Anselm stellt einen Krug mit Wasser auf den Tisch. Dann öffnet sich die Tür, ein heller Lichtstrahl fällt in den dunklen Raum. Anselm begrüßt seinen Sohn. Er hat längeres, blondes Haar, mag vielleicht 14 Jahre alt sein und ist etwas kleiner als sein Vater. Er trägt ein blaues, knielanges Wams über einem lehmfarbenen, langärmligen Hemd. In der rechten Hand hält er einen erlegten Fasan. „Das ist ein Geschenk des Burgherrn. Er kam gestern von der Jagd." Dann grüßt er freundlich und setzt sich zu uns. Nach dem Essen zeigt uns Anselm seine Kammer im ersten Stock. Daneben war der Raum meiner verstorbenen Frau. „Jetzt schläft unser Sohn dort oder unsere Gäste." Wir gehen wieder zurück in die Stube, bedanken uns für seine Gastfreundschaft und teilen ihm mit, dass wir morgen früh unsere Reise in den Süden fortsetzen wollen. Seine beiden Töchter und der Junge laufen hinaus in den Hof und nun sitzen wir zu dritt um den Tisch. Die Frage, warum er uns einlud, lässt mich nicht los.

Er blickt in die Augen von Maria und zögert einige Sekunden, bevor er spricht: „Ihr seid ein junges, schönes, aber ungewöhnliches Paar. Ich treffe selten junge Menschen, die sich auf eine so gefährliche Reise in den Süden wagen." Wir erzählen ihm unsere Geschichte, berichten vom beklagenswerten Tod der Eltern.

Maria erwähnt ein von ihrer Mutter geerbtes Schmuckstück, das sie zum Tausch gegen ein Pferd anbieten könnte. Er geht nicht darauf ein, denn während sie spricht, sieht er mit sehnsuchtsvollen Blicken zu ihr und beklagt, wie schwer es für ihn nach dem Tod seiner gottseligen Frau wäre. Die Kinder litten besonders darunter. Heute Morgen fand er nicht einmal Zeit, ihnen ein Frühstück zu bereiten. „Maria, du erinnerst mich an meine verstorbene Gattin. Du siehst ihr sehr ähnlich." Meine Freundin erbleicht bei diesen Worten und sieht mich erschrocken an, während Anselm mit Tränen kämpft. Maria fragt ihn, warum er nach drei Jahren nicht wieder geheiratet hätte. Er sagt, dass er ohne Hoffnung sei, denn keine junge Frau würde einen Mann mit drei Kindern ehelichen und könnte zudem so schön sein, wie es seine liebe Gattin gewesen war.

Er trocknet mit einer Hand seine Augen, atmet tief durch, setzt sich aufrecht und bittet Maria, das Schmuckstück zu zeigen. Sie kramt tief in ihrer Rocktasche, holt einen kleinen schmalen Goldreif hervor und legt ihn auf den Tisch. Ich traue meinen Augen nicht. Er war für die Aussteuer meiner Schwester bestimmt. Ich verrate meine Familie. Ich fühle, wie ich aus mir heraustrete und verzweifelt neben uns dreien stehe. Maria bemerkte meine Verwirrung, tritt leicht auf meinen linken Fuß, blickt mich ernst an und wendet sich zu Anselm. „Jakov wollte das Schmuckstück nie hergeben, denn es erinnert ihn sehr an meine selige Mutter, die er ins Herz geschlossen hatte. Dennoch, wenn wir bald und sicher nach Tirol kommen wollen, müssen wir unseren Ochsen gegen ein Pferd tauschen und ausreichend Proviant bevorraten." Ich stehe auf, denn ich muss dringend meine Notdurft verrichten und frische Luft atmen. Mit dem Hinweis, ich würde bald zurückkehren, gehe ich hinaus in den Hof und suche nach einem Abort. Unterwegs treffe ich die beiden Mädchen, die miteinander Fangen spielen. Nachdem ich mich erleichtert hatte, gehe ich zurück und sehe die beiden in ein Gespräch vertieft und Anselms Hand auf Marias Arm liegen. Er zieht sie schnell weg, als er mich kommen sieht. Maria berichtet, sie hätten sich geeinigt. Anselm würde gegen den Ochsen und den Armreif eine gesunde, brave Stute tauschen, mit der wir sicherlich schneller vorankämen als bisher. Außerdem verspricht er mehrere Speckschwarten, gepökeltes Fleisch und Brot. Wir sollten uns morgen mit der Stute Mimi anfreunden. Das Geschirr von Sepp könnten er für das Pferd passend binden.

Bald stürmen die Kinder herein. Sie sind fröhlich und setzen sich schnell an Marias Seite. Anselm holt einen Krug Milch, Brot und ein Stück Käse. Wir sprechen gemeinsam ein kurzes Abendgebet. Ich bewege meine Lippen und sage für mich den Segen über das Brot, das

„Hamozi". Anselm erzählt, dass der älteste Sohn des Burgherrn gerade als Knappe das Ritterhandwerk erlerne und in einigen Monaten seinen Lehnsherrn bei einem Kreuzzug nach Jerusalem begleiten würde. „Es ist wichtig, dass diese tapferen Männer die Geburtsstätte unseres Herrn und die Pilger dort vor den Heiden und Juden schützen. Während dieser Rede blickt er mir tief in die Augen. Ich wusste von meinen Eltern, dass die Ritter auf ihren Kreuzzügen am Weg liegende Judengettos in Brand setzen und zerstören. Was sollten seine Anspielung und sein stechender Blick?

Maria spürt diese Spannung und fordert die Kinder zum Spiel auf. Sie erzählt ihnen, dass sie von ihrer Mutter das Lesen aus der Hand erlernt hätte. Sie nimmt von beiden Mädchen die geöffnete rechte Hand, führt eine nach der anderen nahe an ein Auge und zieht geheimnisvoll nickend mit einem Zeigefinger einige Linien auf der Innenfläche der kleinen Händchen langsam nach. Dann sagt sie nach einigem Zögern: „Ihr beide werdet einen Prinzen heiraten und in einer Burg hoch auf einem Berg wohnen und bis an euer Lebensende glücklich sein." Die Kinder jauchzen vor Freude, stehen auf, halten sich an beiden Händen und tanzen im Kreis. Bald schließt sich Maria an und zu dritt drehen sie sich, bis sie vor Erschöpfung niedersinken. Anselm beobachtet das Spiel mit Wohlwollen und sieht unablässig zu Maria. Ich erzähle nun ein Märchen von einem aus Lehm geformten Riesen, der, zum Leben erweckt, Zauberkräfte hätte und alle kranken und hungrigen Kinder heilen und sättigen könne. Dabei denke ich an die Figur des Golems, die vor nicht allzu langer Zeit in Prag auftauchte. Es ist schon spät und dunkel geworden. Inzwischen kommt Adrians Sohn. Mit den Resten unseres Abendmahls konnte er seinen Hunger nicht stillen. Er holt sich eine Speckschwarte und schneidet unter den kritischen Blicken seines Vaters eine dicke Scheibe ab. Dann erzählt er stolz, dass er mit dem Sohn des Burgherrn Bogenschießen geübt und selbst einige Male ins Schwarze getroffen hätte.

Anselm bringt nun seine Kinder zu Bett, sie sagen gemeinsam ein Nachtgebet, er küsst die Wangen der Mädchen und klopft seinem Sohn vertraulich auf die Schultern, löscht die Öllampe und mit einer brennenden Kerze steigen wir über die steile Holztreppe nach oben. Er zeigt uns die Kammer seiner verstorbenen Frau, unsere Schlafstätte bis morgen, stellt die Kerze auf den Tisch, wünscht uns eine gute Nacht, geht langsam in sein Zimmer und schließt hinter sich die Tür. In der Kammer stehen ein Tisch, ein Bett, breit genug für uns beide, und zwei Stühle. Maria ist neugierig und öffnet die Schublade unter dem Tisch. Sie findet ein kleines grünes Glasfläschchen, entfernt den Korken, hält es an ihre Nase und träufelt einige Tropfen auf das Gelenk ihrer linken Hand. Ein wohltuender Geruch nach Maiglöckchen und Rosen erfüllt den Raum. Als wir für die Nacht einige Kleidungsstücke ablegen, sage ich so nebenbei, es sei doch alles gut gelaufen, und danke Maria für ihr Verhandlungsgeschick. Dass wir ihm den goldenen Armreif für meine geliebte Schwester hingeben, sei für mich sehr schmerzlich, aber vielleicht würde das Schmuckstück die Suche nach einer Mutter für seine Kinder erleichtern.

Wir sitzen nebeneinander auf dem Bettrand, Maria küsst meine Lippen, ich will sie an mich ziehen, doch sie widersetzt sich, blickt etwas verlegen und sagt: „Ich habe dir noch nicht alle Details unseres Handels gestanden. Anselm hat uns eingeladen, weil er mich als seine Gemahlin und als Mutter seiner Kinder wollte. Vorher hatte er Erkundigungen über uns beide eingeholt. Sein Burgherr untersagte ihm die Verbindung, weil sie nicht standesgemäß sei. Er deutete an, dass er uns durchschaut hätte und unser Leben in seinen Händen läge. Ich wäre ein Spiegelbild seiner Frau, er lässt uns weiterziehen, aber er will mich für diese Nacht. Ich soll mich zu ihm legen. Dabei würde er in Gedanken mit seiner Frau auf dem Weg zu ihrem Schöpfer schlafen. Morgen könnten wir mit der Stute unbehelligt weiterreisen." Sie blickt sehr ernst und ich verstehe, dass ich mich fügen muss. Er hatte, befürchte ich, tatsächlich alles erfahren und es wäre unmöglich zu fliehen. Nicht für viel Geld würde uns der Torwächter heimlich die Ausfahrt gestatten. Ich überlege kurz und sage dann zu ihr: „Maria, ich muss dich zu ihm gehen lassen. Doch versprich, wenn er dir Gewalt antut, dass du dich laut zur Wehr setzen und mich rufen wirst. Außerdem, dass dies unser Geheimnis bleiben soll und wir diese Nacht für immer aus unserem Gedächtnis löschen wollen." Wir umarmen und küssen uns. Maria verlässt, mit einem dünnen weißen Hemd bekleidet, unsere Kammer und geht auf leisen Zehen zu Anselm. Als sie seitlich am Türrahmen steht, zeichnen sich unter dem dünnen Stoff ihre Brüste ab.

Ich verschließe die Tür, lösche die Kerze und lege mich ins Bett. Andere wären in diese Situation vor Eifersucht verzweifelt. Ich kenne dieses Gefühl nicht, fürchte nur, dass selbst nach dieser Nacht Anselm uns töten oder einsperren könnte. Meine Liebe zu Maria würde auch nach dem erzwungenen Schäferstündchen mit Anselm bleiben. Mit diesen Gedanken schlafe ich ein, erleide Albträume von Kerkern und Kreuzigungen und erwache erst, als ich neben mir den warmen Körper von Maria spüre. Sie streicht zärtlich über meine Wangen, sagt, dass sie hinter dem Haus dringend Pipi machen müsse und wir morgen zeitig aufbrechen sollten.

Beim ersten Krähen des Hahnes wache ich auf. Maria sitzt schon angezogen am Bettrand und wir gehen hinunter in die Stube. Die Mädchen liegen noch schlafend in ihren Bettchen, nur die Liege des Buben ist schon verwaist. Die Morgendämmerung hat eingesetzt. Anselm kommt mit kräftigen Schritten vom Hof herein. Er verstaut den versprochenen Proviant in einem großen, geflochtenen Korb, legt noch einige Eier dazu, die er wohl gerade vom Hühnerstall geholt hat. Wir tunken das Brot in die warme Milch, während die beiden Mädchen langsam aus ihren Betten kriechen und sich verschlafen ihre Augen reiben. Bald sitzen sie am Tisch und klammern sich an Maria. Sie lächelt und gibt ihnen Brot und Milch. Anselm geht zur Feuerstelle und schneidet sich ein Stück vom Speck ab. Maria steht auf und folgt ihm. Er sieht sie zärtlich an. Sie gibt ihm den Armreif, den er schnell in seine Tasche gleiten lässt.

Dann sagt er und deutet zur Tür, wir sollten nun in den Hof zur Stute gehen und sie am Karren anspannen. Wir eilen zum Stall, Maria an meiner Seite und die Mädchen hinterherlaufend und sehen ein braunes, mittelgroßes Pferd, vielleicht fünf Jahre alt, vor dem Stall angebunden. Der Stallbursche kommt auf uns zu, während Maria schon neben der Stute steht und ihren Hals streichelt. Das Pferd bläst durch die Nüstern und schüttelt den Kopf. Um das rechte Auge hat es im braunen Fell einen weißen Fleck. Ich frage ihn nach unserem Ochsen Sepp, er zeigt in den Stall und bittet mich selbst nachzusehen. Sepp steht friedlich hinter einer Holzwand und frisst frisches Gras.

Anselm hat begonnen, die Stute am Karren einzuspannen, während Maria noch neben dem Pferd steht und mit flacher Hand über dessen Rücken streicht. Sein Sohn bringt den Korb mit den Vorräten und stellt ihn in das Innere des Wagens. Der Stallbursche übergibt uns einen gefüllten Sack mit Hafer und sagt: „Sie heißt Mimi, sie ist ein braves Pferd und behandelt sie gut. Sie war mir stets eine treue Freundin." Es ist an der Zeit, loszufahren. Wir verabschieden uns von Anselm und seinen Kindern. Die beiden Mädchen umarmen Maria und flehen sie an, bald wiederzukommen. Wir steigen in den Wagen bis zur Kutschbank, Anselm gibt dem Pferd einen Klaps auf die Flanken und langsam trottet es nach vorn. Ich ziehe an den Zügeln und es bleibt stehen. Fragend blicke ich zurück zu Anselm, er kommt nach vorn und lächelt verschmitzt. „Du musst an den Riemen ziehen und laut ‚Hü-Hot' rufen, dann geht Mimi los. Wenn du die Zügel anziehst, bleibt sie bei einem lauten ‚Brr' stehen. Und nun fahrt endlich los, wir müssen arbeiten." Langsam passieren wir das weit geöffnete Burgtor, der bei unserer Ankunft grimmige Torwächter verabschiedet uns mit einem Winken. Wir hören hinter uns die mächtigen Hoftüren zuschlagen. Das Pferd zieht uns schnell bergab zur Landstraße. Es rumpelt bedrohlich und ich fürchte, die Holzräder könnten auf dem groben Steinbelag des Weges brechen. Plötzlich hören wir aus der Ferne das laute, durch Mark und Bein gehende Gebrüll unseres Ochsen Sepp. Wir kennen seine Stimme. Nach wenigen Sekunden verstummt er. Wir bremsen unseren Wagen und Maria schlingt ihre Arme um mich und beginnt laut zu schluchzen. „Sie haben unseren Sepp geschlachtet. Das war nicht ausgemacht." Maria beruhigt sich bald. Ich tröste sie: „Wir sind sonst ohne Schaden davongekommen, haben einen Gaul und ausreichend Proviant. Lass uns weiterziehen und Menschen, wenn möglich, aus dem Weg gehen." Auf der Landstraße ist es mit Mimi nun ein schnelleres

Fortkommen. Gelegentlich fällt sie in einen leichten Trab. Die schöne Landschaft zieht nun in Windeseile an uns vorüber.

Es ist Mittagszeit, die Sonne steht hoch am Himmel, einige Reiter eilen grüßend an uns vorüber. Mimi wird nun zunehmend langsamer und ich lenke den Wagen auf eine Wiese zur rechten Seite der Straße. Aus nächster Nähe ist ein leises Wasserrauschen zu hören. Maria steigt ab, streichelt das Pferd zärtlich am Kopf oberhalb der Nüstern, füttert es aus der Holzschüssel mit Hafer. Mit einem Krug suche ich nach dem Gewässer und finde einen kleinen Bach mit leichter Strömung. Ich steige hinein, fühle das kühle, klare Wasser angenehm meine Füße umspülen, verweile sitzend am Bachrand und träume, ich könnte wie vor Jahren in der Isar mit meinem Vater durch dieses kleine Gewässer waten und wir würden uns lustige Geschichten von Mutter und Schwester erzählen. Das Rufen von Maria weckt mich aus meinen Fantasien und ich kehre mit dem gefüllten Krug zurück. Unser Pferd grast bedächtig. Maria hat inzwischen einige Scheiben Brot und Pökelfleisch auf zwei Teller verteilt. Sie kennt den Bach und sagt, in der Nähe würde die Quelle der Loisach entspringen. Der Weg zur Burg Werdenfels führe entlang und er würde bald zu einem Fluss anschwellen. An der Burg bauten sie seit Jahren. Es fehlt stets Geld und vielleicht würde sie nie fertiggestellt. Wir sitzen im tiefen Gras, nun holt Maria Wasser, kehrt schnell zurück, wir trinken davon, umarmen uns. Marias Liebesnacht mit Anselm geht mir nicht aus dem Sinn. Ich küsse sie auf den Mund, lege meinen Kopf in ihren Schoß und döse vor mich hin. Sie berührt zärtlich meine Wangen. Ich kann und will jetzt mit ihr nicht schlafen.

Bald weckt mich das Wiehern von Mimi. Sie ist immer noch eingespannt. Maria meint, wir sollten mit ihr zum Bach gehen, denn nur die wenigen Tropfen Wassers aus der Schüssel würden in der Mittagshitze ihren Durst nicht löschen. Samt Wagen ziehen wir unser Pferd zum Bach, die Stute senkt Nüstern und Maul ins Wasser, säuft bedächtig und blickt dann ängstlich um sich. Wir erfrischen uns mit nackten Füßen in dem kühlen Bach.

Bald steigen wir auf die Kutschbank, wenden Pferd und Wagen und fahren zurück zur Landstraße. Spätestens morgen Abend sollten wir die Burg Werdenfels erreichen. Nach einiger Zeit fährt vor uns ein Ochsenkarren. Wir überholen ihn langsam. In ihm sitzt eine Bauernfamilie mit vielen Kindern. Der Bauer selbst hat einen hochroten Kopf und schimpft. Dabei lallt er und scheint betrunken. Laut ruft er hinter uns her, wir Welschen sollten schnell verschwinden, sonst müsse er seine Axt holen. Mit einigen meiner Hü-Hott-Rufen fällt Mimi in einen schnellen Trab und bald ist das Ungetüm hinter uns nicht mehr zu sehen und zu hören. Maria lacht laut. „Dem haben wir es gezeigt." Ich entgegne, solchen Leuten könnten wir nicht immer entfliehen. Wir müssten uns vorsehen. Unser Pferd ist zuverlässig. Es trabt leicht, weicht nicht von der Straße ab und folgt Befehlen, ohne zu murren. Maria ist erstaunt über meine Kutschfertigkeiten.

Wir fahren in die Abenddämmerung. Die Sonne versinkt hinter den Bergen. Nach einer Stunde ist es dunkel und die Sicht reicht nur wenige Meter. Der Mond ist eine Sichel, einige Sterne leuchten am Himmel. Wir bremsen unseren Wagen, lenken ihn an den Waldesrand nahe der Landstraße. Es ist sehr still, nur einige Frösche an der Loisach quaken laut, eingehüllt in das sonore Rauschen des Flusses. Maria und ich liegen auf dem Boden des Wagens, liebkosen uns, lieben uns und hoffen, dass Mimi bei Gefahr wiehern wird.

Nachdem Maria eingeschlafen war, sitze ich im Schneidersitz auf dem Wagenboden und sehe im spärlichen Mondlicht über dem wogenden Schilf am Himmel die beiden durchsichtigen Gestalten. Sie drehen sich fortwährend wie ein Kreisel, um bald in die Tiefe der Nacht zu versinken. Dieses Mal verschonen sie mich. Maria erwacht, ich erzähle ihr von den Engeln. Nach einem Blick in die Richtung des Flusses sieht sie mich voller Zweifel an. Sie verstünde, dass die letzten Tage für mich schwer gewesen seien: „Jakov, wir sind Waisen und leben in steter Gefahr. Sie hassen uns. Weil du Jude bist und ich die Tochter einer Hexe. Wir reisen als fromme Christen. Ob sie uns das abnehmen?" Ich sehe im schwachen Mondlicht die feinen Züge im Antlitz von Maria. Hätte ich sie nicht getroffen, würde ich nicht mehr leben. Was hat sie an mir gefunden und wer hat uns zusammengeführt? Die Ersparnisse meiner Eltern teile ich mit ihr. Wenn auch gelegentlich mit Gewissensbissen. Sie ist schnell eingeschlafen.

Bald übermannt auch mich der Schlaf. Ich versuche wach zu bleiben und die Augen offenzuhalten. Vom Fluss höre ich Wasserrauschen und aus dem Wald die Rufe von Eulen und den Singsang von Nachtigallen. Ansonsten dringt nichts Beunruhigendes an mein Ohr. Bald fallen mir die Augen zu und ich beginne zu träumen.

Es ist schon fast hell, als mich das Wiehern des Pferdes weckt. Ich drehe mich um und erkenne, dass Maria nicht mehr im Wagen ist. Vorsichtig steige ich heraus, drehe mich nach allen Richtungen und sehe nirgends meine Freundin. Ich wage es nicht, nach ihr zu rufen. Im Wagen fülle ich meine Taschen mit Hafer, gehe zum Pferd und füttere es mit dem Getreide. Zufrieden schnaubt es, wackelt mit dem Kopf und scharrt mit den Hufen. Ich streichle die Stute oberhalb ihrer Nüstern, auch an der weißen Stelle des Fells am rechten Auge. Sie scheint durstig zu sein. Plötzlich höre ich hinter mir leise Schritte. Aus Furcht bleibe ich wie angewurzelt stehen, ohne mich umzudrehen. Die Schritte nähern sich. Nichts geschieht, außer dass ich mir einbilde, dass alle Geräusche um mich herum verstummten.

Endlich spüre ich den Körper von Maria an meinem Rücken. Ich drehe mich um. Freudestrahlend erzählt sie, dass sie in der Loisach im kalten, klaren Wasser gebadet hat. In der Ferne saß am Flussufer in südlicher Richtung ein einsamer Mann. Sie verbarg sich hinter einem Gebüsch und hofft, dass von ihm für uns keine Gefahr ausginge. Maria verspricht, ein großes Frühstück zu bereiten, während ich im Fluss Wasser holen soll. Mit beiden Krügen laufe ich zur Loisach, stehe am Ufer und betrachte das grüne Wasser, wie es behäbig an mir vorüberzieht. Eine Entenfamilie lässt sich auf dem Wasser treiben. Ich stelle die beiden Krüge am Ufer ab, lasse meine Kleider fallen und steige in das Wasser. In der Mitte des Flusses reicht es bis an mein Kinn. Nur mit Mühe kann ich mich gegen die Strömung stemmen. Ein Blick in die Ferne bestätigt, dass der von Maria beschriebene Mann verschwunden ist. Ich tauche in das Wasser und schwimme gegen die Strömung. Wie liebe ich dieses Gefühl des Schwebens im Wasser. Nahe am Flussgrund bewegen sich Schwärme kleiner Fische, nervös, wie in von Geisterhand gelenkten Formationen. Bald tauche ich auf und schwimme zum Ufer. Der

Fluss hat mich bereits mehrere hundert Meter nach Süden fortgetragen. Am steinigen Ufer angekommen, laufe ich nackt auf den runden und mitunter spitzen Kieselsteinen zurück zu den Krügen. Unterwegs sehe ich die Reste eines verlassenen Lagerfeuers. An einigen Holzscheiten züngeln aus der Glut kleine Flammen. Ich fülle die Krüge, streife mir das Hemd über und laufe zurück zu unserem Karren. Maria hat inzwischen unser Pferd ausgespannt und an einem nahe liegenden Baum mit dem langen Strick festgebunden. Sie füllt eine Schüssel mit Wasser und stellt sie vor Mimi ins Gras, die sofort zu saufen beginnt. Wir lehnen an den Rädern unseres Wagens, essen vom Brot und vom Fleisch und ich trinke den Inhalt von zwei Hühnereiern. Die Sonne ist schon aufgegangen und es wird langsam warm. Am Himmel stehen fast keine Wolken. Es ist ein Leben, wie es schöner nicht sein könnte. Ich sage Maria, so muss es im Paradies gewesen sein, bevor Eva in den Apfel biss. Sie lächelt und meint, wir sollten nicht weiterziehen, sondern an diesem magischen Ort am Wasser den Sommer verbringen.

Nach einem kurzen Mittagsschlaf spannen wir das Pferd ein und fahren auf der Landstraße in gemächlichem Tempo weiter. Die Plane schützt uns vor der heißen Sonne. Maria glaubt nicht, dass wir noch heute Burg Werdenfels erreichen können. Sie hat die Entfernungen ursprünglich falsch eingeschätzt. Von der Burg wären es nach Tirol nur noch etwa zwei bis drei Tage, erzählt sie. Bald überholen uns grußlos schnelle Reiter. Wir passieren einen von einem Ochsen gezogenen Heuwagen. Der Bauer würdigt uns keines Blickes. Unser Pferd scheint noch bei Kräften und wir wollen zum späten Abend weiterfahren.

Am frühen Nachmittag überqueren wir auf einer Brücke die Loisach und müssen nach einer unübersichtlichen Straßenbiegung stark abbremsen, weil der Weg von einer Holzschranke versperrt wird. Daneben steht eine kleine Hütte, aus der ein mit Pluderhosen und Lederwams bekleideter, bärtiger Mann kommt und rasch auf uns zugeht. Er spuckt auf die Erde, herrscht uns an, wir sollten sofort absteigen und für den Landesherrn die drei Kreuzer Wegzoll zahlen. Notgedrungen verlassen wir den Wagen. Nun zieht er einen Säbel hervor und fuchtelt damit in der Luft herum. Maria sagt, sie sei hier schon öfter gefahren und hätte noch nie Zoll zahlen müssen. Der Mann lacht, sieht zum Fenster der Hütte, an dem sein Kumpan steht und spöttisch in unsere Richtung grinst. Dann ruft er laut: „Soll die Hure doch ihr Maul halten, sonst erschlage ich sie auf der Stelle." Er nähert sich Maria, packt sie grob an, schüttelt sie, lässt los und streift mit seinem Säbel, wie unbeabsichtigt, ihren Arm. Sofort quillt aus der Wunde Blut. Der Mann in der Hütte am Fenster ruft seinem Kollegen zu, er solle aufhören und endlich den Zoll kassieren. Ich hole aus meinem Beutel mehrere Kreuzer, fasse den Bärtigen an seiner Schulter und drehe ihn weg von Maria und aus dem Blickfeld seines Kumpanen. Dann drücke ich ihm einen Kreuzer in die Hand. Er sieht mich wütend an. Ich zeige ihm zwei weitere Geldstücke, die ich ihm verspreche, wenn er sofort die Schranke öffnet. Er überlegt, zögert, nimmt das Geld, eilt zur Schranke und hebt sie mit einer Hand hoch, während er mit der anderen über meinem Kopf seinen Säbel bedrohlich schwingt. Wir steigen schnell in den Wagen, ich nehme kurz und fest die Zügel und Mimi zieht uns weg von diesem schrecklichen Ort. Ohne nach rechts oder links zu blicken, treibe ich unser Pferd an, bis es in einen mächtigen Trab fällt. Maria ist leichenblass, Blut rinnt von ihrem Arm auf den Boden und sammelt sich in einer dunkelroten Lache. „Warum hast du diesen primitiven Grobian nicht erschlagen? Ihr Juden könnt eure Probleme nur mit Geld regeln." Mimis Gangart hat sich verlangsamt, als ich die Zügel loslasse und mich zu Maria wende. Ich nehme das Tuch vom Essenskorb und wickle es fest um ihren Arm, um die Wunde zu schließen. Nur noch wenig Blut sickert durch. Sie dreht ihre Augen merkwürdig nach oben und verliert das Bewusstsein, ihr Kopf fällt an meine Brust, ich höre nur noch ein ganz leises Herzklopfen, sie ist nicht mehr ansprechbar. Was hat dieser Mordgeselle Maria nur angetan? Zitternd und hilflos drücke ich sie fest an mich. Mimi beginnt laut zu wiehern. Ein schneller Wagen überholt uns. Es kann doch nicht sein, dass Maria wegen der kleinen Wunde stirbt? Ich warte einige Sekunden. Nichts geschieht. Mir kommen die Tränen und aus Verzweiflung schüttle ich Maria kräftig an beiden Schultern. Ihre Gliedmaßen bewegen sich unkoordiniert wie bei einer Puppe. Ich bremse unseren Karren und schreie sie laut an, schüttle weiter und lege sie auf den Wagenboden neben die Blutlache. Die Loisach fließt nun auf der rechten Seite der Straße. Ich halte den Karren an, eile mit großen Schritten hinunter zum Fluss und komme schnell mit einem gefüllten Krug zurück. Mit einem Schwall schütte ich das Wasser über die ganze Länge ihres Körpers. Maria zuckt kurz, sie scheint von ihrer Ohnmacht zu erwachen. Langsam öffnen sich ihre Augen, sie streckt ihren unverletzten Arm aus und zeigt in meine Richtung. Ich ziehe mit beiden Händen ihren Oberkörper nach vorn und lehne sie an die seitliche Wagenwand. Sie öffnet erstaunt ihren Mund und fragt benommen, was geschehen sei, während sie den Verband am linken Oberarm mit ihrer rechten Hand umfasst. Ich berichte vom blutigen Angriff des Schrankenwärters auf sie mit dem Säbel, dass ich zahlte und erwidere nichts auf ihren bösen Vorwurf.

Sie sagt mit brüchiger Stimme: „Ich bin wie schon so oft in Ohnmacht gefallen. Einige nennen das Hexenschlaf." Sie lächelte dabei ironisch und fährt fort. „Du hast völlig richtig gehandelt, hättest du nicht bezahlt, hätten sie uns erschlagen und unsere Leichen über die Brücke in die Loisach geworfen. Mein Arm schmerzt stark. Ich muss in den Wald und nach blutstillenden Kräutern suchen." Meine Mahnung, in diesem Zustand dürfe sie den Wagen nicht verlassen, übergeht sie. Kaum hatte ich es ausgesprochen, steigt sie herab und geht etwas unsicher und wacklig in Richtung Flussufer. Als sie fort ist, lenke ich den Wagen auf die Wiese, die zwischen der Loisach und der Straße liegt, wische das Blut vom Boden und gebe dem Pferd aus der Schale Wasser. Während ich Mimi am Hals streichle, senkt sie ihren Kopf zum Boden und beginnt friedlich zu grasen.

Das Entsetzen über die Niedertracht dieses Halunken steckt mir noch tief in den Knochen. Hätte er von uns mehr gewusst, wir wären längst tot. Die Erscheinung gestern Abend am Himmel war ein Schutzengel, der uns auch tagsüber begleitet hat. Der Ewige hat und gerettet.

Maria kommt mit Kräutern in ihrer Schürze zurück. Erschöpft setzt sie sich auf die Wiese und befreit den linken Oberarm vom

Verband. Die Wunde ist noch offen und blutet leicht. Mit frischem Wasser reinigt sie die Stelle und verzieht dabei vor Schmerz ihr Gesicht. Dann legt sie mehrere große Blätter über die Blessur und ich verbinde den Oberarm fest mit Stofffetzen. Auf ihrer Suche nach heilenden Kräutern füllte sie ihre Taschen mit köstlichen Beeren. Wir essen davon, dazu einige Scheiben Brot und ich erzähle Maria von den Engeln, die uns wohl gerettet haben. Spöttisch meint sie, allein die Kreuzer hätten uns vor dem Tod bewahrt, doch sie lasse mir gerne meinen Glauben.

Es ist bereits dunkel, die Wiese und der Waldrand sind in fahles Mondlicht gehüllt, einige Sterne funkeln am Himmel. Mit dem Strick binde ich unser Pferd an einen Baum, entferne aber nicht die Deichsel, damit wir im Wagen einigermaßen sicher schlafen können. Maria streckt sich auf den Wagenboden, schließt ihre Augen und schläft sofort ein. Ich bleibe noch im Gras neben dem Wagen sitzen, höre das nahe Zirpen der Grillen und beobachte Glühwürmchen, die mit ihrem Leuchten und ihren ruckartigen Bewegungen an mir vorüberziehen. Daneben summen die lästigen Mücken. Sie kommen vom Flussufer, verschonen mich aber mit ihren Stichen. Meine Mutter meinte belustigt, ich hätte saures Blut und bliebe deshalb von diesem Getier verschont. Ich vermisse ihr Lächeln, die Wärme, mit der sie mich gelegentlich umfing. Der Pöbel hat sie mir entrissen, ein Stück von mir selbst. Nachdem ich noch einige Stunden wachte, kann ich meine Augen nicht mehr offenhalten und steige schlaftrunken in den Wagen.

Am frühen Morgen wachen wir bei lautem Gezwitscher der Vögel auf. Maria gibt mir einen Kuss. Ihr verletzter Arm ist geschwollen. Sie reinigt erneut die Wunde, die nun nicht mehr blutet, belegt sie mit frischen Blättern und sagt brummend einen mir unverständlichen Spruch. Ich blicke sie fragend an und sie meint ironisch, was dem einen sein Engel, sei der anderen ihr Hexenzauber. Dann meint sie, die Schmerzen hätten nachgelassen und ihre Medizin und der Zauber bereits gewirkt. Maria bittet mich, noch Wasser vom Fluss zu holen. Ich laufe zum Flussufer mit den Krügen und sehe die Loisach nun breiter und schneller fließen. Mit nackten Füßen wage ich einige

Schritte hinein und sehe durch das klare Wasser einen Schwarm unzähliger dunkelblau leuchtender, kleiner Fische schnell gegen den Strom schwimmen. Ich fülle die Krüge und laufe zurück. Maria ist bereit für die Abfahrt. Ich erzähle von den Fischen und den schnell fließenden Fluten, in die ich so gerne hineingesprungen wäre, stattdessen jedoch zurückeilte, damit wir uns schnell auf den Weg machen könnten. Ich nehme die Zügel, ermuntere Mimi loszugehen und lenke sie zurück auf die Landstraße. Einen Blick zurück wage ich nicht, Gott behüte, der Bärtige mit seinem schwingenden Säbel könnte uns verfolgen.

Der Tag ist nun angebrochen. In den hohen Gräsern der Wiesen glitzert der Tau. Unser Pferd läuft im leichten Trab, die Sonne steht noch tief und ein lauer Wind umfängt uns. Maria erzählt von einer Herberge nahe der Loisach, etwa eine Tagesreise von der Burg Werdenfels entfernt. Sie hätte dort vor einigen Jahren mit ihrem Mann übernachtet, der mit anderen Gästen nach einem Saufgelage in Streit geraten wäre. Sie übernachteten mit vielen Reisenden in einem großen Raum auf verwanzten Matratzen. Maria hält kurz inne, schüttelt den Kopf und meint dann: „Das ist sehr lange her und ich glaube, es war nicht mein Gatte, sondern die anderen Gäste, die sich die Köpfe einschlugen."

Die Straße führt an einem dichten Wald vorbei, von dem ein kühler Wind zu uns weht. Maria betrachtet ihren linken Arm. Die Schwellung ist zurückgegangen und während ich unser Pferd weiter lenke, reinigt sie vorsichtig die Wunde, die nun vom Schorf verschlossen ist. Das Tuch ist mit Blut und Schmutz befleckt. Sie legt es zur Seite und hofft, die Wunde würde besser an der frischen Luft heilen. Nach einigen Stunden rasten wir an einem Waldesrand. Maria versorgt das Pferd, ich sitze im Gras und schaue auf die Straße. Gelegentlich sehe ich einige Reiter im schnellen Galopp über die Landstraße hetzen. Maria verschwindet mit einer Holzschale im dunklen Wald. Da ich hungrig bin, esse ich einige Scheiben Brot mit Speck. Langsam gewöhne ich mich an dieses Fleisch, von dem doch in der Thora steht, dass es verboten sei. Ein giftgrüner Grashüpfer landet unversehens auf meinem Knie. Als ich ihn zu berühren versuche, hüpft er in einem hohen Sprung davon. Ich blinzele in der Sonne, schließe meine Augen und döse ein.

Bilder meiner Eltern und meiner Schwester ziehen an mir vorüber. Wir gehen nach dem Gottesdienst am Freitagabend von der Synagoge durch den tiefen Schnee in der Judengasse zu unserer Wohnung. Es ist schon dunkel und klirrend kalt. Um den großen Tisch in der Stube versammelt, singen wir gemeinsam die vier Strophen des „Schalom Aleichem Liedes". Der Raum ist von den Schabbatkerzen hell erleuchtet. Mit am Tisch sitzt David Ben Mosche, ein Schneider, dessen Frau unlängst verstorben ist. Die schöne Melodie des Liedes geht mir nicht aus dem Kopf und ich singe es im Traum. Ein zartes Berühren meines Gesichtes weckt mich. Maria steht mir gegenüber und küsst mich lange auf den Mund. Wir sind beide erregt und lieben uns. Dann nickt Maria ein und ich betrachte die mit roten und schwarzen Waldbeeren und Kräutern bis an den Rand gefüllte Schüssel. Einige der Beeren schiebe ich in den Mund. Der säuerlich, fruchtige Geschmack ist belebend. Wir sitzen hier im Sommer am Waldesrand und ich träume vom klirrend kalten Winter und Schnee in München. Mein Vater hätte gesagt: „Du bist völlig meschugge und ein Träumer." Es ist schon längst hell und an der Zeit, endlich weiterzufahren. Sanft wecke ich Maria, wir steigen in den Wagen und fahren auf dem kurzen Feldweg bis zur Landstraße. Bald werden die Mittagsglocken läuten, es ist warm und trocken und die großen Räder unseres Karrens wirbeln den Staub auf der holprigen Straße mächtig auf. Mimi ist ausgeruht, trabt langsam und stetig dahin.

Wir treffen Süßkind

Nach etwa einer Stunde sehe ich in der Ferne eine Gestalt am Straßenrand. Maria isst lustvoll von den frischen und süßen Beeren. Der Saft färbt ihre Lippen und einen schmalen Hautstreifen darüber rötlich. Ich sehe sie lächelnd an und sage ihr, mit ihrem gefärbten Mund könne sie als Hofnärrin gehen. Verlegen wischt sie den Saft weg und zeigt auf einen Mann, der am Straßenrand sitzt. Wir fahren an ihm schnell vorüber. Ich blicke zurück. Ist das nicht der Mann, den ich flüchtig auf dem Rastplatz nahe dem Wagen der Gaukler sah? Er trägt einen spitzen gelben Hut, einen langen grauschwarzen Bart und seine Kleidung ist mit Staub bedeckt. Nach wenigen Sekunden bremse ich. Maria blickt mich fragend an und mahnt, weiterzufahren. Er trägt den gelben, spitzen Judenhut und ich beneide seinen Mut. Als wir anhalten, erhebt er sich und kommt langsam auf unseren Wagen zu. Mein skeptischer Blick scheint ihn nicht zu stören. Seine Kleidung ist höfisch. Er trägt einen braunen, knielangen Umhang aus feinem Tuch, darunter eine grüne Seidenbluse. Er hat ein schmales Gesicht, eine spitze Nase und braune Augen. Über seiner Schulter hängt ein gefüllter Leinensack. Nun steht er neben unserem Wagen, verbeugt sich elegant, blickt Maria an und sagt: „Schöne liebe Frau, mein Name ist Süßkind von Trimberg, ich war Minnesänger und bin auf dem Weg nach Italien." Sie lächelt ihn an und fragt mich flüsternd, ob wir ihn mitnehmen sollten. Er sieht dies und wendet sich höflich zur Seite, sodass wir ungestört reden können. Maria scheint von ihm angetan, während ich auf mögliche Gefahren hinweise. Er könnte ein Dieb sein und Waffen tragen. Ich frage Maria, ob sie bemerkt hätte, dass er Jude sei. Sie lächelt und fragt ironisch, ob ich damit ein Problem hätte. Er wendet sich wieder zu uns und bittet, das kurze Stück zur nächsten Herberge mit uns fahren zu dürfen. Wir nicken beide wortlos, er steigt vorsichtig auf den Karren und setzt sich neben mich. Seinen Sack legt er nach hinten neben die Schale mit den Waldbeeren. Maria fragt ihn, während ich das Pferd zum Weiterlaufen anhalte, ob er Appetit auf die Waldbeeren habe. Er nickt, sie steigt von der Bank, kniet auf dem Wagenboden und füllt Beeren in einen kleinen Becher. Sie dreht sich zu uns, während eine Hand auf meiner Schulter ruht, und überreicht Süßkind den Becher, der sich höflich bedankt und über ihren nackten Arm streicht. Er verschlingt die Beeren, sagt in einem klagenden Ton, dass er beinahe verhungert sei und wir ihn gerettet hätten. Maria füllt den Becher ein zweites Mal mit Früchten und gibt ihm noch eine Scheibe Brot. Dann fragt sie ihn, ob er denn unbedingt seinen gelben, spitzen Judenhut tragen müsse. Er sieht mich irritiert an, ich zucke mit den Achseln, er holt aus seinem Stoffsack eine ovale, speckige

80

Lederkappe und setzt diese auf. Maria erzählt leise: „Wir hatten gestern Ärger mit Zolleinnehmern an der Loisach-Brücke. Wenn sie mehr von uns gewusst hätten, wären wir des Todes gewesen. Sie sind sogar mit einem Säbel auf mich losgegangen, von den unsittlichen Berührungen ganz zu schweigen." Unser Gast hört schweigend zu und meint, er sei ohnehin erstaunt gewesen, dass wir ihn in seiner Judentracht mitgenommen hätten. Maria sagt nichts, nennt nur unsere Namen und duzt ihn vertraulich. Er lächelt zustimmend, wir reichen uns wortlos die Hände und ich treibe das Pferd zu einer schnellen Gangart an. Nun eilen wir über die holprige Landstraße und werden heftig durchgerüttelt. Bald schließt Süßkind seine Augen, lehnt sich an meine Schulter und beginnt zu schlafen. Gleich einer Puppe bewegen sich seine langen Gliedmaßen im Gleichklang mit dem heftigen Rumpeln des Karrens auf der schlechten, staubigen Straße. Schnell versinkt die Sonne hinter dem Horizont, vor uns ist ein dunkelblauer Himmel zu sehen und bald werden die ersten Sterne am Himmel blinken.

Maria und ich überlegen, wie lange wir noch fahren sollten, als mehrere Pferde mit einem größeren Wagen von hinten herannahen. Zunächst überholt uns ein Reiter auf einer schlanken, schwarzen Stute, er trägt eine Kappe mit langen Federn, ihm folgt ein großer vierrädriger Kastenwagen von zwei Pferden gezogen. Hoch auf dem Kutschbock sitzen zwei Männer und treiben die Pferde mit schnalzenden Peitschen an. Aus einem kleinen Fenster winkt lächelnd ein Mädchen mit blonden Haaren, neben ihr schaut ein Jüngling mit blauem Samthut verträumt in die Landschaft. Einer der Kutscher bläst in ein Waldhorn, das allerdings vom lauten Klappern der Hufe übertönt wird. So schnell wie sie herannahten, sind sie an uns vorübergezogen und verschwinden in einer großen Staubwolke in der Ferne. Unser Pferd wechselte vor Schreck vom schnellen Trab in einen langsamen Schritt. Süßkind ist wegen des Lärms aufgewacht. Mit ängstlichen Mienen blicken wir fragend zu ihm. Ich sage, wir dachten, das könnte eine Räuberbande sein und unser letztes Stündchen hätte geschlagen. Doch dann wären sie mit Gottes Hilfe schnell an uns vorübergeeilt. Süßkind antwortete lächelnd: „Das hat nichts mit Gott zu tun, überhaupt nichts, im Wagen saßen das Edelfräulein und ihr Bruder wohl auf dem Weg zurück zur Burg Werdenfels. Ich kenne sie von früher und habe versucht, mich vor ihnen zu verbergen. Sie verachten Menschen unseres Standes. Wir werden eine Herberge heute nicht mehr erreichen und ich darf vorschlagen, nun bald einen Rastplatz zu suchen." Maria pflichtet ihm bei und wir fahren langsam weiter auf der Landstraße und halten Ausschau nach einem geeigneten Standort.

In der Stille ist nur das Rauschen der Loisach zu hören. Nach einer Wegbiegung glitzert der Fluss durch die hohen Gräser. Ich lenke den Wagen von der Straße auf die Wiese bis nahe an das Ufer des Flusses. Gemeinsam steigen wir vom Wagen, befreien zunächst unser Pferd Mimi vom Geschirr und binden es am Stamm einer großen Eiche fest. Maria streut Hafer auf den Boden. Mimi senkt ihren Kopf und futtert das Getreide in Windeseile.

Süßkind und ich gehen zum Kieselstrand am Fluss, der nun langsam und gemächlich vorüberzieht. Am Ufer wächst zwischen den Kieselsteinen und Felsen hohes Schilfrohr mit gelben Blüten. Süßkind pflückt die Blumen, bindet sie geschickt zu einem Strauß und wir kehren zurück zu Maria. Er überreicht das Gebinde mit einer eleganten Verbeugung. Sie dankt und lächelt und wir beschließen, das Nachtlager an diesem Kieselstrand aufzuschlagen. Wir ziehen den Wagen an der Deichsel nahe an das Wasser und binden mit dem Strick das Pferd an den großen Rädern des Karrens fest. Maria holt in einer großen Schüssel Wasser für Mimi.

Wir sind hungrig und Süßkind schlägt vor, warmes Essen zu bereiten. Er kramt aus seinem Beutel einen Feuerstein und etwas Zunder für ein kleines Lagerfeuer. Zunächst will kein Funken überspringen. Endlich züngeln kaum sichtbare kleine Flammen, Maria verstärkt durch vorsichtiges Blasen das Feuer. Dann schwingt er den glühenden Zunder in trockenem Gras durch die Luft, bis es in Flammen aufgeht. Er legt den brennenden Grasballen auf den Kies und darüber Äste, die schnell Feuer fangen. Süßkind und ich suchen am Flussufer nach weiterem Brennholz und werden bald fündig. Er holt aus seinem Reisesack eine aus Eisen geschmiedete, kleine, verbeulte

Pfanne mit Holzgriff und hält sie über die Feuerstelle. Maria schlägt Eier in die Pfanne und legt Speck nach. Der würzige Geruch unseres Abendessens durchzieht bald die kühle, frische Brise vom Fluss. Nun steht die Pfanne auf den Kieselsteinen und wir essen gemeinsam mit Süßkinds Holzlöffel. Er nimmt nur vom Ei. Maria schneidet geschickt mit unserem stumpfen Messer mehrere Scheiben vom Brot ab. Aus alter Gewohnheit und aus Scham verschmähe auch ich den Speck. Maria lächelt und macht sich ohne Zögern darüber her. Nun sitzen wir zu dritt um das Lagerfeuer. Süßkind bedankt sich, dass er mit uns fahren darf. Er erzählt, dass er in Italien sein Glück suchen wolle. „Ich war an vielen deutschen Orten, um meine Kunst vorzutragen. In Aachen blieb ich mehrere Jahre. Die feinen Herrschaften mochten meine Lieder und meine Melodien, aber sie verabscheuten in mir den Juden. Ihrem Ansinnen, mir die Taufe anzutragen, widerstand ich stets."

Er dankt für unsere Gastfreundschaft, die er mit einem kurzen Lied belohnen will, spielt auf seiner Laute mehrmals die gleiche zarte, leise Melodie und singt dazu:

„Des Mannes Krone ist ein keusches Weib, ihn ehrt, was sie besitzt: Reinheit an Seel und Leib. Wie glücklich der, dem sie zur Seite steht." (1)

Dabei blickte er auf Maria, die leicht errötet. Er legt das Instrument beiseite und verstaut es in seinem Reisesack. Das Feuer ist bis auf einige Glutstellen erloschen. Zwischen den Wolken blinken die ersten Sterne hindurch. Wir liegen nebeneinander, zu dritt ausgestreckt, auf kleinen Kieselsteinen am Flussufer. Maria ist in der Mitte und unversehens rücken wir näher aneinander. So schlafen wir auf Tuchfühlung schnell ein, unschuldig wie Geschwister, die Atemzüge der anderen im Ohr.

Als ich am frühen Morgen aufwache, sitzt Maria am Wagenrad angelehnt und blickt auf den Fluss. Sie zeigt auf ein Tier mit braunem Fell, das mit einem langen, breiten Schwanz entlang der Böschung des Flusses paddelt. Ich hatte so ein Tier noch nie gesehen, denke an eine Riesenratte. Mir ekelt vor dem Anblick. Süßkind kommt hinter dem Karren hervor, kniet sich neben mich auf den Kiesboden und wirft mit Steinen nach der Kreatur. Diese schwimmt unbeirrt weiter. Er lächelt und sagt: „Das sind Biber, harmlose Tiere, die ganze Bäume abnagen und am Flussufer damit Höhlen bauen. Die Mönche verspeisen diese Tiere gerne in der Fastenzeit."

Maria kommt mit mehreren Brotscheiben. Wir essen und gehen dann zum Fluss, setzen uns und lassen unsere Füße vom vorüberfließenden, grünlichen Wasser umspülen. Der Biber ist verschwunden. Die Sonne taucht am Horizont auf und ihre ersten Strahlen wärmen die kühle Morgenluft. Maria steht auf, schlüpft aus ihrem Kleid und steigt langsam in den Fluss, bis das Wasser knapp über ihre Schultern reicht. Süßkind und ich können unsere Blicke von ihr nicht abwenden. Sie dreht sich zu uns, winkend und rufend ihr zu folgen. Ihre weißen Brüste schimmern durch das Wasser. Wir legen Hemd und Hose ab, ich springe ins Wasser, während Süßkind sich langsam und vorsichtig in die Richtung von Maria bewegt. Schnell tauche ich in den Fluten bis zum sandigen Flussgrund, auf dem sich unzählige kleine Fische tummeln, bis ich vier Füße vor mir sehe. Als ich nach oben tauche und bald im Wasser stehe, sehe ich, wie Maria Süßkind an der Hand hält, während er ängstlich zum Ufer blickt. Er flüstert leise, dass er nicht schwimmen könne und fürchte, dass ihn die Strömung bald wegzöge. Maria blickt verständnisvoll und ich erinnere mich an ihre spöttischen Bemerkungen über die Schwimmkünste von Juden. Ich halte ihn an der Hand, während Maria ins Wasser taucht. Gemeinsam gehen wir zum Ufer und lassen uns von der wärmenden Sonne trocknen. Maria schwimmt weiter im Kreis, steht im Wasser und während sie sich gegen die Strömung stemmt, winkt sie uns zu. Süßkind erwidert mit einem lauten „Hallo" ihren Gruß, mustert mich von Kopf bis Fuß und sagt: „Ich war mir sicher, dass du von unserem Stamm bist, du kannst es nicht verleugnen. Aber warum machst du ein Geheimnis daraus?" Langsam verlässt Maria das Wasser und schreitet unbefangen zu uns. Sie grinst und scheint gerne ihren schönen Körper zu zeigen. Schnell sind wir angezogen, Maria küsst uns beide flüchtig auf die Stirn. Das Pferd bekommt Wasser, etwas Hafer und Maria führt es zum Grasen an einen Hügel oberhalb des Flussufers. Währenddessen stellt sich Süßkind in Richtung Osten und verrichtet das Morgengebet: „Jischtabach simcha laad … gepriesen sei der Name in Ewigkeit, unser König Gott, im heiligen Himmel und auf Erden." Er rezitiert leise mit seiner hellen, wohlklingenden Stimme. Es sind die Gebete, die ich unzählige Male an der Seite meines Vaters in unserer kleinen Synagoge gesprochen habe. Wir fallen in einen Singsang und bewegen unsere Oberkörper im gleichen Rhythmus. Ich bitte Gott, dass er meine Familie im Garten Eden behüte und wir unversehrt nach München zurückkehren mögen. Warum sendet er Engel, die mich begleiten?

Nach dem Gebet drehen wir uns zum Karren. Dort sitzt Maria im Gras, sie hat uns beobachtet und fragt, ob wir sie in unsere Gebete eingeschlossen hätten. Ich nicke und sie fügt an, dass sie nichts gegen unseren Glauben hätte, aber dennoch sollten wir vorsichtig sein, denn erführe der Pöbel davon, erschlüge er uns, ohne nur eine Sekunde zu zögern. Und kein Hahn würde danach krähen. Maria erzählt Süßkind nichts von ihrer eigenen Herkunft. Ich lasse es dabei bewenden.

Nachdem wir das Pferd eingespannt hatten und die Vorräte verstaut waren, steigen wir in den Wagen. Ich sitze in der Mitte, Maria und Süßkind an meiner Seite. Ein kurzes Ziehen an den Zügeln, ein Schnalzen mit der Zunge und Mimi setzt sich zunächst behäbig und dann zügig in Bewegung. Wir fahren in den Süden den Bergen entgegen. Die Straße steigt leicht an und an einigen Stellen haben im Winter Regen und Schnee tiefe Fahrrinnen eingegraben. Jetzt, im Sommer, wirbeln wir den Staub der Straße auf. Gelangte eines der großen Räder versehentlich in diese Rinnen, würde es sich verkanten, der Karren würde bremsen und wir blieben mit einem heftigen Ruck stehen. Dabei könnte ein Rad schnell brechen. Ich kenne das Problem von unseren Reisen von München nach Ulm und fahre vorsichtig.

So blicke ich während des Lenkens angestrengt auf den Weg. Ich genieße die Nähe von Maria und Süßkind. Sie sitzen neben mir auf Tuchfühlung. Gelegentlich spüre ich Marias Hand auf meinem Oberschenkel. In der Ferne sind die Umrisse des Gebirges zu erkennen. Häufig überholen wir Heuwagen, die langsam von Ochsen gezogen werden. Sie sind hochbeladen, wanken gefährlich nach beiden Seiten und fahren gemächlich zurück zu den Ställen. Jedes Mal ist es ein schwieriges Manöver, weil die alte und beschädigte Salzstraße für zwei nebeneinander fahrende Karren zu schmal ist. Oft versinkt ein Rad in der daneben liegenden Wiese und es ist schwierig, wieder mit beiden Rädern auf den Weg zu kommen. Während des Vorbeifahrens winken die Bauern oder lächeln spöttisch über den von einem Pferd gezogenen Ochsenkarren.

Als die Sonne ihren Zenit längst überschritten hatte, klagt Maria über Hunger und zeigt auf einen Weg rechts von der Straße. Dieser führt von der angrenzenden Wiese zu einem Waldesrand und von dort durch eine schmale Schneise im dichten Wald zu einer Lichtung. Dort angelangt, bleiben wir stehen und steigen vom Karren. Maria wartet mit einem graziösen Lächeln, bis Süßkind sie an den Hüften fasst und sie behutsam vom Wagen in das Gras hebt. Erst nach einer kurzen Weile zieht er seine Hände zurück.

Wir erkunden die Lichtung mit hohen Büschen und entdecken einige wild wachsende Obstbäume. Im weichen Boden zeichnen sich Wagenspuren ab und nahe einem Baum liegt verkohltes Holz bedeckt mit weißer Asche. Süßkind geht hin, hebt seinen Kopf und blickt in das mit Blättern dicht bewachsene Geäst. Er ruft nach mir und als ich neben ihm stehe, deutet er auf Äpfel oder Birnen, die hoch zwischen den Blättern hängen. In den Sträuchern daneben leuchten zwischen den schon vertrockneten Blättern rote Beeren. Ich winke Maria zu. Sie kommt schnell zu uns und ich zeige auf die Früchte im Baum. Einer von uns muss hinaufklettern. Süßkind hebt Maria schwungvoll bis zu einem dicken Ast in Mannshöhe. Sie hangelt sich von dort bis zum Baumstamm, an dem sie nach oben klettert, bis in luftiger Höhe die ersten Äpfel vor ihr baumeln. Sie beißt hinein und ruft uns zu, sie seien klein und schrumpelig, schmeckten aber dennoch köstlich. Mit einem gestreckten Arm pflückt sie nun mehrere und lässt sie zu Boden fallen. Beim Hinabklettern umklammert sie mit beiden Beinen geschickt den Baumstamm, bis wir ihre Füße fassen können und sie unversehrt in unseren Armen auf den

Boden gelangt. Dabei rutscht für wenige Sekunden unbeabsichtigt ihr Kleid weit über die Oberschenkel. Wir füllen unsere Taschen mit dem Obst und gehen durch das hohe Gras der Lichtung zum Wagen. Von den vielen Büschen pflückt Maria schwarze und rote Beeren. Das Obst kommt in die große Holzschale, die auf dem Boden des Wagens steht.

Zurück am Waldrand finden wir einen geeigneten Rastplatz und ziehen den Wagen langsam dorthin. Das Pferd wird festgebunden und mit etwas Hafer versorgt. Wir sitzen im Kreis auf dem weichen Moosboden um die Holzschüssel und essen vom Obst. Süßkind nimmt einen der Äpfel und betrachtet ihn sachverständig. Er ist kaum größer als ein Zeigefinger und schmeckt bitter und sauer. „Er heißt Holzapfel", so Süßkind, „und unterscheidet sich von den größeren und süßeren Äpfeln, die ich im Kloster von den Mönchen geschenkt bekam." Die süßen Beeren und das bittere Apfelfleisch zusammen schmecken köstlich. Schon lange aßen wir kein Obst. Es ist wie ein Fest an diesem heißen Sommertag, schon nahe an den Bergen. Nach dem Abendessen liegen wir lange nebeneinander, Maria zwischen uns Männern. Ein kühler Luftzug kommt vom Wald. Maria streichelt erst Süßkind, dann mich. Er beginnt leise eine Melodie erst zu summen und dann zu singen.

„Ein sel'ger Mann, dem die Gute ist beschert. Er wird ohne Zweifel mit ihr seine Jahr im Einklang dann verbringen, froh und rein und klar." (2)

Er wiederholt die Strophe mehrmals, dann verstummt er. Aus dem Wald erklingt der Gesang der Vögel und weit oben am Himmel ziehen Schwalben ihre Kreise. Nach längerem Überlegen verstehe ich die Worte und frage Süßkind nach seiner Auslegung. Maria beobachtet uns aufmerksam. Er lächelt, blickt versonnen in die Ferne und sagt: „Alle guten und schönen Frauen und Freunde sind gemeint, aber im Besonderen Maria und du Jakov. Wir sind zu dritt auch im Glauben vereint. Ihr seid froh, rein und klar." Ist es richtig, so frage ich mich, dass meine Zuneigung zu Süßkind annähernd so stark wie zu Maria geworden ist? Ich vertreibe diese Gedanken.

Es ist bereits spät und dunkel geworden. Wir sind müde und schlafen einige Stunden, bevor wir am frühen Morgen weiterfahren. Als die Morgendämmerung einsetzt, steigen wir schlaftrunken auf den Karren und lenken ihn auf die Straße. Nach einem kurzen Befehl beginnt Mimi zu traben und so eilen wir dem Süden und den Bergen entgegen. Maria und Süßkind dösen an mich angelehnt vor sich hin, ihre Köpfe bewegen sich mit dem Schaukeln des Wagens.

Plötzlich höre ich die schnellen und lauten Hufschläge eines Reiters näherkommen, er fällt neben unserem Wagen in einen langsamen Schritt, sieht zu mir und fordert mich auf, den Wagen anzuhalten. Ich ziehe fest an den Zügeln, unser Pferd bleibt mit einem Ruck stehen, Maria und Süßkind sind sofort hellwach. Er steigt vom Pferd und stellt sich als Gesandter der Herrschaften der Burg Werdenfels vor. Der Mann trägt einen langen, dunkelblauen Rock aus grobem Stoff mit einem breiten Ledergürtel, auf dem Kopf eine Lederkappe mit einer ovalen Metallspange und an seiner rechten Hand hält er einen langen Holzspeer. Zunächst mustert er uns mit ernster Miene. Lächelnd und freundlich fragt ihn Maria, was er von uns wünsche. Die Ansprache einer Frau scheint ihn zu verwirren. Er antwortet nicht, kommt näher und verlangt unwirsch mit einer Handbewegung, dass wir den Wagen verlassen. Etwas widerwillig steigen wir von unserem sicheren Karren und stehen ratlos neben dem Mann, von dem ein fürchterlicher Kloakengestank ausströmt. Süßkind zieht seine Nase hoch, stellt sich mit gebührendem Abstand vor ihm auf und fragt, was er von uns wolle. Er antwortet: „Der Burgherrin ist wertvoller Schmuck gestohlen worden und mir wurde befohlen, bei dem fahrenden Gesindel danach zu suchen. Deshalb muss ich Euren merkwürdigen Karren kontrollieren. Während er dies sagt, steht er aufrecht und überragt uns alle, hält in der linken Hand bedrohlich seinen Speer und in der rechten ein Messer. Dann steigt er, ohne zu fragen, in den Wagen und durchsucht unser Hab und Gut. Süßkinds Laute schüttelte er, um zu sehen, ob hinter den Saiten die Edelsteine seiner Gutsherrin verborgen sind. Süßkind klettert wütend auf den Wagen und entreißt ihm sein Instrument. Dann stellt er sich vor, unterstreicht seine adlige Herkunft, betont, dass er den

Burgherrn und die Burgherrin von Werdenfels kennen würde und ihnen schon oft vorgesungen habe. Im Übrigen hätten wir unlängst einen großen Wagen mit zwei Pferden schnell an uns vorübereilen gesehen. Die herrschaftlichen Kinder der Burgherrin, sagt Süßkind, die er sofort erkannte, winkten uns zu. Als der Grobian das hört, verlässt er den Karren und wir weichen zurück, weil wir den Gestank, den er verbreitet, kaum ertragen. Nun entgegnet der Reiter, während er eine Hand vor den Mund hält, als würde er ein Geheimnis verraten, dass die jungen Herrschaften seit mehreren Tagen nicht mehr aufgetaucht seien und sich seine Herrin sehr besorgt gezeigt hätte. Flüsternd fährt er fort: „Ich wage es kaum auszusprechen. Zwischen dem Verschwinden der Kinder und dem Verlust des Schmucks könnte ein Zusammenhang bestehen." Ohne einen weiteren Ton zu sagen, schwingt er sich schnell auf sein Pferd und galoppiert in Richtung Süden davon. Wir stehen sprachlos am Straßenrand und warten, bis der Wind die vom Gesandten versprühten üblen Gerüche fortgetragen hat. Um das Wageninnere zu lüften, entfernt Maria die Plane. Kopfschüttelnd stellt sie fest, dass er unser letztes Stück Speck mitgenommen hat. Süßkind zieht seine Nase nach oben und meint, dieser Spießgeselle sei wohl in der Nacht volltrunken in die Kloake neben einem Abort gefallen.

Es ist bereits später Nachmittag und am Himmel türmen sich dunkle Wolken auf. Die Herberge sollten wir bald erreichen. Mimi kann es nicht schnell genug gehen, vielleicht auch, weil sie instinktiv spürt, dass ein Unwetter naht. Zwischen den schon tief stehenden Gewitterwolken entladen sich grell leuchtende Blitze, ohne dass es donnert. Es ist ein Wettrennen gegen ein drohendes Unwetter. Die Bauern hetzen mit Peitschen die Ochsen, um noch vor dem großen Regen die Ernte trocken in die Scheuer einzufahren. Tatsächlich erreichen wir bald die Herberge. Die ersten dicken Tropfen fallen vom Himmel. Wir lenken langsam unseren Wagen auf den Sandplatz vor dem Wirtshaus, neben dem eine Scheune steht. Ein Stallknecht kommt heraus und winkte uns zu sich. Er hilft uns, Mimi von der Deichsel zu befreien, und führt sie geschickt am Zügel in den Stall. Ich gebe ihm zwei Kreuzer und er verspricht, sich um das Pferd zu kümmern und es zu füttern. Der Wagen steht vor dem Stall. Wir holen unsere Habseligkeiten herunter, befestigen die Plane, auf die nun dicken Regentropfen niederprasseln, und eilen in die Wirtsstube. Der Wirt, ein kleiner runder Mann mit einem lichten Haarkranz, kommt auf uns zu. Er hat eine fleckige, dunkelblaue Schürze umgebunden, grinst, verbirgt mit geschlossenem Mund seine Zahnlücken und führt uns zu einem kleinen runden Tisch. Es riecht nach gebratenem Fleisch, Kohlkraut und Kloake. Vermutlich hat sich der rohe Gesandte von vorhin bereits eingefunden. Alle anderen Plätze sind belegt und es ist sehr laut.

Bald sitzen wir an einem runden Tisch. Der Wirt ist verschwunden und die Wirtsfrau, die ihren Mann überragt, kommt und bringt einen mit Rotwein gefüllten Krug und Becher. Aus ihrem Mieder quillt der Busen hervor, sie heißt uns willkommen und bietet Braten vom Schwein oder vom Rind an. Wegen der Lautstärke und ihres fremden Dialektes können wir sie kaum verstehen. Maria blickt lächelnd zu mir und sagt leise, sie sei eine feurige Italienerin, und zeichnet mit ihren Händen in der Luft ihren üppigen Körper nach. Süßkind bittet die Wirtin, nur Rindfleisch zu bringen. Nach einer halben Stunde serviert sie eine große Schüssel mit Fleischstücken und Hirsebrei. Darin schwimmen Stücke von Wurzelgemüse. Süßkind lässt seine Blicke verzweifelt über den Tisch schweifen, ruft nach der Wirtsfrau und bittet um Löffel und Gabel. Als Mann aus dem Adelsstand esse er nicht mit Händen. Die Wirtin legt hinter ihm stehend Löffel und Gabel neben seinen Teller und quetscht unbeabsichtigt ihren Busen auf seinen Rücken. Maria und ich greifen schnell nach dem Essen, denn eine warme Mahlzeit entbehrten wir seit vielen Tagen. Dazu trinken wir den starken Rotwein, der bald unsere Sinne vernebelt, und nehmen vom Hirsebrei. Süßkind betrachtet den Braten genau, bevor er ihn zum Mund führt. Aus einem Stück zieht er einen sich schlängelnden, kleinen weißen Wurm. Mir wird übel bei diesem Anblick. Bei koscherem Fleisch wäre das nicht möglich. Es wird vor dem Verzehr lange in Salz gelegt.

Es wird nun unerträglich laut im Wirtsraum. Einige der Gäste johlen und schreien und laufen torkelnd, weil betrunken, zwischen den

Tischen. Rauchschwaden, die von der Feuerstelle herüberwehen, erfüllen den Raum mit beißendem Geruch und schmerzen in den Augen. Einige Tische weiter streiten zwei bärtige Fuhrleute und kriegen sich in die Haare, als der eine dem anderen ein Glas Wein ins Gesicht schüttet. Schnell fliegen die Fäuste, bis der kleinere von beiden fast zu Boden geht. Die Wirtsfrau kommt herbeigelaufen, stützt ihn und versucht, die Streithähne zu besänftigen. Dieses versteht der Stärkere von ihnen als Einladung der Wirtsfrau, hebt von hinten ihren Rock und schlägt auf ihren ausladenden, blanken Hintern. Dies wiederum ruft den Wirt auf den Plan, der eine schwere Eisenpfanne auf den Kopf des Übeltäters niedersausen lässt. Der getroffene Mann fällt zu Boden und scheint bewusstlos. Plötzlich schlägt der Wind krachend die Tür zum Wirtshaus auf, das starke Prasseln des Regens, ebenso wie der laute Donner und die grellen Blitze erwecken die trunkenen Gäste vom Rausch und erfüllen sie mit Angst und Schrecken. Würde ein Blitz einschlagen, das Gasthaus und seine Gäste stünden schnell in hellen Flammen. Als es nun etwas ruhiger wird, stellt sich der Wirt auf einen Tisch und schlägt mit einem schweren Schöpflöffel auf eine Pfanne. Der dröhnende Gong ist nicht zu überhören. Er ruft laut: „Wegen der Sperrstunde ist es seitens der Obrigkeit untersagt, weiter Alkohol auszuschenken. Ihr habt alle zu Ende gegessen, gefurzt und gerülpst und könnt Euch nun oben im ersten Stock zur Nachtruhe begeben. Jede Person zahlt dafür einen Kreuzer." Ich befürchte, das starke Gewitter würde uns zwingen, die Nacht mit Trunkenbolden und Schlägern zu verbringen. Süßkind scheint sich mit dieser Idee nur schwer anzufreunden. Er sagt, er sei schon einmal hier gewesen und hätte wegen der finsteren Gestalten, des Gestanks und des Lärms keine Sekunde ein Auge zugetan. Maria pflichtet ihm bei.

Ich zahle bei der Wirtin unsere Zeche und drei Kreuzer für die Übernachtung. Sie zwinkert mit einem Auge und rückt dabei aufreizend ihr Mieder zurecht. Maria beobachtet das Spiel, nimmt mich an die Hand und wir steigen die schmale Treppe zu einem großen Schlafraum hinauf. Es brennt nur eine Öllampe neben dem Aufgang, ansonsten ist es dunkel und drückend heiß. Auf das Dach prasselt der starke Regen. An einigen Stellen tropft Wasser bis auf den Boden. Ich suche angestrengt nach einer geeigneten Schlafstelle für uns. Die Mehrzahl der Gäste liegt nackt und wegen der stickigen Hitze schweißgebadet auf dem Boden. Die menschlichen Ausdünstungen erfüllen den Raum mit einem penetranten Gestank, der nicht abziehen kann. Gelegentlich stöhnen die Liebenden leidenschaftlich, von einem lauten höhnischen Lachen begleitet. Es mögen mindestens 50 Personen in diesem Raum dicht aneinander gedrängt liegen. Wir finden in einer Ecke unter einer Dachschräge, etwas abseits, ausreichend Platz für uns und legen uns nieder. Wegen der unerträglichen Hitze haben auch wir uns ausgezogen und liegen auf dem Rücken, Maria in der Mitte, Süßkind und ich neben ihr. Mit meinem rechten Arm streiche ich, wie mein Freund mit seinem linken, Marias Bauch und Brüste, während sie ihren Körper ganz langsam nach beiden Seiten dreht, gleichzeitig mit ihren beiden Händen durch unser Haar fährt und uns wie unbeabsichtigt, flüchtig am Geschlecht berührt. Wir drehen uns zur Seite, ich falle in einen tiefen Schlaf und meine Erregung vergeht in meinen Träumen.

Es ist noch dunkel, als die ersten mit viel Getöse aufbrechen. In einer Ecke gibt es Geschrei wegen eines unterstellten Diebstahls und laute Anschuldigen. Wir ziehen uns schnell an, eilen mit unserem spärlichen Reisegepäck in den Hof und atmen die vom Gewitter gereinigte, noch kühle Morgenluft tief ein. Als der Stallknecht uns sieht, führt er unser Pferd auf den Hof. Mimi scheint zufrieden, sie wiehert kurz und schüttelt den Kopf, sodass aus ihrem Maul und ihren Nüstern der Speichel in weitem Bogen fliegt.

Süßkind und ich ziehen nun den Karren aus der Scheune. Bevor wir losfahren, kommt der Stallknecht noch auf uns zu und sagt: „Mit einem Hafersack könnte euer Heiter auch unterwegs fressen." Wir geben ihm dankbar einen Kreuzer für die gute Idee und er bindet einen schmutzigen, mit Getreide gefüllten Leinensack um das Maul von Mimi, legt das Halfter an und verbindet das Pferd mit der Deichsel. Wir klettern in den Wagen und verlassen, dem Stallknecht zuwinkend, den Hof der Herberge und fahren auf die Landstraße. Das starke Gewitter hat seine Spuren hinterlassen. Die Straße ist übersät mit tiefen Pfützen. Die Fahrrinne und große Steine sind streckenweise von einem braunen Schlamm überdeckt. So können wir nur sehr langsam vorankommen. Unser Pferd setzt vorsichtig einen

Schritt vor den anderen. Ich halte die Zügel, während Süßkind und Maria gähnend mit ihrer Müdigkeit kämpfen, bis sie einschlafen. Der Morgen dämmert und es wird heller. Vor uns steht am Firmament die schmale Sichel des Mondes. Längliche, schwarze Wolkenfetzen setzen sich vom hellblauen Himmel ab. Die Straße ist von weiten Wiesen mit hohen Gräsern umgeben. Aus der Ferne höre ich das Rauschen der Loisach. Wir fahren in die langsam aufgehende Sonne, deren Strahlen Maria und Süßkind wecken. Er blinzelt, sein warmer Blick umfängt mich, er klopft auf meine Schultern, streicht kurz durch mein Haar und fragt, ob er mich ablösen dürfe. Bald hält er die Zügel, auf seinen Befehl hin fällt das Pferd in einen leichten Trab. Ich stehe auf und setze mich neben Maria, lege meinen Arm um ihre Schultern. Sie sieht mich an, fragt, ob alles in Ordnung sei. Ich nicke und überlege kurz. Mich treffen die Blicke von Süßkind und Maria gleichzeitig und ich sage etwas versonnen, wir wären nun ein Liebespaar zu dritt. Es wird wärmer und ich rieche den Duft der Blumen und Gräser von den Wiesen um uns. Das Rauschen der Loisach wird lauter. Da wir heute Morgen nicht gefrühstückt haben, werde ich zunehmend hungrig. Süßkind scheint es ähnlich zu ergehen, denn er hält angestrengt Ausschau nach einem Weg zu einem Rastplatz. Es ist bereits früher Mittag, als wir nach einer mühsam erreichten Hügelspitze in einiger Entfernung einen kleinen Abzweig von der Straße finden, der zu einem Wald führt.

Liebespaar zu dritt

Während wir nach rechts abbiegen, eilen zwei Reiter in schwarzer Kleidung und mit federgeschmückten Lederkappen an uns vorüber. An der Seite hält jeder einen langen Speer. Sie sind so schnell verschwunden, wie sie gekommen waren und nur das Klappern der Hufe ihrer Pferde hallt lange nach. Wir fürchteten, sie hätten uns gefährlich werden können.

Am Wald angelangt, machen wir Halt, befreien unser Pferd von seinem Geschirr, dem Hafersack und binden es fest, damit es in Ruhe grasen kann. Wir holen die verbliebenen Vorräte aus dem Wagen und breiten sie auf dem moosbewachsenen, weichen Boden aus.

Maria scheint plötzlich ein dringendes Bedürfnis zu verspüren und läuft eilends in den Wald. Süßkind und ich tun es ihr gleich, nebeneinander, einige Schritte tief im Wald.

Von fern höre ich leises Wasserrauschen. Wir sitzen auf dem Boden, ich streiche mit meiner Hand langsam über das Moos, das sich wie Samtstoff anfühlt. Maria reicht uns den Rest vom Brot und einige Stücke vom gepökelten Fleisch, das Süßkind nicht anrührt. Unser Freund scheint noch hungrig und er bittet Maria, ihn in den Wald zu begleiten, um dort nach Beeren und Pilzen zu suchen. Sie stimmt freudig zu und gemeinsam verschwinden sie zwischen den hohen Nadelbäumen. Ich liege nun allein im Schatten der Tannen auf dem weichen Waldboden, lehne meinen Kopf an das Rad unseres Wagens und lasse meine Blicke über das weite Feld schweifen. Am Himmel ziehen einige kleine Wolken nach Osten. Gelegentlich weht ein frischer, kühler Luftzug aus dem Wald. Ich könnte mir vorstellen, dass Maria und Süßkind im Wald nicht voneinander lassen würden und gönne ihnen das. Wenn sie zurück sind, werden wir sicherlich zu dritt Spaß haben. Bei diesem Gedanken nicke ich ein. Erst als ein Mückenstich an meinem Arm schmerzt, erwache ich und zerquetsche das Insekt. Aus einiger Entfernung kommen die beiden Hand in Hand auf mich zugelaufen. Maria hält in ihrer Schürze Waldbeeren und Pilze. Sie beugt sich zu mir, küsst mich auf den Mund und öffnet mit ihrer Zunge meine Lippen. Ich fasse sie an der Taille und ziehe sie zu mir. Süßkind kniet sich zu uns, legt seine Hände auf unser beider Schultern und sagt lächelnd, wir sollten nun endlich von den wunderbaren Waldfrüchten essen. So greifen wir beinahe gleichzeitig in Marias Schürze und verschlingen die süßen und saftigen Beeren. Schnell ist die Schüssel geleert und wegen der Mittagshitze wollen wir noch nicht aufbrechen. Schläfrig liegen wir eng nebeneinander und verlieren uns in Tändeleien und wie am Vorabend in einem wilden Spiel von drei Liebenden.

Der laute Schall eines Horns erklingt. Wie vom Blitz getroffen lösen wir uns voneinander, stehen schnell auf und blicken in Richtung Straße. Hat uns jemand gesehen oder gar beobachtet? Marias Gesicht ist gerötet. Süßkind holt aus Verlegenheit seine Laute, lehnt sich an den Wagen und spielt die Melodie eines bekannten Volksliedes. Nun nähert sich ein kräftiger Wallach. Auf ihm sitzt ein wohlgenährter Mönch in einer braunen Kutte. Als er einige Meter von uns entfernt zum Stehen kommt, schlägt er ein Kreuz über seiner Brust und begrüßt uns im Namen Gottes und seines Sohnes und fragt dann mit einem verschmitzten Lächeln nach unserem Wohlbefinden und unserem Reiseziel. Unsere Erregung ist in Windeseile einem Gefühl von Angst und Entsetzen gewichen. Was will er von uns? Ich kann mich nicht des absurden Gedankens erwehren, er hätte sich gerne zu uns gelegt, und muss ein Lächeln unterdrücken! Um die peinliche Stille zu beenden, legt Süßkind seine Laute beiseite, nähert sich dem Mönch auf seinem zunehmend unruhigen Pferd, verbeugt sich höflich und stellt sich als Süßkind von Trimberg, der Minnesänger, vor. Dann deutet er auf Maria und mich, ein junges Paar, das aus Erbarmen ihn armen Musikanten auf seiner Reise in den Süden mitgenommen hätte. Weiter sagt er, wir rasteten an diesem wunderschönen Waldesrand und wollten bald aufbrechen. „Gerade als ich ein schönes Volkslied auf meiner Laute spielte, ertönte laut Euer Waldhorn bis zu uns." Der Mönch steigt ungelenk von seinem Wallach, sieht tief in Marias Augen und meint: „Ihr seht nicht aus wie gottesfürchtige Christenmenschen. Doch unser Herr Jesus liebte die Armen und die Schwachen. Ich sammle für einen Kirchenbau in einem Dorf nahe an der Burg Werdenfels. Eine kleine Spende und er wird Euch segnen." Mit einem breiten Lächeln fügt er an: „Und dann haben wir uns nie getroffen und ich habe nichts gesehen. Wir sind doch alle sündige Kinder Gottes." Süßkind kehrt demonstrativ seine Taschen nach außen. Maria und ich wechseln Blicke, bevor sie das Wort ergreift. „Wie Ihr seht, wir sind arme reisende Hausierer auf dem Weg nach Tirol, um Ware zu kaufen. Wenn wir Euch was gäben, so müssten wir auf Essen verzichten. Aber für Euren heiligen Zweck wären wir bereit, einen Kreuzer zu entgelten." Der Mönch verzieht sein Gesicht. Daraufhin nehme ich aus meinem Beutel eine weitere Münze und überreiche sie ihm. Nun ist er zufrieden, steigt mit Mühe auf sein Pferd. Am Ende müssen Süßkind und ich ihn an seinem breiten Gesäß mit platten Händen in den Sattel hieven. Endlich sitzt er wieder aufrecht auf seinem Gaul. Er verabschiedet sich mit salbungsvollen Worten: „Ihr seid noch jung und schön und habt mit Gottes Hilfe Euer ganzes Leben vor Euch. Doch seid vorsichtig. Auf Burg Werdenfels würde ich mich nach den Vorfällen in München nicht sehen lassen." Daraufhin dreht er sein Pferd, trabt gemächlich davon und lässt uns ratlos zurück. Sicherlich hätte er uns, weil wir zu dritt sind, nichts anhaben können. Mimi bekommt einen gefüllten Hafersack umgehängt, bevor wir sie einspannen und weiterfahren. Ich halte die Zügel fest und wir überlegen, welche Folgen diese seltsame Begegnung haben könnte. Warum warnte er uns vor einem Besuch der Burg? Auf der Straße angekommen, beginnt unser Pferd zu traben.

Am Himmel verdecken schnell vorüberziehende Wolken die Sonne. Die Luft ist dennoch schwül und wir fürchten ein weiteres Gewitter. Maria sagt: „Nach meiner Erinnerung werden wir in wenigen Stunden die Burg erreichen. Ihr vorgelagert ist ein armseliges Dorf mit einer schmutzigen Herberge. So war es jedenfalls vor Jahren." Ich frage Süßkind, ob der Mönch erkannte, dass wir Juden sind, und er antwortet: „Alle Welt weiß, dass Süßkind von Trimberg ein Hebräer ist. Sicherlich ging der Mönch davon aus, dass auch Du ein Beschnittener sein könntest. Denn wer macht sich mit einem Juden gemeinsam auf die Reise? Doch nur seinesgleichen. Über die Rolle von Maria konnte er sich wohl keinen Reim machen, denn sie sieht nicht unbedingt aus wie Ester oder Judith. Aber wer weiß?" Nach diesen Worten denke ich an unser gemeinsames Bad in der Loisach, als ich aus Scham vor ihm und mir selbst Marias Kreuz unbemerkt in ihre Tasche zurücklegte.

Nach etwa einer Stunde überfahren wir eine kleine Steinbrücke. Darunter fließt ein schmaler Bach. Das Pferd verlangsamt seinen Gang und zieht, ohne unser Zutun, laut wiehernd den Wagen auf die Wiese. Es bleibt abrupt vor dem Gewässer stehen und beginnt zu saufen. Maria und ich steigen vom Karren mit unseren beiden Krügen, waten barfuß durch das klare, kühle Wasser und füllen die Gefäße. Süßkind war sitzen geblieben. Wir laden die vollen Krüge in den Wagen, setzen uns neben Süßkind, ich ziehe an den Zügeln und unser Pferd führt uns langsam zurück auf die Straße und fällt dann in einen schnellen Trab.

Süßkind trällert ein Lied vor sich hin. Es sei eine Volksweise aus dem Morgenland, die er von einem frommen Mann, der in Jerusalem war, erlernte. Nach dem Lied verstummt er und blickt in die Ferne. Als er seinen Kopf senkt, meint er mit Blick auf uns beide: „Wir müssen auf diese Burg. Vor Jahren wurde ich dort mehr oder weniger freundlich empfangen und bin auch aufgetreten. Ich werde dieses Land verlassen und mein Abschiedsgeschenk ist ein neues Lied, das ich gerade dort singen muss. Das bin ich mir und meinem Ruf als jüdischer Minnesänger schuldig." Maria und ich verspüren Angst und ich erwidere: „Wir verstehen nicht, warum du wegen eines Liedes, vielleicht eines letzten Liedes, bereit bist, unser Leben zu riskieren. Selbst der Mönch erging sich in düsteren Andeutungen. Vielleicht hatte er uns angekündigt und dem Burgherrn berichtet, dass wir aus München fliehen mussten, weil wir Juden sind, und einen Lohn für seinen Verrat gefordert." Süßkind entgegnet mit einem spöttischen Lächeln: „Seid keine Hasenfüße! Wie oft war ich bei diesen Herrschaften auf ihren Burgen und habe meine Kunst vorgetragen, wurde oft verspottet, gedemütigt, aber niemals geschlagen oder gefoltert."

Tatsächlich erreichen wir am frühen Abend ein kleines Dorf. Es ist einer felsigen Anhöhe vorgelagert, auf der die Burg Werdenfels hoch über dem Tal steht. Wie Maria andeutete, säumen nur einige baufällige Holzhütten und eine Kirche die Straße, von der der Weg hinaufführt. Als letztes Haus neben der Kirche steht ein heruntergekommener Schuppen mit schmutzigem Strohdach. Es ist die Herberge am Ort. Wir halten vor dem Eingang, steigen vom Wagen und warten auf den Wirt und seine Begrüßung. Doch nichts geschieht, bis Maria sich ein Herz fasst, zur schief im Rahmen hängenden Eingangstür geht und leise klopft. Wieder gibt es keine Antwort. Sie öffnet die nicht verschlossene Türe und ich folge ihr rasch, als sie eintritt. Wir stehen inmitten des Wirtsraumes, einige Öllampen spenden wenig Licht, an zwei Tischen sitzen Männer und spielen Karten. In der Dunkelheit sind nur ihre Umrisse zu erkennen. Der

Geruch nach ranzigem Fett und Schweiß ist kaum zu ertragen. Als wir eine Weile stehen und fragend um uns blicken, öffnet sich neben der Feuerstelle eine Tür und eine kleine, rundliche Frau mit einem kurzen Hals, einer Schürze, die fast bis zu den Knöcheln reicht, und langen grauen, zerzausten Haaren kommt auf uns zu. Sie sieht uns blinzelnd an und fragt, ob wir die Juden aus München wären. Vom Mönch hätte sie von unserer Ankunft erfahren. Als wir ihre Frage unbeantwortet lassen, fährt sie fort: „Für wenig Geld bekommt ihr mehrere Scheiben frisches Brot und etwas Schmalz. Euer Pferd dürft ihr in den Stall führen und dort nächtigen. Das Tor zur Burg ist heute verschlossen. Morgen früh werdet ihr erfahren, ob und wann ihr die Ehre haben werdet, vom Burgherrn empfangen zu werden." Ich setze mich an den uns zugewiesenen Tisch. Maria geht hinaus, bindet das Pferd fest, lässt den Karren im Hof stehen und kommt mit Süßkind zurück in die Wirtsstube. Die Wirtin bringt einen Korb mit Brot und einen Becher mit Schweineschmalz. Daneben stellt sie einen Krug mit wässrigem Bier ohne Schaum und drei Becher. Langsam gewöhnen sich meine Augen an die Dunkelheit. Die Männer an den anderen Tischen sind in Lumpen gehüllt und sitzen, mit ihren Ellbogen auf den Tischen gestützt, stumm vor ihren Bierkrügen. Sie blicken mit Verachtung auf uns. Einer von ihnen sieht zu mir, hebt seinen Krug und setzt an, etwas zu sagen. Dabei hält er seinen Kopf schräg zur Seite, öffnet seinen zahnlosen Mund und sagt lallend „Gelobt seiest Du, Maria Gottes", schweigt, schließt die Augen und legt dann seinen Kopf langsam auf den Tisch. Süßkind blickt ängstlich im Raum umher, nimmt einen Schluck vom schalen Bier und Maria reicht ihm ein Stück Brot mit Schmalz. Er beißt hinein und nach einer kurzen Kaubewegung legt er das Brot mit angewidertem Blick zurück auf den Tisch. Ranziges Schweineschmalz wolle er nicht essen. Maria nimmt die Brotkante und kaut bedächtig. Süßkind und ich verschmähen das Schmalz, genießen stattdessen das frische, würzige Brot. Nachdem wir schnell den Korb und unsere Bierkrüge geleert hatten, rufen wir nach der Wirtin und hoffen auf einen Nachschlag.

Bald kommt sie wieder durch die Tür mit einer Kerze und einem Stuhl an der Hand und setzt sich zu uns. Wir sind erstaunt über diese

Vertraulichkeit. Sie trägt nun ein blaues Leinenkleid mit einem Ausschnitt, der ihren kurzen Hals kaschiert, und hat ein Lederband mit einem einfachen Holzkreuz umgehängt. Ihre Haare sind ordentlich zu einem langen Zopf geflochten. Im Kerzenschein blickt sie mit einem Lächeln auf Süßkind. Er bittet sie höflich um mehr „Speis und Gerstensaft". Sie verströmt den Geruch von Rosenöl und verbranntem Fett. Maria grinst und flüstert mir zu, sie hätte sich wohl zurechtgemacht, während die Blicke der Wirtin auf unserem Freund ruhen und sie ihn anspricht. „Ich bringe Euch gerne noch Brot und Bier, wenn Ihr uns vorher einige Eurer Lieder singt." Süßkind lässt sich das nicht zweimal sagen, eilt zum Wagen, holt seine Laute, setzt sich neben die Wirtin, stimmt sein Instrument und beginnt, ein einfaches Volkslied mit einer eingängigen Melodie zu spielen. Er singt leise und mit sanfter Stimme. Sofort verstummen die Gespräche in der Wirtsstube und die noch wenigen Gäste rücken mit ihren Stühlen zu uns. Nachdem er das erste Lied beendet hatte, verschwindet die Wirtin und kommt mit einem Korb voller Brot, einigen Äpfeln und einem Krug Bier zurück. Dieses ist nun frisch, mit weißem Schaum und wir trinken es in vollen Zügen. Er greift wieder zu seiner Laute und singt vom edlen Weib als des Mannes Krone und mit einer angedeuteten Verbeugung blickt er der Wirtin tief in die Augen. Nun spielt er eine Weise, die nur Süßkind und mir vertraut ist, es ist die Melodie von Kol-Nidre, dem Gebet am Vorabend von Yom Kippur. Die anfänglich feindselige Stimmung in der Wirtsstube hat sich gelegt. Die Wirtin schenkt allen nach. Für sie und die anderen im Raum ist Süßkind mit seiner Kunst ein kurzer Lichtblick im tristen und armen Leben. Das spiegelt sich in ihren nun freundlichen Gesichtern im flackernden Schein der Kerzen wider. Nach dem zweiten vollen Becher Bier verspüre ich eine angenehme Leichtigkeit. Ich lege meinen Arm um die Schulter der Wirtin, sie lässt mich gewähren und bittet Süßkind weiterzuspielen. Nun singt er ein Lied, das sich gegen den Hochmut des Adels richtet. Dagegen, dass Privilegien nicht selbstverständlich wären und er Mildtätigkeit einfordere.

„Wer adelig sich beträgt, den will ich edel nennen,

bloß an der Urkund läßt sich Adel nicht erkennen. Wenn
Adel Adliges tut, verdient er seinen Namen,
Doch überkommt ihm Frevelmut,
gleicht er gemeinstem Samen." (3)

Nach diesen Worten beendet er seinen Vortrag und blickt erwartungsvoll in die Runde. Die Wirtin und ihre Gäste sehen sich einander an und beginnen nach einigen Sekunden des Zögerns leise zu applaudieren. Süßkind erhebt und verbeugt sich höflich vor seinem Publikum, den Geschlagenen und den Geschundenen. Ein jüngerer, kräftiger Mann mit einem üppigen, schwarzen Bart, tiefbraunen Augen und kurz geschnittenem Haar kommt aus der hinteren Ecke des Raumes auf uns zu und setzt sich neben Süßkind. Die Wirtin füllt seinen Becher, den er in seiner rechten Hand hält, bis an den Rand mit Bier. Mit einem Zug trinkt er aus, wischt sich mit der linken Hand den Schaum vom Mund und zeigt auf eine lange, tiefe, frische Wunde auf seiner rechten Wange. Mit seiner sonoren Stimme fängt er, ängstlich um sich blickend, zögerlich an zu reden: „Ihr seid Juden, Gott möge es Euch verzeihen, aber trotzdem habt Ihr recht mit Eurem Vortrag. Vor zwei Tagen mussten wir an unsere Grundherrn von der Burg den Zehnten abliefern. Wir Bauern hatten wegen des feuchten Sommers eine schlechte Ernte und konnten nicht die gleiche Menge Heu und Gerste wie im Vorjahr abgeben. Daraufhin schlug ein Knecht mit einem Ochsenziemer wie wild auf uns ein und forderte den Rest für den Spätherbst. Männer und Frauen unseres kleinen Dorfes wurden geschlagen und verletzt. Viele sind in den Wald geflohen. Deshalb ist diese Wirtsstube so leer und so still wie schon lange nicht und deshalb sind wir so verzweifelt. Wir mögen keine Juden, weil Ihr Christus an das Kreuz geschlagen habt. Ihr aber seid vielleicht eine Ausnahme, weil Ihr von der Obrigkeit für uns arme Bauern Gerechtigkeit fordert." Maria fragt in die Runde, ob sie uns schlagen würden, wenn morgen Süßkind von Trimberg dem Burgherrn seine Lieder wie heute vortragen sollte. Ich ziehe meinen Arm von der Schulter der Wirtin, die gleichzeitig aufsteht und noch einen Krug Bier holt. Als sie zurückkommt, erzählt sie, dass vor einem halben Jahr die Gemahlin des Burgherrn im Wochenbett verstorben sei und einige Wochen später der Säugling. Seitdem behandle er seine Untertanen ungerecht und brutal. Wir sollten zweimal überlegen, vor sein Angesicht zu treten. Ich erhebe mich langsam, leere den Becher und wir wanken langsam durch die Tür in den Hof. Auch die anderen Gäste verlassen stumm den Wirtsraum und gehen in der Dunkelheit zu ihren Hütten. Maria bindet unser Pferd los und zieht es an seinen Zügeln in den Stall. Dort ist eine Tränke und es gibt etwas Heu und Hafer. Im kleinen baufälligen Stall sind an einer Wand zwei Ziegen neben einem schlecht genährten Ochsen angebunden. An der anderen Seite wurden frisches Gras und Heu hinter einer Holzwand aufgeschüttet. Dort werden wir schlafen. Die Wirtin kommt, klopft uns freundschaftlich auf die Schultern, wünscht mit einem vielsagenden Lächeln eine gute Nacht und wirft noch Eicheln in den Zuber des Schweinestalls, in dem grunzend die Muttersau mit ihren Ferkeln liegt.

Sie bewegt sich zur Stalltür, zögert, bevor sie in den Hof tritt, wendet sich in einer halben Drehung zu uns, atmet laut tief durch und geht rasch auf Süßkind zu. Sie steht vor ihm, ist mehr als einen Kopf kleiner als er, umfängt ihn ungelenk mit ihren Armen und drückt ihn fest an sich. So verharren sie für einige Sekunden. Nachdem sie losgelassen hatte, küsst er sie auf die Stirn. Sie blickt verlegen, verspricht für morgen ein schönes Frühstück und eilt schnell davon, wie ein kleines Mädchen, das von ihren Eltern Lob erfahren hatte. Süßkind sagt, sie hätte sich gerne zu uns gelegt und wir hätten es ihr nicht verwehrt.

Wir sind sehr müde, versinken im Heu und Gras und schlafen schnell ein. Als der Morgen anbricht, das Wiehern unseres Pferdes und das unablässige Krähen eines entfernten Hahnes im Dorf mich wecken, öffne ich langsam die Augen und sehe Maria, wie sie sich am Wassertrog fast unbekleidet wäscht. Ich steige aus unserem Nachtlager aus Heu und wohlriechenden frischen Gräsern, gehe zu Maria, die mich lachend mit Wasser aus dem Zuber bespritzt. Ich küsse ihren Mund und streiche über ihren nackten Rücken. Nun ist auch Süßkind aufgewacht. Er kommt zu uns, reibt sich den Schlaf aus den Augen. Wir geben unserem Pferd einen Klaps, ziehen uns an und gehen hinaus in den Hof. Es ist fast taghell, die Tür zur Wirtsstube steht offen, wir gehen hinein und setzen uns an einen Tisch. Die Wirtin legt Holzscheite nach, die in der glühenden Asche schnell Feuer fangen. Sie trägt ein graues, unförmiges Nachthemd und kommt zu uns. „Hattet ihr schöne Träume? Wenn ihr wollt, bringe ich frische Ziegenmilch und einige Scheiben Brot von gestern." Wir nicken, denn wir sind hungrig. Sie fordert für das Frühstück einige Kreuze im Voraus. Wir vermissen die Vertraulichkeit des Vorabends. Als das Feuer lodert, geht sie hinaus in den Stall und kommt bald mit einem vollen Krug zurück. Sie füllt die vor uns stehenden Becher mit frischer, warmer Ziegenmilch und stellt einen Korb mit Brot auf den Tisch. So ein köstliches Frühstück gab es während der gesamten Reise nicht. „Was wird dieser Tag bringen?", frage ich. Maria blickt angstvoll zu Süßkind, der antwortet: „Wenn sie uns einladen, werde ich auf die Burg gehen und ihr dürft mich gerne begleiten. Für mich wird es, so Gott will, der letzte Vortrag in diesen Landen sein. Auch unsere Wege müssen sich trennen, was mich zutiefst schmerzt. Sie wollten mich zur Taufe zwingen. Ich blieb standhaft. Jakov, auch du solltest es sein, verleugne nie dein Judentum, sie werden dir nicht danken. Du bist es deiner ermordeten Familie schuldig." Maria ist nun kreidebleich im Gesicht, die Entscheidung ist gefallen und könnte auch für sie fürchterliche Folgen haben. Ich gehe zur Wirtin, gebe ihr einige Kreuzer und frage, ob sie von der Burg schon etwas gehört hätte. Sie schüttelt wortlos den Kopf, verspricht unser Pferd zu versorgen und holt Proviant für die Reise. Wir bleiben noch am Tisch sitzen und wissen, dass es ein Abschied für immer sein würde.

Die Wirtin hatte gerade dem Pferd den Hafersack umgebunden, als ein Reiter mit einem langen Speer an der Seite, es ist jener, den wir von der Landstraße kennen, in den Hof geritten kommt, stehen bleibt und mitteilt, der Burgherr würde uns zu einer festlichen Mittagstafel bitten. Natürlich sei auch die schöne, edle Dame geladen. Süßkind erwidert, während er sich verbeugt, wir bedankten uns ganz herzlich für diese großmütige Geste des Burgherrn und würden selbstverständlich gerne kommen. Die Wirtin steht daneben und verfolgt still dieses Schauspiel. Der Reiter nickt und sprengt wortlos davon. Ich gehe zu Maria, sie zittert am ganzen Leib, ich drücke sie fest an mich und versuche, sie zu beruhigen. Süßkind kommt hinzu und wir versichern ihr, dass wir unversehrt von der Burg zurückkehren würden. Ich will Süßkind nicht enttäuschen und meinen Mut unter Beweis stellen. Außerdem müsste mich HaSchem beschützen, nachdem er den Tod meiner Familie zugelassen hatte.

Uns bleibt noch Zeit und ich reiche der Wirtin einen Korb für den bereits bezahlten Proviant. Sie füllt ihn mit Brot, Äpfeln und Ziegenkäse. Es ist warm geworden und schmale Wolken ziehen hoch am Himmel vorüber. Wir wagen vor der Abfahrt einige Schritte ins Dorf. Es scheint wie ausgestorben. Die Bauern sind entweder noch in den Wäldern versteckt oder auf dem Feld bei der Ernte. Nur ein Hahn kräht gelegentlich. Die Türen zu den Hütten sind verschlossen und keine Menschenseele ist zu sehen.

Wir gehen zurück zum Gasthaus. Bevor wir uns auf den Weg zur Burg machen, umarmen sich die Frauen. Ich blicke zurück und sehe die Wirtin mit feuchten Augen winken. Zunächst geht Mimi zügig im Schritt, bis die schmale, unbefestigte Straße sich steil nach oben um den felsigen Hügel windet. Nach einer Nadelkurve führt der Weg noch steiler nach oben. Mimi bleibt trotzig stehen. Wir sitzen an dieser Stelle fest und kommen nicht weiter. Die schmale Straße ist zu eng, um den Karren zu wenden. Maria steigt aus und versucht, Mimi am Halfter ziehend zum Weitergehen zu bewegen. Ist es der Blick in die Tiefe und die Furcht, den Felsen hinabzustürzen? Das Pferd bleibt störrisch. Wir steigen aus. Süßkind und ich schieben den Karren von hinten mit gemeinsamen Kräften an. Maria redet eindringlich auf das Tier ein und zieht an seinem Zaumzeug. Es scharrt, laut wiehernd, mit den Hufen und setzt sich zögerlich in Bewegung. So kommen wir langsam unserem Ziel näher und erreichen endlich zur frühen Mittagsstunde das Burgtor. Erst die letzte Wegstrecke ist leicht abschüssig, wir steigen auf und überqueren die Zugbrücke. Die beiden Torwächter sehen uns lächelnd an. Sicherlich haben sie die Beschwerlichkeit unserer Fahrt mit Häme aus der Ferne beobachtet. Als wir einfahren wollen, blicken sie ernst und bedrohlich. Süßkind berichtet, wir seien vom Boten des Burgherrn heute Morgen eingeladen worden und würden nun passieren wollen. Einer der Torwächter eilt in den Burghof und kommt bald gemächlich zurück. Die beiden Tore werden geöffnet und wir kutschieren in den Burghof. Unser Wagen wird auf dem groben Steinbelag durchgerüttelt. Nahe der Eingangstreppe in die Burg halten wir das Pferd an, binden es an einer Stange fest, stehen verloren im Hof und warten. Maria füttert das Pferd mit etwas Hafer und einem Apfel vom Reiseproviant. Sie zittert und Schweiß steht ihr auf der Stirn.

Auf Burg Werdenfels

Ich gehe zu ihr, mache ihr Mut und sage: „Maria, Süßkind ist besessen. Er lebt für seine Musik und seine Lieder. Er musste auf die Burg und wird sehr vorsichtig sein. Du solltest dir keine Gedanken machen." Sie sieht mich an, wischt Tränen aus ihrem Gesicht und sagt: „Auch der Burgherr und sein Gesinde werden mir unter den Rock wollen." Süßkind hatte sein Instrument ausgepackt, während er die Worte von Maria vernahm, und meint zuversichtlich: „Ich hoffe, sie werden uns fürstlich bewirten und nach einigen Liedern unversehrt ziehen lassen. So war es bisher."

Im Burghof ist es schattig. Nur auf die Dächer der Burg und die Zinnen des Westturmes treffen die Strahlen der Sonne. Sie steht hoch am hellblauen, dunstigen Himmel. Die Tür zur Burg öffnet sich und der Reiter, der uns heute Morgen die Einladung überbrachte, schreitet langsam die Treppen von der Eingangstür zum Hof hinab und kommt auf uns zu. Er verbeugt sich vor Maria und stellt sich als Karl von Werdenfels vor. Er sei der Sohn des Burgherrn und wir mögen ihm bitte folgen. Nach den Treppen erreichen wir durch das geöffnete Eingangsportal die Eingangshalle. An den Wänden hängen unzählige Hirschgeweihe, dazwischen dunkle Gemälde, von denen düstere Gestalten in Ritterrüstung auf uns herabblicken. Karl von Werdenfels bittet um Geduld, verschwindet hinter einer schweren Holztür und lässt uns warten. Zwischendurch eilt eine Magd durch die Vorhalle. Sie trägt eine weiße, saubere Schürze und ist von kindlicher Gestalt. Ihr Haar hat sie unter einer grünen Haube verborgen. An ihrem Arm trägt sie einen Obstkorb. Als sie uns sieht, lächelt sie verhalten und geht zur Tür. Nach wenigen Minuten kommt sie zurück und bittet uns, ihr zu folgen. Sie geht voran, wir gelangen durch einen langen dunklen Gang in einen hohen Raum, den die Sonne durch schmale, bis an die Decke reichende, dicke, bunte Glasfenster in farbiges, gedämpftes Licht taucht. In der Mitte steht ein langer, schwerer Holztisch, an dem vielleicht ein Dutzend Gäste Platz finden könnten. Er ist gedeckt für sechs Personen mit Zinntellern, Bestecken und schweren Kristallgläsern. Auf einer Holzplatte liegt ein gebratenes, gefülltes, in Scheiben geschnittenes Ferkel mit fast unversehrtem, rosafarbenen Kopf an der Spitze, aus dessen Maul Zunge und ein Bündel Petersilie seitlich heraushängen. Es riecht nach köstlichem Braten. Maria blickt lächelnd um sich und scheint Süßkinds und meine Gedanken zu erraten. Die Magd steht neben uns, Süßkind sagt zu ihr, wie schön sie sei und wie geschmackvoll sie den Tisch gedeckt hätte. Sie lächelt verlegen, während sie ihren Kopf senkt. Dabei fällt eine lange Haarsträhne bis über die Schultern aus der Haube. In diesem Augenblick öffnet sich eine Holztür gegenüber den Fenstern am Ende des Raumes. Karl Werdenfels und sein Vater kommen auf uns zu. Der Ältere verbeugt sich vor Maria und sagt mit einem breiten Lächeln, er sei Maximilian von Werdenfels. Er geht zu Süßkind und begrüßt ihn, während er auf seine Schultern klopft, wie einem alten, guten Freund. Süßkind stellt Maria und mich mit Namen vor und sagt, wir wären ein Ehepaar und auf dem Weg nach Südtirol, um in Bozen Stoffe und Gewürze zu kaufen. Maximilian weist uns die Plätze zu. Die Magd hat unbemerkt ihr Haar in Ordnung gebracht und bringt zwei Krüge mit Wasser und Wein. Süßkind sitzt neben dem Burgherrn, ihnen gegenüber sein Sohn, Maria und ich.

Die Magd füllt die Weingläser, wir prosten uns zu und Maximilian begrüßt uns offiziell. Dann sagt er: „Süßkind von Trimberg, wir kennen uns seit vielen Jahren und ich freue mich auf Euren Vortrag. Ihr müsst uns von den Ereignissen in München, von den Ritualmorden der Juden erzählen. Vielleicht will Süßkind uns, nachdem er seinen ersten Hunger gestillt hat, auf seiner Laute vorspielen. Das sechste Gedeck ist symbolisch für meine Frau, die ich über alles geliebt und vor einem halben Jahr verloren habe. Ihrer wollen wir beim Tischgebet gedenken. Mein jüngerer Sohn und meine kleine Tochter sind bei ihrer Tante in Bozen." Wir sprechen kurz das Gebet, während Süßkind und ich nur unsere Lippen bewegen.

Die Küche hätte für uns das traditionelle Spanferkelessen bereitet, eine Köstlichkeit dieser Region, erzählt Maximilian. Ich lege mir eine Scheibe vom Ferkel auf meinen Teller und esse nur die Fülle, während Maria herzhaft zugreift. Süßkind nimmt einige Scheiben Brot und reichlich vom Käseteller und beginnt zu essen. „Nun erzählt doch, was sich in München zugetragen hat." Der Burgherr zeigt auf Süßkind, der mich fragend anblickt. Ich überlege und fürchte, dass unser Gastgeber das Gespräch mit Bedacht in eine gefährliche Richtung lenkt. Ich muss nun sprechen und habe keine Zweifel, dass alles, was ich sagen werde, uns schaden wird. So erwidere ich zögerlich: „Der Mob hat in München wegen seines Judenhasses die Synagoge in Brand gesetzt, um die Menschen dort zu töten. Es geschah während des Gottesdienstes am Abend und so sind fast alle Juden Münchens im Feuer umgekommen. Sie begingen keine Ritualmorde. Das war eine Lüge, nur ein Vorwand für die vielfachen Morde. Maria und ich sind entkommen und aus der Stadt geflohen." Maximilian mimt den Erstaunten und trinkt mit tiefen Zügen vom Wein. Süßkind nimmt seine Laute und spielt bekannte Volksweisen in leisen Tönen. Er blickt mich dabei aufmunternd an.

Karl von Werdenfels ergreift nun das Wort und berichtet, dass es im Dorf bei der Erhebung des Zehnten von einigen Bauern Widerstand, ja sogar Handgreiflichkeiten gegeben hätte. Sie behaupteten, die Ernte wäre geringer als im Vorjahr ausgefallen. Nach Berichten seiner Knechte hätten sie in diesem Jahr noch mehr als im letzten eingefahren. Maximilian schaut ernst in die Runde und meint dann trocken: „Ihr müsst sie nur schlagen, dann werden sie gefügig." Und fügt an: „Nun sitze ich an meiner Tafel mit Juden. Unser Herrgott soll es mir verzeihen. Ihr missbraucht meine Gastfreundschaft, denn Ihr esst nichts vom Braten. Mundet Euch unsere Küche nicht?" Er weist die Magd an, zwei große Scheiben vom Ferkel auf meinen Teller zu legen. Ich schaue zu Süßkind, er weicht meinem Blick aus und stimmt sein Instrument. Ich esse die Fülle und auch das Fleisch. Beides schmeckt köstlich und ich denke an den Speck, den ich ohne Zwang und bei großem Hunger gerne verschlang. Wir sind nun bei der Nachspeise angelangt. Es gibt Nusskuchen, Äpfel und Birnen.

Nachdem ihn der Burgherr zum Singen aufgefordert hatte, stellt sich Süßkind an seine Seite und hält eine kurze Vorrede: „Lieber Burgherr Maximilian von Werdenfels, Dank zunächst für die fürstliche Bewirtung. Ich habe Eure Einladung angenommen, weil dies mein letzter Vortrag in deutschen Landen sein wird, die ich über so viele Jahre bereiste und wenig aufrichtiges Lob ernten durfte, wie andere Minnesänger, nur weil ich Hebräer bin. Ebenso beklage ich den Hochmut, mit dem Ihr Euren Untertanen und uns entgegentretet. Anstatt ihnen Ehre, Mildtätigkeit und Treue angedeihen zu lassen, beutet Ihr sie aus. Es ist Tradition, dass wir Minnesänger solche Wahrheiten ungestraft aussprechen dürfen. Ich werde erst ein Lied für Eure liebe edle, verstorbene Frau singen, die ich selbst kannte und die so liebenswürdig zu mir war."

Zu einer schönen Melodie singt er mit lauter und heller Stimme das Lied zu Ehren der Verstorbenen. Vater und Sohn halten sich an den Händen und haben feuchte Augen.

„Des Mannes Krone ist ein holdes Weib,
Und noch mehr ehrt ihn wohl ihr edler Leib,
Ein sel'ger Mann, dem die Güte ist beschert,
Er wird ohne Zweifel mit ihr seine Jahr'
Im Einklang dann verbringen, froh und rein und klar
Weil er sich gegen Sünd und Schande wehrt!
Mit hoher Treu ist sie bedacht,
Ihr Licht verlischt auch nicht zur Nacht,
Ihr Lob erklingt an jedem Ort, zu dem man fährt" (2)

Nachdem das Lied verklungen war, geht Maximilian zu Süßkind, bedankt sich bei ihm mit einem Handschlag und gibt ihm einen kleinen Klaps auf die rechte Wange.

Süßkind kündigt sein letztes Lied an und sagt pathetisch: „Berichtet, in diesen deutschen Landen habe Süßkind von Trimberg unwiderruflich sein letztes Lied gesungen." Er nimmt seine Laute zur Hand und beginnt laut und deutlich zu singen:

„Ach, wie ein Narr war ich auf Fahrt,
mit meiner Kunst für Jahre.
Auf sie will keiner mehr was geben,
Ich werd dem Hof entfliehen.
Bald trage ich einen langen Bart,
Schon sprießen mir die Haare,
Ich werd nach alter Väter Sitte leben
Und durch die Lande ziehen.
Mein Mantel weht schon weit und lang
Tief unter meinem Hut.
Und voller Demut ist mein Gang,
Nie wieder sing ich des Hofes Sang.
Gehabt Euch wohl!
Es macht sich fort der Jud!" (2)

Maximilian von Werdenfels und sein Sohn erheben sich langsam und erklären die Tafelrunde für beendet. Es ist bereits später Nachmittag und nur gelegentlich durchbrechen Sonnenstrahlen die farbigen Fenstergläser und erhellen diesen nun dunklen und düsteren Raum.

Wir stehen auf, Süßkind hält seine Laute fest am Steg und lässt eine Saite durch Berührung mit einem Finger leicht schwingen. Dieser klirrende Ton durchbricht die Stille. Der Burgherr sieht unglücklich aus, wendet sich von uns ab, blickt durch die hohen Fenster und beginnt zu sprechen: „Süßkind, das war ein schlechter Abgang. Wir haben Euch nicht nur einmal an unsere Tafel geladen, obwohl Ihr, wie Ihr selbst sagtet, ein Jud seid. Heute habt Ihr uns genötigt, Eure jüdischen Kumpane an unserem Tisch zu dulden. Ihr habt uns Hochmut unseren Schutzbefohlenen gegenüber vorgeworfen. Jeder andere Lehnsherr hätte Euch und Eure Freunde schon allein deshalb erschlagen lassen. Kein Hahn kräht nach toten Juden. Allein die Erinnerung an die schönen Stunden, die meine edle Frau und ich mit Eurem Gesang verbrachten, erschweren in mir die Vorstellung, Euch tot zu sehen. Ihr werdet diese Nacht bei Wasser und Brot im Kerker verbringen und noch vor Morgengrauen unsere Burg verlassen. Die junge, schöne Dame mit dem rötlichen Haar wird für diese Nacht meinem Sohn zu Diensten sein." Unmittelbar nach seiner Rede öffnet sich die Holztür. Die Magd kommt herein, nimmt die überraschte Maria an die Hand und führte sie schnell hinaus. Süßkind und ich blicken einander an und wie stets in besonderen Situationen bin ich sehr ruhig und gelassen. Maximilian dreht sich ein letztes Mal zu Süßkind, kneift ihn mit einer Hand fest an der rechten Wange, lächelt verlegen, am Ende spöttisch und verlässt schnell, kopfschüttelnd den Raum, ohne mich auch nur eines Blickes zu würdigen. Sein Sohn folgt ihm.

Bald öffnet sich abermals die Türe und zwei Männer in verschlissener Kleidung kommen, um uns zu holen. Sie verströmen einen beißenden Stallgeruch, binden geübt und schnell unsere Hände und Füße mit Stricken zusammen und stoßen uns zur Steintreppe, die wir langsam hinunterstolpern. Dabei streife ich wegen der schmalen Stufen mit meinen gefesselten, nackten Füßen die Ziegelsteine, die wie Nadeln stechen. Vor Schmerz tränen mir die Augen. Meine Gelassenheit ist dahin. Süßkind ergeht es ebenso. Er stöhnt leise. Als wir den Keller erreichen, schieben uns die beiden Knechte in einen finstern Raum und verschließen von außen die schwere Metalltüre. Über eine kleine Maueröffnung gelangen etwas Licht und kühle Luft in das Verlies. Auf dem Steinboden liegen mehrere Strohsäcke und in einer Ecke steht ein Kübel für die Notdurft, daneben findet sich ein wackliger Holztisch. Wir setzen uns verzweifelt auf den Boden. Werden wir Maria jemals wiedersehen? Ihre Angst war begründet! Was haben wir ihr mit unserem eitlen Gang auf die Burg nur zugemutet? Süßkind versichert, Karl von Werdenfels sei ein vernünftiger

Mann, er würde Maria nichts antun. Dann sieht er das Blut an meinem Fuß. Er zieht ein Tuch aus seiner Tasche und wir verbinden die Wunde. Ich versuche, durch das kleine Fensterloch in die Abenddämmerung zu sehen, und erblicke die engen Serpentinen, auf denen wir so beschwerlich zur Burg hinauffuhren.

Wir hoffen, dass Maria mit List die Nacht unversehrt überstehen wird, und beruhigen damit unser schlechtes Gewissen. Ich lege mich neben Süßkind auf den Strohsack und schlafe bald ein. Es ist bereits dunkel, als mich das metallische Quietschen der sich öffnenden Metalltür weckt. Die Magd und einer der Männer, die uns abführten, kommen herein. Sie stellt eine brennende Öllampe und einen Korb mit Brot und einen Wasserkrug auf den Tisch. Nun ist auch Süßkind hellwach und fragt das Mädchen, ob sie wüsste, wie es Maria erginge. Ärgerlich dreinblickend zieht der Mann die Magd am Arm zur Tür, während sie sich schnell zu uns dreht und mit einem vielsagenden Blick sagt, es würde ihr sicherlich an nichts mangeln. Wir essen vom Brot, es ist nicht das von heute Mittag, sondern schimmelig, und trinken das abgestandene Wasser. Wie ist die Bemerkung des Mädchens zu verstehen? Süßkind meint: „Sicherlich geht es ihr besser als uns, die wir bei Wasser und trockenem Brot eingesperrt sind." Ich erinnere mich an einen anderen Aufenthalt in einer anderen Burg und an die erzwungene Zweisamkeit von Maria mit dem Gutsverwalter. Sie hatte sich, ebenso wie ich, nie darüber beklagt. Ich trinke vom Wasser, esse vom Brot, lege meinen Kopf auf Süßkinds Schulter und sinke in einen unruhigen und leichten Schlaf. Dabei schmerzt mein Bein. In meinen von Angst erfüllten Träumen sehe ich Süßkind und den Burgherrn streiten. Dabei tragen beide übergroße, gelbe, spitze Judenhüte. Maximilian bohrt einen Speer in meines Freundes Brust. Bei seinem Schrei erwache ich.

Süßkind steht angelehnt am Tisch und blickt zu mir. Er fragt, ob ich schlecht geträumt hätte. Ich sehe zur Maueröffnung. Es ist noch dunkel, in weiter Ferne erkenne ich einen schwachen Lichtstreifen. Natürlich hatte ich einen Traum, einen schlimmen, dumpfen Traum, der in mir nachwirkt. Beim Erwachen gilt mein erster Blick Süßkind. Ich fürchtete, er läge tatsächlich in diesem Verlies von einem Speer durchbohrt. Ich lächle, spreche von Schmerzen am Bein und stelle die bange Frage, wie es um Maria bestellt sei. Vielleicht, weil wir auf Gottes Hilfe hoffen, stellen wir uns in Richtung Osten und verrichten das Morgengebet und sagen das „Schma Israel". Dabei denke ich an meine Eltern, an ihren gewaltsamen Tod. Nachher singt Süßkind mit heller, leiser Stimme die Keduscha, ein Lied über die Heiligkeit des Herrn. Ich wiege mich in dieser Melodie und eine wohlige Wärme umfängt mich in der Kälte dieses Ortes. Nach dem Gebet essen wir den Rest Brot, trinken vom Wasser und sitzen wartend auf den Strohsäcken. Von den bereits lockeren Fesseln hatten wir uns befreit.

Endlich, es wird langsam hell, öffnet sich die Tür und die Magd kommt mit Maria an der Hand in die Zelle. Beide umarmen sich zum Abschied, das Mädchen gibt uns beiden noch die Hand, bevor es eilends den Raum verlässt. Maria zieht ihre Nase etwas hoch und beschwert sich über den Gestank in diesem Raum.

Wir staunen, als wir sehen, dass sie ein langes, hochgeschlossenes, dunkelblaues, samtenes Kleid mit farbigen Stickereien trägt. Zusammengehalten wird es von einem breiten Ledergürtel mit einer Silberschnalle. Ohne auf meinen fragenden Blick einzugehen, sagt sie, während sie fest an die Türe klopft: „Wir müssen sofort los. Der Burgherr ist wütend und unserer überdrüssig. Karl berichtete, dass er ständig von der Judenbrut faselt und davon, dass seine Bauern ihn noch mehr hassten, wenn sie erführen, dass er mit den Hebräern paktierte. Wenn wir ihm nochmals über den Weg liefen, würde er losschlagen." Die Tür öffnet sich, einer der Knechte geht voraus und wir folgen ihm durch die dunklen Gänge, die Treppe hinauf, dann durch die Eingangshalle hinaus auf den Hof. Nahe am Stall steht unser Karren mit dem eingespannten Pferd. Wir beeilen uns, um dem wütenden Burgherrn nicht mehr zu begegnen. Neben dem Wagen steht Karl von Werdenfels. Er überreicht Maria einen kleinen Korb mit Reiseproviant, blickt sie verträumt an und küsst sie zum Abschied auf die Stirn. Süßkind und mir wirft er verächtliche Blicke zu und verabschiedet sich mit einem kurzen Kopfnicken. Ich ziehe nun das Pferd am Halfter zum Burgtor, während Maria und Süßkind in den Wagen steigen. Vor dem Tor angekommen, bitte ich den Wächter, der an einer Lanze lässig angelehnt steht, uns ausfahren zu lassen. Es sieht mich grimmig an und erwidert: „Ihr Juden meint wohl, ihr könntet uns Christenmenschen befehlen, was wir zu tun hätten." Dann schlägt er mit seiner Lanze einmal fest auf meinen Rücken. Ich gehe fast zu Boden, mir stockt der Atem und ich kann mich gerade noch aufrecht halten. Maria springt vom Wagen, geht zu dem Mann, bittet ihn mit einem milden Lächeln zu öffnen und gibt ihm, ohne viel Aufhebens, einige Münzen. Er hatte sich wohl auf eine blutige Schlägerei gefreut, vielleicht im Auftrag von Maximilian. Nun öffnet er wie in Trance die beiden großen Holztore und unser Pferd zieht, ohne Befehl, schnell den Wagen durch das Burgtor hinaus zur Straße.

Ich steige mithilfe von Maria mit fast unerträglichen Rückenschmerzen in den Wagen. Süßkind hält die Zügel und ich frage Maria, wie sie den Torwächter gefügig gemacht hätte. „Ich gab ihm Geld und habe ihn verhext, so wie ich es von meiner Mutter erlernte. Er wird über Wochen an fürchterlichen Albträumen und Magenkrämpfen leiden. Den Schlag auf deinen Rücken soll er bitter büßen." Wir fahren schnell den steilen Weg hinab. Pferd Mimi bremst den Wagen geschickt, sodass wir wohlbehalten die Straße erreichen. Der Morgen dämmert, es wird zunehmend heller, am Himmel ist kein Wölkchen zu sehen und es verspricht, ein warmer Sommertag zu werden. Die Luft ist noch kühl und es weht ein lauer Wind. So fahren wir einige Stunden im schnellen Schritt, bis wir an eine Wegkreuzung gelangen, an der ein hölzernes, mannshohes Kruzifix steht. Maria lenkt den Wagen daneben auf die Wiese. An einer nahen Linde binden wir das Pferd mit Wagen fest. Maria steigt aus, geht zum Kruzifix und bekreuzigt sich und spricht ein Vaterunser. Süßkind meint dabei lächelnd zu mir gewandt: „Da hängt er nun, unser armer Joschke, möge der Herr ihm gnädig sein." Maria ist noch in ihr Gebet vertieft und ich hoffe, sie hat Süßkinds ironische Bemerkung nicht gehört. Wir suchen einen schattigen Platz unter der großen alten Linde, deren weit ausladende Äste mit hellgrünen Blättern das Kruzifix überwölben. Aus dem Korb essen wir einige Scheiben Brot mit Käse. Süßkind öffnet gekonnt eine Weinflasche.

Mein Rücken schmerzt. Ich verziehe das Gesicht zu einer Grimasse, nehme einen großen Schluck vom Wein, hoffe, der Alkohol möge meinen Schmerz betäuben, und lege mich ausgestreckt auf den weichen Moosboden, nachdem ich mein Hemd ausgezogen hatte. Maria dreht mich, sodass ich mit nacktem Oberkörper auf dem Bauch liege. Sie fährt, neben mir kniend, mit dem rechten Daumen über meine Wirbelsäule, bis ich einen stechenden Schmerz verspüre und schreie. „Das ist die Stelle, an der dich der verdammte Torwächter mit seiner Stange traf. Der Rücken dort schimmert in blauen und roten Farben." Nachdem sie das sagte, holt sie aus einem Beutel im Wagen einige Blätter, die sie auf die wunden Stellen legt. Die kühlen Blätter betäubten den Schmerz, zumindest in meiner Einbildung. Ich richte mich auf und streife vorsichtig das Hemd über, sodass die Blätter am Rücken kleben bleiben, und so sitzen wir zu dritt nebeneinander und trinken schon am späten Vormittag vom schweren Rotwein des Burgherrn.

Süßkind schaut auf Maria und bittet sie mit einem leicht gequälten Lächeln, von ihrer Nacht mit Karl zu berichten. Sie zögert kurz, atmet tief ein und beginnt zu erzählen: „Es war die seltsamste Liebesnacht meines Lebens. Er führte mich in sein großes Schlafgemach. An einer Deckenleuchte brannten unzählige Kerzen und tauchten den Raum in ein helles, gelblich flackerndes Licht. In der Mitte stand ein breites Bett. Darauf war kunstvoll das Kleid drapiert, das ich jetzt trage. Darüber befand sich ein Baldachin mit auf der Unterseite aufgemalten Sternen und einer Mondsichel. Ich war wie benommen von der Schönheit dieses Raumes. Außerdem spürte ich noch den Wein. Karl und ich saßen nebeneinander am Bettrand. Er hielt mich an den Schultern, sah mir tief in die Augen, fuhr zärtlich durch mein Haar und sagte mit zittriger Stimme: „Du siehst aus wie meine fortgegangene Mutter. Vater und ich glauben, der Himmel hat sie in deiner Person zu uns geschickt. Wir wollten euch Juden schon erschlagen, auch wegen der Bauern, doch dein Anblick hinderte uns." Maria sagt sehr leise, Karl sei verrückt und leidend, vielleicht auch gefährlich und fährt fort: „Er verlangte von mir, ich sollte das Kleid seiner Mutter anlegen und die Kette tragen, die er mir sodann um den Hals band. Ich zog mich, wie er verlangte, vor seinen Augen aus und schlüpfte in das weiche, samtene Gewand. Dann legte er sich rücklings mit ausgestreckten Beinen auf das große Bett, bat mich zu sich und flüsterte, ich solle ihn, wie einst seine liebe Mutter als Knaben, streicheln und liebkosen." Mit fragendem Blick sieht Maria uns an: „Kann es sein, dass der Sohn des Burgherrn von Werdenfels mit seiner eigenen Mutter im Bett lag und sie mit ihm schlief? Er streichelte mich zärtlich am ganzen Körper, an der Brust und anderen Stellen und auch ich berührte ihn vielfältig, bis er laut stöhnte und ein Zucken durch seinen Körper ging. Dann begann er laut zu schluchzen, zog mich zu sich und fragte mich mit brüchiger Stimme, warum ich ihn verlassen hätte." Süßkind und ich können das Gesagte kaum glauben, doch wir verstehen, dass wir ohne Maria der Burg nie lebend entkommen wären. Flüsternd erzählt sie weiter: „Er war in Trance und ich wollte ihn nicht wecken. Er meinte, ich solle zurück ins Himmelreich fahren, klingelte einem Bediensteten und wies ihn an, mich leise fortzuführen. Den Rest der Geschichte kennt ihr."

Maria hat nun Tränen in den Augen. Süßkind tröstet sie, sie hätte nichts Unrechtes getan, im Gegenteil, wir müssten ihr dankbar sein. Sie hätte uns gerettet. Er blickt verzweifelt zu ihr und sagt dann: „Aus Gram und Eitelkeit musste ich auf die Burg und habe damit euer Leben gefährdet. Das tut mir unendlich leid und schmerzt tief in meiner Seele."

Wir binden das Pferd los, das inzwischen ausgiebig gefressen hat, verabschieden uns von Joschke und fahren weiter in den Süden. Die Straße steigt nun leicht an und führt uns über viele Wegbiegungen in die Ausläufer des Gebirges. Unser Pferd hat Mühe, den Wagen langsam nach vorn zu bewegen. Vor uns tauchen Felsen auf. Auf einem steilen Abhang steht vereinsamt eine verkrüppelte Tanne. Damit wir schneller vorankommen, schieben Süßkind und ich unseren Karren. Dabei beginnt wieder mein Rücken zu schmerzen. Ich laufe deshalb neben dem Wagen her. Nachdem wir die Steigung überwunden hatten, hält Maria unvermutet den Wagen an, läuft wortlos und schnell auf die Wiese neben der Straße und verschwindet hinter einem dichten Gebüsch. Bald kommt sie zurück. Sie sieht unsere fragenden Blicke und meint, sie hätte eben viel gegessen und getrunken. Wir sitzen bereits auf der Bank im Wagen, ich ziehe an den Zügeln, unser Pferd geht im Schritt los und bald trabt es langsam auf der nun ebenen und staubigen Straße. In unserem Blickfeld sind die Berge, auf den Anhöhen leuchten grüne steile Bergwiesen. Meine Rückenschmerzen haben nachgelassen. Die Sonne ist bereits hinter den Bergen verschwunden und die Luft hat sich abgekühlt. Maria ist neben mir eingeschlafen und hat sich an Süßkind angelehnt. Er lächelt milde und sagt zu mir gewandt, sie hat letzte Nacht wohl wenig Schlaf gefunden. Wegen einer leichten Steigung bewegt sich unser Pferd nun im Schritttempo. Dennoch kommen wir zügig voran. Gelegentlich überholen uns schnelle Reiter. Die Straße führt durch eine Schlucht. An beiden Seiten erheben sich steile Felsen. Das Rauschen eines nahen Wassers wird zunehmend lauter. Der Nachhall des Schlagens der Hufe unseres Pferdes an den Felswänden klingt gespenstisch und weckt Maria. Sie blickt ängstlich um sich und meint, der Spuk sei hoffentlich bald vorüber. Noch nie sah ich so hohe Berge, so schroffe Felsen. Für mich ist es ein beeindruckendes Abenteuer, da ich nicht über Ulm und Regensburg hinausgekommen war. Die Straße führt nun in einer Rechtsbiegung aus der Schlucht auf ein Plateau am Rande eines dichten Waldes. Vor uns erhebt sich das mächtige Gebirge, die Alpen.

Nach etwa einer guten Stunde versperrt eine Holzschranke die Weiterfahrt. Breitbeinig hat sich vor uns ein bärtiger Mann mit einem verwitterten, gebräunten Gesicht aufgestellt. Seine schwarze Pluderhose wird von einem breiten, dunklen Ledergürtel zusammengehalten. Über seinem weißen Hemd trägt er eine lange Jacke aus Lodenstoff mit grünen Stickereien. Seinen Tiroler Hut hat er tief in die Stirn gezogen. Ich steige vom Wagen, gehe auf ihn zu und frage, warum wir nicht weiterfahren könnten. Er spricht in einem mir fremden, harten Dialekt: „Ihr seid an der Grenze des Herzogtums Bayern. Vor Euch liegt die Bergstraße über den Brenner. Ihr müsst an die Tiroler Lehnsherren für das Befahren der Strecke eine Maut zahlen, für jede

Person einen Kreuzer." Maria lugt mit einem höflichen Lächeln aus dem Wagen hervor und spricht den Mann an. Sie sagt, sie sei vor einem Jahr hier gewesen und damals wurde die Maut nicht nach Personen, sondern nach der Anzahl der Zugtiere berechnet. Darauf hole ich aus meinem Beutel einen Kreuzer und zeige dem Mann die Münze. Er entreißt sie mir und sagt mit dem Zeigefinger mahnend, das sei nicht genug. Süßkind hat zwischenzeitlich seine Laute aus dem Wagen geholt und beginnt leise, einige Melodien zu spielen. Von der Musik angezogen, umrundet der Bärtige unseren Wagen und stellt sich an die Seite, an der Süßkind sitzt und musiziert. Er lauscht den Tönen mit der Mimik eines neugierigen Kindes, so als hätte er niemals den Klang eines Instrumentes vernommen. Süßkind sieht zu ihm und meint, wir besäßen nur noch einen Kreuzer, den würde er bekommen und als Dreingabe noch ein weiteres Lied. Der Mann nickt, Maria gibt ihm noch ein Geldstück und Süßkind lässt die Melodie eines Liedes von Walther von der Vogelweide erklingen. Bald öffnet er die Schranke und wir ziehen weiter und fahren in die Abenddämmerung, in der das sich auftürmende Gebirge vor uns noch bedrohlicher und unüberwindbarer wirkt.

Vor Einbruch der Dunkelheit erreichen wir einen Rastplatz neben der Straße, auf dem bereits mehrere Fuhrwerke stehen. An einer langen Stange sind mehrere Pferde und zwei Ochsen angebunden, die Wagen in einem Kreisrund aufgestellt, in dessen Mitte ein Lagerfeuer brennt. Wir lenken unseren Karren abseits, lösen das Pferd von der Deichsel und binden es fest. Während Maria den Hafersack umbindet, kommt ein älterer Herr mit grauen Haaren und Bart auf mich zu. Er trägt eine violette Tunika mit einem schmalen Ledergürtel, Hosen mit Schaftstiefeln und ist barhäuptig. Nachdem er mich aufmerksam betrachtet hatte, beginnt er langsam und gewählt zu sprechen: „Wir reisen als Karawane nach Venedig, um dort Waren für unsere Marktstände zu kaufen, sind Händler aus Nürnberg und Freising und mit sechs Fuhrwerken unterwegs. Das ist sicherer, als würde jeder für sich reisen. Unter uns sind auch starke Männer mit Waffen zum Schutz gegen Räuber, die besonders auf dieser Strecke in den Süden auf Beute lauern und vor Mord- und Totschlag nicht zurückschrecken." Ich erzähle ihm, dass Maria und ich auf dem Weg zu Verwandten in Tirol wären, um für unseren Handel in München italienische Tuche und orientalische Gewürze zu kaufen. Außer einigen blauen Flecken, einer tiefen Schnittwunde und einem heftigen Schlag auf meinen Rücken wären wir einigermaßen unversehrt davongekommen.

Maria und Süßkind gesellen sich zu uns. Mein Freund, in der rechten Hand hält er seine Laute, verbeugt sich elegant vor dem älteren Herrn und spricht: „Mein Name ist Süßkind von Trimberg. Vielleicht habt Ihr schon von mir gehört. Ich war wie Walther von der Vogelweide Minnesänger und dichtete und sang Lieder zu Ehren der schönen edlen Frauen an den vornehmen Höfen. Nun bin ich des Vagabundierens müde und möchte im warmen Italien sesshaft werden." Der ältere Herr lächelt fein, verbeugt sich seinerseits und stellte sich als Wolfgang von Bergen vor. „Wir sind seit Generationen Kaufleute und ich handle mit feinen Glaswaren aus Venedig, die auf der Insel Murano hergestellt werden. Außerdem fertigen die Venezianer in einem kleinen Dorf außerhalb Pfannen und Töpfe aus Metall von bester Qualität. Diese Waren verkaufen wir auf den Jahrmärkten in Bayern. Andere Kaufleute unserer Karawane handeln mit Lederwaren oder wie Ihr mit Tuch." Maria fragt, ob auch einer der Händler mit exotischen Gewürzen aus dem Orient zu tun hätte. Von Bergen nickt und sagt: „Doch setzt Euch zu uns, bindet Euer Pferd zu den anderen Tieren und schiebt den Karren in den Kreis unserer Fuhrwerke." Daraufhin verneigt er sich nochmals kurz und geht zurück zu seinen Leuten. Wir folgen ihm zunächst nicht, sondern überlegen, ob wir sein Angebot annehmen sollten. Nach unseren gefährlichen Abenteuern und Blessuren hoffen wir, dass der Anschluss an eine Karawane uns mehr Sicherheit böte. Maria und ich könnten bis nach Tirol bei den Händlern bleiben und Süßkind meinte, Venedig als nächstes Ziel würde ihm wohl sehr gefallen. In der Stadt der Lagunen verstünden die Menschen mehr von seiner Kunst als in deutschen Landen. So ziehen wir zu dritt unseren Karren mit Pferd, bis wir neben einem zweiachsigen, einspännigen Holzwagen mit Plane zum Stehen kommen, und binden Mimi neben einem mächtigen, braunen

Wallach fest. Dann setzen wir uns ans Lagerfeuer. Die Menschen dort begrüßen uns flüchtig, bis Wolfgang von Bergen sich erhebt, uns kurz vorstellt und unsere Mitreise ankündigt. Niemand widerspricht von Bergen, der offensichtlich die Karawane leitet. Er kommt mit einer Flasche Wein und drei schweren grünen Gläsern und setzt sich zu uns. Wir trinken den dunkelroten Wein und sehen im Feuerschein die vielen erhitzten und lachenden Gesichter der Gesellschaft dieser Karawane.

Neben uns sitzt ein Elternpaar mit einer jungen Tochter. Daneben plaudern junge Männer und Frauen lächelnd und gestikulierend in bunter Kleidung. Sie sind lustig anzusehen, sprechen Deutsch und Italienisch und sagen, sie seien Schauspieler und wollten sich in Venedig einer ihnen bekannten Künstlertruppe anschließen. Wir erzählen unsere Geschichten und lauschen bedächtig den Nachbarn. Von Bergen war schon aufgestanden und zu einer anderen Gruppe gegangen. Schnell sind wir drei Familien, vom Wein beflügelt, einander vertraut. Süßkind sitzt neben dem jungen Mädchen und sie unterhalten sich angeregt. Sie trägt ein dunkelrotes langes Samtkleid, hat braunes, gekräuseltes Haar bis über die Schultern, ein ebenes Gesicht mit großen dunklen Augen und schmalen Lippen. Süßkind erzählt ihr von seinen Auftritten an den bedeutenden Höfen Deutschlands, aber auch in Andeutungen von der oftmals geringen Akzeptanz seiner Kunst. Nach einem tiefen Schluck aus dem Weinglas streicht sie mit ihrer linken Hand über seinen Arm und bittet ihn, eines seiner Lieder zu singen. Auch die anderen in unserer Gruppe schließen sich der Bitte mit lauten Rufen an.

Süßkind erhebt sich langsam, holt seine Laute, stellt sich neben uns, stimmt sein Instrument und spielt die Melodie eines Volksliedes aus seiner fränkischen Heimat. Als die ersten Töne erklingen, verstummt die gesamte Gesellschaft. Nach mehreren Melodien kündigt er ein Lied an. Allein das Prasseln des Feuers und das Zirpen der Grillen sind zu hören. „Ich werde Euch ein Lied über Latwerge singen. Einen süßen Saft aus Honig und Früchten, der zum Sederabend – dem Fest der Juden über den Auszug aus Ägypten und der Befreiung von der Knechtschaft – gereicht wird.

„Ich weiß euch ein Latwerge von wunderbarer Macht,
kein besseres, als ich's jetzt künden will, ward je erdacht,
es heilt die schlimmen Süchte und des Lasters Wunden.
Aus fünf Gewürzen rein
soll es gemenget sein
Gibt Zucht und Treue, Männlichkeit und Milde drein,
dazu noch Mäßigung, so wirst du dran gesunden.
Ehre ist mein Latwerge benannt,
steht über allen Speisen,
behütet dich vor Schmach und Schland,
taugt aber nur dem Weisen.
Wer dies Latwerge stets mit sich führt,
der wird vom Makel nie berührt.
Wohl ihm, dem jene fünf Gewürze munden!
Sein Name bleibt mit gutem Klang verbunden." (4)

Nach seinem Vortrag gibt es verhaltenen Applaus. Das junge Mädchen neben Süßkind applaudiert heftig und schmiegt sich eng an ihn. Er umfasst ihre Taille und küsste sie auf die Stirn.

Einer der drei schwarz gekleideten Männer, die sich spät zu uns gesellten, flüstert mir zu, sie seien Mönche und in geheimer Mission der Herzogin Mathilde auf dem Weg zu einem Kloster in Venetien. Ihnen sei die Geschichte aus der jüdischen Bibel über den Auszug der Juden aus Ägypten geläufig. Dann sagt einer von ihnen eindringlich: „Auch Jesus Christus wusste von der Befreiung durch Gottes Hand. Wann erkennt Ihr Juden endlich, dass er Gottes Sohn ist?" Überrascht blicke ich den Mann an, der sich als Bruder Johannes vorstellte. War es klug von Süßkind, unsere Herkunft anzusprechen? Eine weitere Diskussion könnte uns noch tiefer in den Schlamassel ziehen. Süßkind, das junge Mädchen und Maria wenden ihre Blicke zu uns.

Die Geistlichen warten mit ernsten Mienen auf Antworten. Nun sind noch andere Händler am Lagerfeuer auf unsere Diskussion aufmerksam geworden, ihr Lachen und ihre Gespräche sind wieder verstummt. Süßkind antwortet nicht, er hat sein Lied vorgetragen und nun bin ich an Reihe. Mir scheint, als gälte sein Interesse nur noch dem jungen Mädchen neben ihm. Sie flüstern liebevoll miteinander, unter den argwöhnischen Blicken der Eltern. Ich blicke in die Runde, lese Ablehnung und Hass in ihren Gesichtern. Meine Stimme ist leise und brüchig, als ich zu sprechen beginne. „Jesus Christus ist nach der jüdischen Lehre nicht der Messias. Nach unseren Büchern kommt der Messias, wenn der zweite Tempel neu errichtet und im Abendland und im Morgenland Friede eingekehrt ist. Uns ist das Glück der Christenheit nicht beschieden und so warten wir noch auf ihn. Der Gott, zu dem Ihr und wir beten, ist der gleiche, ebenso wie das Alte Testament und die Thora mit ihren 613 Geboten und Verboten dasselbe sind." Natürlich lehnen sie meine Erklärung ab. Die Geistlichen rufen „Blasphemie" und die Zuhörer wenden sich kopfschüttelnd von uns ab. Maria rückt zu mir und fragt, ob ich tatsächlich glaubte, dass meine Worte so einfach hingenommen würden. „Ich hätte sagen können, was ich wollte. Sie hätten es abgelehnt und Streit gesucht", erwidere ich.

Wir blicken zu Süßkind und wollen mit ihm sprechen, doch er und das junge Mädchen sitzen nicht mehr auf ihren Plätzen. Ihre Eltern unterhalten sich mit einer Gruppe von Händlern, die uns gegenübersaßen, und hatten wohl nichts vom Verschwinden der Tochter bemerkt. Maria lächelt spöttisch und singt leise die ersten Zeilen des Liebesliedes von Süßkind:

„Des Mannes Krone ist ein holdes Weib, und noch mehr ehrt ihn wohl ihr edler Leib." (1)

Wir sind hungrig und holen von unserem Karren einen Korb mit Brot und Äpfeln und sitzen einsam vor dem Feuer. Die Geistlichen erheben sich in dem Augenblick, als wir von unserem Wagen zurückkommen, und entfernen sich grußlos. Nach einer Weile kommt Wolfgang von Bergen und setzt sich zu uns. Er füllt unsere Gläser mit Wein und als wir ihn erwartungsvoll anblicken, beginnt er zu sprechen: „Wir sind eine Karawane mit ehrenwerten Christenmenschen. An unserer Seite reiten zwei Ritter, die auf dem Weg ins Morgenland sind, und Geistliche in geheimer Mission. Als Hebräer könnt Ihr nicht mit uns reisen. Wir werden Euch aber unbehelligt ziehen lassen, weil Ihr in meinen Augen ehrliche und brave Menschen seid. Ihr solltet Euch schon einige Stunden vor dem Morgengrauen auf den Weg machen." Nach diesen Worten erhebt er sich, grüßt kurz und geht zurück zu seinem Platz. Wir stehen bald auf, ziehen unseren Karren langsam und möglichst geräuschlos zur hinteren Wiese, holen unser Pferd und binden es an einen nahestehenden Baum. So stehlen wir uns zunächst unbemerkt aus dem Blickfeld der Reisenden der Karawane. Süßkind ist bisher nicht zurückgekehrt. Maria steigt in den Wagen. Sie findet dort weder seinen Reisesack noch seine Laute. Wir wissen, dass wir ohne Zögern losfahren und in der Nähe einen versteckten Rastplatz suchen sollten. Weder in der Nacht auf der Landstraße noch an diesem Ort sind wir sicher. Unser Freund lässt sich nicht blicken.

Einige Männer und Frauen rufen zunächst leise und dann zunehmend lauter nach dem Mädchen. Oft wiederholen sie die Rufe. Auch der Name Süßkind fällt mehrmals. Ich hatte vorhin die Ahnung, dass wir ihn nie wiedersehen würden. Die Eltern der Verschollenen kommen aufgeregt zu uns gelaufen und fragen, ob wir beide gesehen hätten. Wir verneinen dies und schieben zum Beweis die Plane unseres Wagens zur Seite. Nun ruft einer der Geistlichen laut, sein Pferd sei entwendet. Wir blicken entsetzt und kopfschüttelnd zur Seite. Süßkind und das Mädchen haben auf dem Rücken eines gestohlenen Pferdes die Flucht ergriffen, so fürchte ich. Wolfgang von Bergen kommt zu uns gelaufen und fordert von mir eine Erklärung. Ich zucke mit den Schultern. Wütend fügt er an, mit euch Juden gäbe es nur Ärger. Dann läuft er zurück zu den anderen. Maria schimpft, das hätte uns Süßkind nicht antun dürfen: „Nur wegen eines jüngeren, nicht einmal schönen Weibsbildes setzt er uns dieser Gefahr aus. Wenn wir nicht sofort losfahren, werden sich die feinen Kaufleute fürchterlich an uns rächen." Ich stimme ihr zu und schnell spannen wir ein und verlassen unbemerkt den Rastplatz, während die Kaufleute aufgeregt und laut weiter diskutieren.

Auf der Landstraße ist es dunkel. Im spärlichen Licht einiger Sterne und des anwachsenden Mondes sind die Umrisse der Straße kaum erkennbar. Ängstlich blicke ich zurück. Zu Pferde könnte uns ein Verfolger schnell einholen. Doch welchen Nutzen hätte es? Süßkind und seine junge Begleiterin sind schon längst über alle Berge. Unser Pferd trabt und wir kommen auf der nur leicht ansteigenden Straße zügig voran. Maria ist eingeschlafen. Ihr Kopf liegt auf meiner Schulter und ihr Haar kitzelt an meinem Nacken. Ich habe Mühe, wach zu bleiben, und gelegentlich verschwimmen vor meinen Augen der Rücken unseres Pferdes mit den kaum erkennbaren Umrissen des Weges. Ein lautes Schlagen weckt mich. Während ich kurz einschlief, fielen mir wohl die Zügel aus der Hand. Das Pferd nutzte dies, um trabend nach rechts auf eine felsige Wiese abzubiegen. Die Räder poltern laut über die Steine und den felsigen Boden, bis wir vor einer hohen Böschung endlich stehen. Vorsichtig steige ich vom Wagen. Mit Ausnahme einiger kleiner Schrammen blieben die beiden großen Wagenräder unversehrt. Wegen der holprigen Fahrt schmerzt mein verletzter Rücken. Ich wecke Maria, sie reibt sich die Augen und lächelt verlegen. In der Dunkelheit klettere ich vorsichtig über die steinige Böschung. Wir ziehen den Wagen langsam und vorsichtig in einem Bogen hinter die Erhebung. Die Räder und Hufe unseres Pferdes versinken knirschend im Kies. Bis zur Straße hin ist im fahlen Mondlicht vage ein Steinfeld zu erkennen. An dieser Stelle sind wir hoffentlich von der Straße nicht zu sehen. Dieser Ort ist ein gutes Versteck für die Nacht. Neben dem Zirpen von Grillen ist ein leises Rauschen, vermutlich von einem nahen Gebirgsbach, zu hören. Maria holt etwas Heu aus dem Wagen und füttert das Pferd. An einem großen Stein binde ich die Zügel fest.

Wir steigen zurück in den Wagen. Unsere Müdigkeit ist verflogen und wir sprechen beide aus, worüber wir seit dem fluchtartigen Verlassen des Rastplatzes nachdenken. Was hat Süßkind bewogen, uns so wortlos und ohne Abschied zu verlassen? Er flog davon wie ein Vogel aus dem Käfig auf der Suche nach einer neuen Liebschaft. Maria hat Tränen in den Augen. Sie trägt das schöne blaue Samtkleid, das sie nun ablegt. Ich tröste sie, streiche über ihr Haar, ihre Wangen und ihren Körper. Süßkind hat uns beide verlassen. Wir lieben uns in der Enge des Wagens. Nachher übermannt mich der Schlaf und im Traum sehe ich Süßkind mit seiner Freundin auf einem Schimmel halb fliegend über die Felder galoppieren. Mit diesem bizarren Bild erwache ich. Die Morgendämmerung bricht bereits an, Maria liegt nicht mehr neben mir. Ich steige vom Wagen und blicke in alle Richtungen, ohne sie zu sehen. Am Ende des Steinfeldes, unweit unseres Rastplatzes, sehe ich einen Flusslauf und höre das Rauschen des Wassers. Das Pferd leitete uns instinktiv in dessen Richtung. Nun ist auch Maria verschwunden, vielleicht auf der Suche nach Süßkind. Törichte Fragen drängen sich mir auf. Liebt sie ihn mehr als mich?

Ich wende meinen Blick in Richtung Osten und beginne mit dem Morgengebet, spreche das Schma Israel und singe dann die Keduscha vom Schmone Esre in der Melodie des zuletzt von Süßkind vorgetragenen Liedes. Nun sage ich das Kaddisch für meine ermordete Familie und wiege meinen Oberkörper im Rhythmus des Gebetes. Ich schließe die Augen und sehe die bleichen und leblosen Gesichter meiner Familie vor mir. In ihrem Angesicht schäme ich mich, überlebt zu haben und ein Leben fern unserer Traditionen zu führen.

Ich frage mich, ob die Karawane schon unterwegs ist und welche Gefahren wir von ihr zu befürchten hätten. Als ich mich umdrehe und zur Böschung gehe, um zur Straße zu sehen, höre ich Maria, wie sie von hinten auf mich zukommt. Ich drehe mich zu ihr, sie umarmt mich. Ihr Haar ist feucht, das blaue Samtkleid klebt am Bauch und an den Oberschenkeln. Heiter erzählt sie von ihrem Bad im kalten, naheliegenden Fluss und bringt später eine große Schüssel mit frischem Wasser.

Wir verstecken uns hinter der Böschung und blicken zur Straße. Dort ist nichts zu sehen. Die Luft ist bereits wärmer und es weht von den Bergen ein lauer, warmer Föhnwind. Gebückt gehen wir zurück zum Wagen, trinken vom Wasser und essen die letzten Reste des Proviants. Es ist ein armseliges Frühstück. Eine Weiterfahrt scheint zunächst nicht möglich. Wir wissen nicht, wann die Karawane endlich losziehen wird. Vielleicht warten sie auf dem Rastplatz, weil sie die Rückkehr des jungen Mädchens erhoffen. Wir fürchten, dass sie vergebens warten, und werden zunächst in unserem sicheren Versteck ausharren.

Auf die Rückkehr von Süßkind und dem Mädchen zu hoffen ist sinnlos und in ihrer Wut und Verzweiflung könnten die Eltern und ihre Freunde uns beschuldigen und bestrafen wollen. Sie werden uns suchen und verfolgen. In ihren Augen sind wir als Juden für die Entführung der jungen christlichen Frau durch den jüdischen Minnesänger verantwortlich. Je mehr ich darüber grüble, desto aussichtsloser erscheint mir unsere Situation. Maria und ich sprechen darüber. Ich erkläre ihr, dass sie als Christin nicht belangt werden könne. Sie lächelt und sagt: „Ich liebe dich, Süßkind und bin die Tochter einer Hexe und bleibe an deiner Seite, egal was kommen mag. Mit meinem Zauber werde ich sie fernhalten. Laufe zum Wasser und kühle dort deine Sinne." Sie lächelt aufmunternd und zeigt in die Richtung des Flusses.

Vorsichtig laufe ich über die Steine und halte mit meinen Armen Balance. Einige sind spitz und verletzen meine Füße. Der Schmerz am Rücken ist vergangen. Bald erreiche ich das Flussbett und sehe das unruhig wirbelnde, grünliche Wasser schnell dahinfließen. Ich entkleidete mich und lege Hemd und Hose, vom Ufer entfernt, unter einige Steine. Der warme Wind vom Süden umfängt mich und ich steige langsam in die Fluten. Bald gewöhne ich mich an das kalte Wasser und als es mir bis zur Brust reicht, schwimme ich gegen die Strömung, tauche kurz unter die Wasseroberfläche, öffne die Augen und sehe Schwärme von kleinen, länglichen, silberfarben glänzenden Fischen mit ihren ruckartig zuckenden Körpern an mir vorbeiziehen. Ich tauche auf und merke, dass die Strömung des Flusses mich fortgetragen hat. Sobald ich Boden unter den Füßen spüre, bewege ich mich langsam zum Ufer. Bald sitze ich frierend am Flussrand auf den von der Sonne erwärmten Kieselsteinen und trockene mich im Wind. Tatsächlich befreite mich das kühle Bad für kurze Zeit von meinen Ängsten. Wir haben Süßkind verloren, aber wir leben noch und sind frei. Doch solange das Mädchen nicht zurückkehrt, bleiben wir in großer Gefahr. Diesen Gedanken verdränge ich, fühle die Sonnenstrahlen angenehm auf meiner Haut und sehe und höre das Wasser vorbeirauschen. Flüsse und Seen üben auf mich eine große Anziehung aus. Wie viele Stunden verbrachten mein Vater und ich an der Isar? Nun sitze ich einsam ohne ihn am Flussrand. Was sind Marias Pläne und wohin floh Süßkind? Nach dem jüdischen Neujahrsfest haben wir kurz vor Sonnenuntergang Brotkrümel aus unseren Taschen in die Isar geworfen. Wir warfen symbolisch unsere Sünden in den Fluss und sprachen währenddessen ein Gebet. Mein Vater wusste, dass ich nur ihm zuliebe mit zum Fluss ging und nur so tat, als glaubte ich, dass die Strömung unsere Sünden davontrüge. Langsam stehe ich auf, mit dem Bild meines Vaters am Isarstrand vor mir, nehme Hose und Hemd und ziehe mich an. Dann gehe ich zurück und sehe Maria winkend vor dem Wagen stehen. Die Sonne steht schon höher und bald bricht die Mittagsstunde an. Für einen kurzen Augenblick fürchtete ich am Fluss, auch Maria würde mich verlassen. Ich gehe schnell auf sie zu, als müsste ich sie festhalten, und umarme sie. Sie löst sich langsam von mir und holt aus dem Wagen eine Schüssel, mit mehreren mit Schmalz bestrichenen Brotscheiben und einigen Apfelstücken. Dann erzählt sie aufgeregt: „Während du deine Sinne im Fluss abkühltest, blickte ich ständig, hinter dem Wall verborgen, zur Straße und sah, Gott sei es gedankt, wie die Karawane der Händler eilig auf der Straße vorüberfuhr. Einige Reiter der Eskorte blickten suchend nach allen Seiten, natürlich haben sie uns nicht entdeckt. Sie sind meinem Zauber erlegen. Bevor wir weiterfahren, sollten wir ihnen noch einige Stunden Vorsprung gönnen", sagt sie mit einem Anflug spöttischen Lächelns.

Das Pferd wird nervös und bläst aus seinen Nüstern. Wir befreien es von der Deichsel, sammeln Grashalme und geben ihm Futter . Den gesamten Hafervorrat hat es bereits gefressen, bekommt noch Wasser aus einem Trog und scheint sich zu beruhigen. Wir sitzen um die Schüssel und essen und reden. Ich frage Maria nach der Länge des Weges bis zu ihren Verwandten in Tirol. „Wir müssen weiter auf der Gebirgsstraße entlang des Inns fahren. Nach einer halben Tagesfahrt erreichen wir ein kleines Dorf, dort gibt es eine Herberge und wir könnten bei nahen Bauern Vorräte kaufen. Die Karawane müsste

Brenner, so heißt das Dorf, in einigen Stunden erreichen und hoffentlich dort nur kurz verweilen."

Wir spannen das Pferd ein und ehe wir losziehen, frage ich Maria beinahe beschämt, ich dachte lange darüber nach, wie ich die Frage stellen sollte, nach dem Verbleib des Schmucks und des Geldes meiner Eltern. Sie sieht mich mit großen Augen an und sagt zornig, ob ich glaubte, dass sie eine Diebin sei. Ich hatte eine ähnliche Reaktion befürchtet und antworte: „Wie kann man seiner Liebe unterstellen, dass sie einen bestehlen würde. Natürlich nicht! Ich jedenfalls habe meine Kreuzer ausgegeben und wüsste gerne, was noch geblieben ist. Süßkind hat nie einen Heller bezahlt." Sie nimmt mich ich an die Hand und wir klettern gemeinsam in den Wagen. Dann kniet sie am Boden, während ich von oben auf sie herabsehe, und hebt geschickt mit ihren schmalen Fingern ein lockeres Brett nach oben. Auf der unteren Lage der Bodenplatte des Wagens liegt ein brauner Lederbeutel, den sie öffnet. Im Beutel lasse ich die Münzen und den Schmuck durch meine Finger gleiten. Sie sagt, sie habe schon zweimal nachgezählt und nichts würde fehlen, außer den Dukaten und Münzen, mit denen wir für Essen, Pferd und Wagen und mitunter für unsere Freiheit zahlten. Ich versichere, dass ich ihr nicht misstrauen würde, aber dennoch von der Angst erfüllt sei, wir würden ausgeraubt und drohten, in völliger Armut zu enden. Nachdem sie den Beutel wieder im Versteck verborgen hatte, ergreife ich die Zügel und das Pferd setzt sich langsam in Bewegung. Ich lenke es vorsichtig zwischen größeren Steinen und mächtigen Felsbrocken. Bald erreichen wir die Straße. Das Pferd läuft zunächst im schnellen Schritt, bis es in einen leichten Trab fällt. Maria und ich sitzen eng nebeneinander auf der Kutschbank. Nach einer langen Geraden wird die Straße enger und windet sich in Serpentinen, von steilen Felsen umgeben, weiter nach oben. Unser Pferd hat nun große Mühe, mit der Last des Wagens voranzukommen. Nur sehr langsam überwinden wir die Steigung. Ich bin ausgestiegen und laufe neben dem Wagen. Weil es nun besonders steil ist, schiebe ich an. Der Ausblick auf die schroffen Felsen des Gebirges ist grandios und furchterregend zugleich. Ein Schritt zu viel an den Straßenrand, ein Abbrechen des sandigen Bodens und ein Sturz in die Felsschluchten würde unseren sicheren Tod bedeuten. Nach einigen Stunden haben wir endlich eine Bergkuppe erreicht. Es weht ein kühler Wind. Am Straßenrand liegen kleine Eisbrocken, die auf einem bis in weite Ferne reichenden, schmutziggrauen Gletscher herunterrollen. Ich sitze wieder im Wagen und wir frieren im kühlen Wind. Die zunächst eben verlaufende Straße führt bald in langen Schleifen hinunter ins Tal. Der Himmel ist leicht bewölkt und lange rötliche Streifen künden von der untergehenden Sonne. Das Pferd geht im langsamen Schritt und bremst den Wagen. Plötzlich erklingt von hinten das metallisch klingende Aufschlagen von Pferdehufen auf der steinigen Straße. Sie kommen näher und eine Stimme wiederholt laut und drohend: „Zur Seite, zur Seite." Ich lenke den Wagen ruckartig an die Felswand. Mehrere Reiter sprengen in großer Geschwindigkeit an uns vorüber. Sie sind in voller Ritterrüstung. Das Visier an ihren Helmen ist hochgeschoben und an der Seite baumeln lange Säbel. Über dem Brustpanzer tragen sie ein weißes Tuch mit einem großen, dunkelroten Kreuz. Bei dem Lärm scheut unser Pferd und springt mit den Vorderläufen nach oben. Der Karren wackelt und droht zu kippen. Wir stemmen uns in die entgegengesetzte Richtung und der Wagen steht wieder auf beiden Rädern. Eine große Angst lässt sich aus Marias schneeweißem Gesicht ablesen. Die Ritter lachen spöttisch. Das macht mich wütend. Bald verschwinden sie in einer dicken Staubwolke und sind nicht mehr zu sehen. Maria steigt vom Wagen und geht zum Pferd. Es hat Schaum um sein Maul und reißt die großen, runden, schwarzen Augen den Felsen fixierend weit auf. Wir beruhigen das aufgeschreckte Tier, füttern es mit etwas Heu und einem Apfel und setzen uns zurück in den Wagen.

Ich berichte Maria von den Geschichten über Kreuzritter, die mein Onkel in Ulm erzählte. Oft kommen sie aus dem Westen oder Norden Deutschlands und ziehen in den Süden bis in den Orient. Wenn sie an Orten mit Juden vorbeikommen, setzen sie deren Häuser in Brand und erstechen unsere Brüder und Schwestern mit ihren langen Schwertern. Sie behaupten, im Auftrag der Muttergottes zu handeln. Mein Onkel sah vor seiner Flucht aus dem Judenviertel in Trier ganze Wagenladungen mit Thorarollen, die sie entzündeten. Als sie vorbeiritten, fühlte ich schon den Todesengel über mir schweben. Langsam setzen wir unsere Reise in der Abenddämmerung fort.

Maria meint, wir wären schon nahe an der Herberge. Der kühle Wind flacht ab. Unser Pferd trabt auf der leicht abschüssigen Straße, die in langen Schleifen langsam nach unten führt. Nun säumen auf der einen Seiten steinige Wiesen und auf der anderen ein lichter Wald die Landstraße.

Die Sonne geht langsam unter, als wir rechts endlich eine Herberge erblicken. Wir lenken unseren Wagen auf den mit Kies und Schotter bedeckten Vorplatz. Neben dem Wirtshaus stehen mehrere Gespanne mit Pferden im Geschirr. Das Haus ist im Erdgeschoss aus groben Steinen gemauert. Darüber befindet sich das obere Stockwerk aus massivem Holz gezimmert mit einem lang gezogenen Balkon, in dessen Blumenkästen die bunten Geranien im Abendrot leuchten. Über dem Eingang ist auf einer ovalen Holztafel ein roter Adler aufgemalt. An einigen Stellen ist die Farbe abgeblättert. Auf dem Nasenschild unter dem Wappen sind die Konturen eines Schweines zu erkennen. Darüber steht in geschwungenen Buchstaben der Name des Gasthauses „Zum Brenner". Das Gebäude ist mit einem ausladenden Strohdach bedeckt.

Wir stellen unseren Karren neben die anderen Fuhrwerke. Maria sieht sich um. Sie bekreuzigt sich, als sie die Händler der Karawane nirgends sieht. „Das kann nur bedeuten, dass sie vorbeigefahren oder schon weitergezogen sind." Wir sind beide hungrig und betreten das Gasthaus. Die Reisenden sitzen um runde Tische, trinken aus grünen Glaskelchen Rotwein und schöpfen gemeinsam das Essen aus großen Schüsseln. Der Wirt trägt eine braune Kappe und hat eine dunkelgrüne Schürze umgehängt. Er kommt auf uns zu, ist mittelgroß, schmal und hat ein braun gegerbtes Gesicht mit schwarzem Haar. Wir setzen uns an das Ende eines Tisches nahe am Fenster. Er lächelt und sagt, er könne uns eine Spezialität dieser Gegend, Speckknödel mit Haferbrei, anbieten. Wir nicken und fragen, ob er noch einige Scheiben frisches Brot dazulegen könne. Er nickt und kommt bald mit einer Schüssel zurück, darin schwimmen Speckknödel im dampfenden Haferbrei. Vorher stellte er uns eine Karaffe mit Rotwein und Wasser auf den Tisch. Wäre Süßkind dabei, er würde das Schweinefleisch mit einem verächtlichen Blick zur Seite schieben. Doch nun greife ich beherzt zu. Wir hatten länger keine warme Mahlzeit, mein Magen knurrt schon seit vielen Stunden. Maria muss es ähnlich ergehen, sie dreht beim ersten Biss in die Knödel vor Freude mit den Augen. Der schwere Rotwein vertreibt unsere Nervosität und unsere Angst. Nachdem der erste Hunger gestillt war, blicke ich zu den Tischen der anderen Gäste. Viele von ihnen scheinen schon betrunken. Einige würfeln, spucken in die Hände und lassen die Knobelbecher absichtlich laut auf die Tischplatte aufschlagen. Dann purzeln die Würfel und die Gewinner rufen laut vor Freude und die Verlierer schauen wütend und kopfschüttelnd in die Runde. Das Fluchen und Gelächter der lärmenden Gäste werden lauter und versiegen wieder, gleich dem Summen eines Bienenschwarms, der sich entfernt und wieder näherkommt. Ich rufe den Wirt herbei, er will vier Kreuzer für das Essen und die Übernachtung im Schlafsaal. Maria gibt ihm drei Münzen, er murrt und zeigt uns die Treppe nach oben. Vorher versorgen wir unser Pferd, binden es vom Geschirr los und versprechen dem Stallknecht ein Trinkgeld, wenn wir am Morgen Pferd und Wagen unversehrt zurückbekämen.

Dann kehren wir zurück ins Gasthaus, steigen die Treppe hinauf und treten in den Schlafsaal, der von einem fürchterlichen Gestank erfüllt ist. Männlein und Weiblein liegen nebeneinander, einige aufeinander, in der schwülen Hitze zum Teil nackt. Betrunkene wälzen sich in ihrem Erbrochenen, andere furzen laut und lachen dabei. Wir suchen einen freien Platz und legen uns nieder. So ähnlich wie hier stelle ich mir das Leben in der Hölle vor. Ich lege schützend meinen Arm um Maria. Sie sagt, sie könne hier keine Sekunde schlafen, ihr sei übel und sie würde sich bald erbrechen. Vielleicht hatte ich zu viel Wein getrunken, jedenfalls fiel ich bald in einen leichten Schlaf mit angstvollen Träumen. Ich erwache, als ein heftiger Handschlag auf meinen Rücken niedersaust, und sehe einen Burschen, wie er am Boden Maria grob zu sich zieht, sie mit Händen und Füßen umfasst und versucht, in sie einzudringen. Sie dreht und wendet sich, kann sich befreien, schreit laut und schlägt nach allen Seiten. Ein Jaulen und Wimmern des Angreifers, er krümmt sich und drückt mit schmerzverzerrtem Gesicht beide Hände auf sein Geschlecht. Maria springt schnell auf, zieht mich an der Hand nach oben und wir laufen im Halbdunkel zwischen den Schlafenden zum Ausgang, die Treppe hinunter, durch den Gastraum, hinaus auf den Hof bis zum Stall. Im Mondlicht sehe ich, dass der Mann Marias Gesicht verletzt hat. Unter einem Auge bildet sich ein Bluterguss. Sie beginnt leise zu schluchzen. Ich umarme und tröste sie und sage, dass ihr Angreifer den Schlag in sein Geschlecht nie vergessen wird, während ihr blaues Auge bald vergehen sollte. Sie sieht mich verzweifelt an, und sagt schluchzend, wir müssten sofort losfahren, dieser Hölle entfliehen. Wir wecken den Stallburschen, er bringt unser Pferd und spannt es an den Wagen, bekommt von uns einen Kreuzer und blickt mitleidig zu Maria. Er bringt ein Stück Stoff, beschmiert es mit Schmalz und legt es vorsichtig über Marias verletztes Auge. Sie lässt ihn dankbar gewähren. Es ist ein altbewährtes Heilmittel für blau geschlagene Augen.

In der Dunkelheit lenken wir unser Pferd auf die Straße und fahren einige Zeit, bis im schwachen Licht des Mondes ein kleiner Weg auf einer Wiese rechts von der Straße erkennbar ist, der zu einem naheliegenden Wald führt. Dort angelangt, stoppen wir das Pferd, ich steige vom Wagen, binde es fest und blicke um mich. Keine Gefahr ist zu erkennen. So steige ich zurück auf den Karren. Maria liegt mit angezogenen Beinen auf dem Boden und schläft tief. Ich bin zunächst hellwach, sitze auf der Kutschbank und schaue abwechselnd in den Sternenhimmel und über die Wiese bis zur Straße. Als langsam die ersten Lichtstreifen am Himmel auftauchen, fallen mir die Augen zu und ich lege mich zu Maria. Im Schlaf höre ich ihr Seufzen. Als eine Hand zärtlich über mein Gesicht streicht, öffne ich die Augen und sehe vom Wagen aus das Fell unseres Pferdes im ersten Sonnenlicht glänzen. Ich schaue zu Maria. Sie hat das Tuch vom Gesicht vorsichtig weggezogen. Die Schwellung ist zurückgegangen und sie versucht, das verklebte Auge zu öffnen. Mit einem schiefen

Lächeln sagt sie: „Meine Mutter hält ihre schützende Hand über mich, sie hat uns aus der Hölle befreit und mein Auge wird wundersam schnell heilen."

Nun geht sie langsam und unsicher in den Wald und sucht Beeren und Pilze für unser Frühstück. Ich sollte über den Wagen wachen und vielleicht einen Weg in das nächste Dorf erkunden. Als sie im Wald verschwunden ist, gehe ich einige Meter den Weg am Wald entlang, bis er in einem Bogen nach rechts abbiegt. In der Ferne sind im Dunst einige Häuser zu erkennen. Ich laufe zurück, setze mich angelehnt an ein Wagenrad ins Gras. Die Halme kitzeln angenehm an meinen Fußsohlen. Das Pferd wird unruhig, schnaubt aus den Nüstern und richtet seinen Kopf zur Landstraße. Ich gehe hin und versuche es zu beruhigen und sehe am entfernten Straßenrand einen Hirsch mit einem großen Geweih, wie er unbeirrt in unsere Richtung starrt. In diesem Augenblick kommt Maria mit einer Schürze voller Beeren aus dem Wald. Darauf ergreift der Hirsch mit einem großen Satz die Flucht über die Straße und ist bald nur noch als kleiner Punkt in der Ferne zu erkennen. Wir essen die köstlichen Waldfrüchte. Maria legt ihren Kopf in meinen Schoß, blickt in den Himmel und genießt die warmen Sonnenstrahlen. Sie bedeckt ihr blaues Auge und lächelt mich verlegen an. Ich schiebe ihre Hand langsam weg und berühre mit meinen Lippen zärtlich die Braue über dem verletzten Auge. Die Schwellung ist leicht zurückgegangen, ebenso die Schmerzen, wie sie versichert.

Wir steigen in den Wagen, ich ziehe kurz an den Zügeln, das Pferd geht los, langsam auf dem Feldweg am Wald entlang. Maria sieht mich fragend an und meint, das sei die falsche Richtung. An der Wegbiegung angelangt, erkennen wir nun entfernt die verschwommenen Umrisse mehrerer Häuser oder Hütten. Sie bremst unseren Gaul und fragt, warum um alles in der Welt wir dorthin fahren sollten. „Wir brauchen dringend Vorräte, aber auch Stroh und Hafer für das Pferd. Vielleicht ist das dort ein Weiler mit einigen Bauernhöfen?" „Oder ein Räubernest", entgegnet Maria. Sie nimmt die Zügel an sich, lässt das Pferd umkehren und wir bewegen uns in Richtung Landstraße.

Zunächst bin ich verstimmt wegen Marias Eigenmächtigkeit. Sie spürt das sofort, deutet auf ihr blaues Auge und grinst. „Es ist sicherer, in einem Dorf am Rande der belebten Straße Vorräte zu kaufen als an einem Ort, an dem sich Fuchs und Hase gute Nacht sagen. Wenn sie uns dort erschlagen und ausrauben, wird kein Hahn nach uns krähen. Ich sehe unsere blutigen Leichen im Waldboden vergraben."

Die Straße führt aus der Talsenke mit einer leichten Steigung weiter durch Felsschluchten, dann vorbei an Wiesen und Wäldern. Das Pferd trabt und wir kommen schnell voran. Es ist ein Wechsel von Steigungen und abschüssigen, schnelleren Fahrten. Mehrere Reiter, einige im Harnisch, andere elegant gekleidet, überholen uns, grüßen oder werfen uns nur verächtliche Blicke zu.

Einmal fährt ein schneller, großer Wagen von zwei Pferden gezogen an uns vorüber, der Kutscher stößt in ein Horn und drängt uns laut lachend zur Seite. Unser rechtes Rad schrammt an der Felswand entlang, der Karren bremst heftig ab und wir stehen. Maria ist sehr erschrocken, konnte sich aber während des abrupten Bremsens mit den Füßen gegen den Boden stemmen. Der Kutscher hätte uns sicher gerne auf der Straße umgekippt gesehen. Das Rad bekam einige Schrammen, ist aber nicht gebrochen und wir können weiterfahren. Die Sonne hat bereits ihren Zenit überschritten, der Nachmittag bricht an. In Serpentinen führt uns die Straße abschüssig in das vor uns liegende, weite Tal. Der Ausblick ist atemberaubend. Die Luft wird zunehmend wärmer, es wird heiß und am Himmel stehen nur wenige Wolken im diesigen Hellblau. Die Wiesen sind weniger üppig und grün, streckenweise braun, weil von der Sonne verbrannt. Vereinzelt sehe ich sehr hohe, grüne und schmale Bäume, die sich nach oben verjüngen.

Als wir auf halbem Weg ins Tal sind, stehen unweit der Straße einige baufällige Holzhütten um einen Brunnen. Maria sagt, sie kenne dieses kleine Dorf mit armen Menschen. Ich ziehe rechts am Zügel, unser Pferd bewegt sich gemächlich hin zu den Hütten und wir bleiben am Rande der kleinen Siedlung stehen. Maria steigt vom Wagen und geht zum Brunnen, an dem eine Frau mit einem

Holzeimer steht. Die beiden begrüßen sich herzlich, als wären sie einander bekannt. Nach einer kurzen Unterhaltung kommt Maria zurück, nimmt mich an die Hand und führt mich zu der Frau. Sie ist etwa in unserem Alter, hat ein schmales Gesicht mit einem dunklen Teint, braune Augen und pechschwarzes Haar, in das ein buntes Tuch eingeflochten ist. Ihre Arme sind nackt, sie trägt ein weites schwarzes Kleid aus grobem Tuch, in dem sich ihre üppigen Formen nur andeutend abzeichnen, und steht mit bloßen Füßen tief im Schlamm vor dem Brunnen. Den Eimer hat sie soeben mit Wasser gefüllt. „Julia, das ist mein Mann Jakov und wir sind wieder auf dem Weg nach Tirol, um dort Stoffe zu kaufen." Ich verbeuge mich vor ihr und reiche ihr die Hand. Sie lächelt mich an und sagt in einem harten, für mich kaum verständlichen Dialekt, dass sie sich freue, Maria wiederzusehen. Ich solle doch unser Pferd zur Tränke hinter das Haus führen und dann in ihre Stube kommen. Ich führe Mimi mit dem Karren dorthin, spanne sie aus und binde sie fest. Sofort säuft das Pferd frisches Wasser.

Darauf eile ich zum Haus, öffne die knarzende Tür und gehe vorsichtig gebückt in die dunkle, niedrige Stube. Zunächst sehe ich, weil meine Augen vom hellen Sonnenlicht geblendet waren, fast nichts. Langsam erkenne ich Julia und Maria allein am Tisch in ein scheinbar vertrautes Gespräch vertieft. Als Maria mich kommen sieht, winkt sie. Ich setze mich an ihre Seite. Julia betrachtet aufmerksam das blaue Auge von Maria, schüttelt empört den Kopf. Zum Trost bietet sie Wein an, schenkt aus einer Karaffe vom Roten in die vor uns stehenden Becher. Dies sei ein leichter Wein aus dem eigenen kleinen Weinberg, allerdings mit Wasser verdünnt und deshalb auch bekömmlicher am frühen Nachmittag. Dann steht sie auf und holt aus einer Kammer zwei Laib Brot, ein halbes Dutzend Eier in einem Tuch zusammengebunden, eine ganze Speckschwarte, einen Korb mit Äpfeln und einen Topf mit Schmalz. Sie hatten sich bereits auf einen Preis geeinigt. Vor unserer Abfahrt bekämen wir noch einen kleinen Sack Hafer und einen Ballen Heu für unser Pferd. Maria gibt ihr dafür mehrere Münzen. Dann stecken sie wieder ihre Köpfe zusammen, flüstern und ich verstehe schnell, dass bei diesem

Gespräch die Frauen unter sich sein wollen. So gehe ich hinaus, am Brunnen vorbei hinter das Haus und sehe unser Pferd friedlich grasen. Neben der Tränke steht ein Apfelbaum. Allerdings sind die Äpfel noch grün. Dennoch pflücke ich einige und lege sie auf den Boden des Wagens. Nun höre ich Maria herannahen. Sie kommt, wir stehen unter den ausladenden Ästen des Obstbaumes und sie sagt: „Julias Mann ist mit seinen Söhnen noch bei der Feldarbeit. Sie kehren bald zurück und dürfen von unserem Besuch nichts erfahren. Deshalb müssen wir sofort los." Ich spanne unser Pferd ein, Julia hilft, Stroh und Hafer aus dem Stall zu holen, fahre nahe zum Hauseingang und lade die Vorräte in den Wagen. Beide Frauen umarmen sich zum Abschied. Maria steigt auf, ich winke Julia, schnell sind wir wieder auf der Straße und fahren weiter in den Süden.

Die Straße ist meist abschüssig, das Pferd läuft im leichten Trab, nur vor den engen Spitzkehren bremse ich ab. Während der Fahrt erzählt Maria: „Ich kenne Julia aus München. Sie war Magd bei einem Getreidehändler, der sie einem befreundeten Bauern aus den Bergen vor Italien versprach. Sie widersetzte sich zunächst der Zwangsheirat und wurde mit Schlägen gezwungen. Nach der Hochzeit gebar sie in drei Jahren drei Söhne, fand sich mit ihrem Schicksal ab und widmete sich heimlich Heilkräutern und der Zauberei. Ich versprach ihr, sie auf dem Rückweg zu besuchen. Sie bat mich, ihr für einen Winterumhang einen dicken grauen Lodenstoff mitzubringen."

Am frühen Abend erreichen wir endlich das Tal und fahren weiter bis in die tiefe Nacht. Nach einigen Stunden sind wir müde und auch unser Pferd verlangsamt seinen Schritt. Wir lenken es auf ein Feld, links neben der Straße. In der Dunkelheit sind die Umrisse großer Steine und einiger Felsen zu erkennen. Hinter einer Baumreihe machen wir Halt und binden das Pferd fest. Zurück im Wagen fallen wir beide in einen tiefen Schlaf. Die große Müdigkeit verleitet uns zu diesem Leichtsinn.

Ich erwache, als Maria auf meine Schultern klopft und angestrengt mit ernster Miene in die Richtung des Pferdes blickt. Neben der Deichsel steht ein hagerer Mann mit tief eingefallenen Wangen. Er ist in Lumpen gehüllt und trägt einen löchrigen, verbeulten Filzhut, hustet beständig und öffnet dabei den zahnlosen Mund. Mit seiner rechten Hand klammert er sich um einen dicken Stock, kommt dabei näher, schiebt die Plane zur Seite, steckt seinen Kopf in unseren Wagen und zeigt auf die Essensvorräte. Dann sagt er, er hätte schon Tage nichts gegessen und könne kaum noch gehen. Mit seinen glanzlosen Augen starrt er uns an. Ich fürchte, er könne unvermittelt mit seinem Stock auf uns einschlagen, und bemitleide ihn gleichzeitig. Während Maria vom Brot und Speck einige Scheiben abschneidet, sagt sie leise zu mir, ich solle das Pferd losbinden, damit wir schnell abfahren können. Dann wendet sie sich dem Bettler zu, gibt ihm Brot und Speck, während ich mich auf die Kutschbank schwinge und das Pferd zum Lostraben anhalte. Der arme Mann bleibt mit seinem Essen erstaunt zurück und sieht unseren Wagen eilends davonfahren.

Am Horizont tauchen erste rötliche Streifen auf. Das Morgengrauen bricht an. Während der Fahrt esse ich einen grünen Apfel und trinke ein Ei aus. Es wird heller. Wir überholen ein mit Heu und Gras beladenes Ochsenfuhrwerk. Der Bauer auf der Kutschbank winkt uns fröhlich zu.

Maria meint, wir würden in einigen Stunden die Siedlung Tirol erreichen und endlich ihren Onkel treffen. Ihr Blick wandert unruhig umher. Sie hatte nichts gegessen und ich frage sie, ob sie sich freuen würde, ihre Familie bald wiederzusehen. Sie antwortet: „Ich hatte vorhin schlechte Träume, dann erschien plötzlich dieser arme Mann in Lumpen wie aus dem Nichts. Ich fühle eine dunkle Wolke über uns." „Vielleicht ist es der Hunger, der dich plagt", antworte ich. „Nimm einen Happen zu dir und es wird dir besser gehen." Die Sonne geht auf. Wir durchfahren eine Landschaft mit üppigen Wiesen und Obstbäumen.

Bald nähern wir uns einer Weggabelung und Maria zeigt auf eine unbefestigte, nach rechts abbiegende schmale Straße. Ich folge diesem Weg in westlicher Richtung, der durch Wiesen und Wälder führt. Zeitweise ist die Straßenbegrenzung verschwunden und wir bewegen uns in angedeuteten Spurrinnen im gemähten Gras. Wir passieren ausgedehnte, mit Felsen und Steinen übersäte, abschüssige

Wiesen. Ich bin fasziniert von diesem weiten Blick bis hin in die fernen Höhen des felsigen Gebirges.

Endlich erreichen wir eine Siedlung mit mehreren Holzhütten und Häusern. Es ist Tirol, ein kleines Dorf vor einem gewaltigen Felsen, auf dem erhaben eine mächtige Burg steht. Maria übernimmt die Zügel, führt das Pferd vorbei an einem großen Nussbaum und einem Ziehbrunnen in der Dorfmitte bis zum Ende der Dorfstraße. Dort stößt sie einen lauten und verzweifelten Schrei aus. Wir stehen vor einer Ruine. Das Haus ist bis auf die von Ruß bedeckten Grundmauern abgebrannt. Sie steht davor, weint laut und zittert am ganzen Körper. Ich halte sie fest und sehe aus einem benachbarten Haus eine Frau herauskommen. Sie kommt mit langsamen Schritten auf uns zu, ist klein und geht gebückt, trägt ein schwarzes Kopftuch und einen langen, weiten braunen Rock. Maria hört sie kommen und dreht sich zu ihr. Sie halten sich in den Armen. Nach wenigen Sekunden blicken sie auf und Maria fragt leise, was geschehen sei. Die Frau beginnt zu sprechen: „Da gibt es nicht viel zu erzählen. Die Angetraute deines Onkels, wie seine Tochter, verstarben vor einem halben Jahr an einem bösen Fieber. Er hat das nicht ausgehalten, nicht mehr gearbeitet und Tag und Nacht Wein gesoffen. Irgendwann in seinem Rausch hat er das Haus in Brand gesetzt und ist noch in derselben Nacht auf seinem Pferd davongeritten. Das gelang ihm nur, weil der Teufel im Spiel war. Über den Tod seiner Frau und seiner Tochter hat er seinen Verstand verloren. Er hat sich nie mehr bei uns blicken lassen. Die Ruine will keiner betreten oder gar wieder aufbauen, denn dieser Ort ist für immer verflucht." Sie blickt mitleidsvoll zu Maria, die ihre Tränen mit der Hand wegwischt und flüstert, mit ihnen sei nun der letzte Teil ihrer Familie gegangen. Die Frau blickt uns ernst an und meint: „Die Gewürze bekommt ihr auch in Bozen. Dein Onkel hatte sie schon in den letzten Jahren dort besorgt und dir dann verkauft. Allerdings müsst ihr schnell verschwinden. Die Leute werden annehmen, dass du genauso verflucht bist wie dein Onkel. Und deine Mutter wurde angeblich als Hexe verbrannt." Darauf küsst sie Maria verstohlen auf beide Wangen, gibt mir zum Abschied die Hand und läuft gebeugt schnell in ihr Haus zurück.

Es ist gespenstisch ruhig hier. Nur der Ruf eines Zeisigs durchbricht die Stille. Wir steigen in den Wagen, wenden und fahren vorbei am Brunnen. Dort steht ein kleiner Junge mit struppigem, blondem Haar in einer zerrissenen Hose und schöpft Wasser. Wir fragen ihn, wo die Leute vom Dorf sind. Bei der Feldarbeit meint er nach längerem Überlegen stotternd, grinst merkwürdig und deutet in die Richtung der Brandruine. Maria gibt ihm einen Apfel und fragt nach dem Weg nach Bozen. Er blickt mit geneigtem Kopf zu uns, ich sehe an seiner rechten milchig, weißen Pupille, dass er auf einem Auge erblindet ist. Plötzlich hören wir das laute Knarzen der Haustür nahe am Brunnen, ein Mädchen stürzt heraus, läuft auf den Jungen zu und zieht ihn schimpfend zu sich. Vom Ende der Straße, nahe der Ruine, nähern sich Männer schnellen Schrittes mit Heugabeln und Sensen auf ihren Schultern. Maria sieht mich erschrocken an. Sie meint, nichts wie weg von hier, zieht mehrmals an den Zügeln, unser Pferd beginnt im Schritt zu gehen und bald zu traben. So fliehen wir vom eigentlichen Ziel unserer Reise, einem schaurigen Ort.

Wieder ist es heiß, die Sonne brennt unerbittlich. Wir sehen in Sichtweite die Gabelung zur Landstraße, bremsen das Pferd und fahren einige Meter auf einer Wiese bis zu einem von hohem Schilf umrahmten kleinen Tümpel. Zunächst spannen wir das Pferd aus, lassen es am Wasser saufen und dann in Ruhe grasen, suchen den Schatten unter einem Baum und essen von unseren Vorräten. Maria lehnt an meiner Schulter. Ich spüre ein leichtes Beben in ihr. Sie beginnt laut zu schluchzen. Ich blicke sie an, streiche die Tränen von ihren Augen, drücke sie an mich, sie verstummt und bald liegen wir eng nebeneinander. Nach einem kurzen Mittagsschlaf baden wir im sumpfigen Tümpel. Beim Verlassen des Wassers sehe ich einen Blutegel an Marias Rücken. Sie spürt den Parasiten und schlägt ihn mit der Hand weg. Er scheint sich noch nicht festgesetzt zu haben und als er abfällt, blutet die Stelle am Rücken kaum. Maria fasst sich nochmals an ihren Rücken und sagt: „Da hatte ich Glück. Das hätte viel schlimmer ausgehen können." Wir wissen, wir müssen nun zum Markt nach Bozen. Beide waren wir niemals dort. Was wird uns erwarten? Diese Ungewissheit macht Angst und stimmt nachdenklich.

Wir spannen das Pferd ein und fahren zögerlich auf die Landstraße nach Süden. Ein schneller Wagen, von mehreren Pferden gezogen, überholt uns. Reiter in vornehmer Kleidung und aufrechtem Sitz ziehen im leichten Galopp vorüber. Die Straße ist gesäumt von Berghängen mit üppig grünen Wiesen. Es ist später Nachmittag und die Hitze hat nachgelassen. Nach einer Biegung wird der Weg abschüssig und mündet in eine lange Gerade. Unser Pferd scheint etwas müde und geht in langsamem Schritt. Wir bewundern die Landschaft in diesem hellen Licht mit vielen Weinreben und Obstbäumen. Diese schönen Bilder vertreiben unsere Ängste.

Maria bemerkt ein Kind am Straßenrand, das uns zuwinkt. Sie blickt mich fragend an, ich nicke und denke, von einem kleinen Jungen kann keine Gefahr ausgehen, und halte den Wagen an. Der Junge nähert sich, er trägt einen großen, prall gefüllten Jutesack und fragt, ob er bis nach Bozen mitkommen dürfe. Wir hatten ihn zunächst wegen seines Dialekts nicht verstanden, was er schnell merkt, und er wiederholt seine Bitte langsam. Wir fahren auf dieser Straße in den Süden, ohne zu wissen, wohin sie uns führen wird. Die Frage des Jungen lässt hoffen, wir sind auf dem richtigen Weg. Ich bitte ihn einzusteigen, während Maria den kurzen Aufenthalt nutzt, um dem Pferd den Hafersack umzubinden. Den federleichten Jutebeutel des Jungen lege ich in den hinteren Teil des Wagens. Er setzt sich neben mich auf die Kutschbank und wir fahren weiter. Dann beginnt er langsam und deutlich sprechend zu erzählen, dass er die Wolle von seinem und seiner Mutter Schaf morgen auf dem Markt in Bozen gegen zwei Hühner eintauschen wolle. Maria will wissen, wann wir dort ankommen würden. Er erwidert, er hätte noch nie sein Dorf verlassen und wäre noch nie in dieser Stadt gewesen: „Doch weil morgen Markt ist, wäre es gut noch heute Bozen zu erreichen." Mit dieser Ungewissheit fahren wir in die Abenddämmerung. Maria gibt dem Jungen etwas zu essen und er beginnt zu erzählen: „Vater ist vor zwei Jahren beim Grasmähen an einer steilen Bergwiese in eine tiefe Felsschlucht gestürzt und dort umgekommen. Sein Leichnam konnte nie geborgen werden. Nun versuche ich mit Mutter und den Geschwistern auf dem kleinen Bauernhof zu überleben. Es ist unendlich mühsam und oftmals hungern wir mehrere Tage. Vor zwei Wochen wurden beide Hühner von einem Fuchs gerissen."

Die tief stehende Sonne verschwindet hinter Wolken. Unser Pferd läuft im Trab, wird etwas langsamer, als wir uns einem größeren, von zwei Pferden gezogenen Wagen nähern. Ich beuge mich weit nach außen und sehe, dass eine Kolonne von mindestens einem halben Dutzend Pferdefuhrwerken vor uns herfährt. Bald sind wir von einer Staubwolke eingehüllt. Der Wagen vor uns bremst ab, schert nach links aus und umfährt einen liegen gebliebenen Ochsenkarren mit einem gebrochenen Rad. Niemand nimmt von den Hilfe suchenden Männern neben dem Wagen Notiz. Wir setzen unsere Fahrt vorbei an dem Karren unbeirrt fort. Der Abend bricht an, an beiden Seiten der untergehenden Sonne bilden sich rötliche, längliche Streifen.

Hinter uns plötzlich das laute Klappern von Hufen. Ich drehe mich erschrocken um. Zwei Pferde ziehen einen mittelgroßen Wagen, der in unsere Richtung fährt. Die Wände und die Decken sind aus Holz gezimmert. An den beiden Seiten gibt es kleine Fenster. Das Holz schimmert in Dunkelrot. Auf der Kutschbank sitzt ein bärtiger Mann mit pechschwarzem Haar, das zu einem Zopf gebunden ist. Aus dem Wageninneren ertönt das Geschrei von kleinen Kindern und die schrille Stimme einer Frau. Ich winke dem Mann zu. Er erwidert meinen Gruß. Während Maria die Zügel übernimmt, beuge ich mich noch weiter aus dem Wagen. Ich sehe nun in seine schwarzen, listigen Augen. Als er mich erblickt, beginnt er zu lächeln und ruft seinen Pferden aufmunternde Befehle zu. Ich frage ihn laut, wie lange wir noch bis nach Bozen zu fahren hätten. Er antwortet, ich verstehe ihn nicht und zucke mit den Achseln. Der warme Fahrtwind bläst mir ins Gesicht und meine Augen tränen. Der Straßenstaub wirbelt bis in das hinterste Eck unseres Wagens. Als er meinen fragenden Blick bemerkt, streckt er mit der rechten Hand drei Finger in die Luft. Er überholt uns. Ich nicke und beuge mich zurück, bis ich wieder aufrecht auf der Kutschbank sitze. Maria hat uns beobachtet, verstand den Mann. „In drei Stunden wären wir wohl in Bozen", sagt sie.

Der kleine Junge neben mir ist eingeschlafen und lehnt seinen Kopf auf meine Schulter. Ungewollt folgen wir einer Karawane auf dem Weg in die Marktstadt. Die Weiterfahrt in dieser Kolonne ist sicherer als eine nächtliche Rast an einem einsamen Ort unweit der Straße. Die Abstände zwischen den Fuhrwerken werden größer. Der Junge ist aufgewacht. Als wir ihm sagen, dass wir bald unser Ziel erreicht hätten, lächelt er und beginnt leise mit heller Stimme zu singen. Es sind wohl Kinderlieder dieser Gegend und Maria trällert mit. Die Melodien hatte ich noch nie gehört. Ich kenne nur die Lieder von Süßkind, die Gesänge in der Synagoge. Im Mondschein sind die vagen Umrisse der Umgebung zu erkennen. Zwei Fuhrwerke vor uns verschwinden in einer Seitenstraße.

Weil ich müde bin, übernimmt Maria die Zügel. Schnell versinke ich in einen unruhigen Schlaf und ich sehe wieder meine Eltern vor mir. Nach einer Weile erwache ich, als mich Maria mit ihrer Schulter zärtlich rempelt. Sofort bin ich hellwach, reibe mir kurz die Augen und erblicke an der rechten Seite mehrere Hütten. Maria ruft und scheint sehr zufrieden, wir wären endlich angekommen.

Ankunft in Bozen

Bald erkennen wir eine Herberge und lenken unseren Wagen über den Vorhof zu einer Stallung. Ein junger Mann nähert sich, hilft das Pferd auszuspannen und führt es in den Stall. Unseren Wagen ziehen wir gemeinsam an einen Platz daneben, auf dem schon andere Fuhrwerke stehen. Der Junge, der uns begleitete, nimmt seinen Jutesack, verabschiedet sich wortlos und läuft zurück zur Straße. Von einer naheliegenden Kirche hören wir das Mitternachtsläuten. Die Herberge ist ein schmales Steinhaus mit mehreren Stockwerken. Über dem Eingang befindet sich ein rundes Schild, auf dem ein Elefant mit einem gekrümmten Rüssel abgebildet ist. Wir betreten die Gaststube, an nur wenigen Tischen sitzen noch Gäste.

Die Wirtsfrau kommt uns entgegen. Wir fragen nach einem Zimmer oder zumindest einer Schlafstelle. Sie schüttelt den Kopf und sagt, dass wegen des großen Markttages morgen schon viele Händler einen Tag vorher angereist seien. Maria blickt sie flehentlich an, sagt, wir würden einen Kreuzer drauflegen. Die Frau überlegt und erwidert: „Im dritten Stockwerk haben wir ein größeres Zimmer an ein junges Ehepaar aus Italien vermietet. Dort steht ein zweites Bett, das bestimmt verwaist ist. Kommt mit nach oben, wir werden das schon geregelt bekommen. Mit Frühstück morgen zahlt ihr vier Kreuzer." Wir steigen gemeinsam die steilen, schmalen Stufen nach oben und gleich neben dem Treppenabsatz öffnet die Wirtin nach kurzem Anklopfen, ohne abzuwarten, eine Kammertür und geht hinein. Wir folgen ihr und sehen die beiden Eheleute im Dunkeln erschrocken aufrecht im Bett sitzen. Sie sind nackt und das Mädchen bedeckt mit den Händen schamhaft ihre Brüste. Das Bett ist tatsächlich unbenutzt, die Wirtin erläutert ihren Gästen die Situation und verlässt eilends den Raum. In der Dunkelheit entkleiden wir uns. Durch das kleine Fenster gelangt kaum Mondlicht in den Raum. Bald liegen wir eng umschlungen unter einer dünnen Decke. Wir sind müde, entsagen der Liebe. Maria schläft schnell ein. Ich wache noch, höre das Knarzen vom anderen Bett und das gelegentliche, leise Stöhnen der Liebenden. Ich blicke sehnsuchtsvoll zu Maria, die schon tief schläft und meine zärtlichen Berührungen nicht erwidert.

Frühes Glockengeläut und Vogelgezwitscher wecken mich aus einem traumlosen Schlaf. Ich setze mich an den Bettrand, schlüpfe in Hose und Hemd und berühre Maria. Sie erwacht, blickt zum Bett gegenüber. Die junge Frau hebt ihren Kopf, öffnet die großen mandelförmigen Augen und sieht interessiert zu uns. Dann steht sie auf und bekleidet sich, während Maria in ihr blaues Samtkleid schlüpft und sie fragt, woher sie komme. Die junge Frau antwortet in einer fremden Sprache. Unter den Worten verstehe ich allein den mir bekannten Namen der Lagunenstadt. „Ihr seid aus Venedig?", erwidere ich. Sie nickt und lächelt.

Wir steigen die Treppen hinab in den Gastraum, der junge Mann ist inzwischen auch aufgestanden und wir setzen uns gemeinsam an einen Tisch. Die Wirtin tischt das Frühstück auf mit noch warmen Brot, Honig ,Zwetschgenmus, gekochten Eiern und Milch. Wir danken ihr für das köstliche Frühstück. Sie bleibt an unserem Tisch stehen, scheint neugierig und fragt nach dem Grund unseres Besuches in Bozen. Maria möchte zunächst mehr von den jungen Leuten erfahren, mit denen wir unser Nachtlager teilten. Sie deutet auf sie mit einem gleichzeitig fragenden Blick zur Wirtin. Diese spricht mit ihnen einige Worte Italienisch und übersetzt. „Das junge Paar kommt aus Venedig und wird auf dem Markt Stoffe und Glaskunst verkaufen. Die Ware kommt aus den Werkstätten ihrer Eltern auf Murano." Ich bitte die Wirtin, bei uns Platz zu nehmen. Sie ist schön mit tiefblauen Augen, braunem, langem Haar, einem dunklen Teint und einer fein geschnittenen Nase. Ich erzähle: „Wir wollen auf dem Markt hier in Bozen Tücher und Gewürze für unser Geschäft in München kaufen. Wo können wir Geld zu wechseln." Ich blicke auf das Mädchen aus Venedig. Sie lächelt verlegen. Die Wirtin überlegt: „Da müsste Ihr zu dem Juden Bonisak gehen. Er verwaltet die Münzstätte von Bozen und Meran und könnte Euch zu Diensten sein. Doch seid vorsichtig, er ist ein Schlitzohr und er stiehlt wie alle Juden." Darauf bekreuzigt sie sich. „Seine Werkstatt findet Ihr unweit von hier auf der rechten Seite der Hauptstraße im Erdgeschoss eines vornehmen Wohnhauses neben den kleinen Markthallen." Die Wirtin steht auf, ebenso Maria. Sie fragt leise, ob wir noch diese Nacht bleiben könnten. Die Frau lächelt verschmitzt, blickt neugierig an Maria vorbei in Richtung Tür und sagt gleichzeitig: „Eine kleine Dachkammer könnte ich anbieten. Da müsst Ihr aber mindestens noch einen Kreuzer drauflegen. Oder verbringt Ihr lieber die Nacht mit unseren italienischen Gästen?" Ich zögere nicht und bitte sie schnell, für uns die Dachkammer herzurichten.

Wir verabschieden uns von den jungen Zimmernachbarn, die wir sicherlich bald wieder treffen würden, verlassen die Gaststube und gehen hinaus auf den Hof. Die Sonne steht noch tief. Ein warmer Wind trägt den betörenden Duft von Lavendel von den Feldern bis hierher. Wir gehen zu unserem Karren. Während ich mit dem Stallknecht spreche und ihm sage, dass wir noch zwei Tage blieben, steigt Maria in den Wagen und kommt mit zwei Äpfeln in der Hand zurück. Wir gehen gemeinsam zu unserem Pferd, das ruhig im Stall steht und Heu frisst. Maria kehrt ihren Rücken dem Stallburschen zu, sieht mich an und zeigt mir den Beutel mit den Münzen und Schmuckstücken.

Dann schlendern wir zur Straße und suchen nach dem Haus mit der Münzstätte. Auf der Straße laufen Frauen und Männer vornehm oder in Lumpen gekleidet in Richtung Markt. Am Rande stehen Mönche in Kutten und verkaufen Rosenkränze und Kruzifixe. Die Bauern, welche ihre Schubkarren zum Markt schieben, bieten schon unterwegs laut schreiend ihr Gemüse und Obst an. Nur langsam kommen wir in der dichten Menschenmenge voran. Nach dem wohltuenden Lavendelduft vor der Herberge stinkt es hier nach Schweiß und den Abfällen am Straßenrand.

Wir lassen uns von der Menge nach der rechten Straßenseite treiben und stehen endlich vor einem schmalen, mehrstöckigen, eleganten Haus, das mit großen, rechteckigen Steinen in Tonfarben gemauert ist. Über der Eingangstür hängt ein Schild, auf dem eine Münze abgebildet ist. Wir stehen unentschlossen vor dem Laden und zögern, ihn zu betreten. Ich atmete tief ein und öffne langsam die Tür. Ein beißender, saurer Geruch schlägt uns entgegen. Maria und ich wagen uns vorsichtig in den dunklen Raum. An einem langen, grauen Holztisch sitzt ein älterer Herr. Licht kommt von einem kleinen Fenster zur Straße und einer unstet flackernden Öllampe, die am Ende des Tisches steht. Der Mann erhebt sich, zeigt auf zwei Stühle und bittet uns Platz zu nehmen. Wir erzählen, die Wirtin vom „Elefanten" hätte uns seine Adresse genannt und dass wir Geld wechseln wollen. Im Schein der Öllampe sehe ich sein Gesicht. Er trägt einen langen, weißen, zweigeteilten Bart, der bis zur Brust reicht. Seine Oberlippen sind vom Schnauzbart verdeckt. Er hat dunkle, lebendige Augen, eine schmale Nase und trägt auf seinen kräftigen, grauen Haaren eine schwarze, runde Stoffkappe. Er spricht unsere Sprache, flicht hebräische Worte ein, wie ich sie vom Gebet kenne. Er mustert uns und fragt, woher wir kämen und womit er uns dienen könne. Ich fühle seine vertraute Nähe und seinen ruhigen Blick lange auf mir ruhen. So erzähle ich: „Wir kommen aus München und mussten wegen des Pogroms fliehen. Meine Eltern, ja meine ganze Familie ist in der Synagoge im Feuer ums Leben gekommen. Ich musste fliehen, sonst hätten sie auch mich erschlagen." Ich kann meine Tränen nicht zurückhalten, halte inne und blicke verschämt auf den Tisch. Mit einer Hand streiche ich die Tränen von meinen Wangen und erzähle mit leiser, gebrochener Stimme von Maria, die sich meiner annahm, und dass wir gemeinsam in Bozen Ware für unsere Marktgeschäfte in München einkaufen wollen. Die Gesichter meiner Eltern, meiner Schwester und die Gestalten der Engel tanzen vor meinen Augen. Meine Stimme versagt. Bonisak steht auf, kommt zu mir, legt seine Hand auf meine Schulter und fragt, ob ich heute zum Abendgebet kommen wolle. Ich flüstere mit Tränen in den Augen: „Schon zu lange habe ich auf meine Eltern kein Kaddisch gesagt."

Wir legen unsere Münzen und etwas Schmuck auf den Tisch. Mit ernster Miene sagt er, dass wir auf dem Markt leider nur mit der in Trient und Venetien gültigen Währung einkaufen können. Ich verweise auf die Wirtin, die unsere Kreuzer akzeptiert. Er antwortet, dass auch sie bei ihm das Geld eintausche und den Wechselverlust auf den Übernachtungspreis aufschlage. Maria gibt ihm eine silberne Brosche, zwei goldene Armreife und mehrere Gulden des Herzogtums Bayern. Er nimmt die Schmuckstücke, geht zum Fenster und betrachtet sie im einfallenden Licht. Für das Geld und den Schmuck bietet er 20 venezianische Kreuzer und drei Silbergulden. Maria sieht mich an, schüttelt theatralisch ihren Kopf und sagt laut: „Das sei viel zu wenig." Sie macht Anstalten aufzustehen und zu gehen. Ich blicke unentschlossen zu Bonisak und erhebe mich ebenfalls. Er legt die Münzen und den Schmuck zurück auf den Tisch und erhöht sein Angebot. Wir einigen uns auf 23 Kreuzer und vier Silbergulden. Maria kehrt uns ihren Rücken zu und verbirgt das Geld umständlich in ihren Unterröcken. Bonisak blickt verlegen zur Seite und fragt, ob wir einen Blick in die Münzwerkstatt werfen wollen, öffnet eine Türe und wir gehen einige Treppen hinab in einen großen Raum. Dort sitzen mehrere Männer an Tischen und prägen mit kleinen, schmalen Hämmern auf Formen neue Münzen. Es ist laut. Die Herstellung der Münzen sei ein komplizierter Vorgang, erklärt er, und im letzten Arbeitsgang würden sie im Säurebad zum Glänzen gebracht. Der unangenehme Geruch käme von diesem Bottich, angefüllt mit Zitronensäure. Ich verspreche, heute Abend zum Gebet zu kommen.

Wir treten hinaus in den hellen, sonnigen Tag und gehen unter der lärmenden Menschenmenge bis zum Markt. Maria legt ihren Arm um meine Hüften. Ich versuche zu lächeln und zu vergessen. Viele Buden säumen an beiden Seiten über eine weite Strecke die Straße. Bonisak erzählte stolz von diesem Markt, der ein bedeutender Handelsplatz zwischen Venetien und Bayern sei. Zunächst sehen wir am Straßenrand die Kornbauern. Sie stehen zwischen großen Getreidesäcken und bieten ihre Waren mit lauten Rufen an. Ihr Getreide sei nur von bester Qualität und dabei besonders günstig. Sie feilschen mit ihren Kunden, diese laufen aufgeregt zwischen den einzelnen Verkaufsbuden hin und her und versuchen, die Anbieter gegeneinander auszuspielen. Meist auf dem Rücken wird das Getreide in Säcken fortgetragen. Einige transportieren die Ware in hölzernen Handkarren. Nach dem Getreidemarkt kommen die Verkaufsstände für Obst und Gemüse. In den Metzgerbuden daneben sind halbe, ausgeweidete Schweine an Haken aufgehängt. Blut tropft auf den sandigen Boden. Es stinkt fürchterlich und über dem Fleisch schwirren unzählige Fliegen. Die Schlachtabfälle liegen am Straßenrand in der Kloake. Dort streiten sich räudige Hunde bellend und beißend um verfaultes Gedärm und Knochensplitter. In geflochtenen Käfigen gackern eng aneinander gedrängte Hühner hysterisch und picken sich gegenseitig bis aufs Blut.

Wir versuchen, diesem unsäglichen Gestank zu entkommen, und laufen weiter, bis das Gedränge nachlässt. An kleinen Verkaufsständen werden vielerlei Gewürze angeboten. Es duftet nach Koriander, Zimt und Ingwer, Salbei und Minze. Maria prüft die Angebote, fragt nach den Preisen und geht von Stand zu Stand, befühlt mit ihren Händen die Gewürze und riecht lange daran.

Wir laufen weiter, kommen zu Zelten, in denen erdfarbene Becher und Teller aus Keramik auf Tischen ausgestellt sind. Daneben finden sich farbige Gläser aus Murano. Die Sonne durchscheint das Glas und zaubert bunte Lichttupfer auf die graue Innenwand der Buden. Gegenüber sehe ich einen Verkaufsstand mit einem Tisch, an dem ein in teures Tuch gekleideter, jüngerer Mann mit dunklem Bart und schwarzem Hut sitzt. Auf dem Tisch stehen glänzende Kerzenleuchter in Silber und Bronze in verschiedenen Größen. Dazwischen liegen silberne Salzstreuer. Am linken Rand in der letzten Reihe glänzt ein siebenarmiger Leuchter, eine Menora. Als ich die wertvollen Kostbarkeiten mit Maria aufmerksam betrachte, erhebt sich der junge Mann und begrüßt mich. Ich bitte ihn, mir die Menora zu zeigen. Er reicht mir den Leuchter, den ich vorsichtig, beinahe zärtlich, mit einer Hand fasse und mit meinen Lippen berühre. Fast der gleiche Leuchter stand in unserer Stube zu Hause. Ich frage den Verkäufer, ob wir uns heute Abend beim Gebet treffen würden. Er nickt freundlich.

Wir ziehen weiter von Bude zu Bude, bis wir den Markt der Tuchhändler erreichen. Mehr als ein Dutzend Händler zeigen ihre Stoffe an den Verkaufsständen. An keinem Ort, auch nicht in Ulm, habe ich eine so große Fülle unterschiedlicher Stoffe gesehen. Es gibt feines und grobes Tuch, Leinen und Loden in allen Farben für Sommer und Winter. Vor den Buden stehen aufgeputzte Frauen, sie feilschen mit den Händlern, lachen und schimpfen. Ich kenne das und erinnere mich an die vielen reizvollen Gespräche mit den schönen Frauen hinter St. Peter. Maria bemerkt mein Vergnügen bei dem Betrachten dieses eitlen Spiels. An den Verkaufsständen berühre ich die Stoffe, prüfe die Qualität, frage nach deren Provenienz. Nach den Auskünften der Verkäufer sollen sie bis aus dem Morgenland, mindestens jedoch aus Venetien oder der Lombardei kommen. Während einer längeren Unterhaltung mit einem Händler, der mir fein gewobene Leinenstoffe in Pastelltönen von Grün und Blau anbietet, verschwindet Maria. Ich drehe mich nach allen Seiten, rufe nach ihr und kann sie nicht sehen. Ist sie geflohen, meiner überdrüssig? Hat sie verstanden, dass ihre Liebe zu einem Juden nur Trauer und ihren möglichen Tod bedeuten könnte? Ich eile von Stand zu Stand und suche sie verzweifelt.

Plötzlich erklingt leise zwischen dem lauten Stimmgewirr mein Name. Ich strecke mich nach oben und sehe undeutlich vor einer weit entfernten Verkaufsbude die Umrisse von Maria. Ist sie es wirklich? Sie winkt mir zu. In hastigen Schritten laufe ich zu ihr und frage verärgert, warum sie verschwunden sei. Sie zeigt auf das junge Paar, das letzte Nacht mit uns die Kammer teilte. Sie stehen inmitten einer großen Zahl von farbigen Stoffballen. Das Mädchen breitet vor Maria einen weinroten, dünnen, seidig glänzenden Stoff aus, bis sie mich sieht und freundschaftlich grüßt. Ihr Mann kommt und reicht frischen Zitronensaft mit Honig. Das Getränk ist herrlich erfrischend und belebend. Mir gefällt die Ware. Es sind Stoffe, die in München begehrt sein würden, festes Tuch mit kräftigen Farben, geeignet für unsere kalten Winter und von einer Qualität, die fast nur in Italien zu bekommen ist. Wir verweilen einige Stunden bei unseren italienischen Freunden. Die Verständigung ist schwierig. Am Ende einigen wir uns auf den Kauf von drei Dutzend Stoffballen. Den Preis haben wir noch nicht bis auf den letzten Kreuzer festgelegt. Darüber wollen wir abends in der Herberge sprechen. Wir verabschieden uns herzlich, es ist schon früher Nachmittag, und gehen zurück zur Herberge.

Im Gastraum essen wir eine fette Hühnersuppe mit einigen Scheiben vom frischen Brot und steigen dann bis in das letzte Stockwerk unter dem Dach. In der Kammer ist es dunkel. Die kleine Dachluke spendet kaum Licht. Die Ausstattung des winzigen Raumes mit einem Bett, einem Tisch und einem wackligen Stuhl ist spärlich, die Luft stickig. Todmüde fallen wir ins Bett, umarmen uns, lieben uns für eine kurze Weile und versuchen, den verlorenen Schlaf der letzten Nacht nachzuholen. Doch bald weckt mich die Erinnerung an mein Versprechen, am Abendgebet teilzunehmen. Schnell schlüpfe ich in Hose und Hemd, küsse Maria und flüsterte ihr zu, dass ich nun zum Abendgebet ginge. Ich stürze die Treppen hinab, laufe zur Straße, sehe die Menschen, wie sie mit ihren Einkäufen in beiden Armen oder mit beladenen Schubkarren den Markt verlassen. Der Lärm von heute Morgen ist fast verstummt. Müde und erschöpft suchen sie den Weg nach Hause oder in die Herbergen.

Nach wenigen Minuten stehe ich vor der Münzwerkstatt und klopfe vorsichtig an die Tür. Sie wird langsam von innen geöffnet und der Mann von heute Vormittag bittet mich herein. Er begrüßt mich, küsst kurz meine Stirn und führt mich durch die Werkstatt über zwei Stockwerke in einen großen Raum. Dort sind bereits einige Männer und Frauen versammelt. Das weitläufige Zimmer ist mit mehreren Fenstern an zwei Seiten selbst bei Einbruch der Dämmerung noch hell. An einer Wandseite steht ein offener Schrank, in dem in Augenhöhe zwei Thorarollen auf einem Regalboden stehen. Auf einem Pult davor liegt ein bereits geöffnetes Gebetsbuch. Gegenüber befinden sich Stühle und am Ende des Raumes ein langer Tisch. Darüber hängt ein großer, kunstvoll gewebter Wandteppich mit dem Bild des Tempels in Jerusalem.

Bonisak bittet mich in die Mitte des Raumes und stellt mir Freunde vor. Den jungen Mann vom Markt, Aaron Ben David, der mit Silber handelt, begrüßt Bonisak besonders herzlich. Einige der Anwesenden sah ich am Morgen in der Münzwerkstatt. Ich erkenne eine Frau, die mir in einer Gewürzbude lächelnd gegenüberstand. Nun geht Aaron vor das Pult und beginnt mit dem Gebet. Er singt mit einer schönen, jugendlichen Stimme. Die Gebete werden in Hebräisch gesprochen und am Ende sage ich gemeinsam mit zwei anderen Männern das Kaddisch.

Nach dem Gebet bittet uns Bonisak zu Tisch. Einige Frauen bringen Schüsseln mit Hirsebrei und Fleisch, Brot, Wasser und Wein. Ich bin hungrig und habe meinen Teller wortlos in wenigen Minuten leer gegessen. Mir gegenüber sitzt Aaron und fragt nach meiner Geschichte. Ich erzähle ihm mit zittriger Stimme von dem Pogrom in München, dem grausamen Tod meiner Familie in der vom Mob gebrandschatzten Synagoge, der geplünderten Wohnung meiner Eltern und der Verfolgung in meiner Heimatstadt. Ich erzähle, dass ich überlebte, weil ich während des Feuers in der Synagoge bei Maria war.

Der Rabbiner berichtet, dass die Juden in Bozen und Meran unter dem Schutz des Grafen von Tirol stünden und kein Pogrom fürchten müssten. Sein Schutzbrief verlöre allerdings seine Gültigkeit, wenn wir seine finanziellen Forderungen nicht mehr erfüllen könnten. „Denn seine Taschen sind stets leer und er ist gierig", sagt Bonisak.

Aaron fragt, ob wir gut einkaufen konnten, und ich antworte: „Wir wollen von einem jungen italienischen Paar aus Venedig, das auch im „Elefanten" übernachtet, drei Dutzend Stoffballen kaufen. Sie werden in den Webereien Venedigs gefertigt. Morgen sucht Maria auf dem Markt nach orientalische Gewürzen, bevor wir nach München zurückkehren." Nach dem Essen werden noch einige Gebete gesprochen und nach dem „Amen" wird die Tischgesellschaft eilends aufgehoben. Die Männer wollen nach Hause zu ihren Familien.

Bevor auch ich mich erhebe, legt der Rabbiner seine Hand auf meine und blickt mich stumm an. Aaron, der sich ebenfalls zum Gehen anschickt, bittet er noch kurz zu bleiben. Er fragt mich, ob Maria jüdisch sei. Ich bin nicht erstaunt über diese Frage. In Träumen sah ich meinen seligen Vater, wie er beinahe verzweifelt nach der Religion meiner Freundin fragte. Würde er noch leben, hätte er von meiner Liebe zu Maria erfahren, er hätte die Verbindung niemals geduldet. Ich überlege, das Bild meines Vaters vor Augen, und sage zunächst zögerlich: „Hochverehrter Rabbiner, zugegeben, die Nacht des mörderischen Pogroms habe ich in der Kammer meiner Freundin Maria verbracht. Das hat mich vor dem sicheren Tod bewahrt. Maria ist Christin und die Tochter einer Frau, die als angebliche Hexe verbrannt wurde. Sie liebt mich, obwohl ich Jude bin, und ich liebe sie so, wie sie ist. Natürlich hätten sich meine Eltern eine jüdische Schwiegertochter und Enkelkinder gewünscht. Sie wurden brutal ermordet. Was soll ich machen?" Aaron und der Rabbiner wechseln einige mitleidsvolle Blicke. Aaron summt versonnen die Melodie eines jüdischen Kinderliedes. Dann spricht Bonisak: „Dein Vater hätte gewollt, dass du ein Leben nach unseren Traditionen führst. Nun lebst du in wilder Ehe mit einer Christin. Doch das Schicksal hat deine Familie, aber auch Maria fürchterlich getroffen. Für deine Eltern gibt es kein Grab, sie sollen in Frieden ruhen. Vielleicht ist Maria bereit, unseren Glauben anzunehmen und eine Ehe nach unseren Gesetzen zu führen. Wir haben im Keller eine Mikwe und für die Hochzeit einen Baldachin. Den Übertritt könnten Aaron, ein enger Freund und ich bezeugen. Nun geh zu deiner Freundin und besprich es mit ihr. Für mich als Rabbiner wäre es ein großes Glück, euch nach dem großen Leid auf den richtigen Weg zu führen." Wir erheben uns und ich weiß nicht, wie ich diesem Mann danken soll, mit dem ich heute Morgen noch um den richtigen Wechselkurs feilschte.

Ich gehe zurück zu unserer Herberge. Im Gastraum sitzt an einem der hinteren Tische Maria mit dem venezianischen Ehepaar. Als mich Maria hereinkommen sieht, winkt sie mir zu. Ich gehe zu ihnen, setze mich und fülle den vor mir stehenden Becher bis an den Rand mit Rotwein. Wir prosten uns zu und ich nehme einen tiefen Schluck. Das Gespräch in der Synagoge lässt mich nicht los und ich versuche, meine Sinne zu betäuben. Maria erzählt, sie hätten sich über den Preis geeinigt. Wir würden morgen früh die Stoffballen in unseren Wagen laden und nach einem kurzen Marktbesuch losfahren. Sicherlich hat Maria den Preis nochmals gedrückt. Ich lächle und nicke wortlos. Wir verabschieden uns bis morgen früh und wanken die vielen Treppen hinauf zu unserer Dachkammer, sind nach dem vielen Wein angetrunken und es ist ein denkbar schlechter Zeitpunkt, über Religion und Ehe zu sprechen, dennoch erzähle ich Maria von dem Gespräch mit dem Rabbiner. Sie hört still zu und als ich mit leiser Stimme um ihre Hand bitte, hat sie Tränen in den Augen. Sie sagt „ja" und drückt mich fest an sich. Ich küsse sie, wir lieben uns und sie schläft bald ein. Ich stehe auf, gehe zur Dachluke und schaue noch lange in den unendlich weiten, leuchtenden Sternenhimmel, suche nach den grauen Gestalten. Sie erscheinen nicht.

Am Morgen erwachen wir früh, treffen uns mit den Venezianern am Frühstückstisch und laden die Stoffballen von ihrem in unseren Wagen. Sie hatten die Ware schon am Vorabend vom Verkaufsstand zur Herberge gebracht. Der Stalljunge bekommt einige Münzen mit der Bitte, unser Pferd weiter zu versorgen und auf unseren Karren zu achten. Schon am frühen Morgen ist es wärmer als gestern. Keine Wolke steht am Himmel und ein leichter Wind weht wieder den Lavendelduft zu uns herüber. Auf dem Weg zur Münzwerkstatt frage ich Maria nochmals, ob sie mich heiraten und meinen Glauben annehmen wolle. Sie nickt und sagt, sie sei sicher, dass ihre Mutter das gewollt hätte. „Ich liebe dich, egal ob Christ oder Jud. Ich bin dann halt eine jüdische Hexe!"

Bald stehen wir davor, ich klopfe. Bonisak öffnet schnell die schwere, mit Eisenbändern beschlagene Türe. Wir betreten gemeinsam den dunklen Raum. Er begrüßt uns herzlich. Wir nehmen neben ihm Platz, vor ihm liegt ein Gebetsbuch. Ich danke ihm für seine Warmherzigkeit und erzähle, dass Maria mich heiraten und Jüdin werden wolle. Der Rabbiner blickt zu Maria und sagt: „Das würde mich sehr freuen, meine Tochter. Du bekommst einige Tage jüdischen Religionsunterricht von meiner Frau. Am Freitagvormittag gehst du in die Mikwe, das rituelle Tauchbad und am Nachmittag werdet ihr heiraten."

Die Werkstatttür öffnet sich und eine stattliche Frau, vom Alter könnte sie meine Mutter sein, tritt ein. Sie ist schlank und trägt ein hochgeschlossenes blaues Kleid mit einer weißen Halskrause, ein ebenso blaues Kopftuch, aus dem über der Stirn schwarz gekräuseltes Haar hervorschaut. Ihr schmales Gesicht hat einen bronzefarbenen Teint. Die großen, schönen dunklen Augen sind von Augenringen umschattet. Der Rabbiner und wir stehen auf, als sie hereinkommt. Er begrüßt sie mit einem Lächeln. Niemand könne verleugnen, sagt er, dass Rebecca Spanierin und die Frau des Rabbiners sei. Sie kommt auf uns zu, reicht Maria die Hand, setzt sich an ihre Seite und schiebt das auf dem Tisch liegende Gebetsbuch zu sich. Sie berührt den Deckel mit ihren Lippen, öffnet es, zeigt auf den Beginn eines Gebetes und sagt leise zu Maria gewandt: „Das ist der Beginn des wichtigen Gebetes, des ‚Schma Israel'. Ich werde die nächsten Tage mit dir lernen und möchte dich am Freitag als Tochter Israels unter dem Baldachin sehen. Wir haben hier im Haus in den oberen Stockwerken zwei Zimmer für euch vorbereitet. Im Stall hinter dem Haus ist Platz für euren Pferdekarren." Dann steht sie auf, nimmt Maria an die Hand und beide verlassen, wie in der Vertrautheit einer langen Freundschaft, den Raum.

Ich danke dem Rabbiner für seine Hilfe und im Überschwang küsse ich seine Hände, die er schnell wegzieht. Bevor ich zur Herberge zurückkehre, spricht Bonisak ein Thema an, das ihm scheinbar unangenehm ist. Seine Freunde hätten die Frage aufgeworfen, ob wir an die Gemeinde einen Obolus für Essen und Räumlichkeiten zahlen sollten. Er hat an einen Silbergulden gedacht. Ich nicke zustimmend und frage, ob ich nun von der Herberge unser Pferd mit Wagen holen dürfe, während die beiden Frauen miteinander lernen. Währenddessen kommen zwei ältere Herren in die Münzwerkstatt. Ich erhebe mich schnell, Bonisak eilt in die Werkstatt und bittet einen schmalen, bärtigen jungen Mann, mir die Stallungen zu zeigen. Wir gehen vom Laden durch das Treppenhaus in den Hof. In einem geräumigen Stall stehen mehrere Pferde und fressen aus großen Trögen. Unzählige Fliegen schwirren durch die Luft und es riecht scharf nach Pferdemist. Daneben steht ein kleiner Schuppen, in ihm ein eleganter zweiachsiger Wagen. Ich stelle mir daneben unseren schäbigen Ochsenkarren vor und lächle. Der junge Mann, den ich vom Gebet kenne, zeigt mir die Zufahrt von der Straße zum Hof und geht mit einer Mistgabel zurück in den Stall.

In der Herberge angekommen, zahle für die letzte Nacht und das Frühstück gestern, verabschiede mich von der Wirtin, hole aus der Kammer unsere wenigen Kleidungsstücke und gehe zum Stall. Im Wagen zähle ich die Stoffballen und streiche über die feinen Stoffe. Soweit in der Dunkelheit erkennbar, fehlt nichts. Der Stallknecht hilft mir, unser Pferd einzuspannen, und langsam lenke ich den Wagen auf die Straße bis zum Hof der Münzwerkstatt. Nun steht tatsächlich unser Ochsenkarren neben dem Wagen des Rabbiners und unser Pferd in seinem Stall. Es wird nun mehrere Tage ausruhen bis zur weiten und beschwerlichen Heimreise. Ohne zu verstehen warum, zieht es mich zurück nach München. Vielleicht stoßen wir auf den Weg zurück auf Süßkind.

Im Hof neben dem Brunnen sehe ich Maria stehen. Sie geht auf mich zu, blickt verstohlen nach allen Seiten und küsst mich. Gemeinsam betreten wir den Stall und Maria streichelt unser Pferd am Hals und an der Stirn. Ich sage: „Nun steht unser windschiefer Ochsenkarren neben dem eleganten Wagen des Rabbiners. Ich habe nachgezählt. Kein Stoffballen fehlt und ich bin überzeugt, wir haben gut eingekauft." Sie antwortet rasch: „Nach den Worten Rebeccas würden die Händler nach dem Mittagsläuten schnell ihre Buden abbauen. Es zöge sie in die Weinkeller. Deshalb müssten wir schnell zum Markt laufen."

Also gehen wir hinaus zur Straße, eilen vorbei an den stinkenden Metzgerbuden und erreichen bald die Gewürzstände fast am Ende der Straße. Einige der Buden waren schon verschwunden. Ich blicke fragend zu Maria, die mit einem Lächeln meint, nun sei die beste Zeit zum Einkauf, da die Händler liegen gebliebene Ware ungern nach Hause nähmen und nun preislich mit sich reden ließen. Sie trägt einen großen Jutesack und so gehen wir von Stand zu Stand, sie feilscht heftig, mitunter gibt es Streit. Sie hat den Geldbeutel unter ihrem Rock verborgen. Wenn sie zahlt, zieht sie heimlich die Münzen hervor. Die Gewürze werden vor dem Kauf unter den kritischen Blicken Marias gewogen und in Stoffbeuteln für den Transport aufbewahrt.

Ich liebe diese Gerüche, atmete sie tief ein, bin wie betäubt von den Aromen von Ingwer, Zimt, Lavendel, Nelken und Mandeln. Nachher versichert Maria lächelnd, dass wir die Ware in München zum mehrfachen Preis verkaufen könnten. Allerdings hätten wir für die Gewürze fast halb so viel wie für die Tuche bezahlt. Sie gibt mir den leichten Jutesack zum Tragen und so schlendern wir zurück zur Münzwerkstatt. Sie erzählt, wie wunderbar die Frau des Rabbiners sei. Seit dem Tod ihrer Mutter wäre keine Frau mit ihr so liebevoll und gütig umgegangen.

Durch den Hof gelangen wir in das Treppenhaus. In den oberen Geschossen befinden sich unsere getrennten Kammern, deren Schlüssel Maria schon vom Hausmeister bekam. Maria erzählt, dass Rebecca uns für das Abendessen nach dem Gebet eingeladen hat. Wir sollten uns am späten Nachmittag in der Synagoge einfinden.

Mein Zimmer ist klein. Neben dem schmalen Bett stehen ein Tisch mit einem Stuhl und ein wackliger Schrank. Vom schrägen Dachfenster bietet sich ein wunderschöner Ausblick bis in die Berge. Marias Zimmer darf ich nicht sehen und sie nicht besuchen. Die vom Rabbiner geforderte Enthaltsamkeit in den nächsten Tagen werde ich kaum ertragen. Nach einem kurzen Schlaf steige ich die Treppen hinab zum Gebetsraum. Ich bin einer der Ersten und setze mich auf den gleichen Platz wie gestern. Es dauert nicht lange, bis sich der Raum mit Betenden füllt. Frauen und Männer sitzen getrennt. Rebecca bittet Maria an ihre Seite. Aaron tritt an das Pult und singt mit heller Stimme die Gebete. Wir wiegen uns im Rhythmus der Melodien und ich denke an meinen Vater, an dessen Seite ich beinahe jeden Tag in der Synagoge stand und die gleichen Gebete sang und sprach wie an diesem Abend in Bozen. Den tiefen Schmerz über seinen frühen Verlust werde ich mein Leben lang ertragen müssen.

Nach dem Gottesdienst bittet uns Bonsiak in seine Wohnung. Sie liegt über der Synagoge. Seine Frau geleitet uns in das geräumige Esszimmer mit einem langen Tisch und mehreren Stühlen. Auf einer Anrichte gegenüber den beiden Fenstern steht ein großer, silberglänzender Leuchter mit flackernden Kerzen. Sie verbreiten ein unruhiges Licht. Der Tisch ist bereits gedeckt mit einem gefüllten Brotkorb und Bechern für Wein und Wasser. Neben jedem Holzteller liegt ein Holzlöffel. In der Mitte des Tisches steht eine große Schale mit dickem Hirsebrei und daneben auf einem Brett ein zerlegtes Huhn. Eine Tür öffnet sich und Aaron kommt herein. Der Rabbiner spricht nun den Segen über Wein und Brot, eine Dienstmagd verteilt das Essen. Es schmeckt köstlich. Nur das Huhn ist so scharf gewürzt, dass ich nach dem ersten Bissen fast an einem Hustenanfall ersticke. Der Rabbiner lächelt milde, füllt meinen Becher mit Wasser. Ich trinke, bis der brennende Schmerz in Mund und Rachen nachlässt, und wische die Tränen aus meinen Augen. Bonisak schaut mit gesenktem Blick auf Aaron und erzählt: „Meine Frau und ich haben den Jungen an Kindes statt angenommen. Gott hat uns keine Nachkommen geschenkt. Wir haben ihn, den kleinen Waisenjungen von der Straße aufgelesen. Nun sind viele Jahre vergangen und wir lieben Aaron innig." Er schaut verlegen, während Rebecca ihm freundlich zulächelt.

Nach dem Essen blickt Bonisak zu Maria, schweigt einige Sekunden und erzählt dann leise, der Synagogenvorstand hätte mit ihm nach dem Morgengebet über unsere Pläne gesprochen und befürchtet, dass der Übertritt einer Christin zum Judentum in unserer Stadt von den Mönchen, so sie davon erführen, als Frevel am Christentum gebrandmarkt würde. Er glaube, dass selbst der Schutz des Grafen die Wut des primitiven Pöbels nicht aufhalten könne. Maria erwidert sofort, um dieser Gefahr aus dem Weg zu gehen, könne sie auch gerne Christin bleiben.

Nach einer kurzen Pause ergreift die Frau des Rabbiners das Wort: „Maria hat mir ein Geheimnis anvertraut. Ihr Vater hatte nach Erzählungen ihrer Mutter jüdische Verwandte, wen auch immer. Maria musste versprechen, dieses Geheimnis niemals preiszugeben. Also bist du jüdisch, Maria, zumindest in den Augen deiner Feinde, aber auch in meinen. Ihr werdet morgen den Bund der Ehe schließen. Meine Großmutter in Spanien sang oft ein Lied, in dem es im Refrain hieß, wenn der Messias kommt, werden sich Christen und Juden im neuen Tempel friedlich vermählen. Geheiratet wird morgen Nachmittag. Wir und ein frommer Mann werden eure Trauzeugen sein." Ihren Blick nur auf Maria gerichtet, sagt sie: „Vorher, gleich nach dem Morgengebet gehen wir zusammen in die Mikwe. Um jegliches Gerede zu vermeiden, solltet ihr am Tag darauf am frühen Morgen abreisen. Offiziell kannte mein Mann deinen Vater, deshalb seid ihr unsere Gäste gewesen." Zum Nachtisch gibt es noch süßen Mandelkuchen. Dann erhebt sich der Rabbiner, Maria und ich danken für das Essen und wir gehen in unsere Zimmer.

Ich stehe am Fenster, nachdem ich den Kerzenhalter mit der brennenden Kerze auf den Nachttisch gestellt hatte, und blicke lange auf das vom Mondlicht beschienene Gebirge. Maria und ich werden heiraten und sie wird meinen Namen tragen. Sie ist mutig, setzt sie sich doch der Gefahr aus, als Jüdin verfolgt zu werden. Was ist unser Leben vor Gott wert, wenn wir nur wegen des Glaubens vogelfrei sind? Während dieser düsteren Gedanken öffnet sich die Tür und Maria kommt langsam hereingeschlichen. Sie schmiegt sich von hinten eng an mich, ich spüre an meinem Rücken ihre Brüste und ihren Bauch und drehe mich langsam in Tuchfühlung zu ihr. Sie küsst mich lange und innig, bis wir voneinander ablassen und uns tief in die Augen schauen. Ich frage sie: „Willst du das wirklich? Du bist dann die Frau von Jakov Ben Nathan und dein Leben ist fortan gefährdet wie meines. Ich liebe dich und würde mir nichts mehr wünschen als dies." Sie antwortet: „Als Tochter einer Hexe mit jüdischer Verwandtschaft und als Frau war ich auch vorher Freiwild. Du musst nur versprechen, mir etwas Schreiben und Lesen in Latein und Hebräisch zu lehren und mich zu lieben wie bisher. Verzeih, dass ich dir nicht von meiner jüdischen Verwandtschaft erzählte. Ich dachte, es sei nicht wichtig und wollte es auch nicht glauben." Ich lächle und nicke und zeige auf mein Bett. Sie dreht sich zur Tür und sagt lächelnd im Schein der Kerze, bis zur Hochzeit müssen wir, so die Frau des Rabbiners, auf Liebe verzichten.

Am nächsten Morgen kommen wir früh in die Synagoge zum Morgengebet. Es ist Donnerstag und es wird aus der Thora gelesen. Nach dem Gebet der 18 Segenssprüche nimmt ein weißbärtiger, älterer Herr im schwarzen Rock eine Thorarolle aus dem Schrein und entrollt sie auf dem Pult, bis er die Stelle für diesen Tag gefunden hat. Zu Verlesung einzelner Teile des Wochenabschnittes werden Betende aufgerufen. An dritter Stelle darf ich zur Thora. Ich sage einen Segensspruch. Der Thoravorleser zeigt mit einer winzigen Hand an einem silbernen Stiel auf die hebräischen Buchstaben und liest laut vor. Er beendet den kurzen Abschnitt und fragt nach den Namen meiner Familie, um für sie Gesundheit und Segen zu erbitten. Da sie alle von uns gegangen sind, nenne ich mit Tränen in den Augen den Namen von Maria und den meines Onkels in Ulm.

Nach dem Gottesdienst verschwinden Rebecca und Maria im Keller des Hauses in der Mikwe, während mir Bonisak in der Werkstatt ausführlich die Kunst der Münzprägung erläutert. Auch in München gab es eine Münzwerkstatt und Geldleihe, deren Besitzer allerdings in den Flammen umgekommen ist. Anschließend besuche ich unser Pferd im Stall, das freudig wiehert und mit dem Kopf wiegt, als es mich sieht. Ich steige in den Wagen und streiche mit einer Hand sanft über die weichen Stoffe.

Dann laufe ich über den Hof zurück in das Treppenhaus und sehe Maria und die Frau des Rabbiners über die Kellertreppen nach oben steigen. Marias rötliches Haar ist nass und sie trägt das lange, dunkelblaue Samtkleid. Rebecca sagt, sie müsse eine ältere Dame besuchen, deren Mann verstorben sei. Mir zugewandt, mit einem Augenzwinkern meint sie beiläufig, wir hätten etwas vergessen. Dann steigt sie schnell die Treppen empor zu ihrer Wohnung. Ich blicke fragend zu Maria, die grinsend auf ihren Ringfinger zeigt.

Wir verlassen das Haus, treten hinaus auf die Straße und finden nach Rebeccas Beschreibung schnell den Laden des Goldschmieds. Er befindet sich unweit der Münzwerkstatt in einem Hinterhof. Die Tür ist geschlossen und wir klopfen an. Ein Mann öffnet die schwere Holztür zur Werkstatt. Er trägt einen langen, schwarzen Bart, eine blaue Samtkappe und hat eine abgewetzte Lederschürze umgebunden. Gegenüber der Tür lodert ein offenes Feuer unter einem Kamin. Davor steht ein massiver Holztisch, auf dem verschiedene Goldschmiedehammer, Stichel und Feilen liegen. In einem Regal sind mehrere Silberleuchter, kunstvoll verzierte Dosen und mit Edelsteinen besetzte Becher ausgestellt. Habe ich diesen Mann nicht schon in der Synagoge gesehen? Mit einem freundlichen Lächeln fragt er, womit er uns dienen könne. Ohne Zögern sagt Maria: „Wir wollen heiraten und suchen nach Eheringen. Die Frau des Rabbiners hat uns eure Werkstatt empfohlen." Er geht zu seinem Tisch, schiebt das Werkzeug zur Seite und entrollt ein grünes Leinentuch. Dann nimmt er aus einer Schublade einen kleinen Stoffbeutel, öffnet ihn und mehrere kleine, goldene und silberne Ringe fallen auf das Tuch. Er holt zwei Stühle, wir setzen uns und betrachten neugierig die Schmuckstücke. Am Ende finden wir zwei einfache, schöne, schmale Silberringe. Maria fragte nach dem Preis. Nach kurzer Diskussion einigen sie sich auf einen halben Gulden. Ich frage den Goldschmied, wie schnell er die Ringe anpassen könne, denn wir wollen schon morgen früh unsere Rückreise nach München antreten. Er lächelt, stellt sich als „Daniel der Franzos" vor, sagt, er sei ein enger Freund des Rabbiners und würde nachher zur Trauung kommen. Bis dahin hätte er die Ringe auf die richtige Größe gebracht und beginnt sogleich, das Silber zu bearbeiten.

Wir verlassen seine Werkstatt, während das Mittagsläuten erklingt, und schlendern auf der unbelebten Straße, auf der gestern während des Marktes kaum ein Durchkommen war. Bald sehen wir schräg gegenüber eine Kirche und daneben ein weitläufiges Anwesen. Einige Mönche verlassen das Haus. Das könnten Dominikaner sein, erklärt Maria, und als wir vor der Kirche stehen, beginnt sie sich nach alter Gewohnheit zu bekreuzigen, hält mittendrin inne und zückt mit einem fragenden Blick ihre Schultern. Auf dem Rückweg zur Münzwerkstatt kaufen wir in einer Bäckerei köstliches Früchtebrot.

Maria und Jakov heiraten

Am frühen Nachmittag betreten wir die Synagoge. Die Frau des Rabbiners erwartet uns bereits. Sie steckt auf Marias Haaren einen weißen Schleier fest, der zu Beginn der Zeremonie ihr Gesicht verbergen wird. Inmitten des Raumes haben sie eine Chuppa aufgebaut. An vier am Boden befestigten Holzstangen ist ein Dach aus einem dunkelblauen Samtstoff aufgehängt. Nun kommen der Rabbiner und Aaron. Ich bin aufgeregt. Meine Hände zittern. Ist es richtig, wenige Monate nach dem furchtbaren Tod meiner Eltern zu heiraten? Die Frau des Rabbiners spürt meinen Zweifel, kommt auf mich zu, nimmt mich zur Seite und sagt leise. „Es gibt kein Gesetz dieser Welt, das dir in deiner Verzweiflung das Glück einer Ehe, noch dazu mit deiner geliebten Maria, verbieten könnte." Ich bin ihr dankbar, während das ernste Gesicht meiner Mutter schemenhaft an mir vorüberzieht. Maria kommt auf uns zu und zeigt auf den Goldschmied, der soeben eingetreten ist und mir sogleich die beiden Ringe überreicht.

Nun beginnt die Zeremonie. Die Frau des Rabbiners begleitet Maria, Aaron und mich zum Baldachin. Wir begeben uns mit Bonisak darunter. Der Schleier bedeckt Marias Gesicht. Sie umkreist mich zunächst auf Anweisung des Rabbiners siebenmal. Dann füllt er einen silbernen Becher mit Wein und spricht den Segen. Maria hebt ihren Schleier und beide nehmen wir einen Schluck. Bonisak bittet mich, den Ring über den Finger der Braut zu streifen. Dann sage ich: „Durch diesen Ring seiest du mir angelobt nach dem Gesetz von Moses und Israel." Nun verliest er den Ehevertrag zwischen dem Brautpaar und Aaron singt die sieben Segenssprüche für die Trauung. Wir trinken wieder vom gesegneten Wein. Rebecca reicht mir einen in ein Tuch gehüllten Becher, den ich auf den Boden lege und darauf trete. Dieser Brauch erinnert an die Zerstörung des Tempels in Jerusalem und die Zerbrechlichkeit des Glücks. Nun sind wir verheiratet und ich darf meine Frau Maria küssen.

Gemeinsam begeben wir uns zu Tisch. Ich sitze neben meiner Braut zur Rechten, neben ihr Rebecca und an meiner Seite der Rabbiner, neben ihm Aaron und der Goldschmied. Vor uns liegt die Ketubba, der Ehevertrag, den die beiden als Trauzeugen in hebräischer Schrift unterzeichnen. Der Rabbiner reicht allen Wein und Brot und Aaron singt in einer feierlichen Melodie den Segen darüber. Nun kommt eine Magd und bringt eine Platte mit gebratenen Forellen und einen Teller mit gekochtem Kohlrabi und Lattich. Während der Rabbiner den Fisch zerlegt, erzählt er, dass sie wöchentlich die Fische von den Dominikanermönchen kaufen, die sie an einer geheimen Stelle an der Eisack nahe bei Bozen fischen würden. Ich blicke auf Maria, die in ihrem blauen Kleid und mit dem glänzenden Ehering an ihrem Finger neben mir sitzt und gerade vorsichtig eine Gräte aus ihren Mund zieht. Ich sage, wie unendlich glücklich ich sei, auch wenn diese Trauung unter widrigen Umständen in einem kleinen Kreis stattgefunden hätte. Wir umarmen uns kurz und blicken zum Rabbiner, der ankündigt, einige Worte sprechen zu wollen. Zunächst sagt er zu Maria, dass sich ihr Name vom hebräischen Mirjam ableite, in biblischen Texten das Wort für Meeresstern. Er führt aus, wir sind nun Mann und Frau und ich sollte nochmals genau den Ehevertrag lesen, in dem meine Pflichten Maria gegenüber ausführlich aufgeschrieben sind. Er sei dankbar, dass er Maria und Jakov, die unter tragischen Umständen zu Waisen wurden, trauen durfte.

Es ist schon später Nachmittag. Zunächst bauen wir gemeinsam die Chuppa ab, verstauen die Stangen in einer kleinen Kammer, Maria und Rebecca falten die Stoffbahnen des Baldachins und bringen den Samt in die Wohnung nach oben. Dann beginnen die Abendgebete. Ich sage mit anderen Trauernden das Kaddisch. Wir verabschieden uns herzlich von dem Rabbinerpaar, von Aaron und vom Goldschmied, der Maria nach dem Essen noch eine Silberkette mit einem kleinen Davidstern schenkte. Es ist ein schwerer Abschied, als würden wir zu nahen Verwandten für immer Lebewohl sagen.

Maria hatte vorhin schon ihre Kleidung in meine Kammer gebracht. Wir sind nun verheiratet und dürfen offiziell im gleichen Bett schlafen. Sie erzählt, dass sie vorhin Rebecca den Silbergulden gab. Zum Abschied schenkte ihr die Frau des Rabbiners ein in Venedig gekauftes, grünes Leinenkleid.

Dies ist nun unsere Hochzeitsnacht und wir lieben uns lange und leidenschaftlich. Ich vermisse Süßkind, denke an unsere Dreierliebe, an die paradiesischen Stunden an den Flüssen.

Wir schlafen wenig und dennoch, bei den ersten einfallenden Lichtstrahlen steige ich aus dem Bett und wecke Maria. Sie blickt mich mit halb geschlossenen Augen müde an. Ich sehe fasziniert durch das Fenster auf das Gebirge, das in der Morgensonne rötlich leuchtet. Wir sammeln unser spärliches Reisegepäck, laufen die Treppen hinab und gelangen in den Hof. Dort sprudelt aus einem kleinen Brunnen nahe der Hauswand frisches Wasser. Wir trinken davon und waschen uns. Der Hausknecht kommt und hilft, das Pferd einzuspannen. Die Magd von gestern Abend eilt herbei, lächelt und gibt Maria einen Korb mit Reiseproviant.

Rückfahrt

Wir steigen auf, ich ziehe kurz am Zügel, unser Pferd hat die Befehle nicht vergessen und es beginnt, den Wagen in langsamem Schritt zu ziehen. Auf der Straße biegen wir in westliche Richtung, passieren die Herberge mit dem Elefanten auf dem Schild. Uns weht ein warmer Wind entgegen und bald treffen wir auf eine Straße in nördliche Richtung. In Sichtweite stehen vereinzelt kleine Holzhütten. Den Weg säumen bunte Wiesen mit Obstbäumen und Weinreben. Mimi trabt eilig voran und ich sehe, wie sie die kühle Luft des Morgens tief einatmet und ihren geschmeidigen Körper nach Tagen der Rast in dunklen Ställen mit Freude bewegt. Maria ist eingeschlafen. Ihr Kopf ruht auf meiner Schulter, während ich einen Arm um ihre Taille gelegt habe. Die Straße steigt nun langsam an und rechts ragen steile, hohe Felswände empor. Sie sind so nah, dass ich sie, hinausgebeugt, berühren könnte. Unser Pferd läuft wegen der Steigung nur noch im Schritt. Als die Sonne schon kräftig auf unseren Nacken brennt, erreichen wir eine Anhöhe. Von hier bietet sich ein schöner Ausblick in ein kleines Tal mit einem Wald von Tannen und Fichten und einem kleinen, tiefblauen See. Die Straße ist nun leicht abschüssig. Das Pferd läuft schnell im Trab. Nach einer Biegung sehe ich eine Schranke vor uns und bremse das Pferd und den Wagen mit lauten Befehlen und einem starken Anziehen der Zügel. Kurz vor der Schranke kommen wir zum Stehen. Maria ist durch das starke Rütteln des Wagens während des Bremsmanövers aufgewacht und blickt mich erstaunt und verschlafen an. Aus einem kleinen Wachhaus auf der felsigen Wiese unweit der Schranke kommen zwei Männer auf uns zugelaufen. Sie tragen abgewetzte Lederhosen, Lodenjanker und Hüte mit langen geschwungenen Vogelfedern. Mit ihren dunklen Augen und dichten schwarzen Bärten könnten sie Brüder sein. Ich steige vom Wagen ab und bitte, die Schranke zu öffnen, da wir weiterfahren wollen. Sie lachen spöttisch und sagen, wir hätten für das Herzogtum Tirol und den hiesigen Grafen Wegezoll zu entrichten. Der größere von den beiden steigt, ohne zu fragen, in den Wagen und betrachtet den Inhalt. Er zählt die Stoffballen und nimmt für sich und seine Kollegen von unserem Reiseproviant mehrere Scheiben Brot und zwei Äpfel. Maria hat zwischenzeitlich den Wagen verlassen und ich flüstere ihr zu, dass wir unter keinen Umständen mit ihnen streiten sollten. Maria fragt lächelnd, ob sie noch ein kleines Stück vom Braten wollten. Ohne ihre Antwort abzuwarten, steigt sie zurück in den Wagen und schneidet zwei dicke Scheiben vom Fleisch ab. Nun sitzen die beiden im Gras und essen laut schmatzend von unseren Vorräten. Ich frage die beiden, wie viel Wegezoll wir zu bezahlen hätten. Der eine sieht mich mit vollem Mund an, schluckt das Essen hinunter, hebt seine Hand und streckt drei Finger nach oben. Maria öffnet die beiden oberen Knöpfe ihres Kleides, tritt nahe an sie heran und sagt lächelnd: „Wir können Euch nur zwei Kreuzer zahlen. Das ist der Rest von unserem Gelde. Außerdem habt Ihr für mehr als einen Kreuzer von unserem Essen genommen. Lasst uns endlich weiterfahren. Wir haben vor einigen Tagen geheiratet und sind auf Hochzeitsreise." Beide beginnen laut zu lachen. Der größere der Männer gibt mir unvermittelt mit der flachen Hand einen harten Schlag auf den Hinterkopf. Ich sacke zusammen und verliere für einen kurzen Augenblick das Bewusstsein. Maria richtet mich mit beiden Händen auf, ich öffne die Augen und sehe nur verschwommen, wie Maria den Männern die Münzen reicht. Die Mordgesellen öffnen hämisch feixend die Schranke, Maria hilft mir in den Wagen, zieht an den Zügeln und unser Pferd fällt auf der ebenen Straße in einen schnellen Trab. Mein Kopf schmerzt. Um nicht zur Seite zu fallen, umklammere ich mit beiden Händen die Bank. Bald kann ich mit Mühe aufrecht sitzen, der Schmerz jedoch hämmert weiter in meinem Schädel.

Als die Sonne bereits hoch am Himmel steht und aus der Ferne leises Mittagsläuten tönt, lenkt Maria den Wagen auf einen kleinen Weg, der an dem See endet, den wir heute Morgen von der Anhöhe aus sahen. Sie bringt das Pferd nahe an einem Baum zum Stehen, bindet es fest, ich steige vom Wagen, lege mich sofort ins Gras, um mich dreht sich alles und ich schlafe schnell ein. Das laute Rufen eines Vogels weckt mich. Ich spüre meinen Kopf in Marias Schoß liegen, sie streicht zärtlich über mein Haar. Die Schmerzen haben kaum nachgelassen.

Auf einem Holzteller neben mir liegen einige Scheiben Brot und etwas vom Braten. Nachdem ich gegessen hatte, stehe ich langsam auf und sehe in der flimmernden Luft die glänzende Oberfläche des Sees. Maria meint, ich sollte zum Wasser gehen, vielleicht vertreibt es den Schmerz. Zunächst wankend, dann zunehmend sicher auf den Beinen nähere ich mich dem Seeufer. Ich setze mich langsam auf die Kieselsteine und strecke meine Beine, bis meine nackten Füße vom Wasser umspült werden. Es ist kalt und belebend und ich atme die frische Seeluft tief ein. Es geht mir besser. Ich entkleide mich, stehe auf und gehe einige Schritte in den See, bis das Wasser meine Hüften umspült. Es ist glasklar. Ich sehe bis auf den Grund und beobachte einen Schwarm kleiner durchsichtiger Fische, wie er an meinen Beinen, ohne mich zu berühren, vorüberzieht. Maria ruft nach mir, ich wate zum Ufer, streife Hose und Hemd über und kehre zum

Wagen zurück. Mein Gang ist wieder sicher, die Kopfschmerzen werden mich sicherlich noch mehrere Tage quälen. Am Hinterkopf fühle ich eine kleine Platzwunde. Maria gibt mir aus ihrem Kräuterbeutel einige Blätter zum Kauen, die schmerzlindernd sein sollen.

Es ist schon später Nachmittag und sie mahnt zur Eile. Sie gibt dem Pferd noch etwas Hafer und frisches Wasser aus einer Schüssel. Auf der Straße fahren wir weiter in den Norden. Zunächst ist unser Weg noch eben und wir kommen schnell voran. Bald sehen wir nur die Berge vor uns und die Straße nimmt an Steigung zu. Das Pferd hat Mühe, voranzukommen. Die Sonne verschwindet nun vollends hinter den hohen Felswänden. Es ist später Nachmittag. Einige Reiter überholen uns schnell und grußlos. Vor uns fährt noch langsamer als wir ein voll beladener Heuwagen. Maria übergibt mir die Zügel. Sie steigt aus dem Wagen und läuft nach vorn zum Bauern. Nach einer Weile kommt sie zurück und erzählt, bei Einbruch der Dunkelheit würden wir seinen Hof erreichen und könnten dort über Nacht bleiben. Dafür müssten wir ihm helfen, das Heu in den Stall zu verladen. Marias Medizin hat meinen Kopfschmerz fast vertrieben. Sie sitzt zufrieden neben mir, ignoriert nun die tiefen Felsschluchten neben der Straße, die sie zunächst in Panik versetzten. Weil die Räder des Heuwagens dem Straßenrand oftmals bedrohlich nahekommen, versuche ich, unseren Wagen möglichst in der Mitte zu halten.

Maria erzählt von dem Gespräch mit dem Bauern. Zunächst hätte sie schnell erkannt, dass wir seinen Heuwagen wegen der steilen, engen Straße nicht überholen könnten. Er fragte sie, wie viele Personen wir wären, und ich erzählte von dir und dass wir geheiratet hätten. Dann meinte er: „Wenn ihr schon in Bozen wart, dann wurdet ihr sicherlich in der Kirche der Dominikanermönche getraut." Mein Schweigen verstand er als Zustimmung und fügte an: „Als fromme Christenmenschen dürft Ihr gerne mit Eurem Wagen auf meinem Hof übernachten." Ich lächele und mir kommt die jüdische Verwandtschaft von Maria in den Sinn. Sie spürt schnell, welche Frage mir auf den Lippen liegt und sagt: „Die Frau des Rabbiners befragte mich wiederholt nach jüdischen Verwandten. Mein Aussehen sei sehr jüdisch. Eine ferne Erinnerung tauchte auf, die ich lange verdrängte. Als Geheimnis, das niemals ausgesprochen werden dürfe, offenbarte Mutter, dass mein Vater und sein Bruder vermutlich jüdische Wurzeln hätten. Ich erinnere mich undeutlich an das Gespräch, aber es wird so gewesen sein. Den Bauern sollten wir in seinem Glauben belassen." Ich blicke angestrengt im Dämmerlicht auf die Straße, meine Kopfschmerzen melden sich zurück und fühle das rechte Augenlid, wie es nervös zuckt. Als Junge war ich oft krank, hustete unablässig einen ganzen Winter und nach der Rückkehr von einer Reise nach Regensburg schwollen meine Augen an und ich fürchtete zu erblinden. Meine Mutter lächelte darüber und meinte, anstatt mich zu trösten, ich sei im Gegensatz zu meinem Vater sehr empfindlich.

Die Luft wird kühler, die Straße führt mit großer Steigung nach oben und die Pferde haben große Mühe, weiterzukommen. Der Bauer und ich gehen nun neben den Tieren und ermuntern sie mit Pfeifen und Befehlen zum Weiterlaufen. Endlich erreichen wir eine Spitzkehre, nach der die Straße eben entlang einer hohen Felswand führt, von der das Schlagen der Pferdehufe gespenstisch widerhallt. Im Wagen nehme ich die Zügel, unser Pferd trottet tapfer weiter, Maria zeigt auf vogelähnliche Tiere, die mit hoher Geschwindigkeit von der Felswand herabstürzen, fast den Boden berühren und dann in einem weiten Bogen wieder emporschnellen. „Das sind Fledermäuse", sage ich zu Maria, wie ich sie bei den Spaziergängen mit meinem Vater in den Isarauen in der Abenddämmerung oft gesehen hatte.

Die Nacht ist nun angebrochen, die ersten Sterne leuchten schwach am Himmel. Die Straße lässt die bedrohliche Felswand hinter sich und ist nun umgeben von weiten, hügeligen Wiesen. In der Ferne erkenne ich undeutlich die Umrisse von kleinen Berghütten. Der Bauer winkt uns zu, ihm zu folgen, nachdem er rechts in einen kleinen Weg eingebogen war. Sein Pferd, das scheinbar den heimischen Stall spürt, wird schneller und wir haben Mühe, ihm zu folgen. Bald tauchen im spärlichen Mondlicht die Umrisse zweier Holzhütten auf. Als der Bauer sein Pferd schon abgehalftert hat, bringen wir Mimi neben seinem Wagen zum Stehen. Aus dem Haus kommt ein kleiner Junge gelaufen und stellt sich an seine Seite. Wir befreien unser Pferd von seinem Geschirr und binden es an einem Pfosten vor dem Stalleingang fest. Der Bauer reicht uns zwei Heugabeln, der Junge steht auf dem Wagen und hält die Strohballen hoch. Wir stechen hinein und tragen sie in den Stall. Der Bauer übernimmt das Stroh und lagert es hinter einer Holzwand. Nach getaner Arbeit bittet er uns in seine Stube. Zwei Öllampen geben nur spärliches Licht. Wir stehen in einem kleinen Raum mit offener Feuerstelle, darüber der Kamin, der durch das Hausdach führt. In der Mitte steht ein Tisch mit einigen Stühlen. Im Schein der Öllampe sehe ich das zerfurchte Gesicht des Bauern. Er blickt mich mit geneigtem Kopf an. Sein linkes Ohr fehlt und das Gesicht ist an dieser Stelle vernarbt. Der Junge drängt sich eng an Maria, die ihm zärtlich über sein Haar fährt. Wir setzen uns, er schüttet Wasser in einige Becher, verteilt frisch geschnittenes Brot. Auf dem Tisch steht eine kleine Holzschale mit Schweineschmalz. Während er und sein Sohn ein Tischgebet sprechen und sich bekreuzigen, geht Maria in unseren Wagen und bringt einigen Scheiben vom Braten. So sind wir unbemerkt dem Gebet entkommen. Das Schweineschmalz können wir nicht zurückweisen und bestreichen damit das trockene Brot. Das Fleisch haben der Bauer und sein Sohn sehr bedächtig gegessen, uns bleibt eine halbe Scheibe. Dann beginnt der Mann zu erzählen. So einen Braten hätten sie zuletzt vom Grafen von Tirol bei einem Erntedankfest bekommen. Einige Monate später sei seine Frau mit dem Neugeborenen am Kindbettfieber verstorben. Gott habe sie einer schweren Prüfung unterzogen. Er bekreuzigt sich abermals und ich bewundere seine Gottesfürchtigkeit angesichts des schrecklichen Verlusts von Frau und Kind. Seit meine Eltern ermordet wurden, hadere ich mit meinem Glauben. Der Rabbiner in Bozen spürte dies und versuchte, mich durch die Hochzeit mit Gott zu versöhnen.

Da es schon spät ist und morgen ein beschwerlicher Tag bevorsteht, stehen wir auf und nehmen Abschied. Der Bauer überlässt uns seinen Stall als Nachtlager. Wir liegen auf dem frisch duftenden Heu, versinken darin, sind eng umschlungen und lieben uns. Gegenüber steht ein Pferd und daneben zwei Ziegen und eine Kuh.

Am frühen Morgen, als der Hahn kräht und durch die Holzritzen das Licht der Morgendämmerung dringt, erwache ich und spüre Maria an meinem Rücken. Ich hätte anderes im Sinn, dennoch wecke ich sie und wir verlassen den Stall, der noch nach frischem Heu, Blumen und Dung riecht, und gehen hinaus auf den Hof. Maria füttert unser Pferd und befestigt den vollen Hafersack. Der Bauer kommt, reinigt den Stall und fährt mit einem Schubkarren den Dung zum stinkenden Misthaufen im Hof.

Neben der Eingangstür zum Wohnhaus steht ein Brunnen. Wir waschen uns dort und tränken das Pferd. Der Junge geht zu Maria, drängt sich an ihre Seite. Er blickt ihr ins Gesicht und ich höre ihn mit Tränen in den Augen von der Sehnsucht nach seiner Mutter erzählen. Er fragt Maria, ob sie nicht seinen Vater heiraten wolle. Sie zeigt ihm lächelnd ihren Ehering und deutet auf mich. Später im Wagen wird sie erzählen, wie sie den Jungen mochte und Mitleid mit ihm hatte. Gerne hätte sie selbst Kinder. Wir verabschieden uns, Maria drückt den Jungen, ich klopfe dem Bauern auf die Schultern, wir spannen das Pferd ein und steigen in den Wagen. Als wir wegfahren, höre ich ihn das Vaterunser sprechen. Wie oft am Tag muss er sich seines Glaubens versichern?

Der Weg vor uns führt von einem steilen Berghügel über mehrere Spitzkehren abschüssig zur Landstraße. Diese ist leicht ansteigend und das ausgeruhte Pferd zieht uns im leichten Trab nach Norden. Auf den saftigen Wiesen zu beiden Seiten wachsen Blumen in vielen leuchtenden Farben. Es ist später Morgen, am Himmel ziehen einige harmlose Wolken auf. Maria klettert in den hinteren Wagen, versteckt dort Münzen und Schmuckstücke, die sie in ihrem Rock verborgen trug, lehnt sich mit ihrem Rücken an die Stoffballen und streckt ihre Füße nach vorn. Sie singt zunächst leise ein Kinderlied, bis sie bald einschläft. Die Straße führt weiter nach oben und für eine kurze Strecke durch eine dunkle Schlucht. An beiden Seiten stehen hohen Felswände. Sie verschwinden bald, es wird heller und die Straße durchschneidet ein weites Feld mit dünnen Gräsern, Felsbrocken und viel Geröll. Letzte schmutzige, kleine Eisbrocken schmelzen in der Sonne des Sommers dahin.

Sie erwärmt die kühle Gebirgsluft. In der Ferne erkenne ich die Umrisse einer Schranke. Sie scheint geöffnet. Als wir näherkommen, sehe ich dort ein Fuhrwerk stehen und höre einige Männer wild gestikulierend laut sprechen. Bisher haben sie unseren Wagen im Streit nicht bemerkt. Maria ist zwischenzeitlich aufgewacht und kniet im Wagen hinter mir. Sie drückt meinen Oberarm fest und ruft laut, wir sollten die offene Schranke ohne Aufhebens schnell durchfahren. Ich halte unser Pferd zu einem rasanten Trab an. Es folgt verlässlich, in wenigen Sekunden lassen wir diesen Wachposten hinter uns und vermeiden viel Ärger. Die Männer hatten uns bemerkt und begleiten unsere Flucht durch die geöffnete Schranke mit groben Flüchen. Als sie aus unserem Blickfeld verschwunden sind, kommt Maria nach vorn und lächelt zufrieden.

Wir verlassen die höchste Stelle des Gebirgspasses und fahren auf abschüssiger Straße zügig talwärts. Als die Mittagssonne hoch am Himmel steht, erkenne ich zur Linken die Herberge „Am Brenner". Maria und ich wechseln einige Blicke. Ich denke an die überstürzte Flucht, nachdem ein Grobian versucht hatte, Maria zu vergewaltigen. Ihr verletztes Auge ist vollständig genesen. Sie lächelt verhalten und sagt, sie fürchte sich vor diesem Ort, und weigere sich, ihn zu betreten. Darauf lenke ich den Wagen zum Gasthaus und bringe ihn nahe vor dem Eingang an einer Tränke zum Halten. Bereits mehrere Fuhrwerke stehen auf dem Hof, auf dem sich ein buntes Völkchen trifft. Einige Männer und Frauen schlagen sich in die Büsche hinter dem Haus. Maria wartet im Wagen und ich gehe mit einer Holzschüssel unter dem Arm. Als ich eintrete, kommt mir bald der Wirt entgegen. Ich erkenne ihn mit seinen schwarzen Haaren, der braunen Kappe und der grünen, fleckigen Schürze. Fast alle Tische sind besetzt, es ist weniger laut als an jenem Abend, als wir fluchtartig diesen Ort verließen. Ein wunderbarer Duft von Braten und Speck durchzieht die Schenke. Der Wirt fragt freundlich nach meinen Wünschen und ich bitte ihn, die Schüssel mit Speckknödel und Soße zu füllen. Nach einer Weile kommt er mit der vollen, dampfenden Schüssel zurück. Ich zahle ihm einen Kreuzer. Er blickt dabei mürrisch. Er hatte wohl mehr erwartet. Ohne ein Wort zu sagen, verlasse ich die Wirtsstube und gehe zu unserem Wagen. Maria hatte inzwischen das Pferd getränkt. Wir verstauen unser Mittagessen. Gewissensbisse befallen mich. Wir hätten diesen unsäglichen Ort meiden sollen. Auf der Straße fahren wir über Serpentinen weiter bergab. Bald finde ich einen kleinen Weg, der von der Straße abschüssig zu einem Waldrand abzweigt. Dort halten wir an, binden das Pferd fest, ohne es vom Geschirr zu befreien. Wir setzen uns ins Gras und löffeln aus der Schüssel. Ich sage zu Maria, dass wir den Speck nicht essen dürften. Sie sieht mich fragend an und sagt, sie hätte nicht alle christlichen Regeln befolgt und würde es mit den jüdischen Vorschriften genauso halten. Die Knödel waren schnell vertilgt und die Diskussion darüber müßig.

Nach einem kurzen Mittagsschlaf und nachdem unser Pferd vom saftigen Gras gefressen hatte, setzen wir unsere Fahrt fort. Die Straße ist weiter abschüssig, unser Pferd läuft im Trab und bei dieser schnellen und holprigen Fahrt fürchte ich, die Räder des Wagens könnten brechen. Bisher erwies sich der in einem Kloster gebaute Ochsenkarren als stabil. Dennoch, diese Ängste erfassen mich, als wir gerade an einem Gefährt vorbeifahren, das mit einem zerborstenen, großen Speichenrad im Straßengraben liegt. Wir sehen einige Menschen ratlos umherstehen. Um einer möglichen Gefahr aus dem Weg zu gehen, halten wir nicht an und setzen unsere Fahrt fort. Ich frage Maria und mich selbst, ob wir nicht umkehren und helfen sollten. Sie überlegt kurz und erwidert etwas spitz, ob ich ein Wagenrad reparieren könne, sie jedenfalls nicht.

Am frühen Nachmittag erblicke ich in der Ferne an der rechten Seite den mächtigen Felsen mit der Burg Tirol. Erinnerungen werden wach. Wir lassen das Dorf hinter uns. Wenn wir im gleichen Tempo wie bisher bis in die späte Nacht vorankommen, hätten wir einen großen Teil der Bergstrecke bewältigt. Selten überholt uns ein Reiter, andere Fuhrwerke haben wir an diesem Nachmittag auf der Straße nicht gesehen. Es ist kühl geworden und wir vermissen die Wärme Bozens. Nach einigen Stunden Fahrt bin ich müde und Maria übernimmt die Zügel. Ich lege mich auf die Stoffballen im Wagen und schlafe bald ein. Nach einer Weile erwache ich und höre leises

Wasserrauschen. Maria blickt zu mir und ich setze mich neben sie auf die Kutschbank. Neben der Straße fließt ein Bach in nördliche Richtung. Für wenige Augenblicke glitzert das Wasser im Licht der Abendsonne durch das hohe Gras. Wir muten unserem Pferd noch einige Stunden Fahrt bis zum Anbruch der Nacht zu. Es dämmert bereits, das Pferd ist müde und wird zunehmend langsamer.

Wir lenken Mimi auf die Wiese bis zu einer kleinen Gruppe von hohen Büschen am Rande des Flussufers, befreien sie vom Geschirr und binden sie fest. Ich höre entfernt den Wellenschlag des Wassers. Die Luft ist erfüllt vom Geruch verbrannten Holzes, vielleicht von einem noch nicht ganz erloschenen Lagerfeuer. Nach der langen Fahrt sind wir hungrig und durstig. Bevor wir uns zum Essen auf die Decke setzen, läuft Maria zum Ufer, um Wasser zu holen. Schnell kommt sie mit einem vollen Krug zurück, erzählt erstaunt, dass der Bach an dieser Stelle sich zu einem stattlichen Fluss ausgeweitet hätte und der Brandgeruch am Wasser noch beißender sei. Wir sitzen im Gras und essen von den Resten unseres Reiseproviants. Maria bereitet das Abendessen auf einem Holzteller mit dem würzigen Brot, einigen Scheiben vom Braten und zwei hart gekochten Eiern. Wir sind hungrig, essen, trinken und gönnen uns zum Abschluss noch einige Schlucke vom Wein des Rabbiners. Um in unserem Wagen sicher zu schlafen, befestigen wir die Deichsel an einem Baum. Nun steht er waagrecht. Vorher laufen wir zum Fluss und schauen auf das gemächlich fließende, dunkle Wasser. Der Brandgeruch erfüllt nach wie vor die Luft. Er kommt aus südlicher Richtung. In der Ferne, im fahlen Licht des Mondes erkenne ich undeutlich die Umrisse eines größeren Holzhaufens nahe am Ufer. Von Neugierde getrieben, gehen wir in der Dunkelheit weiter entlang des Flusses. Der Kies knirscht unter unseren Füßen. Übermütig wate ich gelegentlich knöcheltief im kühlen Wasser.

Nicht unweit, im Dunklen, erkennen wir einen umgekippten, größeren Wagen. Der Brandgeruch ist intensiver und beißend. Ich halte Maria an der Hand und wir bleiben stehen. Dieses Bild im fahlen Mondlicht ist gespenstisch und panische Angst befällt mich. Ich sage: „Wir dürfen hier nicht bleiben, sondern müssen schnell weg."

Maria lächelt und fragt, ob ich an ihrer Seite Geister fürchten würde. Sie zieht mich gegen meinen Willen zur Brandstelle.

Wir stehen vor einem umgekippten, großen Wagen. Wände und Decken sind aus Holz gezimmert, das an vielen Stellen verkohlt ist. Das Feuer ist fast erloschen, an einigen Brettern züngeln unter der weißen Asche kleine blaue Flammen. Am Holz, soweit es nicht verbrannte, schimmert in der Dunkelheit noch die dunkelrote Farbe des Anstrichs. Ich erinnere mich, dass wir einem ähnlichen Wagen auf der Fahrt nach Tirol begegneten.

Plötzlich schreit Maria laut auf. Sie kniet neben einer Frau, die mit blutbeschmierten, merkwürdig abgewinkelten Beinen am Boden liegt. Ich komme näher und sehe, dass sie tot ist. Ihre Augen sind angestochen und gallertartige Flüssigkeit quillt aus den Augenhöhlen. Wir umkreisen den Wagen und erblicken drei weitere leblose Körper auf dem Kies. Auch hier ein Bild des Grauens. Ich erkenne den Mann, der auf der Kutschbank saß, mit seinem zu einem Zopf gebundenen, schwarzen Haar. Aus einer tiefen Wunde auf seiner Brust sickert Blut, sein Hemd ist zerrissen und dunkelrot gefärbt. In den leeren Augenhöhlen schwimmt eine helle Flüssigkeit. Sein Schädel ist gespalten. Unweit von ihm liegen die Leichen von zwei Kindern, einem kleinen Jungen und einem kleinen Mädchen. Auch ihre Augen sind ausgestochen, an den zierlichen Oberkörpern sind Stichwunden und ihre Kleidchen von Blut befleckt. Die gesamte Familie wurde brutal ermordet.

Ich beginne am ganzen Körper zu zittern und schreie wie Maria vor Angst und Schmerz. So stelle ich mir die Hölle vor. Ich denke an meine Eltern, die ein ähnliches, grausames Schicksal erlitten hatten. Der Anblick der Leichen ermordeter Kinder ist unerträglich und diese Bilder werden uns bis an das Lebensende verfolgen. Maria ringt nach Luft und sagt dann bitter, das war eine Sinti-Familie, erkennbar an dem Wagen und ihrer Kleidung und die feinen Kreuzritter töten sie wie uns Juden. Sie behaupten, sie wären wie Hexen der Magie verfallen, weil sie als Zauberer und Wahrsager auftreten. „In den Augen der Tempelritter sind sie Heiden und allein deshalb dem Tode geweiht." Ich laufe um den Wagen. Die ganze Familie wurde gemeuchelt. Unzählige Fliegen umschwärmen die geschändeten Leichname. Das ständige Summen der Tiere in unwillkürlich wechselnden Tonhöhen erfüllt die Luft. Der umgekippte Wagen, die umliegenden Leichen, das bleiche Mondlicht. Es ist wie ein grauenhafter Albtraum und ich fühle mich selbst nahe an der Schwelle zum Tod. Die Mörder könnten zurückkehren und wir wären ihre nächsten Opfer. Sicherlich wird der Leichengeruch die Wölfe aus den Wäldern locken. Vielleicht lauern sie bereits hinter den Bäumen und werden gleich losschlagen.

In der Weite des dunklen Himmels sehe ich im Mondlicht die Umrisse großer Vögel und die beiden grauen Gestalten. Sie bleiben kurz unbeweglich stehen, so als würden sie zu uns herabblicken, und verschwinden dann schnell in der Ferne. Maria hält mich am Arm fest. Sie zittert vor Angst und Verzweiflung, will diesen Ort des Grauens schnell verlassen und mahnt zur Rückkehr zu unserem Rastplatz. Ich erwidere, die Toten müssten begraben werden. Sonst fressen die Wölfe die Leichname.

Wir sind unschlüssig. Unser Wagen ist unbewacht und selbst für arme, sonst redliche Menschen Anreiz genug, sich zu bedienen. Bevor wir losgehen, werfe ich einen Blick in den Wagen. Das Innere ist vollständig ausgeplündert. Zum Brandgeruch kommt der Gestank von Urin hinzu. Sie haben sich nach ihren Mordtaten im Wageninneren erleichtert. An einer Wand sind mit Kreide zwei weiße Holzkreuze aufgezeichnet.

Maria ruft, ich sollte nun endlich kommen, als ich ein leises Rascheln oder Kratzen höre. Die Geräusche werden vom unaufhörlichen Summen der Schmeißfliegen übertönt. Es könnten Ratten sein. Maria kommt und versucht mich wegzuziehen. Da erklingt ein leises, kaum hörbares Wimmern aus der Holztruhe, die im umgekippten Wagen hochkant steht. Ich kippe die Truhe, lege sie auf die Längsseite und hebe den Deckel hoch. In der Enge liegt ein kleines Mädchen, scheinbar unverletzt, vielleicht zwei oder drei Jahren alt. Es bewegt sich nicht. Maria umfasst mit beiden Händen den kleinen Körper und zieht ihn an sich. Die Arme und Beine baumeln leblos umher. Ich sehe in das bleiche Gesicht. Die Augen öffnen sich zu einem schmalen Schlitz, die kleinen Augenlider zittern. Maria beginnt mit dem Kind auf dem Arm in die Richtung unseres Rastplatzes zu laufen. Ich folge ihr bis zu unserem Wagen. Sie legt das Mädchen auf die am Boden ausgebreitete Decke, auf der wir vorhin zu Abend gegessen hatten. Um zu hören, ob sein Herz noch schlägt, presse ich ein Ohr auf die Brust des leblosen Kindes. Das Rauschen des Flusses ist zu laut, um das mögliche Pochen dieses kleinen Herzens zu hören. Doch nun fühle ich ein kaum spürbares, vielleicht nur erhofftes, langsames Heben und Senken des Brustkorbes.

Hat das Kind das Massaker überlebt? Maria öffnet den kleinen Mund und flößt dem Mädchen aus dem Krug vorsichtig Wasser ein. Es reagiert mit keiner Bewegung. Sie steht auf, nimmt das Kind, legt das Köpfchen in ihre Armbeuge und wiegt es hin und her. Sie geht mit ihm zum Pferd und hält es nahe an dessen Nüstern, als sollte das Tier dem Kind Leben einhauchen. Sie kommen zurück, das Kind liegt in Marias Armen und wir fürchten, dass es bereits verstorben ist. Wir legen es zurück auf die Decke und ich erinnere mich an meine kleine Schwester. Sie lag eines Morgens leblos in ihrer Wiege. Mutter reagierte schnell, gab ihr einen kräftigen Klaps auf den nackten Po und das Kind begann zögerlich zu weinen. Ich erzähle Maria davon, wir entkleiden das Mädchen, ich halte es an seinen Beinen mit dem Kopf nach unten wie ein Neugeborenes nach der Geburt und Maria schlägt kräftig auf den winzigen Po. Nach dem zweiten Schlag beginnt das Kind kaum vernehmbar zu röcheln, dann hustet es zunächst leise, dann lauter, öffnet weit seinen Mund und ein Rinnsal von Flüssigkeit und winzigen Brotkrumen entweicht. Maria schüttelt es leicht und ruft dann laut, Gott hat mich erhört, es lebt! Sie nimmt das Kind, steigt mit ihm in unseren Wagen und bittet mich, das Pferd anzuspannen. Das Mädchen war scheintot wie in jenen Tagen meine kleine Schwester. Als Gefahr drohte, verbarg es sich schnell in dieser Kiste, wie vielleicht im Spiel, hörte das Gebrüll der Mörder und die Todesschreie seiner Eltern und verlor im Schock das Bewusstsein. Das war seine Rettung, denn als die Tempelritter den Wagen plünderten, war von ihm nichts zu hören, nicht einmal die leisesten Atemzüge.

Ich blicke in den Wagen und sehe, dass Maria das Mädchen an die Brust angelegt hat. Seine Lippen bewegen sich, als ob es zu trinken versuchte. Maria sieht mein Erstaunen und meine Freude und sagt, das wäre Frauensache und diene ihrer und des Kindes Beruhigung. Der Anblick der ermordeten Familie geht mir nicht aus dem Sinn. Wir sind in großer Gefahr und müssen diesen fürchterlichen Ort sofort verlassen. Kämen die Mörder zurück und würden uns sehen, sie töteten uns wie die Sinti-Familie, schon allein wegen des Mädchens.

Ich lege die Decke in den Wagen, spanne das Pferd ein, setze mich auf die Kutschbank, ziehe kurz an den Zügeln und das Pferd setzt sich langsam in Bewegung. Ein kurzer, rückwärtsgewandter Blick zu Maria zeigt, das Kind trinkt etwas Wasser und blickt mit geöffneten Augen ins Leere. Wir biegen nun schnell auf die Landstraße und fahren nach Norden. Im Mondlicht sind die Straßenränder gut erkennbar. Diese Fahrt in dunkler Nacht ist nicht ungefährlich. Da zu dieser Zeit weder Reiter noch Fuhrwerke unterwegs sind, hätten Räuber ein leichtes Spiel. Doch in der Abwägung erscheint die Fahrt in tiefer Nacht bis zu einem weiteren Rastplatz weniger riskant als ein Verbleiben an diesem Ort. Das Kind trinkt nun etwas Wasser, verschluckt sich und hustet heftig. Zum Trost singt Maria ein Kinderlied und wiegt es gleichzeitig in ihren Armen. Nachdem der Husten abgeklungen war, fängt es an zu schluchzen, dann weint es und schläft ein. Nun, es klingt fast wie Musik, höre ich seine leisen und gleichmäßigen Atemzüge.

Ich treibe das Pferd zum Trab an. Ein schnelleres Fahren schützt vor räuberischen Angriffen in der Dunkelheit, ist aber anstrengend. Oft schieben sich Wolken vor den Mond. Es wird so finster, dass ich den Wagen abbremsen muss, um nicht im Straßengraben zu landen. Am Ende könnten wir in eine tiefe Schlucht stürzen und zerschellen. Je mehr Zeit verrinnt, desto schwerer ist es, die Augen offen zu halten, und ich suche verzweifelt nach einem Rastplatz, zumal wir schon weit vom Ort des Grauens entfernt sind. An der rechten Straßenseite erkenne ich undeutlich eine Wiese, dahinter vielleicht einen bewaldeten Hügel. Ich biege ab, der Wagen holpert über Steine und Äste, bis wir plötzlich in eine dichte Baumgruppe zu fahren drohen.

In einer Schrecksekunde zwinge ich den Wagen nach rechts, wir umfahren die Bäume, das Pferd wiehert laut und wir bleiben dahinter stehen. Hier sind wir sicher, weil den Blicken möglicher Verfolger entzogen. Auch wenn es heller wird. Nachdem ich das Pferd, ohne es auszuspannen, festgebunden hatte, blicke ich um mich und steige beruhigt in den Wagen. Maria lehnt an den Stoffballen und schläft mit dem Kind in ihren Armen. Ich betrachte das Gesicht des ruhig schlafenden, kleinen Mädchens. Die anfängliche Blässe eines Leichnams ist gewichen. Es hat eine kleine schmale Nase, einen großen Mund mit fülligen Lippen und tiefschwarzes, lockiges Haar. Im Schlaf zucken oft die Augenlider. Es ist stark abgemagert, sehr schlank, mit dünnen Armen und Beinchen. Maria wird das Kind nicht mehr aus ihren Händen geben. Aber dürfen wir das Kind behalten, können wir es ernähren, diese und ähnliche Fragen treiben mich um, bis mir endlich die Augen zufallen und ich in einen unruhigen Schlaf versinke.

Vogelgezwitscher und erste Lichtstrahlen in der Morgendämmerung wecken mich. Ich schaue zum Kind und höre, wie es gleichmäßig und tief atmet. Maria ist bereits wach und beobachtet aufmerksam das Mädchen, das seit gestern Abend in ihren Armen liegt. Sie blickt besorgt zu mir und sagt: „Wir müssen für das Kind etwas Milch und Brei besorgen, koste es, was es wolle, ansonsten wird es bald sterben, und sollten uns schleunigst auf den Weg machen." Ich stimme ihr zu, tränke das Pferd aus einer Wasserschüssel und binde ihm den Hafersack um. Maria kommt mit dem Kind zu mir, setzt es auf die Wiese, es kann sich nicht aufrecht halten und fällt schnell zur Seite, öffnet halb die geschwollenen Augen, schluchzt zunächst leise und beginnt dann laut zu weinen. Wir steigen zurück in den Wagen, Maria wiegt das Kind in ihren Armen und wir erreichen bald die Landstraße. Ihr Interesse scheint nur noch dem Kind zu gelten. Ich frage, ob sie das Mädchen tatsächlich behalten wolle. Sie blickt empört und sagt dann sehr bestimmt: „Gott hat das Kind wieder zum Leben erweckt, weil er es mir schenken wollte." Schnell verstehe ich, dass sie ihre Entscheidung längst getroffen hat und ich mich zu fügen hätte.

174

Der Tag ist angebrochen, es ist hell, nur wenige Wolken stehen am Himmel. Das Pferd läuft im leichten Trab. Vor uns liegt noch eine gefährliche, steile Bergstraße bis zur bayerischen Grenze. Unterwegs essen wir den Rest vom trockenen Brot. Maria rührt Brotstücke mit Wasser zu einem Brei. Sie lächelt verzweifelt, als das Kind zunächst isst, dann weint und ihr Mündchen beharrlich verschlossen hält. Ich suche nach einer Siedlung oder einem Bauernhof am Rand der Landstraße.

Ein schneller Wagen, gezogen von zwei Pferden, überholt uns. Am Fenster sitzt eine ältere Dame und winkt uns zu. Bald sind wir in eine große Staubwolke eingehüllt und es dauert, bis der Staub sich legt und endlich an einer Anhöhe einige kleine Hütten auftauchen, aber kein Weg zu erkennen ist, der dorthin führte. Endlich, nach einer Biegung der Straße um ein Waldstück zeigen sich Wagenspuren im Gras. Maria klopft auf meine Schultern und deutet in die Richtung der Hütten. Wir fahren langsam auf dem holprigen Weg, bis wir vor zwei Ruinen zum Stehen kommen. Ich steige vom Wagen. Wir stehen vor dem Gerippe eines abgebrannten Hauses, von dem ein ekelhafter Geruch von Moder und Exkrementen ausgeht. Im Inneren liegen Schutt und verkohlte Holzbalken. Niemand ist zu sehen. Eilig klettere ich in den Wagen. Wir folgen dem Weg auf der Suche nach einer geeigneten Stelle zum Wenden. Kurz vor einer Anhöhe, sehe ich nicht weit entfernt zwei Hütten und eine dünne Rauchfahne, die aus einem Schornstein emporsteigt. Ich frage Maria, ob es nicht zu riskant wäre, diese Einöde zu besuchen. Sie deutet auf das kleine Mädchen und sagt: „Ohne Nahrung wird es diesen Tag nicht überstehen!" Ohne zu zögern, steige ich vom Wagen, laufe neben dem Pferd und ziehe es am Halfter auf dem steilen Weg nach oben.

Wir erreichen bald einen sandigen Platz. Am Rande stehen zwei kleine, grob gezimmerte Holzhütten. Davor sitzen zwei Frauen auf einer Holzbank, die mit misstrauischen Blicken unsere Ankunft verfolgen, und als unser Wagen steht, sich erheben, um schnell im Inneren zu verschwinden. Maria steigt mit dem Kind im Arm vom Wagen und geht schnell zu dem Haus, klopft mehrmals an die Türe und wartet ab. Ein Fenster daneben öffnet sich, eine der Frauen streckt ihren Kopf heraus und fragt Maria mürrisch, was sie denn wolle. Sie sagt mit weinerlicher Stimme: „Wir sind gute Christenmenschen und unser Kind ist sehr krank, wenn es nicht bald zu essen bekommt, wird es sterben." Es beginnt zu wimmern und kaum vernehmbar zu weinen. Eine der Frauen tritt aus dem Haus. Sie mustert mich von Kopf bis Fuß und erkennt wohl, dass ich weder ein Messer noch sonstige Waffen trage. Sie ist klein und etwas gedrungen, hat einen runden Kopf mit rötlichen Pausbacken und dunkle, dichte Haare, die zu einem langen Zopf geflochten sind. Zudem trägt sie einen langen Rock bis zu den Knöcheln und eine grüne Weste, die ihren Busen einschnürt. Ihre gebräunten Arme sind nackt. Sie nähert sich Maria, das Kind ist erschöpft und eingeschlafen. Die zweite Frau kommt aus dem Haus. Die beiden sehen sich sehr ähnlich. Schnell erkenne ich, dass sie in anderen Umständen ist. Vielleicht fördert das ihr Mitgefühl für unser krankes Mädchen. Sie bitten uns zögerlich in die Hütte. Der karg eingerichtete Raum hat eine offene Feuerstelle. Über den lodernden Flammen hängt ein an der Decke mit einer Kette befestigter Kessel. In der Mitte steht ein Tisch mit einigen Stühlen und an den Wänden zwei schmale Betten. Die beiden kleinen Fenster zum Hof spenden nur spärliches Licht. Eine der Frauen zeigt zum Tisch, wir setzen uns und sie fragt nun freundlich nach dem Namen des Kindes. Maria zögert zunächst und sagt dann, während sie zärtlich über dessen Kopf streicht, das sei Anna, benannt nach dem Namen meiner unlängst verstorbenen Mutter. Sie hätte sie bis jetzt gestillt, doch nun versiege die Milch. Unser Reiseproviant sei zudem vollends aufgebraucht. Die beiden Frauen erzählen, sie seien Schwestern und ihre Männer begleiteten mit dem Bruder des Grafen von Tirol die Tempelritter in das Heilige Land, um dort gegen die Ungläubigen zu kämpfen. Sie wären vor einigen Wochen losgeritten und hofften, bis zur Geburt des Kindes ihre heilige Mission beendet zu haben.

Eine von ihnen steht auf und holt aus einem Schrank nahe der Feuerstelle einen Keramiktopf, stellt ihn auf den Tisch und setzt sich wieder zu uns. Der Topf ist bis an den Rand mit Honig gefüllt.

Davon verrührt sie einen Teil in einem Becher mit Wasser und sagt zuversichtlich lächelnd, dass dieses Getränk selbst Tote zum Leben erwecken würde. Nun nimmt sie die Hand von Maria, führt deren Zeigefinger in den Becher und dann an den kleinen Mund von Anna. Diese reagiert erst, als ihr Maria den Honigfinger beinahe energisch in den Mund schiebt. Nach wenigen Sekunden beginnt sie schmatzend zu saugen. Oft taucht Maria ihren Finger in das Honigwasser und füttert Anna, die nicht genug bekommen kann. Nach einer halben Stunde scheint sie satt, bewegt ihre beiden Arme unkoordiniert, blinzelt mit den Augen, öffnet sie, blickt in meine Richtung und wackelt merkwürdig mit dem Köpfchen. Ich nehme Anna, halte sie vor meine Brust und spüre zum ersten Mal den zerbrechlichen Körper des Kindes. Ich streiche zärtlich über ihr lockiges Haar, meine ein kaum sichtbares, kurzes Lächeln wahrzunehmen.

Die Frau in guter Hoffnung stellt sich zu uns, tätschelt Annas Gesicht und gratuliert mir zu dieser schönen Tochter. Maria blickt stolz zu uns und sagte dann: „Mein Gatte und ich danken Gott, dass er dem Kind wieder Leben einhauchte. Anna war fast einen ganzen Tag ohnmächtig und hat erst jetzt wieder ihre Äuglein geöffnet. Wir waren in Bozen, um Ware für unseren Marktstand in München zu kaufen, und sind nun auf dem Rückweg. Für die Weiterfahrt benötigen wir für Anna dringend Proviant. Wir würden es Euch vergelten."

Darüber können wir gerne später sprechen, meint eine der Frauen. Doch lasst uns zunächst zu Mittag essen. Sie stellt den Kessel mit dickem, dampfendem Haferschleimbrei auf den Tisch, dazu einen Laib Brot und Trinkbecher mit Bier. Anna sitzt auf meinem Schoß und versucht, einen Holzlöffel zu berühren, der vor ihr liegt. Bevor wir essen, sollten wir uns besser kennenlernen, meint die schwangere Frau mit einem vertraulichen Lächeln. Sie stellt sich als Kunigunde und ihre Schwester als Barbara vor. Maria nennt unsere Namen. Dann heben wir die Becher und trinken das würzige Bier. Anna greift mit den kleinen Händchen nach meinem Becher und ich gebe auch ihr davon. Wir essen vom Brot, vom Haferschleim und trinken schon den zweiten Becher. Maria holt sich Anna und füttert sie mit dem Brei. Sie scheint hungrig und isst bereitwillig.

Barbara fragt, wann wir weiterfahren wollen. „Wenn es heute für die Weiterreise zu spät wird, so dürft Ihr gerne bei uns übernachten. Wir trafen in letzter Zeit nur wenige Menschen und freuen uns über die Gesellschaft einer jungen, christlichen Familie." Ich sehe den freundlichen Blick von Maria. Barbara fährt fort, sie würden uns für wenig Geld Proviant mitgeben. In ihrem Stall stünden eine Kuh und zwei Ziegen. Es gäbe einen Vorrat verschiedener Käsesorten und sie planten ohnehin, noch heute Nacht Brot zu backen. Im Stall stünde ein Sack mit Dinkelmehl.

Nach dem Essen sprechen wir ein kurzes Gebet und gehen dann gemeinsam vor das Haus. Ich spüre das Bier. Die Sonne steht hoch am Himmel und es ist warm geworden. Barbara sagt, ich könne gerne unser Pferd zur Tränke hinter dem Stall führen. Vorher spanne ich Mimi aus und lasse den Wagen schief an die Deichsel gelehnt vor der Hütte stehen. Dann führe ich das Pferd zum Saufen.

Vom Berg kommt ein schmaler Bachlauf und ergießt sich über eine Holzrinne in einen ausgehöhlten Baumstamm. Daneben steht ein großer Kübel. Ich fülle ihn und schütte in einem Schwall das kalte und frische Wasser über meinen Kopf bis zu meinen Zehen und mir ist für Sekunden, als wäre ich aus einem kühlen See nach oben getaucht. Dann führe ich Mimi zurück zur Hütte und suche Maria. Sie hat uns wohl gehört und kommt zu uns. Als sie mich mit nassen Haaren und nasser Kleidung sieht, beginnt sie laut zu lachen und fragt, wo denn der Fluss oder der See sei. Ich folge ihr in den Stall.

Kunigunde hält dort Anna, die vorsichtig die Ziege am Kopf streichelt, während Barbara neben der Kuh sitzt und sie melkt. Die Milch spritzt aus den Zitzen des Tieres in einem dünnen, weißen Strahl in den Eimer. So stelle ich mir das Leben im Paradies vor, nachdem wir der Hölle entronnen waren. Anna ist müde geworden und beginnt zu weinen. Wir gehen vor das Haus und Barbara fragt, was wir in Bozen gekauft hätten. Maria erzählt von kostbaren, teuren Stoffen aus Venedig. Sie klettert in den Wagen und holt einen Ballen vom blauen Tuch und legte diesen auf eine Bank vor der Hütte. Die Sonne verleiht dem Stoff seidenen Glanz. Die beiden Frauen berühren ihn zärtlich. Ihre Augen glänzen vor Freude und Begehrlichkeit.

Wir gehen zurück in die Stube und ich lege den Stoff vorsichtig auf einen Stuhl. Maria wiegt das weinende Kind in ihren Armen, während Kunigunde ihren Zeigefinger in den Honigtopf taucht und ihn dann in Annas Mund schiebt. Mit ihren kleinen Fingern umklammert sie sofort die Hand der Frau. Das Spiel wiederholt sich mehrmals, bis Annas Augen zufallen. Maria fragt, ob sie das Kind zum Schlafen legen darf. Bald liegt es in einem der Betten, schläft auf dem Bauch, atmete tief und mit gleichmäßigen Zügen, nur gelegentlich zittern seine Beinchen.

Barbara bittet mich, ihr beim Ausmisten zu helfen. Wir gehen hinaus auf den Hof und zum Stall. Mit einer Holzschaufel hebe ich den Mist in den Schubkarren und Barbara kippt die stinkende Brühe auf den Misthaufen. Sie lächelt über meine Ungeschicklichkeit, denn der Mist auf meiner Schaufel fällt meist zurück auf den Boden und nicht in den Schubkarren. Im engen Stall berühren sich versehentlich unsere Körper. Barbara weicht nicht aus. Es ist später Nachmittag, es ist heiß und schwül. Nach der Stallarbeit bringen wir die beiden Ziegen und die Kuh auf eine naheliegende Koppel zum Grasen. Wir sind verschwitzt und gehen zur Tränke hinter das Haus, waschen uns Hände und Gesicht und Barbara bespritzt mich mit kaltem Wasser und weckt meine Begehrlichkeit. Ihre nasse und enge Bluse klebt auf der Haut. Wir kehren zurück in die Stube. Maria und Kunigunde sitzen am Tisch und unterhalten sich flüsternd. Wiederholt wendet Maria besorgt ihren Blick zu Anna. Ich setze mich und esse Haferschleimbrei und etwas Brot, die Reste vom Mittagessen.

Es ist bereits später Nachmittag. Da Anna noch tief schläft, gehen wir gemeinsam zum Hof und hinter das Haus. Von dort führt ein schmaler Weg hinauf auf einen mit Blumen bewachsenen Hügel. Auf dessen Kuppe steht ein mannshohes Kruzifix. Wir blicken von hier auf das gewaltige und weite Gebirge, auf die entfernte Landstraße, die sich in einem langen Band im Tal nach Norden schlängelt.

Die beiden Frauen erzählen von der Geschichte dieses Landstrichs, von den blutigen Schlachten zwischen den Bayern und Tirolern, aber auch von den Friedenszeiten der letzten Jahre. Maria zeigt auf die Ruine, die von hier zu sehen ist. Zunächst schweigen Barbara und Kunigunde, sie blicken fragend einander an, Barbara nickt und dann erzählt sie: „Wir hatten eine dritte Schwester. Sie hieß Augustina und wohnte in der Hütte unter uns, war verheiratet und gebar einst einen Jungen. Nach der Geburt verließ sie der Kindsvater. Darüber verlor sie ihren Verstand. Sie streifte durch die Wälder, sammelte Kräuter und suchte nach Waldgeistern. Ihr Kind vernachlässigte sie gänzlich, sprach kein Wort und mied jeglichen Kontakt. Ein Mönch aus einem naheliegenden Kloster besuchte uns gelegentlich und versuchte, Augustina zum Gebet zu bewegen. Zuletzt ging sie mit einem Knüppel auf ihn los, während ihr Sohn bewusstlos in seinem Bettchen lag. Der Mönch verbreitete, dass unsere Schwester vom Teufel besessen sei, ihr Sohn verstarb in derselben Nacht und sie verschwand für immer in den Wäldern. Am nächsten Tag kam der Mönch zurück, wir beerdigten das Kind und setzten auf seinen Ratschlag hin das Haus in Brand. Nur so könne der böse Zauber dieser vom Teufel besessenen Hexe gebannt werden." Mit Tränen in den Augen erzählt Barbara, dass sie ihre Schwester nie mehr gesehen hätten. Sie glauben, Augustina sei in den Bergen vom Teufel geholt oder von den Wölfen zerfetzt worden. Die beiden bekreuzigen sich vor dem Kruzifix, das sie im Gedenken an dieses Drama und den Tod ihres Neffen aufgestellt haben.

Die Abenddämmerung bricht langsam herein und die Sonne taucht die Berge in ein rötliches Licht. Langsam und nachdenklich gehen wir den Weg hinab zum Haus. Gerne hätte ich vom gewaltsamen Tod meiner Eltern erzählt und Maria von der Ermordung ihrer Mutter als Hexe. Wir wussten, jedes Wort darüber hätte uns nur geschadet.

In der Stube sehen wir Anna weinend, wie sie am Bett angelehnt steht, uns fixiert und unablässig „baba" wimmert. Maria geht zu ihr, nimmt sie und sagt lächelnd, das sei ihr Wort für „Mama". Sie bekommt etwas Brei und Honig gefüttert. Dann läuft sie in der Stube ein wenig umher, stolpert, stürzt und steht wieder schnell auf ihren kleinen Füßen. Barbara geht in den Stall und kommt mit einer Schüssel mit verschiedenen Käsesorten zurück. Über der Feuerstelle liegt auf einem Eisengestell eine mit Brotteig gefüllte Backform. Kunigunde erzählt, sie würden Brot mit einem Sauerteig backen, den ihr Mann schon vor einem Jahr angesetzt hätte. Wir essen zu Abend wieder Haferschleimbrei und dazu Brot und Käse. Jeder bekommt aus einem Fass, das im Stall steht, einen Becher Bier.

Als es schon dämmert, entzündet Barbara mit einem Span aus der noch glühenden Feuerstelle einige Kerzen und fragt, ob sie auf dem Tisch den Stoff ausbreiten dürften. Maria stimmt zu, reinigt vorher mit einem sauberen Lappen die Platte. Mit meinen Händen streiche ich über das Tuch. Es war ein guter Kauf auf dem Markt von Bozen. Barbara nimmt das Tuch und versucht, es um ihren Körper zu legen. Maria hilft ihr dabei und hält den Stoff an ihrem Rücken fest. „Damit könnten wir für uns beide ein schönes Kleid schneidern", sagt Kunigunde. Ich erinnere mich an meine Gespräche hinter St. Peter und erkläre freundlich: „Für die Kleider würdet Ihr drei Ellen von diesem Stoff benötigen. In München zahlen die Damen dafür über 30 Kreuzer. Da ihr uns so großzügig bewirtet, werde ich mich mit weniger als der Hälfte begnügen." Etwas weinerlich entgegnet Barbara, sie hätten keine einzige Münze, alles hätten ihre Männer mitgenommen und sie könnten nur mit Naturalien bezahlen. Dann sagt sie weiter: „Wir werden tatsächlich nur mit Naturalien bezahlen. Ihr dürft heute in einem der Betten schlafen. Ihr bekommt Brot, viel Käse und für Anna den Honigtopf. Für das Pferd geben wir Euch einen Kübel voll Hafer mit. Wir verstanden schnell, als Ihr zu uns kamt, dass Ihr keine normale Familie seid. Ihr könnt Christenmenschen sein, aber auch nicht. Mehr will ich dazu nicht sagen. Jedenfalls werden wir nicht von Eurem Besuch berichten. Das Tuch, so werden wir erzählen, kauften wir von einem Händler einer Karawane, die vor einigen Wochen unweit unseres Hofes rastete. Zudem benötigen wir für die Kleider nur zwei Ellen. Das wissen wir Frauen besser." Maria zuckt mit den Achseln und wir willigen in den Handel ein. Barbara bringt vom Stall einen Krug Bier und wir begießen unser Geschäft. Währenddessen erwacht Anna, steht langsam und ungelenk vom Bett auf, geht zu Maria und klammert sich an ihre Beine. Bald sitzt sie auf ihrem, Schoß, bekommt etwas Honig und dann Bier. Sie weint und wenige Sekunden später lächelt sie und sagt unaufhörlich „Baba". Ansonsten spricht sie kein Wort.

Obwohl die beiden Fenster in der Stube geöffnet sind, will die warme, schwüle Luft nicht weichen. Mir steht der Schweiß auf der Stirn. Vielleicht wegen des Biers? Es ist spät geworden und Zeit schlafen zu gehen. Maria und ich stehen auf, streifen die Gewänder ab und fallen vor Müdigkeit auf die Liege, ohne das Kind zu berühren. Die beiden Frauen steigen gemeinsam nackt in ihre Bettstatt. Im Licht der flackernden Kerze zeichnen sich ihre üppigen Formen ab. Ich muss an Süßkind denken, der sich sicherlich, ohne zu zögern, zu ihnen gelegt hätte. Maria sieht meine begehrlichen Blicke, sie umarmt mich und wir lieben uns innig und still, während Anna am Fußende schon tief und fest schläft. Auch Barbara und Kunigunde liegen notgedrungen eng nebeneinander. Ein gelegentliches tiefes Seufzen zeigt, dass sie die Nähe zueinander suchen.

Nach einem tiefen Schlaf weckt mich die frühe Morgensonne. Sie schickt ihre Strahlen durch das kleine Fenster, die einen Ausschnitt in der Stube in helles Licht tauchen. Es blendet mich. Ich reibe mir die Augen und bin erstaunt über ein aufreizendes Bild vor mir. Kunigunde sitzt im Halbdunkel in einem dünnen Hemd mit entblößter Brust auf einem Stuhl und stillt Anna, die leise schmatzend, offensichtlich mit Wohlbehagen, trinkt. Maria steht daneben und sagt etwas verlegen, wir sollten nehmen, was uns der Allmächtige schenkte.

Barbara kommt vom Stall und bringt in einer Holzschüssel einen großen Berg von Ziegen- und Sauermilchkäse. Sie nimmt aus der Backform das frische Brot, dessen würziger Duft mich schon beim Aufwachen umfing. Als Anna satt ist, lässt sie Kunigundes Brust los, die sie schnell lächelnd unter ihrem Hemd verbirgt. Sie bemerkte, dass mein Blick auf ihrem Busen ruhte. Vor unserer Abfahrt frühstücken wir und während die Frauen miteinander sprechen und sich verabschieden, spanne ich Mimi ein, die von Barbara schon vorher gefüttert wurde. Maria hilft mit, den Proviant im Karren zu verstauen. Nachdem der Tisch gereinigt wurde, messe ich vom Tuch zwei Ellen, schneide den Stoff und trage den Rest des Ballens in den

Wagen. Barbara nimmt das Tuch, um es mit einem vergnügten Lächeln auf ihrem Bett auszubreiten. Anna lässt sich von Kunigunde nur schwer losreißen und weint bitterlich, als Maria mit ihr die Wohnstube verlässt und über den Platz zum Wagen geht.

Es wird zunehmend heller, die warme Morgensonne steht schon über den Bergen, ich drehe den Wagen und wir fahren den Weg hinab zur Landstraße. Mit Tränen in den Augen winkt Maria den beiden Frauen zu. Der Weg ist stark abschüssig, unser Pferd geht in einem langsamen, bremsenden Schritt. Ich bin ausgestiegen, laufe neben Mimi. Wir kommen an der Ruine mit ihrer traurigen Geschichte von Verzweiflung und Tod vorbei. Maria bittet mich, kurz anzuhalten. Sie verlässt den Wagen, nimmt das Kind an die Hand, wir stehen zu dritt davor und gedenken der unglücklichen Frau und ihres verstorbenen Sohnes.

Bald zieht das Pferd den Wagen im Trab schnell in nördliche Richtung. Wir wollen bis heute Abend den Rastplatz erreichen, an dem uns Süßkind verlassen hat. Vorher müssen wir eine Schranke passieren, die Grenze zwischen Tirol und Bayern. Zu dritt sitzen wir auf der Kutschbank. Anna, zwischen uns, schaut still auf das Pferd und die Umgebung. Als sie einschläft, hält Maria sie fest und legt sie dann zwischen die Stoffballen. Die Straße ist nun belebt, Reiter ziehen vorüber und gelegentlich überholen uns schnelle, von mehreren Pferden gezogene Kutschen. Wir winken freundlich, suchen aber keine Gespräche und keinen Kontakt. Die Straße durchquert die Voralpen. Vor uns erheben sich hohe, zerklüftete Felswände. Der Himmel ist bewölkt und es wird zunehmend kühler. Ich frage Maria, wie es sein konnte, dass Kunigunde Anna stillte, obwohl ihr Kind noch nicht geboren wurde. Sie erzählt, dass sie vor einem Jahr ein Kind gebar, das gleich nach der Geburt verstarb. Deshalb hatte sie noch Milch. Sie stillte unser Kind gerne. Anna hat es genossen und das Stillen linderte die Schmerzen in Kunigundes Brust.

Ich will von Maria wissen, wie sie auf den Namen „Anna" gekommen sei. Wir hätten sie auch nach meiner Mutter nennen können. Maria erwidert, sie musste schnell einen Namen finden, sonst hätten wir uns schon von Beginn an verraten. Es wäre der einzige Name gewesen, der ihr im Augenblick der Frage eingefallen war. Jetzt glaube sie, es sei der Vorschlag des Allmächtigen gewesen. Da wir an diesem Tag noch eine lange Fahrt vor uns haben, wollen wir erst am frühen Nachmittag eine kurze Rast einlegen. Schweigend sitzen wir für einige Zeit nebeneinander, ich lenke das Pferd auf dieser kurvigen und schmalen Gebirgsstraße.

Als Anna plötzlich zu weinen beginnt, meint Maria, sie müsse sicherlich Pipi machen. So bleibe ich am Straßenrand kurz stehen, Maria geht mit ihr hinter die Büsche und als sie zurückkehren, überkommt auch mich das Bedürfnis und ich markiere mit einem weiten Strahl die Blumenwiese. Maria sitzt im Wagen und schneidet vom frischen Brot einige Scheiben ab. Ich esse davon und sehe mich in meiner Fantasie in der vergangenen schwülen Nacht mit den drei Frauen auf dem schmalen Bett liegen. Maria versucht, dem Kind einige Worte beizubringen, und sagt Mama und Papa abwechselnd auf uns deutend. „Wie alt könnte unsere Tochter sein?", frage ich Maria. „Vielleicht zählt sie drei oder vier Jahre? Ich hoffe, sie bleibt nicht für immer stumm. Der Schock, den sie bei der Ermordung ihrer Eltern erlitt, hat ihr wohl die Sprache geraubt." Leicht sei es nicht, so gestehe ich nach längerem Überlegen, mich in die unerwartete Rolle als Vater einzufinden.

Je steiler die Straße wird, desto langsamer zieht unser Pferd. Ich springe vom Wagen, laufe nebenher und schiebe während des letzten Wegstückes mit allen Kräften an. Wir haben endlich die höchste Stelle des Gebirgspasses erreicht. Es ist kühl geworden und wir frieren. Soweit das Auge reicht, sehe ich nur weite, braune Geröllfelder, weder Blumen noch Bäume. Nun geht es endlich in Serpentinen bergab. Ich steige ein und versuche, das Pferd in der gefährlichen Abwärtsfahrt zu bremsen. Einige größere Fuhrwerke überholen uns in rasender Fahrt und Reiter hetzen im Galopp vorüber. Der Weg ist an dieser Stelle von Schlaglöchern übersät und ich bremse den Wagen noch weiter ab. Wir fahren sehr langsam an einer Kutsche vorbei, die mit zwei gebrochenen Rädern im Straßengraben liegt, und ich halte nicht an.

Nach einigen Stunden erreichen wir das Tal und fahren auf einen kleinen Rastplatz, der neben einem Teich liegt. Unser Pferd säuft und Maria füllt den Hafersack. Ich setze Anna auf meine Schultern und laufe mit ihr umher. Zunächst höre ich ein kurzes Lachen, dann verstummt sie. Im Wagen essen wir vom Ziegenkäse. Anna schleckt vergnüglich vom Honig. Ich mahne zur Eile, straffe die Zügel, Mimi zieht uns schnell zur Straße und beginnt zu traben. Maria packt den Proviant weg, wiegt Anna in ihren Armen und spricht unablässig auf sie ein. Wir kommen schnell voran. Die Luft ist angenehm warm. An uns ziehen dichte Wälder und weite Wiesen vorüber. Bald höre ich das Rauschen eines Flusses auf der linken Seite der Straße. Ist es die Loisach oder schon die Isar? Im Wageninneren ist es still. Maria und Anna liegen Arm in Arm schlafend auf dem Stoff. Wir passieren eine schmale Brücke. Nun entfernt sich die Straße vom Fluss, das ferne Rauschen des Wassers wird leiser, bis es verstummt. So fahren wir weiter in den Norden und von keiner Seite droht Gefahr. Ich genieße die schöne Landschaft, bin wohlgelaunt und nun Vater einer kleinen Tochter und verheiratet. Nach wenigen Sekunden stürzen die Bilder der brennenden Synagoge auf mich ein und ich habe wieder den Tod meiner Eltern vor Augen.

Die Sonne steht schon hoch am Himmel, als ich in der Ferne undeutlich die Umrisse einer Schranke mit einer kleinen Hütte erblicke. Ich verlangsame die Fahrt und wecke Maria. Sie kommt nach vorn, fährt durch mein Haar und setzt sich neben mich auf die Bank. Wir erinnern uns an den Ärger während dieser Reise mit Landsknechten und ähnlich groben Gesellen, die meinten, uns in Vertretung der Obrigkeit quälen zu können. Maria nimmt das Kind fest in ihre Arme, während wir uns langsam der Grenzstation nähern.

Als wir vor der Schranke stehen, verlässt gemächlich ein wohlgenährter, kleiner Mann die Hütte. Er trägt einen braunen Lederrock, schwarze Stiefel mit hohem Schaft, auf dem Kopf einen Blechhelm. Nachdem er uns mit kritischem Blick gemustert hatte, verkündet er laut, dies sei die Grenze zum Herzogtum Bayern und ohne Passierschein dürfe er uns nicht einreisen lassen. Maria ergreift das Wort, steigt vom Wagen und erklärt ihm, wir wären Tuchhändler, Bürger

Münchens, gute Christenmenschen und auf dem Weg in unsere Heimatstadt. Wir hätten in Bozen feines Gewebe aus Venetien im Auftrag des Herzogs von Bayern für seine Tochter gekauft. Er könne sich mit einem Blick in den Wagen gerne selbst überzeugen. Ich hebe die Plane zur Seite, sodass er bequem in das Wageninnere klettern kann. Maria folgt ihm, zieht aus einer Tasche ihres blauen Kleides, das neben den Stoffballen liegt, ein Schriftstück. Bald kommen beide zurück, Anna fängt an zu weinen, ich tröste sie in meinen Armen. Maria zeigt dem Mann wortlos einen Brief. Er nimmt ihn und starrt auf die Zeilen. Unser Glück ist, dass er augenscheinlich nicht lesen kann, denn Maria zeigt ihm alles andere als ein Schreiben des Herzogs. Es ist ein Gedicht von Süßkind und darunter ein Dank von Maximilian von Werdenfels mit schwungvoller Unterschrift. Maria erklärt ihm, dieses Schreiben sei der Auftrag des Herzogs von Bayern für den Einkauf der Stoffe. Da die Hochzeit unmittelbar bevorstünde, müssen wir eilig zurück nach München fahren. Sie fügt an, wir wären befugt, ihn für seine Bemühungen bei der Durchfahrt mit zwei Kreuzern zu entlohnen. Der Mann blickt leicht verwirrt und unsicher, ich gebe ihm die Münzen, er hebt die Schranke, wir klettern schnell in den Karren und fahren weiter, bevor ein Kollege von ihm kommt, um weiteren Ärger zu bereiten. Als wir außer Sichtweite der Grenzstation sind, lachen wir laut über diese Posse. Maria spielte mit hohem Risiko und wir hatten Glück. Ein Gedicht von Süßkind als Passierschein! Im Trab setzen wir unsere Reise fort. Unsere fröhliche Stimmung überträgt sich auf Anna, die nun ständig vor sich hin brabbelt und gelegentlich grinst.

Maria übernimmt die Zügel, ich lege mich in das Wageninnere und spiele mit dem Kind. Mit beiden Armen hebe ich sie nach oben und wirble sie in der Luft umher. Zunächst quietscht sie vor Vergnügen, wird dann schnell müde und schläft an meiner Schulter ein. Ich bereite ihr mit den Stoffballen ein Bettchen und lege sie zum Schlafen. Daraufhin schneide ich vom Brot einige Scheiben ab, nehme vom Ziegenkäse, reiche davon Maria und esse selbst. Beim monotonen Schaukeln des Wagens fallen auch mir bald die Augen zu. Als Maria stark abbremst, erwache ich und blicke erschrocken zu ihr.

Wir stehen plötzlich auf der Landstraße, wie andere Fuhrwerke vor uns, und kommen nicht weiter. Ich steige vom Wagen und frage einige Männer, die an der Seite warten, nach dem Grund der Straßensperre. Sie fluchen, schimpfen, zucken mit ihren Achseln und spucken verächtlich auf den Boden. Langsam, mit geneigtem Kopf schleiche ich an mehreren stehenden Fuhrwerken vorbei und sehe bald eine große Kutsche, die gekippt auf der Straße liegt. Die beiden Pferde stehen auf der Wiese und grasen friedlich und die Insassen des Wagens, ein Mönch und zwei Frauen, streiten und weinen im Straßengraben. Ihr Kutscher scheint am Fuß verletzt und humpelt wehklagend umher.

Andere Fahrer kommen nach anfänglichem Zögern herbei. Es könnte auch eine Finte von Straßenräubern sein. Nach mehr als einer Stunde gelingt es mit vereinten Kräften, die schwere Kutsche ein Stück zur Seite zu schieben. Der Weg, zumindest in eine Richtung, ist frei. Einer der Männer, der mithalf, kommt mir bekannt vor. Er stand im Hof der Burg Werdenfels, hielt einen langen Speer, war an der Mauer angelehnt und diskutierte laut mit einigen Knechten. Ich versuche, mein Gesicht vor ihm zu verbergen. Er hat mich nicht erkannt. Vielleicht, weil ich meinen Bart gestutzt habe und keine Kopfbedeckung trage.

Es dauert eine Weile, bis die Kolonne sich langsam in Bewegung setzt. Wir passieren die gekippte Kutsche, deren Insassen nach wie vor ratlos herumstehen. Zwei Wagen vor uns fahren zügig voran und verschwinden schnell in der Ferne. Einige überholen uns, an langsamen Heuwagen fahren wir vorüber. Wegen der Karambolage haben wir Zeit verloren. Bald trabt unser Pferd eilig und einsam auf der Landstraße. Die Straße führt nun wieder entlang des Flusses und am Spätnachmittag legen wir eine kurze Rast ein. Maria bleibt im Wagen und ich gehe mit Anna zum Fluss. Wir waten mit nackten Füßen durch das seichte kalte Wasser, das emporspritzt, als Anna mit ihren kleinen Füßen darin stampft. Sie lächelt zunächst und beginnt dann unversehens laut zu schreien. Ich fürchte, sie hat sich verletzt oder wurde von einem Flusskrebs gestochen und halte sie hoch, kann aber an ihren Füßen und Beinchen nichts erkennen. Nachdem ich sie schnell zum Wagen gebracht hatte, nimmt Maria sie in ihre Arme, streichelt und küsst ihre Wangen. Langsam beruhigt sich das Kind und es schläft ein. „Als Annas Eltern ermordet wurden, waren sie am Ufer eines Flusses. Die Dämonen haben beim Anblick des Flusses ihre Todesängste wiedererweckt", sagt Maria und zuckt die Schultern. Das Pferd bekommt Wasser zum Saufen und Hafer. Als es satt ist, lenke ich den Wagen auf die Straße und wir setzen unsere Reise im schnellen Trab fort. Maria bleibt im Wageninneren, wiegt Anna in ihren Armen und singt für sie Kinderlieder.

Ich möchte ohne Rast unaufhörlich weiterfahren, bis wir endlich München erreichen. So lenke ich den Wagen, während Maria und Anna schlafen, bis wir in der späten Nacht einen großen Rastplatz erreichen. Dort stehen mehrere Fuhrwerke. Der Geruch von ausgelöschten Lagerfeuern und gegrilltem Fleisch liegt in der Luft. Einige Männer und Frauen schlafen auf dem Boden, andere halten Wache vor ihren Wagen. Ich parke unseren Karren etwas abseits, lasse das Pferd im Geschirr und binde es an einem Baum fest. Dann wecke ich Maria und bitte sie, für einige Stunden wach zu bleiben. Sobald die Sonne aufgeht, werden wir weiterfahren. Ich liege im Wagen neben Anna, mir fallen die Augen zu und ich schlafe in Sekundenschnelle ein.

Als der Morgen dämmert, weckt mich Maria. Einige der Fuhrwerke sind schon losgefahren. Wir binden unser Pferd los, tränken es und bald zieht uns Mimi munter auf der Landstraße nach München. Anna ist noch nicht aufgewacht. Maria reicht mir ein mit Honig beschmiertes Brot und versucht einzuschlafen. Ich bin hellwach und erliege dem Zauber des anbrechenden Tages. Es wird langsam hell, in der aufgehenden Sonne glitzert der Tau auf den Wiesen. Es riecht nach Heu und Blumen. So fahren wir einige Stunden in den neuen Tag. Anna ist aufgewacht, weint und weckt Maria. Sie füttert sogleich das Kind mit Honig, Brot und etwas Brei.

Wieder schlängelt sich ein Fluss nahe an der Straße. Wegen der hellgrün leuchtenden Farbe könnte es die Isar sein. Der Geruch und das Rauschen des Wassers erinnern mich an schöne Tage meiner Jugend in München.

Insgeheim hatte ich gehofft, Süßkind am Rastplatz zu treffen. Das war eine dumme, vergebliche Hoffnung. Seit er uns verließ, trauere ich ihm nach. Vielleicht sitzt er in Venetien bei einer schönen Frau, die ihn fördert, einer Geliebten und erfreut sie mit seinen Liedern. Im Gegensatz zu ihm trage ich Verantwortung. Für meine Frau und ein fremdes Kind, das wir vor dem sicheren Tod bewahren durften. Gott soll uns danken, indem er uns am Leben lässt.

Hinter mir im Wagen spielen Anna und Maria. Sie bewegen sich langsam auf der kleinen Fläche im Kreis und wenn der Wagen zu sehr wackelt, fallen sie beide weich auf die Stoffballen. Dann lachen sie und das Kind zeigt auf den Honigtopf. Dieser Honig ist ein besonderes Elixier und hat bei Anna Wunder bewirkt. Maria gibt ihr kleine Brotstücke mit Honig. Das Kind lutscht daran und kaut dann das Brot.

Die Sonne steht nun hoch am Himmel. Aus der Ferne läuten Mittagsglocken. Es ist leicht bewölkt und ein warmer Wind weht. Auf einem Felsen erkenne ich die Burg Werdenfels. Wir ziehen an ihr vorüber. Nach einigen Stunden weigert sich das Pferd weiterzulaufen und geht in einem sehr langsamen Schritt. Zu unserer Linken ist der Fluss und ich führe den Wagen nahe an das Ufer. Mimi bekommt dort zu trinken und grast genüsslich auf der üppigen Wiese. Maria sagt: „Du wirst das arme Tier noch zu Tode schinden mit deiner rastlosen Hetze." Sie fragt mich, warum ich es so eilig hätte, nach München zu kommen, und ich finde keine Antwort. Ich sehne mich nach dem Leben meiner Jugend, nach den Spaziergängen mit Vater, nach den Gesprächen mit Mutter, nach der Geborgenheit zu Hause. Ich habe keine Zweifel, diese Sehnsucht wird sich nie mehr erfüllen. Aber vielleicht bin ich ihren Seelen dort näher als auf dieser staubigen Landstraße im Nirgendwo.

Maria und Anna pflücken Blumen und binden sie zu einem schönen Strauß. Sie sind wohlgelaunt. Anna lächelt fröhlich und dieses Kinderlachen vertreibt meine trüben Gedanken. Dann deutet sie auf Maria und sagt undeutlich „Mama". Sie hat nun eine gesunde Gesichtsfarbe und ihre schwarzen Locken reichen bis zu den Schultern. Maria ist nach diesem Wort überglücklich. Sie kommt zu mir, umarmt mich und sagt, dass Gott sie endlich erhört habe. Ein Wunder sei geschehen, nun sei sie wirklich Mutter geworden. Wir steigen schnell in den Wagen und fahren bald im schnellen Trab weiter auf dem Weg in den Norden. Der Himmel ist nun wolkenfrei und die Sonne brennt auf uns hernieder. Neben dem Rauschen des Flusses erfüllt das Zirpen der Grillen die Luft. Wir sitzen zu dritt auf der Kutschbank, essen einige Scheiben Brot mit Käse, Anna hält den Blumenstrauß mit ihren kleinen Händen im warmen Fahrtwind fest. Maria drückt das Kind an sich, blickt ihm tief in die Augen und sagt wiederholt: „Anna, du bist und bleibst unsere liebe Tochter." Das Kind lächelt, sagt noch einmal „Mama" und brabbelt dann vor sich hin. Dabei sprudelt aus einem seiner Mundwinkel in kleinen Blasen Speichel. Wir überholen Heuwagen, die, langsam von Ochsen gezogen, die Ernte einfahren. Die Bauern winken uns müde zu.

Plötzlich erschreckt mich lärmende Schlagen von Hufen. Ich blicke zurück. Ein von zwei Pferden gezogenes Fuhrwerk nähert sich schnell. Es ähnelt in seiner Bauart dem umgekippten Wagen der Sinti am Fluss. Auf dem Kutschbock sitzt ein tief gebräunter, schwarz gekleideter Mann mit Bart und Lederkappe. Das Aufsetzen der Hufe wird zunehmend lauter, Maria blickt ebenfalls zurück, sieht mich sorgenvoll an, nimmt Anna und verschwindet mit ihr in das hinterste Eck unseres Karrens. Ich verlangsame die Fahrt in der Hoffnung, es möge uns überholen. Tatsächlich schert es bald aus, fährt an uns vorüber, lenkt wieder zur rechten Seite und wird zunehmend langsamer, bis es steht. Um nicht aufzufahren, muss ich stark abbremsen. Unser Pferd kommt kurz vor dem Fuhrwerk zum Stehen. Zunächst verharre ich in einer Schrecksekunde und warte ab. Werden sie uns des Kinderraubes bezichtigen oder uns ermorden?

Die Wagentür zum Straßenrand öffnet sich und es entsteigt ein älterer, grauhaariger Mann in einer schwarzen Mönchskutte. Er geht gebeugt, sehr langsam und kommt zu unserem Wagen. Ich steige mit zitternden Knien von der Kutschbank auf die staubige Straße und gehe ihm gemessenen Schrittes entgegen. Als wir nebeneinanderstehen, reicht er mir seine Hand zum Gruß und sagt: „Ich bin Mönch Arnfried und betreue die Bibliothek des Herzogs in München. Mein

Zögling und ich waren in Venetien und Bozen und wollen zum Kloster Schlehdorf am Kochelsee zu den Brüdern meines Ordens fahren. Einer von ihnen, ein langjähriger Freund, verstarb vor einigen Wochen. Was ist Euer Reiseziel?" Ich verbeuge mich vor ihm höflich und überlege einen Namen, mit dem ich mich vorstellen könnte. „Jakov Ben Nathan" liegt mir auf den Lippen. Das wäre zu riskant. Ich erinnere mich an den besten Freund meines Vaters, an Fritz Baumeister, mit dem er viele Stunden beim Schachspiel verbrachte. So antworte ich: „Ich bin Jakov Baumeister, mit meiner Frau Maria und unserer Tochter Anna unterwegs. Wir sind auf dem Heimweg nach München und handeln mit Tüchern und orientalischen Gewürzen, haben in Bozen eingekauft, sind lange unterwegs und wollten in wenigen Tagen zurück sein." Nun kommt ein in Samt und Seide gekleideter Jüngling aus dem Wagen und stellt sich neben den Geistlichen, der ihm zärtlich über das Haar streicht. Er blickt ihn an und sagt, dies sei Rudolf, sein Zögling, ein entfernter Verwandter mütterlicherseits. Maria steigt vom Karren, mit Anna am Arm. Das Mädchen schaut angstvoll auf die Fremden und beginnt zu weinen. Ich lächle verlegen und frage den Geistlichen vorsichtig, womit wir ihm dienen könnten. Nach seinen ersten Worten sprengen zwei Reiter mit hoher Geschwindigkeit an uns vorüber und hüllen uns in eine dicke Staubwolke. Sie galoppieren schnell davon und wir klopfen uns den Staub aus den Kleidern. Der Geistliche erleidet einen Hustenanfall. Das laute Klappern der Hufe hat Anna fürchterlich erschreckt und sie schreit sofort laut und schrill. Maria nimmt sie, läuft mit ihr auf die Wiese und versucht, sie zu beruhigen.

Der Mönch setzt nach Luft ringend seine Rede fort: „Die Herzogin sucht seit geraumer Zeit nach einem Buch, das ich endlich in Venedig fand. Es ist keine Kostbarkeit, aber für sie aus allerlei Gründen besonders wertvoll. Wenn Ihr es mitnehmt und am Hofe in München ihrer Zofe oder ihr selbst überreicht, so wird es Euer Schaden nicht sein." Er bittet seinen Zögling, das Büchlein zu holen. Er steigt in den Wagen und kommt schnell mit einem schmalen Band zurück. Arnfried nimmt es und bald halte ich es in meinen Händen. Ich frage, ob ich einen Blick hineinwerfen darf, der Mönch nickt und ich blättere darin. Es sind Lieder von verschiedenen Minnesängern, farbig bebildert mit Notenschrift. Ich lese einige Sätze laut und nach leisem Zuklappen sage ich dem Mönch, dass es uns eine Ehre sein würde, diesen schönen Band unserer Herzogin übergeben zu dürfen. Inzwischen hat sich Anna beruhigt, sie haben Blumen gepflückt und einen schönen Strauß gebunden. Maria verabschiedet sich und geht mit dem Kind zurück in den Wagen. Ich hoffe, er fragt weder nach unserer Adresse noch nach unserer Herkunft. Rudolf hat sich grußlos entfernt und ist in den Wagen gestiegen. Ich verspreche Arnfried, das Buch sofort nach unserer Ankunft der Herzogin untertänigst zu überbringen, und verabschiede mich von ihm mit einer höflichen Verneigung. Er lächelt milde, reicht mir zum Abschied die Hand und schleicht langsam zurück zu seiner Kutsche. Beim Einstieg hilft ihm sein Zögling. Nachdem sich die Wagentür geschlossen hatte, lässt der Kutscher seine Peitsche knallen, der Wagen setzt sich schnell in Bewegung und verschwindet bald hinter einer Kurve.

Ich gehe mit dem Buch zurück zu Maria und Anna, die im Wageninneren sitzen und spielen. Maria schüttelt lächelnd den Kopf. Mehrere Fuhrwerke ziehen vorüber und die Kutscher schimpfen laut über unseren gefährlichen Rastplatz mitten auf der Straße. Mit einem kurzen Befehl an unser Pferd setzen wir die Reise fort. Mimi fällt in einen leichten Trab. Maria setzt sich zu mir auf die Kutschbank, nachdem Anna friedlich zwischen den Stoffballen eingeschlafen war. Was für eine sonderbare Fügung, die ich mir nicht einmal in meinen kühnsten Träumen zu wünschen gewagt hätte. Warum vertraute uns der Mönch? Maria mutmaßt, dass er sehr krank sei und in seinem Kloster und nicht in München sterben wolle. Im Buch könnte sich zwischen den Zeilen eine geheime Botschaft an die Herzogin finden. Er hatte keine andere Wahl, als uns zu trauen und auch Rudolf schien uns nicht abgeneigt. „Überraschend war, dass er uns mit frommen Sprüchen verschonte", merkt Maria unschlüssig an. „Vielleicht war es nur der Scherz eines alten Mannes und wenn wir uns mit dem Büchlein zur Herzogin wagen, jagen sie uns mit Hohn und Spott vom Hof. Niemals fiel mir ohne große Anstrengungen so ein Glück in den Schoß", erwidere ich nachdenklich. Maria sieht mich vorwurfsvoll an und deutet auf sich und Anna. Ich nicke und stelle mir vor, in München in der Residenz von livrierten Dienern mit dem Buch in die Gemächer der Herzogin geleitet zu werden.

Ein abruptes, lautes, metallisches Schleifgeräusch beendet meine Träume. Ich bremse scharf und komme auf der Wiese neben der Straße zum Stehen. Das große rechte Rad liegt schräg, klemmt in der Achse und ist blockiert. Wären wir weitergefahren, die Speichenräder hätten schnell brechen können. Mit einem größeren Stein versuche ich, das Rad geradezustellen, was nach einer Vielzahl von vorsichtigen und leichten Schlägen gelingt. Unbemerkt sind Anna und Maria auf die Wiese gelaufen und spielen Fangen. Anna ist besonders vergnügt und ruft nach Mama. Dann fällt sie etwas unglücklich und weint laut. Sie gehen zurück in den Wagen, Anna bekommt Honig, schluchzt ein wenig, ihre Augen schließen sich und sie schläft. Maria steigt zu mir auf den Kutschbock, sie zieht an den Zügeln und wir fahren weiter auf der leicht abschüssigen Straße in Richtung Kochelsee. Das rechte große Rad läuft wieder rund.

Während Maria den Wagen lenkt, durchblättere ich das Büchlein. Es ist ein kunstvoll verzierter Band mit farbigen Zeichnungen und handschriftlichen Texten der Lieder und Noten für den Gesang. Autoren sind Hartmann von der Aue und der noch junge Walther von der Vogelweide. Am Rand einiger Liedtexte sind nicht entzifferbare Anmerkungen gekritzelt. An vorletzter Stelle im Buch findet sich Süßkinds Lied über „des Mannes Krone, dem keuschen Weib", daneben einige Worte in Hebräisch, die mich amüsieren. Maria sieht meine müden Augen und sagt, ich könne mich gerne hinlegen, während sie auf der Kutschbank wache und Mimi lenke. Bald liege ich neben Anna, die leise schnarcht. Ich fühle meinen Körper sich über dem Boden wie einen Kreisel drehen. Dann versinke ich in einen tiefen Schlaf und erwache erst, als Annas kleines Händchen über mein Gesicht fährt. Erschrocken schnelle ich nach oben. Anna weicht zur Seite und sagt wieder „Mama". Ich höre Maria laut lachen, nehme unser Kind und wir setzen uns mit auf den Kutschbock. Es ist bereits später Nachmittag, die Sonne steht tiefer und es weht ein lauer

Wind. Maria reicht mir die Zügel, herzt ihre Tochter und klettert mit ihr in das Wageninnere.

Die Straße führt in Spitzkehren auf die Kuppe eines Hügels. Unsere Fahrt verlangsamt sich, ich springe vom Wagen und führe das Pferd am Halfter, bis wir endlich oben zum Stehen kommen. Von hier bietet sich ein schöner Ausblick auf den noch weit entfernten Kochelsee, dessen Oberfläche in der Nachmittagssonne silbern glitzert. Ich gönne mir nur wenig Zeit für dieses Bild, steige auf und führe unseren Wagen vorsichtig auf der abschüssigen Straße. Im unteren Drittel läuft Mimi im Trab. Nach einer weiteren Stunde nähern wir uns dem Kochelsee.

Zwischen den Bäumen erkenne ich in der Abendsonne das dunkle Wasser und unweit die verwitterten Holzschindeln des Klosterdaches. Maria kommt zu mir, sieht den See und sagt spöttisch, ich würde doch sonst keine Gelegenheit zu einem Bad auslassen, und fragt, warum wir nicht abbiegen würden. Ich sage: „Das Letzte, was ich wollte, wäre, Arnfried oder gar seinen Zögling zu treffen. Wir sollten dieses Risiko meiden und erst später, nach Einbruch der Nacht, anhalten." Maria antwortet enttäuscht, sie hätte so gerne mit Anna im Wasser geplanscht und meinen kühlen nassen Körper gespürt.

Die Straße führt nun vorbei an Obstgärten, der Geruch des Sees weht zu uns und ich lenke den Wagen gut gelaunt weiter in den Norden. Die Sonne geht langsam unter, am leicht bewölkten Himmel stehen rötliche Streifen und aus weiter Ferne ist das Abendläuten der Klosterkirche zu hören. Es wird dunkel und wir treffen nur noch wenige Fahrzeuge, zumeist Heuwagen, die verspätet das duftende, frisch geschnittene Gras einfahren. Als bereits die ersten Sterne am Himmel stehen, wir allein in der Dunkelheit unterwegs sind und ich den Straßenrand bei spärlichem Mondlicht kaum noch erkennen kann, fahren wir auf eine Wiese bis zu einem Wald und binden unser Pferd fest. Maria füttert es mit Hafer und gibt ihm aus einer Schüssel Wasser zu saufen. Anna schläft fest im Wagen. Wir liegen im Gras, blicken in den Sternenhimmel und dann auf die Wiese, wo Myriaden von Glühwürmchen leuchten. Maria drückt sich fest an mich, ich umarme und küsse sie und wir lieben uns. Dabei denke ich an Süßkind und flüstere leise seinen Namen. Maria sagt außer Atem: „Des Mannes Krone ist ein holdes Weib. Und noch mehr ehrt ihn wohl ihr edler Leib." Ich spüre ihre Erregung.

Die Nacht verbringen wir neben Anna im Wagen und bei den ersten Lichtstrahlen der Morgendämmerung binde ich unser Pferd los und wir fahren weiter. Einige Bauern mit leeren Fuhrwerken sind schon unterwegs. Die Luft ist noch kühl und belebend. Ich esse Reste vom trockenen Brot und Käse, der nach der Hitze der letzten Tage einen würzigen und penetranten Gestank verströmt. Als die Sonne schon höher steht, höre ich das ferne Rauschen eines Flusses.

Maria und Anna wachen auf und beide kommen, sich die Augen reibend, zu mir auf den Kutschbock, blinzeln und Maria fragt, ob wir nicht bald anhalten könnten, sie seien hungrig und müssten schleunigst in die Büsche. Beide rutschen unruhig auf der Bank hin und her. Das Rauschen des Flusses kommt näher und nach einer Biegung lenke ich unser Pferd auf einen schmalen Weg, der durch eine Waldlichtung zum Flussufer führt. Maria und Anna steigen schnell ab und laufen in den Wald, während ich unser Pferd zum Wasser führe. Der breite Fluss strömt in nördliche Richtung, das Wasser ist hellgrün und klar. Jedes Kieselsteinchen am Boden und die unzähligen kleinen, schwarzen und durchsichtigen Fische sind wie durch einen Lesestein zu sehen. Maria und Anna kommen zurück, sie steigen mit nackten Füßen in den Fluss und flüchten dann wegen des kalten Wassers schnell zurück zur Böschung. Wir füllen einen Krug und trinken davon. München kann nicht mehr allzu fern sein, denn vor uns fließt die Isar. Der Fluss, an dem wir vor einigen Tagen verweilten, war vermutlich die Loisach. Wir steigen in den Wagen, stillen unseren Hunger mit Brotresten und fahren weiter auf der nun belebten, staubigen Landstraße durch dichte Wälder und treffen gelegentlich auf die Isar. Auf der meist abschüssigen Straße kommen wir schnell voran. Um die Mittagszeit, der Himmel ist leicht bewölkt und die Hitze der letzten Tage ist einem frischen Westwind gewichen, nähern wir uns einem Dorf mit einem Dorfweiher mit einigen Holzhütten. Maria bittet mich, über die Wiese zu dieser kleinen

Siedlung zu fahren. Als wir zum Stehen kommen, nimmt sie einen Korb und Anna an die Hand und sie gehen langsam zu den Hütten. Ich sehe, wie sie mit einer Bäuerin mit Kopftuch spricht und sie dann gemeinsam das Haus betreten. Wie selbstbewusst und überzeugend Maria mit den Menschen umgeht! Nach einer Weile kommen sie und das Kind mit einem vollen Korb zurück. Sie erzählt stolz, die Bäuerin hätte ihr für wenig Geld genug Proviant für mindestens zwei Tage verkauft. Im Korb liegen eine dicke Speckschwarte, zwei Laib Brot, der wieder gefüllte Honigtopf und einige Eier. Wir essen von den Köstlichkeiten und fahren weiter nach Hause.

Bisweilen meine ich, mich an Landschaften, Flussufer oder alte knorrige Bäume, die ich während der Hinfahrt nur flüchtig wahrgenommen hatte, erinnern zu können. Meist aber vermute ich, der Rückweg führte uns auf unbekannten Wegen. Wir fahren endlich auf der Salzstraße und überholen einige schwer beladene Fuhrwerke. Unser Pferd trabt fleißig dahin. Maria übt mit Anna einige Worte. Bisher höre ich sie „Mama" und den Namen unseres Pferdes „Mimi" sagen. Es ist später Nachmittag, Anna schläft, Maria sitzt neben mir und legt ihren Arm um meine Hüfte. Sie fragt, ob ich unsere Tochter lieben würde. Ich zögere mit meiner Antwort und sage: „Natürlich mag ich Anna von ganzem Herzen. Als wäre sie meine leibliche Tochter. Ich will, dass sie bei uns bleibt." Dann sei sie glücklich, meint Maria und fährt fort: „Du bist jetzt mein angetrauter Ehemann und es ist Zeit, dir von einem fürchterlichen Erlebnis zu erzählen." Sie blickt mich an und ihre Augen füllen sich mit Tränen. „Als ich kein Kind und noch keine Frau war, wurden meine Mutter und ich auf dem Nachhauseweg vom Kräutersuchen im Wald von drei Jägern überfallen. Sie beschimpfen uns als Hexen, schlugen und vergewaltigten uns. Erst als wir beinahe bewusstlos auf dem Boden lagen, ließen sie von uns ab und liefen davon. Mit letzten Kräften schleppten wir uns nach Hause. Es dauerte Wochen, bis die Wunden verheilt waren und wir wieder unter Menschen gehen konnten. Nach drei oder vier Monaten bemerkte meine Mutter, dass mein Bauch dicker wurde. Ich trug ein Kind unter meinem Herzen, bis einige Wochen später bei großen Bauchschmerzen starke Blutungen einsetzten und ich unter fürchterlichen Schmerzen eine Fehlgeburt erlitt. Ohne die Hilfe meiner Mutter wäre ich verblutet und gestorben. Mit ihrer Heilkunst und ihrer Zauberei rettete sie mein Leben. Das tote Kind fand im Wald seine letzte Ruhestätte, während ich lange Zeit schwer krank an das Bett gefesselt war. Später erzählte Mutter, dass es ein Mädchen gewesen sei. An ihrer Stelle hat uns Gott Anna geschenkt. Seitdem wurde ich nicht mehr schwanger. Nun kennst du die Wahrheit. Ich wagte bisher nicht davon zu erzählen." Während sie dies sagt, blicke ich angestrengt auf die Straße und höre sie nun zunächst leise und dann immer lauter schluchzen. Ich drehe mich zu ihr, hoffe, das Pferd trottet auch ohne mein Zutun weiter, halte Maria fest und sage, Anna sei und bleibe unser Kind und Gott würde uns noch viele weitere Kinder schenken. Sie beruhigt sich und fragt, ob ich nun ihre Liebe zur Anna verstehen würde. Ich nicke und nehme wieder die Zügel auf. Langsam setzt die Abenddämmerung ein. Wir werden an diesem Abend München sicherlich nicht erreichen.

Aus nächster Nähe höre ich ein Rauschen und als wir uns dem Fluss nähern, sehe ein großes Floß beladen mit Bierfässern und Holzstämmen, das vom schnellen Wasser in die Richtung der Herzogstadt getragen wird. Wir fahren noch einige Stunden, bis es dunkel ist, und halten Rast auf einer Wiese zwischen Straße und Fluss. Ich binde Karren und Pferd an einem Baum fest, Anna und Maria bleiben im Wagen und ich gehe langsam hinunter zum Flussufer, setze mich auf die Kieselsteine mit ausgestreckten Beinen und wippe mit meinen Füßen im Wasser. Unweit eines Baumstammes, der ins Wasser ragt, sehe ich vage die Umrisse eines geschäftig schwimmenden Bibers. Am Himmel ziehen immer wieder Wolken über den Halbmond. Ich suche nach den grauen Gestalten. Sie tauchen nicht auf und ich bin beruhigt. Dennoch spüre ich ihre Nähe.

Der Geruch des Wassers erinnert mich an die vielen schönen Stunden mit meinem Vater am Fluss. Würde er mein Leben mit Maria und Anna akzeptieren? Wir haben das kleine Mädchen vor dem sicheren Tod bewahrt. Im Talmud steht, wer ein Menschenleben rettet, rettet die ganze Welt, und meine Frau und ich haben nach dem jüdischen Ritus geheiratet. Vielleicht hätte mein Vater Nathan irgendwann unsere Familie doch liebgewonnen. Nach zunächst einem kurzen Aufbrausen, nach wenigen ersten bösen Blicken, zeigte er sich doch am Ende meist versöhnlich. Ich habe sein Bild vor Augen und ich fühle mich ihm sehr nahe. Ist er im Garten Eden mit meiner Mutter und der Schwester angelangt? Sollen die Engel seine Botschafter sein?

Einige Ratten springen über meine Beine und erschrecken mich dermaßen, dass mir für einige Sekunden der Atem stockt. Sie laufen schrill piepsend weiter entlang des Flusses. Ich friere an den Füßen im kalten Wasser, stehe vorsichtig auf, eile zurück zum Wagen und liege bald neben Anna und Maria. Die Angst an diesem einsamen Ort hält mich wach, bis endlich auch mir die Augen zufallen.

Am frühen Morgen erwache ich, neben mir sitzen Maria und Anna und frühstücken vergnüglich. Plötzlich prasseln auf die Wagenplane dicke Regentropfen. Aus heiterem Himmel donnert es so unbeschreiblich laut, als schlüge direkt neben uns ein Blitz ein, ein Krachen ertönt, als stürzte ein mächtiger Baum. Anna schreit und weint vor Angst und Maria schlägt mehrmals hintereinander ein Kreuz. Nach einer halben Stunde ist das Gewitter vorübergezogen. Der Himmel hellt auf und die ersten Sonnenstrahlen durchbrechen die dunklen, hoch aufgetürmten Wolken. Wir laufen barfuß über die feuchte, dampfende Wiese. Ich hole für das Pferd Wasser vom Fluss, es bekommt Hafer, wir legen das Geschirr an und fahren langsam zurück zur Straße.

Der starke Regen hat den Boden aufgeweicht und die Räder unseres Wagens ziehen Furchen in den Schlamm. Nach kurzer Fahrt ist die Straßendecke trocken. Diesen Landstrich hat das Gewitter verschont. Am Himmel stehen nur noch einige Wolken und es wird wärmer. Unser Pferd läuft nun im schnellen Trab. Anna ist nach ihren Weinkrämpfen wieder eingeschlafen. Maria sitzt neben mir und reicht mir einige Scheiben Brot mit frischem Käse. Ich frage sie, was ihre Mutter zu unserer Ehe und unserer Tochter gesagt hätte. Sie überlegt kurz und meint, sie hätte nichts einzuwenden gehabt: „Sie sprach oft zu mir in meinen Träumen. Dich und Anna scheint sie in ihr Herz geschlossen zu haben." Sie weckt meine Neugierde und ich bitte sie zu erzählen, worüber ihre Mutter denn gesprochen hätte. „Sie trägt auch im Jenseits Züge einer Hexe, sieht in die Zukunft und ist überzeugt, wenn wir es geschickt anstellen würden, könnten wir auch nach unserer Rückkehr im Stillen unser Glück machen." „Das glaubst du wirklich?", frage ich: „Ein Jude, eine jüdische Christin und ein als Tochter angenommenes Sinti-Mädchen dürfen in der Stadt unbehelligt leben und ihr Auskommen haben?" Sie antwortet: „Solange wir zusammen halten und ein unauffälliges und unbescholtenes Leben führen, sollten wir vor Anfeindungen sicher sein." Angesichts des Schicksals unserer Eltern scheint dies eher unwahrscheinlich. Ich spreche das nicht aus, will ihre Träume nicht zerstören und hoffe, sie möge Recht behalten.

Die Sonne steht schon hoch am Himmel, aus allen Richtungen erklingt das Mittagsläuten. Etliche Fuhrwerke mit Salz und anderen Gütern schwer beladen fahren in beide Richtungen. Gelegentlich überholen wir einen langsamen, von einem Ochsen gezogenen Heuwagen, die Umgebung ist mir zunehmend vertrauter. Bald sollten die Stadttore Münchens vor uns auftauchen. Wir sitzen nebeneinander, schweigen und sind voller Hoffnungen. Gleichzeitig spüre ich die Angst, die mich befiel, als ich vor unserer Flucht durch die Straßen meiner Heimatstadt eilte. Anna ist aufgewacht und weint. Maria scheint dankbar für die Ablenkung, und füttert sie mit Honig und Brot.

Endlich sehe ich in der Ferne die Stadtmauern. Ich bremse das Pferd und im langsamen Schritt nähern wir uns meiner Heimatstadt. Den Straßenrand säumen Herbergen und Wirtshäuser, daneben warten unzählig Fuhrwerke. Das Wehklagen der Bettler, die Beschimpfungen der Kutscher, der fürchterliche Gestank aus den Gerbereien trüben unsere Ankunft. Anna und Maria sitzen nun neben mir auf dem Kutschbock und wir blicken ungeduldig auf die lange Reihe von Gespannen, die vor dem Sendlinger Tor stehen und Einlass begehren.

Mehrere Wachleute versperren die Durchfahrt und kontrollieren. Mit einer Hand halten sie lange spitze Lanzen und mit der anderen gestikulieren sie wild umher. Jeder zweite Wagen wird abgewiesen. Nach einem erzwungenen umständlichen Wendemanöver auf der schmalen Straße fahren sie laut schimpfend davon. Endlich, nach mehreren Stunden ärgerlichen Wartens, stehen wir vor dem Tor. Maria mit Anna im Arm und ich steigen vom Wagen und erzählen dem Wachmann, dass wir Münchner Bürger wären, in Bozen feine Tücher für die Jacobi Dult gekauft hätten und Bruder Arnfried vom Kloster Schlehdorf trafen, der uns ein von der Herzogin Mathilde bestelltes Buch zu treuen Händen überreichte. Morgen müssten wir es zur Herzogin Mathilde im Alten Hof tragen. Ich gebe ihm den Band, er blättert neugierig. Er hält er das Buch verkehrt herum, gibt es mir zurück und nickt, als ich ihm sage, er hätte bestimmt gesehen, was für gottesfürchtige Worte im Büchlein stünden. Dann fordert er für die Passage vier Kreuzer. Maria gibt ihm drei Münzen und ein Stück Käse und murrend lassen sie uns passieren.

In München angelangt

Langsam und sehr aufgeregt fahren wir durch das Tor in die Stadt und suchen zunächst nach einer Unterkunft für uns, das Pferd und den Wagen. Maria kennt eine Herberge hinter der Stadtmauer nahe am Schäfflerturm. So rollen wir durch die mit groben Steinen gepflasterte Gasse. Der Wagen rumpelt, als könnte er auseinanderbrechen, und Tuchballen und Proviant fliegen umher. Ich bremse das Pferd, bis es in einen langsamen Schritt fällt. An der Mauer angelehnt stehen provisorisch gezimmerte, schiefe, kleine Hütten, in denen die Ärmsten und Bettler leben. Es riecht nach Abfällen und Exkrementen. Als Maria meinen mitleidigen Blick sieht, sagt sie trocken, auch sie und ihre Mutter hätten schon in solchen Löchern gehaust.

Bald erreichen wir die Herberge am Schäfflerturm. Über dem Eingang zum Wirtshaus hängt ein Schild, auf dem ein Schäffler im roten Rock und mit grünem Hut auf einem Fass steht. Neben dem Eingang zur Wirtsstube befindet sich die Hofeinfahrt. Maria springt vom Wagen und geht mit aufrechtem Gang in die Wirtsstube. Anna weint, als sie weggeht, ich schaukle sie auf meinen Knien und dann lächelt sie und sagt „Mama, Mimi". Hinter uns nähert sich ein Fuhrwerk und bleibt stehen. Der Kutscher steigt vom hohen Kutschbock seines Wagens, eilt vorüber, ohne uns aufzufordern weiterzufahren, und verschwindet. Ich warte ungeduldig, bis Maria endlich nach einer Weile zurückkommt. Dann sagt sie, die Herberge sei jetzt eine Absteige und kein rechtschaffener Ort für uns. „Allerdings, die Wirtin hat uns, weil ich sie von früher kenne, für wenig Geld ein geräumiges Zimmer unter dem Dach und einen Stellplatz für Wagen und Pferd angeboten. Wir können weitersuchen oder für einige Tage hier wohnen, bis wir eine endgültige Bleibe gefunden haben." Der Kutscher kommt eilig aus dem Wirtshaus und während er zu seinem Wagen geht, knöpft er sich ungeniert seinen Hosenlatz zu. Er lässt die Peitsche laut knallen als deutlichen Hinweis, die Gasse schleunigst zu räumen. Ich blicke zu ihm, nicke und lenke unseren Wagen vorsichtig durch die Hofeinfahrt zu den Stallungen. Dort können wir unseren Karren mit Stoffen und Gewürzen in einer Remise abstellen und das Pferd im Stall versorgen. Mit Kleidungsstücken und Anna am Arm steigen wir die steilen Treppen über den Gastraum hinauf zur Dachkammer. Diese ist in der Tat größer als unsere bisherigen Unterkünfte. Die Wände sind schräg und gegenüber dem breiten Ehebett befindet sich eine Dachgaube mit einem kleinen Fenster. In der Mitte des Raumes steht ein wackliger Tisch mit einigen Stühlen und an der Wand ein schief gezimmerter Kleiderschrank.

Das laute Rufen der Männer und schrille Lachen der Frauen dringt bis zu uns herauf. Ich öffne das Gaubenfenster und schaue über die Dächer der Stadt. Nicht allzu weit entfernt erkenne ich den Turm von St. Peter und den Turm vom alten Hof. Die Judengasse ist verdeckt von höheren Häusern. Maria und Anna liegen auf dem breiten Bett und balgen miteinander. Ich geselle mich dazu und bald schläft das Kind ein. Maria blickt mich an. Sie spürt und versteht, dass es mich in die Judengasse und an den Ort der gebrandschatzten Synagoge zieht und ich sofort loslaufen möchte. Mit meinem tief über die Stirn gezogenen, schwarzen Federbarett steige ich die Treppen hinab zum Wirtsraum und fliehe im Bierdunst durch das Gedränge lärmender Männern und Frauen bis auf die Straße. Eine der Huren bat mich mit anzüglichen Worten auf ihr Zimmer.

Es ist später Nachmittag und ein warmer Föhnwind weht durch die Stadt und vertreibt den Gestank. Ich gehe langsam zum Krumbleinsturm vorbei am Alten Hof und stehe bald in der Judengasse. Meine Angst, erkannt zu werden, vergeht schnell. Völlig unbehelligt laufe ich durch die Gassen und niemand nimmt von mir Notiz. Sie erwarten wohl nicht, dass nach dem Pogrom ein Jude zurückkehren würde. Zunächst stehe ich am Platz vor der niedergebrannten Synagoge. Das Dach ist notdürftig repariert, abgestürzte Mauern sind neu errichtet worden und auf dem Dachfirst über dem Eingang steht ein Holzkreuz. Die Eingangstür ist halb geöffnet. Ich gehe langsam und vorsichtig hinein. Es ist ein großer, kahler, leerer Raum mit von Ruß geschwärzten Wänden. Mir wird übel von dem penetranten Brandgeruch und dem Gedanken daran, was in dieser Nacht geschah, in der ich neben Maria in ihrer Kammer lag. Verzweifelt verlasse ich diesen Ort mit Tränen in den Augen und weichen Knien. An der Rückseite der Synagoge gab es eine Treppe in den Keller, die zur Mikwe führte. Ich wische die Tränen aus meinem Gesicht, öffne die Tür mit einem kräftigen Stoß und steige die schmalen Steintreppen in den tief liegenden Keller hinab. Es riecht muffig nach feuchtem Gemäuer, nicht nach Ruß. Das Feuer verschonte diesen Teil der Synagoge. Am unteren Ende angelangt, erkenne ich im Dunkeln die Umrisse des Wasserbeckens. Auf einem dreibeinigen Schemel daneben liegen ein Handtuch und ein Gebetsbuch. Ich blättere darin und verberge es unter meinem Hemd. Dann steige ich hinauf und im Freien atme ich zunächst tief ein. Inzwischen kamen Bauarbeiter wohl von einer Vesperpause zurück und bearbeiten das zerstörte Gemäuer. Mit dickem weißem Kalk überstreichen sie die Rußschicht. Als sie mich sehen, winken sie mir zu.

Sie haben uns ermordet, vertrieben und ausgeplündert. Warum sollten wir in dieser Stadt eine Zukunft finden? Welche absurde Sehnsucht führte uns zu diesem Ort?

Nun stehe ich vor unserem Wohnhaus, öffne die Eingangstür und steige in das erste Stockwerk. Die Wohnung ist unbewohnt, der Eingang mit zwei Latten vernagelt, die Tür fehlt. Ich klettere zwischen den Brettern hinein. Sie ist gänzlich leer geräumt. Nichts erinnert an die Vorbewohner, an meine Familie. Ich schreite langsam von Zimmer zu Zimmer und glaube die Stimmen meiner Eltern und Schwester zu hören, als hätten sie in den Mauern verharrt und warteten auf meine Rückkehr. Der Boden ist mit Schmutz, Scherben und Rattenkot bedeckt, es riecht nach Urin. Von den Wänden bröckelt der Putz. Das ganze Haus gehörte meiner Familie. Die Wohnungen darüber scheinen noch bewohnt, denn die Wohnungstüren sind verschlossen und davor stehen Schuhe oder ist Brennholz gelagert.

Ich höre das Abendläuten von St. Peter und eile zurück zur Herberge. Im Wirtsraum sehe ich Maria mit Anna auf dem Schoß an einem kleinen Tisch mit einer schwergewichtigen, älteren Frau sitzen. Ich gehe zu den Damen, hole mir einen Stuhl und setze mich zu ihnen. Anna freut sich, mich zu sehen, blickt mich mit einem breiten Grinsen an und Maria stellt mir die Dame des Hauses vor. „Das ist Helga. Mit ihr war ich noch zu meiner Mutter Lebzeiten befreundet. Sie ist die Wirtin. Ihr verdanken wir hier unsere Bleibe." Die Frau hatte die Lebensmitte längst überschritten und sitzt mit ihrem breiten Gesäß unbequem auf dem kleinen Stuhl. Wegen ihres rot gefärbten, krausen Haares und ihrem ausladenden Busen zieht sie die Blicke der Männer auf sich. Sie blickt mich an und sagt lächelnd: „Ich freue mich für Maria, dass sie nun mit Kind und Gatten ein kleines Glück gefunden hat. Dich sah ich schon hinter der Kirche Stoffe verkaufen, als ich Maria dort besuchte. Du hast mich nie eines Blickes gewürdigt. Es war ein Fehler, euch Juden zu vertreiben. Bei wem sollen wir nun Geld leihen oder wechseln? Ich hörte, dass auf Anordnung des Herzogs die Wohnung deiner Eltern nicht vergeben wurde. Ich nehme an, du kommst jetzt von dort. Übrigens, eure Straße ist auf Geheiß der Obrigkeit umbenannt worden. Sie heißt jetzt Gruftgasse."

Plötzlich ertönt einige Tische weiter lautes Geschrei. Zwei Frauen schlagen aufeinander ein und ziehen sich an den Haaren. Blitzschnell erhebt sich Helga vom Stuhl, wie es von einer Frau ihrer Statur nicht zu erwarten wäre, und versucht, den Streit zu schlichten. Die beiden haben sich bereits blutig geschlagen und liegen mit zerfetzten Blusen auf dem schmutzigen Boden. Nur mit den kräftigen

Händen des Schankwirts vermag Helga die beiden Frauen zu trennen. Sie fordert sie auf, sofort den Wirtsraum zu verlassen, und hilft nach, indem sie die beiden mit der Wucht ihres Körpers zur Tür schiebt. Die anderen im Raum, die Zeugen dieser Schlägerei unter keifenden Huren wurden, johlen und schreien vor Freude und klatschen in die Hände, als die beiden auf die Straße geworfen werden. Helga kommt zurück zu unserem Tisch, wischt sich den Schweiß von ihrer Stirn und einige Bluttropfen von ihren Wangen. Anna ist vom Lärm völlig erschrocken und weint laut. Bevor wir uns verabschieden, erzählt Helga mir zugewandt, flüsternd, als würde sie ein Geheimnis verraten, dass Maria das Buch für die Herzogin und unseren möglichen Besuch im Alten Hof erwähnte. Sie gibt uns einen gefüllten Bierkrug mit, wir nehmen das weinende Kind und steigen hinauf zu unserer Dachkammer. Maria versucht, Anna zu beruhigen. Sie wiegt das Kind in ihren Armen und singt ein Schlaflied. Ich liege ausgestreckt auf dem Bett, denke an die zerstörte Synagoge mit dem Kreuz auf dem First und unsere geplünderte und grässlich verschmutzte, übel riechende Wohnung. Bald ist Anna eingeschlafen und wir trinken vom kühlen, würzigen Bier. Schnell ist der Krug geleert, mir steigt der Alkohol in den Kopf, Maria und ich umarmen und küssen uns und als ich sie fest an mich drücke, fallen mir die Augen zu. Vor mir dreht sich alles, für Sekunden wähne ich mich über unserem Wagen schwebend und falle dann in einen tiefen Schlaf. Nach einigen Stunden erwache ich. Maria schläft noch und ich spüre das langsame Heben und Senken ihres festen Busens an meinem Rücken. Der Lärm aus der Wirtsstube ist verklungen, aber nicht vom Treppenhaus das ständige Türenschlagen und Lachen der Frauen. Ich drehe mich zu Maria, sie öffnet die Augen, lächelt und sagt, das seien die emsigen Huren beim Anschaffen. Ich wundere mich, wie sie das ohne Hohn und Spott anmerkt. Wir steigen mit Anna die Treppen hinab, vorbei an einigen Damen und ihren Freiern zum Hof, zum Austritt. Das Bier tat seine Wirkung. Dann klettern wir benommen zurück zu unserem Schlafplatz.

Erst am Morgen, als die Sonne schon aufgegangen ist, erwachen wir und gehen in die Wirtsstube zum Frühstück. Es gibt frisches

Brot, Brei und Bier. Diesmal trinke ich nur Wasser. Helga kommt mit verschlafenen Augen und legt uns zwei Brezen auf den Tisch. „Ein Bäcker erlernte die Herstellung in Speyer und bäckt sie nun in seiner Stube in der Dienergasse. Die Pfaffen haben sie gleich zur Fastenspeise erklärt. Zögert nun nicht und geht nach dem Frühstück schnell zur Herzogin."

Wir versorgen das Pferd und waschen uns am Brunnen. Es riecht nach Kloake, denn einige der Damen und Freier haben ihre Nachttöpfe vom Fenster auf den Hof entleert. Der Hausknecht ist dabei, die Hinterlassenschaften wegzuräumen. Wir steigen hinauf in unser Dachzimmer. Maria schlüpft in ihr blaues Samtkleid, ich trage eine braune Tunika mit einem schwarzen Barett aus Helgas Fundus und Anna ein weißes Hemdchen. Maria träufelt einige Tropfen vom Rosenöl aus Bozen auf unsere Wangen.

Durch die nach saurem Bier stinkende Gaststube gelangen wir auf die Straße und gehen in die Richtung des Alten Hofes. Das Buch verberge ich unter der Tunika. Wir laufen über die Dienergasse, vorbei an der Synagoge mit dem Kreuz auf dem Dach, vorbei an unserem Haus. Es ist ein warmer Spätsommertag, der milde Föhnwind zieht durch die Stadt. Anna trippelt vor sich hin und wir halten sie an beiden Händen fest. Schnell erreichen wir den Alten Hof. Anna zieht uns zu dem Brunnen inmitten des Platzes. Über eine bronzene Fischfigur fließt Wasser in ein Steinbecken. Wir tauchen unsere Hände in das kühle Wasser. Dann schlendern wir zu dem Tor, vor dem zwei Wachleute in voller Rüstung den Zugang versperren.

Ich nenne unsere Namen, Jakov und Maria Baumeister, erkläre ihnen, dass wir von weit gereist kämen und von Bruder Arnfried vom Kloster Schlehdorf den Auftrag hätten, ein wertvolles Buch der Herzogin zu übergeben. Unversehens reißt einer von ihnen das Büchlein aus meiner Hand, blättert darin, zeigt es seinem Kollegen, der es versehentlich fallen lässt. Eilig beuge ich mich, nehme den vom Staub des Bodens beschmutzten Band und gebe ihm zwei Münzen. Er verschwindet im Inneren der Burg und wir warten lange, bis er zurückkehrt. Endlich, nach mindestens einer Stunde, tritt er langsam aus dem Dunkel des Vorhofes und erklärt, den Blick von uns abwendend, die Herzogin wäre sehr beschäftigt und könnte uns erst nach der Mittagspause empfangen. Er würde uns schon zur rechten Zeit rufen.

Das war immerhin eine gute Nachricht des abweisenden Torwärters. Wir gehen zurück zum Brunnen, nehmen Anna an beiden Händen und schwingen sie in die Luft. Sie jauchzt vor Freude. Neben dem Brunnen steht eine Bank im Schatten, auf der zwei ältere, fein gekleidete Damen sitzen. Bald stehen sie auf, gehen ohne Hast zum Tor und verschwinden im Inneren des Gebäudes. Anna und ich setzen uns. Maria steht am Brunnen und spritzt kaltes Wasser in unsere Richtung. Dann kommt sie zu uns, wir blicken aufgeregt zum Tor und warten. Anna ist eingenickt. Im Schlaf zucken wieder ihre Augenlider. Über den Platz eilen die Menschen, warten vor dem Hoftor oder diskutieren mit den Wächtern. Sie beachten uns nicht. Wir scheinen unsichtbar. Als Familie mit Kind sind wir unauffällig.

Meine Schwester und ich spielten oft am Brunnen Fangen und Vater nahm mich als Kind mit, wenn er im Alten Hof beim Zahlmeister seine Steuern und Abgaben zu bezahlen hatte. Ich war immer sehr stolz, ihn begleiten zu dürfen. Wir trugen unsere gelben Hüte und ertrugen mit Gleichmut die oft bösen Blicke der Vorübereilenden. Das schwarzen Barett schützt mich vor Anfeindungen. Maria legt ihren Kopf mit geschlossenen Augen auf meine Schulter. Der Besuch bei der Obrigkeit, der Herzogin, macht mir Angst.

Endlich, eine Weile nach dem Mittagsläuten von St. Peter, winkt einer der Wachleute. Wir erheben uns hastig und eilen zum Tor. Er weist uns mit einem Fingerzeig an, ihm zu folgen. Wir gehen durch einen dunklen Vorhof über eine breite Steintreppe in das erste Stockwerk und laufen dann durch einen langen, hohen Gang. An den Wänden hängen große, düstere Bilder. Sie zeigen die Gottesmutter Maria, Christus am Kreuz, Männer in Ritterrüstungen, Herzog und Herzogin in höfischer Pose. Gegenüber befinden sich die Eingänge zu den Verwaltungsstellen des Hofes, den Vogteien und der Gerichtsbarkeit. Wir eilen vorbei an der Zahlstelle, neben deren Eingangsportal ein großes Kruzifix hängt. Da hat sich seit meinen frühen Jugendjahren nichts geändert. Am Ende des Gangs kommen wir zu einer breiten Steintreppe, über die uns der Wachmann in das nächste Geschoss bis zu einem langen Korridor geleitet. In dessen Mitte befindet sich ein hohes, fast bis zur Decke reichendes Eingangsportal, dessen Umrandung aus Stein mit feinen, eingemeißelten Ornamenten verziert ist. Davor stehen an beiden Seiten zwei schwarz gekleidete Wachleute mit Metalllanzen, an der Wand ist eine Vielzahl von Stühlen aufgereiht, auf denen in Festkleidung Frauen und Männer geduldig auf die Audienz warten. Der Wachmann weist uns Plätze an mit der Aufforderung zu warten, bis wir aufgerufen würden. Mit einer kurzen Verbeugung entfernt er sich. Kein Wort fällt. Plötzlich öffnet sich ein Flügel des Portals, eine Gruppe von bunt gekleideten Männern und Frauen verlässt den Raum und geht mit tänzelnden Schritten zur Treppe. Ein Diener in blauer Livree kommt vor das Portal und zeigt auf die sitzende Gruppe neben uns. Sie steht auf und folgt ihm mit gemessenen Schritten. Nun sitzen wir allein neben den Wachleuten vor den herzoglichen Räumen und warten weiter. In der Stille des langen Korridors beginnt Anna leise zu weinen. Die Wachleute blicken grimmig zu uns. Maria hat noch eine halbe Brezen in der Tasche und gibt sie Anna. Sie beginnt daran zu kauen und lächelt. Ich habe Angst. Meine Knie zittern. Maria blickt zu mir und sagt, es würde gut sein, weil ihr träumte, während wir auf der Bank saßen, dass das Schicksal es gut mit uns meinte und sich unsere Wunschträume erfüllten.

Endlich öffnet sich eine der Türen und die Menschen von vorhin verlassen mit ernsten Mienen den Raum und gehen langsam mit gesenkten Köpfen zur Treppe. Die Tür schließt sich und nichts geschieht. Die beiden Wachleute stehen weiter mit unbeweglichen Mienen neben dem Portal. Meine Eltern kommen mir in den Sinn. Was dächten sie über meine kleine Familie, dass wir hier warten, und vom Auftrag eines Mönchs, den ich annahm.

Ich erschrecke, der Diener steht plötzlich vor mir und klopft auf meine Schultern. Sofort stehen wir auf und bewegen uns langsam zum Portal. Der Diener schüttelt den Kopf und sagt, die Audienz der Herzogin gelte nur Herrn Baumeister. Ich blicke zu Maria. Sie scheint enttäuscht und verärgert. Der Diener geleitet mich in einen Raum, so groß und hoch wie ein Ballsaal, mit prächtigen Gemälden und kunstvollen Teppichen an den Wänden. An einer Seite befinden sich hohe, schmale Fenster mit Glasmalereien wie in einer Kirche. Gegenüber steht ein Altar mit einem mannshohen Kruzifix, daneben eine in Holz geschnitzte schöne, farbige Marienfigur und eine lange Reihe von Stühlen.

In der Mitte des Audienzzimmers sitzt die Herzogin an einem großen, langen Tisch mit einer Steinplatte. Der Diener verlässt den Raum. Mit einer Handbewegung und einem Lächeln gestattet sie, mich ihr zu nähern. Sie ist schlank und zierlich, vielleicht 40 Jahre alt, mit einem feinen Gesicht, dunklen großen Augen, einer zarten Nase, roten Lippen und einem hellen Teint. Sie trägt ein weinrotes Brokatkleid mit Perlenstickereien, einen mit gleichem Stoff gefertigten glockenförmigen Hut, an der Vorderseite mit einer von Perlen gesäumten Brosche. Als ich mich dem Tisch langsam nähere, erhebt sie sich und ich verbeuge mich. Sie reicht mir nicht die Hand, setzt sich und weist auf den Stuhl ihr gegenüber. Nachdem ich das Buch auf den Tisch gelegt hatte, wandern ihre Augen zunächst dorthin, dann blickt sie mich, ohne ein Wort zu sagen, für mehrere Sekunden an. Ich will das Schweigen brechen, doch sie kommt mir zuvor. „Jakov, mein Freund Bruder Arnfried hat mir Deinen Besuch durch einen Boten angekündigt. Leider ist er sehr krank und konnte selbst nicht kommen. Das Treffen mit ihm auf der Landstraße war kein Zufall. Arnfried sollte Dir zu treuen Händen das Büchlein mit auf den Weg geben, wegen der Minnelieder und wegen meiner Notizen. Es durfte nicht in falsche Hände geraten." Sie blickt zum Buch, ich stehe auf, umrunde den Tisch, verneige mich und überreiche es ihr. Als Mathilde den kleinen Band in Händen hält, blickt sie ernst und sagt leise: „Ich hatte schon die Hoffnung aufgegeben und dachte, dieses Kleinod sei für immer verloren. Doch nun habe ich es wiedergefunden und werde es nie mehr aus den Händen geben." Ich kehre zu meinem Platz zurück und sie erteilt mir das Wort.

„Eure Durchlaucht, ich bin überaus dankbar, Ihnen diesen Dienst erweisen zu dürfen. Doch wäre es zu verwegen zu fragen, warum es kein Zufall war, dass uns Bruder Arnfried auf dem Weg zurück nach

München traf?" Die Herzogin lächelt und meint, auch sie hätte Fragen an mich, und sprach: „Der Rabbiner von Bozen und Bruder Arnfried sind von Kindesbeinen an gute Freunde. Arnfried war am Tag vor Eurer Hochzeit in Bozen und konsultierte dort einen berühmten jüdischen Arzt, der seine schwere Erkrankung nur bestätigen konnte. Dann traf er Rabbiner Bonisak, der ihm unter anderem von Dir und Deiner Frau und der geplanten Rückkehr nach München erzählte. Und natürlich ist ein von einem Pferd gezogener, primitiver Ochsenkarren auf den Landstraßen nicht zu übersehen. Zudem erfuhr Arnfried von diesem Gefährt von Reisenden, die zurück nach Bozen fuhren. Mit seinem schnellen Wagen war es ihm ein Leichtes, Euren Karren einzuholen. Außerdem wusste er vom Rabbiner, er könnte Dir ohne Sorge vertrauen, und er hoffte, Du wärst einem Besuch in der Residenz nicht abgeneigt. Ob Du es glaubst oder nicht, Ludwig der Strenge und ich wollten die Tötung der Juden in München nicht. Wir bedauern, dass Du Deine Familie verloren hast. Weil wir von Eurer Rückkehr wussten, haben wir dafür gesorgt, dass die Wohnung im Haus Deiner Eltern für Euch bereitsteht. Die anderen Wohnungen im Haus haben wir anständigen christlichen Familien vermietet. Wir werden offiziell keine jüdische Gemeinde im gottesfürchtigen München dulden. Und nun eine Frage. Mir wurde zugetragen, Ihr hättet ein kleines Mädchen bei Euch, von dem der Rabbiner in Bozen Bruder Arnfried nicht berichtete. Hattet Ihr es vor Bonisak verborgen?" Ich zögere mit meiner Antwort und überlege. Sie mögen keine Juden und keine Sinti. Doch wenn sie uns ausnahmsweise hinnehmen, so wie wir sind, dann gilt dies hoffentlich auch für ein kleines, jüdisches Mädchen. Die Herzogin wird ungeduldig, wiederholt etwas gereizt ihre Frage und so antwortete ich: „Eure Durchlaucht. Gottes Wege sind unergründlich. Meine Frau Maria und ich fanden in einer Nacht am Ufer der Loisach einen Rastplatz. Wir banden unser Pferd fest und wurden neugierig, als wir unweit in der Dunkelheit die Umrisse eines umgekippten Pferdewagens erkannten. Ein jüdisches Ehepaar, wohl aus Spanien, lag ermordet neben dem Wagen auf dem Kies des Flussufers. Da hörten wir aus einer umgeworfenen Kiste ein leises Wehklagen, öffneten diese und fanden darin ein völlig verängstigtes und verstörtes kleines Mädchen. In der Bibel steht, wer ein Menschenleben rettet, rettet die ganze Welt. Weil die Gefahr bestand, dass die Mörder zurückkämen, nahmen wir das Kind und verließen mit unserem Karren diesen Ort des Schreckens. Die kleine Anna, so nannten wir sie, ist nun unsere Tochter."

Mathilde nickt zustimmend und beginnt im Buch zu blättern, bis sie beim vorletzten Lied angelangt ist. Sie zeigt auf die Schrift am Rand und fragt mich, ob ich Süßkind von Trimberg kennen würde. Ich erzähle ihr von unseren gemeinsamen Reiseerlebnissen und dass er ein junges, schönes Fräulein, das er auf einem Rastplatz traf, nach Italien entführte. Die Herzogin lächelt befangen und meint, das könne sie sich gut vorstellen. Ich war nicht überrascht von dieser Rede, denn ich verstand natürlich die hebräischen Anmerkungen neben dem Lied über das reine Weib als des Mannes Krone. Sie winkt mich zu sich und deutet mit einem Finger auf den hebräischen Text neben seinem Lied. Ich frage die Herzogin, ob sie die Bedeutung wirklich wissen wolle. Nachdem sie zugestimmt hatte, sage ich, es sind nur vier Worte. „Meine große Liebe, Mathilde." Ihre Wangen erröten und ihre Augen werden feucht. Ich hätte nicht antworten sollen und fürchte, sie würde mir Folter androhen oder mich verbannen. Nach einigen Sekunden des Zögerns aber spricht sie leise. „Noch unvermählt traf ich Süßkind von Trimberg an unserem Hof in Aachen. Er betörte mich mit seinen Liedern, seiner höfischen Eleganz und schenkte mir dieses Buch. Die Notizen an den anderen Liedern sind meine. Ich trug es immer bei mir. Es war mir wie ein geheimes Tagebuch, das unglücklicherweise auf einer Reise gestohlen wurde. Irgendwann hörte ich, dass es in Venedig auf einem Markt aufgetaucht sei. Ich entsandte einen Geistlichen dorthin, um Arnfrieds Zögling, der in der Lagunenstadt weilte, anzuweisen, den kleinen Band zu erwerben. Nun ist er endlich wieder in meinen Händen und ich bitte Dich, darüber absolutes Stillschweigen zu bewahren. Insbesondere über die hebräischen Worte." Ich sage ihr, sie könne sich auf meine Diskretion verlassen, und versichere, dass ich sie auf keinen Fall enttäuschen werde. Sie antwortet: „Das erwarte ich auch.

Ein Verrat hätte für Dich und Deine Familie fürchterliche Folgen. Zudem müssten wir noch über einige geschäftliche Angelegenheiten sprechen. Ludwig der Strenge hatte mich darauf angesprochen. Unter den Toten in der Synagoge war auch Isaak Ben David, der Geldverleiher. Unsere Bürger müssen nun für ihre Geldgeschäfte weite und mitunter gefährliche Reisen in andere bayerische Städte unternehmen. Kurz gesagt, weil die Christen aus Glaubensgründen diese Geschäfte nicht ausüben dürfen, brauchen wir wieder einen Geldjuden. Ihr habt das im Blut und dürft das. Unsere Zahlstelle würde Dir ein kleines Grundkapital ausleihen, das Du mit ein wenig kaufmännischen Geschick spätestens in einem Jahr zurückzahlen könntest."

Im Stillen danke ich Gott für diese glückliche Fügung! Nach kurzem Zögern antworte ich: „An der Seite meines Vaters lernte ich den Geldhandel und die Buchhaltung. Das war wichtig für die Finanzierung von Einkäufen. Rabbiner Bonisak in Bozen zeigte mir ausführlich die Kunst der Münzprägung. Außerdem half ich schon in Jugendjahren Verwandten in Ulm in der Pfandleihe und beim Geldwechsel. Ich stehe für dieses Geschäft zu Eurer Verfügung."

Nun meint die Herzogin mit dem Anflug eines spöttischen Lächelns, dass Bonisak sicherlich nichts von der Situation um den Geldhandel in München hätte wissen können, es schon spät sei und sie die Audienz beenden müsse. Ich bitte sie, noch eine Frage stellen zu dürfen. Sie blickt ungeduldig, nickt aber kurz. „Eure Durchlaucht, wenn ich zusammen mit meiner Gattin die Geldgeschäfte ordentlich und ehrlich betreibe, so wäre dies auch ein Gewinn für Euch und die Stadt. Ihr sagtet zuvor, Ihr wolltet, zumindest offiziell, keine jüdische Gemeinde mehr. Aber wie sicher könnten wir dann hier als eine der wenigen jüdischen Familien leben? Wir wollen bleiben, ich bin hier geboren und habe Verantwortung für meine Frau und meine Tochter. Die Juden in Bozen sind sicher, weil ihnen der Herzog von Tirol einen Schutzbrief ausstellte. Um einen solchen bitten auch wir untertänigst."

Mathilde überlegt und sagt, sie müsse sich noch mit Ludwig besprechen, habe jedoch keinen Zweifel, dass sie diesen Wunsch erfüllen könne. Sie erhebt sich, klatscht zweimal energisch in die Hände, eine kleine Seitentür öffnet sich und der Diener kommt in den Saal. Ich verbeuge mich vor ihr, sie verharrt stehend an ihrem Platz und sagt, ich solle in zwei Wochen wiederkommen. Der Diener geleitet mich zum Portal und ich freue mich, Marie und Anna wiederzusehen. Auf den Stühlen sitzen festlich gekleidete Männer und Frauen.

Maria und Anna sind nicht unter ihnen. So steige ich die Treppen über die zwei Stockwerke hinab und gehe auf den Platz. Das helle Licht blendet mich. Ich sehe sie auf der Bank neben dem Brunnen sitzen und laufe zu ihnen. Anna kommt mir entgegen, ich nehme sie, halte sie hoch und drückte sie fest an mich. Maria scheint verärgert: „Anna ist es beim Warten langweilig geworden und sie weinte laut. Daraufhin wurden wir von den Wächtern aufgefordert, sofort die Residenz zu verlassen." Sichtlich ungehalten fügt sie an: „Das Gespräch dauerte über eine Stunde. Die Herzogin hat wohl Gefallen an dir gefunden. Warum durften wir nicht mit dabei sein?" Mit wenigen Worten erzähle ich von unserer Wohnung, der Freundschaft des Rabbiners mit Bruder Arnfried und dass wir einen Schutzbrief bekämen, wenn ich den Geldhandel für die Stadt übernehmen würde. Maria blickt mich an und lächelt. „Bisher habe ich mich um unser Geld gekümmert." Etwas kleinlaut erwidere ich: „Ich habe meine Erfahrungen mit Geldgeschäften schöngeredet. Insgeheim meint sie wohl, wir Juden hätten den Umgang mit Geld im Blut. Sie brauchen uns dringend, denn ohne Geldleihe und Münztausch könne der wachsende Handel in der Stadt nicht florieren. Ich bin sicher, liebe Maria, mit deiner Hilfe werden wir es schaffen." Sie scheint versöhnt und küsst mich auf die Stirn. Die Liebschaft von Süßkind mit der Herzogin erwähne ich nicht, nur dass sie glücklich schien, ihr Buch wieder in den Händen zu halten.

Auf dem Weg zurück zur Herberge möchte Maria nach ihrer Dachkammer sehen. Wir gehen in die Dienergasse, ich halte Anna in meinen Armen und wir klettern in der Dunkelheit die steilen, knarzenden Treppen hinauf. Die Tür zur Kammer ist geöffnet. Bis auf einige Stuhlbeine, einen umgekippten Schrank und eine aus den Fugen geratene Kommode fehlen Möbel und Hausrat. Maria sagt gefasst, das hätte sie erwartet und mit dem Hauswirt sei das letzte Wort noch nicht gesprochen.

Vorsichtig und langsam steigen wir die Treppen hinab und betreten den Hinterhof. Dort steht er bereits. Er ist klein, hat eine rote Nase und trägt eine abgewetzte Lederkappe auf seinem Kopf mit spärlichem Haar. Um seinen Bierbauch hat er eine grüne, fleckige Schürze gebunden. Er lehnt an einer Fensterbank, auf der ein Maßkrug steht, und nimmt einen tiefen Schluck, bevor er auf Maria zugeht. Sie fragt ihn wütend, wer ihre Kammer geplündert hätte. Mit seiner Fistelstimme entgegnet er: „Man sagt, du wärst mit einem Juden geflohen und würdest nie mehr zurückkehren. Darauf bedienten sich deine Nachbarn. Viel zu holen war ohnehin nicht. Zudem haben Juden in meinem Haus nichts verloren. Außerdem musst du noch den Zins für einen Monat zahlen." Maria grinst und antwortet: „In diesem schäbigen Loch wollen wir ohnehin nicht leben. Mein Mann Jakov kommt soeben von der Herzogin und wird bald in ihren Diensten stehen. Außerdem gewährt uns seine Durchlaucht, der Herzog, einen Schutzbrief. Die Möbel werden wir morgen abholen lassen. Mit dem, was du aus meiner Kammer gestohlen hast, ist die Miete längst abgegolten. Teile davon liegen sicherlich in deiner Wohnung." Daraufhin verlassen wir wortlos den Hof und gehen langsam zur Herberge.

Auf dem Weg dorthin kaufen wir in der Pfistergasse warme Brezen. Anna kann davon nicht genug bekommen und ich gebe ihr ein Stück. Wir betreten Helgas schon gut besetzte Wirtsstube. Kaum sitzen wir am Tisch, gesellt sie sich zu uns und will vom Gespräch mit der Herzogin erfahren. Maria berichtet so ausführlich, als wäre sie selbst dabei gewesen. Bald stehen zwei Maßkrüge auf unserem Tisch, eine Suppe mit Kohlrabi und Rindfleisch und ein Korb voller Brezen. Maria bittet Helga, ihr den Hausknecht auszuleihen. Sie würde das selbstverständlich bezahlen. Wir müssten unsere Wohnung in der Gruftgasse reinigen und einige Möbelstücke aus Marias Kammer dorthin bringen. Die beiden einigen sich schnell auf den Arbeitslohn und schon morgen sollen die Räume meiner Eltern gereinigt werden. In der Gaststube ist es laut geworden. Einige der

Damen gehen bereits am späten Nachmittag mit ihren Freiern in den ersten Stock.

Ich frage Helga nach einem Schreiner, der die Wohnungstür einrichten könne. Mit ihrem fülligen Körper erhebt sie sich langsam und ruft laut nach einem Xaver Kreuzeder. Ein stämmiger, älterer Mann mit einer blauen Mütze und einem blauen Hemd mit breitem Gürtel kommt langsam herbei. Er steht vor uns, mit gerötetem Gesicht, hält einen Maßkrug und sieht uns fragend an. Ich erzähle ihm von der Tür in der Gruftgasse und den Möbelstücken, die er vielleicht leimen könne. Er wirft einen Blick auf Helga, sie nickt und wir verabreden uns für morgen Nachmittag. Ich füge an, dass wir einen Wagen hätten, um die Möbel zu befördern.

Nach dem anstrengenden Tag gehen wir zu unserem Pferd, versorgen es und setzen Anna für einige Minuten auf dessen Rücken. Zunächst scheint sie ängstlich, bald lächelt sie und streichelt mit einer Hand vorsichtig die Mähne. Unser Wagen steht noch in der abgeschlossenen Remise und nichts fehlt. Dann verlassen wir in der Dämmerung des frühen Abends den Hof und schleppen uns müde und ich etwas benebelt vom Bier in das Dachzimmer. Das Lachen der Frauen und Männer und das Knarzen der Betten sind die frivole Begleitmusik in diesem Haus. Nachdem Anna eingeschlafen war, fallen auch wir uns in die Arme. Wir lieben uns lange und leidenschaftlich und liegen dann erschöpft nebeneinander wach im Bett. Marias Körper fühlt sich weich an, die Brüste sind voller. Ich streiche zärtlich über ihre Brustwarzen. Sie grinst und kichert und schiebt meine Hand weg: „Jakov, verzeih, ich bin genauso kitzlig wie du. Aber warum plötzlich dein besorgter Blick?"

Nach einem kurzen Zögern spreche ich aus, was mich bewegt: „Liebe Maria, die Ereignisse der letzten Tage könnten uns sehr zuversichtlich stimmen. Doch ich ahne, ein Unglück wird über uns hereinbrechen und alles zunichtemachen. Ohne die Ermordung meiner Eltern wären wir nicht verheiratet, hätten wir keine Tochter und stünden nicht in der Gunst der Herzogin. Ich verdanke unser Glück dem Tod meiner Familie! Geht das alles mit rechten Dingen zu?" Meine Gedanken kreisen dabei um das Auftauchen der Engel und um das Vermächtnis meiner Eltern. Maria überlegt lange, bevor sie antwortet. „Du solltest nicht so hart mit dir selbst sein. Wir beide sind vom Schicksal schwer geschlagen. Warum dürfen wir nicht mit unserer Tochter ohne Gewissensbisse ein glückliches Leben führen? Uns trifft keine Schuld am Schicksal unserer Familien. Wir müssen sie in guter Erinnerung bewahren, aber nicht ihretwegen ein Leben in stetiger Trauer führen." Ich verstehe Maria, aber dennoch wird das Schicksal der Eltern uns nicht loslassen, wie ein Schatten verfolgen. Vielleicht gelingt es, Anna davor zu bewahren.

Es ist kühl an diesem Herbstmorgen, als wir mit der Hilfe des Schreiners Kreuzeder unsere Verkaufsbude nahe der Jakobskirche aufbauen. Die Jacobi Dult ist ein wichtiges Ereignis in der Stadt. Wir wollen die wertvollen Stoffe aus Venedig und die orientalischen Gewürze verkaufen. Kurz nach dem Morgenläuten steht unser Verkaufsstand, Kreuzeder geht mit seinem kleinen Lohn sofort in das nächste Wirtshaus. Schnell füllt sich der Platz. Unsere venezianische Ware verkauft sich schnell und gut. Maria umhüllt die Kundinnen mit dem wertvollen Tuch und begeistert sie, ich schneide die Stoffteile, verhandele den Preis und kassiere das Geld. Anna sitzt fröhlich auf der Verkaufstheke und kaut an einer Brezen.

Gaukler und Taschenspieler sind unterwegs und auf einer provisorischen Holzbühne werden Mysterienspiele aufgeführt. Eva, leicht bekleidet, beißt in den Apfel und wird von Adam und dem Teufel bezirzt. Dabei fluchen sie laut und werfen sich gegenseitig derbe Schimpfworte an den Kopf. Das umstehende Publikum zerreißt sich vor Lachen und schnell klimpern die Münzen im Klingelbeutel der Theaterleute. Die Fässer am Bierstand sind bereits geleert. Mehrere betrunkene Männer liegen in ihrem Erbrochenen neben der Bude.

Gegen Mittag haben wir schon mehr als zehn Stoffballen und einen großen Teil der Gewürze verkauft. Unser Geldbeutel füllt sich. Zur Mittagszeit strömen die Menschen in die nahen Wirtshäuser und das Gedränge auf dem Markt löst sich auf. Die Armen gehen zur Suppenküche von St. Peter.

Nach der Pause kommen sie wieder zurück zum Platz. Eine der Damen aus unserer Herberge kauft für zwei Kleider vom dunkelblauen Samtstoff. Sie spricht mit uns wie mit alten Bekannten, feilscht nicht um den Preis und drückt nach dem Handel Anna zwei dicke Küsse auf die Wangen. Maria lächelt und überreicht ihr noch ein Fläschchen mit aromatischem Rosenöl. Als die Sonne langsam untergeht, bleiben uns noch zwei Stoffballen und fast alle Gewürze sind verkauft.

Seit dem frühen Morgen hoffte ich, dass Süßkind vorbeikäme. Meine Liebe zu ihm hat nicht nachgelassen. Am späten Nachmittag, glaube ich, ihn unter den Gauklern zu erkennen. Ich sehe eine Gestalt mit lockigem, grauem Haar, so wie Süßkind es trug. Sie dreht sich in unsere Richtung. Die Schminke in ihrem Gesicht ist verschmiert. Vielleicht war sie vorhin auf der Bühne. Schnell verschwindet die Frau hinter einer Bude.

Meine düsteren Erwartungen haben sich nicht erfüllt. Wir verbergen unseren Glauben und leben unbehelligt in der Gruftgasse. Die Wohnung meiner Eltern ist mit den wenigen Möbelstücken nur spärlich eingerichtet. Helga erzählte vom Trödler Meir Ben Moises. Er hätte sein Lager außerhalb der Stadtmauer nahe dem Kaufingertor. So nehmen wir unser Pferd und unseren Karren, lassen die Tore der Stadt hinter uns und suchen den Trödelladen. Nach kurzer langsamer Fahrt sehen wir an der rechten Seite der Straße eine Scheune, deren großes Tor weit geöffnet ist. Der Raum ist vollgestellt mit gebrauchtem Hausrat. Aufeinander gestapelte, windschiefe Tische und Stühle reichen bis zur Decke. Wir steigen von unserem Wagen, binden das Pferd fest, ich halte Anna an der Hand und wir gehen vorsichtig in die Scheune. Meir sitzt im hinteren Bereich seines Ladens auf einer Bank. Er lächelt, als er uns kommen sieht. Hinter ihm steht eine jüngere Frau und stützt sich auf seine Schultern. Sie trägt ein ärmelloses Kleid aus dunklem Leinenstoff, ist jung und hübsch und könnte seine Tochter sein. Maria flüstert hinter vorgehaltener Hand, sie kenne das Mädchen aus Helgas Herberge. Der Trödler steht nun auf, während das Mädchen nicht von seiner Seite weicht. Wir gehen umher, betrachten die zum Verkauf stehenden, gebrauchten Gegenstände und Maria legt Töpfe und Geschirr, Kissen und Federbetten auf einen langen Tisch.

Das Mädchen kommt mit einem kleinen Kasper aus Stoff und gibt ihn Anna, die lächelnd die Puppe an sich drückt und dann vor Freude das Mädchen umarmt. Meir bietet uns Platz an einem langen Tisch. Wir hadern mit seinen Preisen, wollen auch diesen Tisch mit den Stühlen kaufen, einigen uns und Maria steckt dem Trödler die Münzen zu.

Mir brennt eine Frage auf der Zunge. Zunächst zögerlich, bitte ich Meir mit leiser Stimme, mir zu erzählen, wie er das Feuer in der Synagoge überlebt hätte. Er antwortet: „Lieber Jakov, ich erinnere mich, wie wir in der Schul nebeneinanderstanden. Du warst ein kleiner Junge und kamst mit deinem seligen Vater täglich zum Gebet. Einige Monate nach den hohen Feiertagen raffte die Pest meine geliebte Frau und meine einzige Tochter Rachele dahin. Über ihren Tod hatte ich meinen Glauben verloren. Ich betrat nie mehr ein Gotteshaus. Welch eine Ironie? Das rettete mein Leben. Nun bin ich Meir, der harmlose Trödler, der überlebte. Die junge Frau an meiner Seite ist Rosalinde. Sie schenkt mir Zuversicht. Wenn Helga sie entbehren kann, kommt sie zu mir. Da ich kein Kind von Traurigkeit bin, freue ich mich über ihre Besuche und danke Helga für ihre Großzügigkeit. Mit ihr bin ich seit meinen Kindertagen gut befreundet."

Gemeinsam laden wir unsere Einkäufe auf den Karren. Rosalinde bittet uns, sie mitzunehmen und bei Helga abzusetzen. Bald sitzen wir zu viert auf dem Kutschbock, fahren zum Stadttor und dürfen einfahren, nachdem wir wie üblich unser überhöhtes Einlassgeld gezahlt hatten. Ich lenke den Wagen entlang der inneren Stadtmauer, vorbei an den kleinen armseligen Hütten, bis hin zur Absteige am Schäfflerturm. Rosalinde verabschiedet sich. Die zwei Frauen klettern vom Karren auf die Straße und gehen gemeinsam in das Wirtshaus. Bald kommen Maria und Kreuzeder zurück. Er schleppt eine schwere Kiste mit Werkzeug. Sie hält ein Wäschebündel unter dem Arm. Nachdem alles im Wagen verstaut ist, öffnet sich die Tür zur Wirtsstube, Helga ruft laut: „Ihr sollt mir nicht verhungern", und bringt eine große, dampfende Suppenschüssel. Ich bin ihr dankbar. Mir knurrt schon der Magen. Nun fahren wir gemeinsam zur Wohnung in die Gruftgasse. Maria flüstert mir zu: „Der Schreiner soll uns beim Tragen in die Wohnung helfen und die wackligen Stühle reparieren." Gemeinsam schleppen wir den Hausrat in die Wohnung. Anna drückt den Kasper fest an ihren kleinen Körper und lächelt. Ihr Lächeln stimmt mich glücklich. Es ist bereits kühl geworden an diesem späten Nachmittag. Uns fehlt Holz für den Kamin im Wohnzimmer. Kreuzeder ist leicht angetrunken. Er leimt die Stühle und befestigt die Klebestellen mit Schnüren. Er flucht, wenn zu viel vom Holzleim auf den Boden tropft. Bald hat er die Stühle zusammengefügt und in einer Ecke des Zimmers zum Trocknen aufgestellt. Er bekommt einen Teller von Helgas Essen, einige Kreuzer und wird sicherlich ohne Zögern das nächste Wirtshaus ansteuern, um seinen stets großen Durst zu löschen.

Nach getaner Arbeit wollen wir zu Abend essen. Ich gehe in den Hof, um vom Brunnen frisches Wasser zu holen. Es sind die letzten Oktobertage, es hat zu regnen begonnen und ein kühler Wind weht. Endlich sitzen wir um den Tisch, schöpfen Rindfleisch und Hirsebrei aus Helgas Topf auf unsere Holzteller aus dem Laden von Meir. Wir haben von Süßkind gelernt, nur mit Löffel und Gabel zu essen. Anna tut sich noch schwer, isst wenig und füttert im Spiel ihren Kasper. Sie verlangt nach Brezen. Wir zucken mit den Schultern und erklären ihr, dass die Pfisterei bereits geschlossen hätte. Sie nickt und gibt sich mit dieser Auskunft zufrieden.

Wir haben eine Kerze angezündet, weil es dunkel wird. Bald gehen wir zu Bett und liegen unter dem großen Federbett. Es zieht und ein kühler Luftzug bläst die Flamme aus. Maria und Anna schlafen sofort ein. Ich liege auf dem Rücken, starre zur Decke und fantasiere, im Bett meiner Kindheit und Jugend zu liegen und die Worte von Vater und Mutter aus dem Nebenzimmer zu hören. Ihre Stimmen sind leise, weit entfernt und verstummen unversehens. Ich verberge mein Gesicht im Kissen und weine. Maria streicht über mein Haar, sie muss aufgewacht sein. Anna liegt zwischen uns. Langsam falle ich in einen tiefen, bleiernen Schlaf.

Am Morgen erwache ich früh und während Maria und Anna noch schlafen, laufe ich zur Pfisterei hinter der Residenz, hole Brezen und Honig. Ich bin zu dünn angezogen und friere. Es weht ein kalter, schneidender Wind und es riecht nach Schnee. Zurück in der Wohnung sehe ich Anna und Maria schon am Tisch sitzen und die Reste von gestern Abend essen. Nun verschlingen sie die frischen Brezen und löffeln aus dem Honigtopf. Maria meint, wir sollten nach Mimi schauen. Wir gehen hinunter. Sie steht im Stall, neben unserem Wagen. Wir füttern das Tier. In einer Ecke sehe ich eine große Kiste. Ich erinnere mich, dass wir früher dort Brennholz aufbewahrten. Tatsächlich, ist sie noch halb mit Holzscheiten gefüllt. Diese Kiste wurde nicht geplündert. Endlich können wir unseren Kamin heizen. Wie selbstverständlich war das alles, als Vater und Mutter noch lebten.

Nachdem ich nach mehreren Versuchen mit großer Mühe das Feuer im Kamin entzünden konnte, wird es langsam wärmer in der Stube und wir haben genügend Zeit, miteinander zu sprechen. Anna sitzt in einer Ecke nahe am Kamin und spielt mit ihrem Kasper. Maria fragt, ob ich schon etwas von der Herzogin gehört hätte: „Es wäre schön, lieber Jakov, wenn wir endlich den Schutzbrief und die Schlüssel zum Laden von Ben David erhielten." Ich erinnere mich an das lange Gespräch in der Residenz, an das Wohlwollen der Herzogin. „Vielleicht sollte ich bei ihr erneut vorsprechen", erwidere ich. Maria nickt und antwortet: „Bitte um Einlass in die Residenz. Verhandele mit ihr und frage nach dem Schutzbrief und den Schlüsseln." Ich habe Angst. Würden Sie Jakov Baumeister einsperren, wenn er sich wieder dorthin wagte? Maria gibt mir einen Umhang, den sie vor einigen Tagen aus unserem italienischen Tuch genäht hatte, ich streife ihn über und laufe hinunter auf die Straße.

Nach wie vor ziehen dunkle Wolken von Osten auf und es fällt leichter Regen. Schnell erreiche ich die Residenz und vor dem Portal bitte ich die mürrisch dreinblickenden Wachleute um Einlass, weil ich die Herzogin sprechen will. Sie lachen laut auf und sagen: „Herzog Ludwig der Strenge weilt nicht in München. Er bereist die bayerischen Lande und besucht seine Untertanen. Die Herzogin Mathilde ist unpässlich und hält in dieser Woche für das gemeine Volk keine Audienzen." Ich überlege, während mich ihre verächtlichen Blicke treffen, und sage etwas kleinlaut: „Uns wurde ein Schutzbrief versprochen und außerdem benötigen wir die Schlüssel für den

Laden von Ben David, ansonsten wird es in dieser Stadt keinen Geldhandel geben! Bitte richtet dies untertänigst der Herzogin aus." Ihre Antwort war zu erwarten. Sie lachen abermals hämisch und kreuzen demonstrativ ihre Lanzen vor dem Portal. Ich verneige mich kurz und gehe langsam zurück zur Gruftgasse, vorbei an unserer Synagoge, die jetzt eine Kirche mit einem Kreuz auf dem Dach ist. Ich verweile kurz davor, die Brandspuren sind beseitigt und es scheint, als hätte es in dieser Stadt nie ein jüdisches Gotteshaus gegeben. Wieder kommen mir Tränen und ich habe den Wunsch, diesen uns feindlich gesonnenen Ort eiligst zu verlassen. Zu Hause erzähle ich Maria von meinem erfolglosen Auftritt vor der Residenz, dem respektlosen Verhalten der Wachleute. Maria fügt an: „Sie sprechen nur aus, was ihre hochwohlgeborenen Vorgesetzten denken." Ich fürchte, die Herzogin war so zuvorkommend allein wegen des Buches und des Versprechens meiner Diskretion. Außerdem schwelgte sie vielleicht in Erinnerungen an Süßkind. Das alles scheint für sie nun vergessen.

Es waren einige Tage vergangen, der erste Schnee war gefallen und hatte die Stadt in ein dünnes, weißes Kleid gehüllt, als jemand kurz nach dem Mittagsläuten heftig an unsere Tür klopft. Nach einigem Zögern, ich fürchte, jemand könnte uns Gewalt antun wollen, öffne ich vorsichtig und einer von den Wachleuten der Residenz steht vor mir. Er überreicht mit steinerner Miene einen großen Schlüssel aus Schmiedeeisen und einen Brief mit dem herzoglichen Siegel. Dann wendet er sich grußlos ab und läuft die Treppen hinunter zur Straße, als hätte er große Eile, dieses Haus zu verlassen. Maria und Anna kommen aufgeregt aus dem Schlafzimmer, ich lege den Schlüssel und den Brief auf den Tisch. Schweigend verharren wir einige Sekunden und starren auf die Tischplatte. Dann nimmt Maria den Umschlag, bricht das Siegel, hält kurz inne und übergibt mir das Schreiben. Ich überfliege die Zeilen und lese vor:

Verehrter Jakov Baumeister,

hiermit bestätige ich, Mathilde von Bayern, im Namen des Herzogs Ludwig der Strenge, dass Ihr unter dem Schutz Seiner Hoheit steht. Dieser Schutzbrief gilt bis auf Widerruf durch den Herzog.

Ich überlasse Euch den Schlüssel für den Laden des verstorbenen Geldverleihers Isaac Ben David. Um Zugang zu seinen Geschäften zu erhalten, mussten wir das Schloss austauschen. Der zweite Schlüssel wird in der Vogtei hinterlegt. Alle anderen Gegenstände im Laden des Isaac Ben David blieben unangetastet.

In der Vogtei bekommt Ihr das Startkapital für Euren Geldwechsel als einjähriges Darlehen ausgehändigt.

Die Ausübung Eures Glaubens ist in der Öffentlichkeit vorerst nicht gestattet. Handelt als getreue Untertanen des Herzogtums gottesfürchtig.

Mit Herzoglichem Gruß
Mathilde von Bayern"

Wir hatten nun einen Schutzbrief, der nicht wirklich schützte. In der Öffentlichkeit sollten wir per Dekret unsere Herkunft verbergen. Zumindest war das Gebet zu Hause gestattet. Maria betrachtet den großen Schlüssel. Er scheint neu gefertigt. Das geschmiedete Metall glänzt noch. Nachdem es ihr zunächst die Stimme verschlagen hatte, sagt sie nach einigen Schrecksekunden: „Immerhin hat sich die hochwohlgeborene Herzogin endlich zu einigen Worten herabgelassen. Ihr Schutzbrief ist wenig wert, aber besser als nichts. Morgen sehen wir uns die Geschäftsräume von Isaac Ben David an und holen das Geld in der Vogtei. Heute Nachmittag sollten wir einen Schneider aufsuchen, der vor einigen Monaten aus Trier zugezogen ist. Er hat eine kleine Werkstatt neben dem neu errichteten Zerwirkgewölbe im Graggenauer Viertel, das erzählte Helga."

Anna weint laut. Sie hat Hunger und außerdem ihren Kasper verlegt. Gemeinsam suchen wir das Spielzeug. Ich krieche unter das Bett und finde die Puppe. Als ich sie hervorziehe, sehe ich daneben verstreuten Rattenkot. Mit einem langen Besen und einer Schaufel reinigen wir das Schlafzimmer gründlich.

Helgas Absteige liegt auf dem Weg zum Schneider. Mit einem Stoffballen unter dem Arm kehren wir dort ein. Als sie uns sieht, zeigt sie sofort auf einen Tisch und wir nehmen Platz. Nach wenigen Minuten kommt sie mit Bechern und einem Krug Bier und setzt sich zu uns. Maria legt den Brief der Herzogin auf den Tisch. Sie schüttelt verlegen den Kopf und ich lese die wenigen Zeilen vor. Nach den letzten Worten überlegt sie eine Weile und sagt dann: „Das ist doch gut. Ihr habt jetzt einen Schutzbrief und sollt den Judenhut nicht tragen. Das wird euch das Gesindel fernhalten. In einigen Tagen müsst ihr die Geldleihe öffnen. Für eine kleine Beteiligung werde ich Kunden aus meinem Haus schicken." Um unseren Handel zu besiegeln, stoßen wir mit den Krügen an und trinken vom kühlen, süffigen Bier. Rosalinde kommt zu unserem Tisch, setzt sich neben Anna und gibt ihr eine kleine, niedliche Puppe mit einer Krone auf dem Kopf. Anna ist glücklich, hält den Kasper und die Prinzessin und Rosalinde spielt mit ihr an einem benachbarten Tisch. Sie lassen die beiden Puppen gemeinsam über die Tischplatte tanzen, bis Rosalinde von einem Freier abgeholt wird.

Nach dem Mittagessen suchen wir die Werkstatt des Schneiders. Ein kalter Wind pfeift durch die Gassen. Wir frieren in unserer Sommerkleidung, laufen in Richtung des Graggenauer Viertels, holen in der Pfisterei für Anna noch einige Brezen und stehen schnell vor dem Zerwirkgewölbe, von dem der Geruch nach Wild und Bratenfleisch ausgeht.

Einige Meter entfernt, über einer schief im Türrahmen hängenden Eingangstür, deutet ein Schild mit einer schlecht gezeichneten Schere auf die Schneiderei. Darunter steht der Name des Besitzers „C. Rosso". Wir klopfen, die Tür wird von innen geöffnet und ein kleiner schmächtiger Mann mit grauem Haar und dunklem Teint bittet uns in seine Werkstatt. Er lächelt freundlich, sagt, sein Name sei „Christian Rosso", und begrüßt mich mit einem festen Händedruck. Ich lege unseren Tuchballen auf den großen Schneidetisch, der fast den gesamten Raum ausfüllt. An der Seite stehen einige Stühle und in einem offenen Kamin lodert ein kleines Feuer. Er fragt, womit er dienen könne. Ich antworte: „Wir haben einen Ballen Stoff aus

Italien, wohl das Land Eurer Väter, Tuch von bester Qualität, wie Ihr Euch selbst überzeugen könnt. Da der Winter bevorsteht, benötigen wir warme, lange Umhänge für mich, meine Frau Maria und meine Tochter Anna. Nach meiner Rechnung bleibt etwa ein Drittel vom Stoff übrig. Genug, um damit Eure Arbeit zu entlohnen." Der Schneider breitet das Tuch auf dem gesamten Tisch aus. Ein größerer Teil fällt am Ende der Kante auf den Boden. Nun nimmt er Maß, zunächst von mir, dann von Anna und schließlich von Maria und zeichnet still mit Kreide Striche und Zahlen auf das Tuch. Dann tritt er einen Schritt zurück, blickt angespannt auf den Tisch, während er seinen Kopf langsam nach links und rechts wiegt und sagt, nachdem er seine Hand auf meine rechte Schulter gelegt und mich angeblickt hatte: „Ich glaube, wir sind vom gleichen Stamm. Mein Name ist „Ezra", heute trage ich den Taufnamen „Christian". Er rettete mir das Leben. Euer Angebot kann ich annehmen, allerdings müsst Ihr noch fünf Kreuzer drauflegen." Ich nicke zustimmend. „Von Deiner Frau Maria müsste ich nochmals genauer das Maß nehmen." Maria bittet Anna, allein mit dem Kasper und der Prinzessin zu spielen, und steht nun aufrecht vor dem Schneider. Mit leichtem Kopfschütteln legt er das Maßband um ihre Taille, ihren Bauch und von der Schulter bis zu den Füßen. Ich erblicke ihr Profil, sehe, wie schön sie ist, dass ihr Bauch sich leicht nach außen wölbt, sehe ihren größeren Busen und begehre sie. Das gute Essen der letzten Tage hat bei ihr angeschlagen, denke ich. Wieder schreibt Ezra Zahlen auf den Stoff. Dann zieht er mich zu sich und flüstert einige Worte in mein Ohr: „Deine Frau braucht für den Winter und das Frühjahr einen weiteren Mantel, als ich vorhin annahm. Deshalb habe ich nochmals gemessen. Ich bin kein Medikus, aber ich glaube, sie ist guter Hoffnung." Als er das sagt, verschlägt es mir zunächst die Stimme. Ich überlege und erinnere mich an ihre Erzählung über die erlittene, brutale Vergewaltigung und die Fehlgeburt. Ich sage zu Ezra: „Maria glaubt fest, sie könne wegen einer beinahe tödlichen Fehlgeburt nicht schwanger werden." Der Schneider zuckt mit den Achseln und sagt eilig, um das Thema zu wechseln, wir könnten in einer Woche die fertigen Umhänge abholen. Aus einer Schublade nimmt er

Trockenobst, taucht es in Honig und gibt es Anna. Sie greift sofort zu, lächelt und lässt dabei versehentlich ihre Puppen auf dem Boden gleiten. Ich sammle ihr Spielzeug ein, wir verabschieden uns herzlich vom Schneider, und gehen hinaus auf die Straße. Die Abenddämmerung setzt ein, es ist später Nachmittag und noch kälter geworden. Große Schneeflocken wirbeln in der Luft und schmelzen schnell dahin, wenn sie den Boden berührten. Anna ist müde, will nicht mehr gehen, ich setze sie auf meine Schultern, während Maria von mir wissen will, was ich mit dem Schneider getuschelt hätte. Ich zögere mit meiner Antwort und suche nach Ausflüchten: „Ezra fragte, ob du gesund bist, denn die Blässe in deinem Gesicht würde ihn beunruhigen. Wir sollten das abends besprechen." Maria schüttelt heftig den Kopf und beugt sich gleichzeitig nach hinten, Gesten des Zweifels an meinen Worten. Auf dem Weg zur Gruftgasse überqueren wir den St.-Jakobs-Platz, gehen vorbei an der Kirche. Ein leichter Wind ist aufgekommen, die Wolken reißen auf und die Abendsonne taucht den Platz in rötliches Licht.

Müde gelangen wir nach Hause, steigen langsam die Treppen empor und ich schließe die Wohnungstür auf. Es ist kalt in den Räumen, ich lege Holzscheite auf die noch nicht erloschene Glut. Das Feuer lodert auf, verbreitet wohlige Wärme und warmes Licht. Wir essen die Reste von gestern, Brot und Käse, und gehen früh zu Bett. Anna ist schon vor dem Essen eingeschlafen und hält Prinzessin und Kasper fest an sich gedrückt.

Bevor ich mich niederlege, gehe ich in den Hof, verrichte meine Notdurft, fülle dann einen Krug mit Wasser aus dem Brunnen und eile zurück in die Wohnung. Maria liegt bereits im Ehebett. Sie trägt ein dünnes Nachthemd. Ich entkleide mich und lege mich zu ihr. Sie schmiegt sich eng an mich und sagt: „Nun erzähl doch bitte, worüber der Schneider so vertraulich mit dir sprach. Ich bin neugierig!" Die Vermutungen von Ezra waren für mich so abwegig, dass ich nicht darüber sprechen will. Ich lege meine Finger auf ihre Lippen, streiche mit meiner Hand über ihre festen Brüste, verharre, spüre ein starkes Verlangen, gleite langsam und vorsichtig hinab auf ihren Bauch und verweile dort. Sie drückt ihre Hand so fest auf meine, dass ich das Pochen in meinen und ihren Adern zu spüren glaube. Plötzlich fühle ich auf ihrem Bauch ein leichtes Beben. Was war das? Sind das Marias Hexenkünste? Meine Hand bewegt sich langsam und zärtlich weiter nach unten. Wir lieben uns leidenschaftlich, aber nicht ungestüm.

Am frühen Morgen kommt Anna mit ihrer Prinzessin und ihrem Kasper zu uns ins Bett. An Schlaf ist nicht mehr zu denken. Ich stehe auf. Es ist bereits hell. Ich setze Anna auf den Topf. Maria ist nun aufgewacht, sie reibt sich die Augen, blinzelt und streicht sich mit der Hand sanft über den Bauch. Nach einer Weile blickt sie erwartungsvoll zu mir. Ich lächle, gehe zu ihr und küsse sie auf die Stirn. Sie flüstert: „Vielleicht schenkt Gott uns noch ein Kind? Ich spüre es in mir." Sie wünscht sich das Unmögliche, hofft und könnte schwer enttäuscht werden. So erwidere ich: „Liebe Maria, du sagtest selbst, du könntest keine Kinder bekommen, und nun soll ein Wunder geschehen?" Sie antwortet: „Ein leises Klopfen in meinem Bauch ist ein untrügliches Zeichen. So ist das Leben, wir sollten uns freuen und es so nehmen, wie es kommt und mit niemandem darüber sprechen." Ich bin erstaunt über ihre Gelassenheit.

Nach einem bescheidenen Frühstück verlassen wir die Wohnung, durchstreifen die Gruftgasse, erreichen den Markt und gehen zwischen den Buden bis zum Rathaus. Im Erdgeschoss befinden sich zu beiden Seiten des großen Eingangsportals kleine Läden. Hinter dem Rathaus führt eine Straße vorbei an Sankt Peter mit dem mächtigen Turm bis zum Talbrucktor. An der Rückseite der Kirche traf ich erstmals Maria.

Wir suchen das Geschäft vom verstorbenen Isaac Ben David. Ich erinnere mich, es war der Laden neben dem Fischgeschäft. Der Schlüssel, den uns die Herzogin überbringen ließ, passt. Mit viel Kraft drehe ich ihn und fürchte, er könnte zerbersten. Endlich bewegte er die Falle im Schloss. Wir stemmen uns gegen die Tür, die sich langsam mit einem lauten Quietschen nach innen öffnet. Im Raum ist es dunkel. Beißender Geruch raubt uns den Atem. Dieser Ort erinnert mich an die Münzwerkstatt von Bonisak. Maria öffnet sofort das kleine Fenster zum Platz, an dessen Gitter schwarze

Spinnennetze kleben. Nun zeichnen sich im Halbdunkel die Umrisse der Einrichtung ab. Gegenüber der Tür an der Wand steht eine große schwere Holztruhe, daneben ein Bottich mit Zitronensäure. Der danebenliegende Deckel passt darauf. Ich trage ihn hinaus vor den Laden. Der scharfe Geruch verzieht sich nur langsam. In der Mitte steht ein länglicher Tisch mit mehreren Stühlen. Darauf liegt ein Gebetsschal, daneben ein Gebetsbuch, eine geöffnete Kladde, auf der lange Zahlenkolonnen fein säuberlich aufgeschrieben stehen, und ein Rechenbrett mit Kugeln. Maria und Anna entfernen die Spinnweben vom Tisch. An der Wand vor der Truhe hängt ein grauer Teppich mit einem eingestickten Bild der Umrisse von Jerusalem. Darunter auf dem Boden steht ein Paar Holzschuhe. Ich denke an Isaac Ben David. Er war mit meinen Eltern befreundet und fand wie sie während des Gebetes den fürchterlichen Feuertod. Ich lege den Gebetsschal um, nehme das Gebetsbuch zur Hand und sage für ihn und meine Eltern das Kaddisch-Gebet. Maria und Anna stehen schweigend neben mir.

Tür und Fenster sind noch geöffnet. Ein kühler, angenehmer Luftzug von der Straße durchzieht den Raum. Um die Truhe zu öffnen, benötigen wir den Schlüssel für das grob geschmiedete Vorhängeschloss. An welcher Stelle hat Ben David den Schlüssel aufbewahrt? Er hat sein Geschäft offenbar in großer Eile für das Abendgebet verlassen und wollte zurückkommen, um seine Bücher zu führen, das Silbergeld in der Zitronensäure zu baden oder sein Geld zu zählen. Schließlich verließ er seinen Laden unaufgeräumt. Er hätte den Schlüssel bei sich tragen oder in seinem Geschäft an einem sicheren Ort verstecken können.

Anna wird es langweilig. Sie weint und klagt über Hunger. Maria verlässt mit ihr die Geldleihe, um beim Pfister Brezen zu kaufen.

Isaac war ein sehr vorsichtiger Mann. Warum lag der Deckel nicht auf dem Säurebottich und warum hatte er ihn geöffnet? Er wusste doch, er würde die gefährlichen Dämpfe einatmen, wenn er bald zurückkäme. Das sind alles Mutmaßungen. Ich suche an verschiedenen Stellen. In den Holzschuhen, an allen Ecken und Enden der Geldleihe, ohne fündig zu werden.

Ben David beschäftigte sich mit der Mystik der Kabbala, deren Anfänge vor etwa 100 Jahren in Südfrankreich liegen. Mein seliger Vater kritisierte seine Geheimlehre, die in vielen Teilen nicht im Einklang mit der richtigen Auslegung der Thora steht. Gelegentlich erschreckte er uns mit meist düsteren Vorhersagen. Vielleicht fürchtete er in naher Zukunft Gewalt gegen uns Juden und vermied, den Schlüssel auf offener Straße zu tragen. Was hätte ich an seiner Stelle getan? Vielleicht hätte ich ihn ins Fass geworfen und wäre dann schnell zum Gottesdienst gelaufen.

Ich gehe hinaus auf die Straße und trage den Bottich zurück in den Laden, warte, bis die Flüssigkeit sich nicht mehr bewegt, und blicke gespannt auf den Grund. Etwas Silbriges schimmert durch. Es könnten Münzen sein oder vielleicht der Schlüssel. Die Tür öffnet sich, Maria und Anna stürzen herein und legen mehrere Brezen auf den Tisch. „Wir haben dir was zu essen mitgebracht. Unterwegs trafen wir Helga, die vom Bader kam und sich einen Zahn ziehen lassen musste. Sie jammerte fürchterlich über Schmerzen und lief dann schnell zurück zu ihrem Wirtshaus, um sich mit Bier zu betäuben. Hast du den Schlüssel endlich gefunden?" Ich deute auf das Fass. Maria hat schnell verstanden, blickt angestrengt hinein und zuckt mit ihren Achseln. In Windeseile verlässt sie die Geldleihe und kommt bald mit einem langstieligen Löffel zurück. Ich tauche das Holz in die Säure, es zischt und nach einigen Versuchen gelingt es endlich, den glänzenden Gegenstand aus dem Säurebad zu nehmen. Maria legt ihn auf den Tisch. Der kleine Schlüssel glänzt wie eine Silbermünze und passt in das Vorhängeschloss. Nachdem wir es geöffnet und den schweren Deckel angehoben und an die Wand gelehnt hatten, sehen wir in der Truhe mehrere gefüllte, zugebundene Leinensäcke stehen. Daneben sind einige abgegriffene Folianten gestapelt. Es könnten Isaacs geheime, kabbalistische Schriften sein. Maria nimmt die Geldsäcke und stellt sie auf den Tisch. Sie sind gefüllt mit sehr vielen Kreuzern, Silbertalern und Münzen aus fernen Regionen. Wir werden mit Isaac Ben Davids Segen den Geldhandel führen können. Zunächst zählt Maria die Münzen. Sie wird schnell etwas Schreiben und Rechnen lernen müssen. Ich notiere die Summen fein säuberlich hinter die Zahlenkolonnen in Isaacs Geschäftsbuch. Anna sitzt auf dem Tisch und beobachtet uns aufmerksam. Ihr wird langweilig. Sie beginnt zu weinen und will gehen. Der Abend bricht an. Es wird dunkel und ohne Kerzenlicht können wir nicht weiterarbeiten.

Warum haben die Schergen der Herzogin die Truhe nicht gewaltsam geöffnet? War es der Zauber der Kabbala oder der unerträgliche Gestank aus dem Säurebottich? Oder wollen sie den Schatz erst später, wenn er durch unser Zutun größer geworden ist, an sich reißen?

Wir legen das Geld zurück in die Truhe, verschließen sie sorgfältig mit dem Schlüssel, der in kurzer Zeit seinen Glanz verloren hat, und gehen hinaus auf die Straße. Schneeflocken wirbeln uns entgegen. Wege und Dächer sind mit einer dünnen weißen Schicht überzogen, Pfützen sind zu Eis gefroren, es weht ein eisig, kalter Wind. Aus dem Kamin eines nahen Hauses steigt eine dünne Rauchfahne in den dunklen Himmel. Wir versperren die Tür zur Geldleihe. Maria blickt mich stumm an, ist kreidebleich im Gesicht, beugt und erbricht auf den weißen Schnee. Es ist ein untrügliches Zeichen! Sie ist in anderen Umständen. Wir stapfen durch die dünne Schneedecke zu unserer Wohnung. Zu Hause angelangt, entzünde ich das Feuer im Kamin. Es ist klirrend kalt in den Räumen. Maria findet in dieser Nacht keinen Schlaf und muss sich mehrfach übergeben.

Am frühen Morgen gehe ich zur Residenz, um das von der Herzogin versprochene Darlehen anzufordern. Der Schnee auf dem weiten Platz ist liegen geblieben. Über dem Brunnenbecken hängen Eiszapfen am Wasserhahn. Am Portal der Residenz lassen mich die Wachleute zu meiner Überraschung ohne großes Murren passieren. Ich steige die breite Steintreppe empor in das erste Geschoss, gehe wieder vorbei an den düsteren Wandgemälden und stehe bald vor der Zahlstelle. Daneben hängt wie immer das mannshohe Kruzifix. Ich klopfe, ein Wachmann mit Lanze öffnet und geleitet mich zum Zahlstellenmeister. Nach längerer Diskussion erklärt er unmissverständlich, dass er mir auf Anweisung der Herzogin nichts auszahlen könne: „Unsere Leute konnten den Schlüssel nicht finden und nahmen an, dass der Jude das Geld an anderer Stelle verbarg. Außerdem stank es fürchterlich in den Räumen. Sie wären beinahe erstickt. Ihr seid doch schlau und habt längst das Vermögen des Juden in geheimen Verstecken gefunden. Ich soll Euch von der Herzogin grüßen und mitteilen, dass die Geldleihe unverzüglich zu öffnen ist. Ansonsten würde Euch der Schutzbrief entzogen. Der Zins für geliehenes Geld darf 36 von 100 im Jahr nicht überschreiten. Sicherheiten könnt Ihr nehmen. Die Herstellung von Münzen ist untersagt. Und nun geht und waltet Eures Amtes." Erst nach mehrmaliger Bitte übergibt er mir den zweiten Schlüssel zur Geldleihe und zeigt dann mit strenger Miene auf die Tür. Der Wachmann mit Speer begleitet mich mit düsterem Blick durch die langen Gänge der Residenz bis zum Ausgang. Ich stehe wieder auf dem Platz und eile durch das dichte Schneegestöber bis zu unserer Wohnung. Maria liegt im Bett und schläft. Anna sitzt am Tisch und spielt mit ihren Puppen. Das Feuer im Kamin ist beinahe erloschen und ich lege die letzten Holzscheite nach. Wir spielen gemeinsam mit der Prinzessin und dem Kasper, essen Brotreste und ich denke an meine verstorbenen Eltern und meine Schwester. Wo sind ihre Seelen? Ich denke an Süßkind. Was ist ihm mit seiner jungen Freundin in Italien widerfahren? Lebt er noch? Und wenn ja, ist seine Liebe zu uns ungebrochen? Während ich diesen Gedanken nachhänge, Anna hat unablässig auf die Prinzessin eingeredet, spüre ich an meinem Rücken Marias Busen und ihren Kuss auf meinem Nacken. Sie fragt, ob wir das Darlehen erhalten hätten. Ich verneine, sie setzt sich zu uns an den Tisch, lächelt spöttisch und sagt: „Das hatte ich schon befürchtet. Sie wussten, dass dein Freund Isaac reich war, und konnten sein Geld nicht finden. Wir brauchen die Unterstützung der feinen Prinzessin nicht, haben mehr als genug für die Geldleihe. Mir geht es wieder gut, ich habe Hunger. Wir wollen zu Helga gehen, zu Mittag essen und dann das Geschäft eröffnen." Ich habe Appetit auf Ochsenbraten mit Wirsing.

Maria erzählt Helga, dass die Herzogin uns das versprochene Darlehen verweigerte, wir aber für den Geschäftsbeginn ausreichend flüssig wären. Über die Truhe und deren Inhalt verlor sie kein Wort. Helga verspricht, uns noch heute Kunden zu schicken, die schon seit Tagen auf sie einredeten, weil sie Geld brauchten. Mit erhobenem Zeigefinger entgegnet Maria, dass ihre Kunden und Freier Geld bekämen, aber nur gegen gute Sicherheiten.

Geldgeschäfte

Der Schnee ist bereits geschmolzen, die Sonne sticht durch die dunklen Wolken. Wir gehen auf dem braunen Matsch zum Rathaus, drehen den Schlüssel in der Eingangstür, die sofort aufspringt, betreten den Geschäftsraum und öffnen schnell das Fenster, um den penetranten Geruch der Säure zu vertreiben. Anna niest heftig und hustet. Die Dämpfe scheinen sie heute besonders zu plagen. Nach wenigen Minuten kommen die ersten Kunden. Sie warteten auf dem Platz, bis wir aufsperrten, berufen sich auf Helga und bringen Sicherheiten wie Ringe, Kerzenleuchter und dergleichen. Wir verleihen Geld auf drei Monate zu dem vom Herzog festgesetzten Zins. Maria bewertet die als Sicherheit hinterlegten Gegenstände, nach meinem Gefühl zu weit unter ihrem Wert. Am Abend sprechen wir darüber. Sie sagt: „Wir können nicht vorsichtig genug sein. Uns fehlt noch die Erfahrung, den wahren Silbergehalt abzuschätzen. Weil wir mit Ausfällen rechnen müssen, sollten wir in einem Quartal nicht mehr als ein Zehntel des Vermögens verleihen. So wird es sich dank der Zinseinnahmen mehren."

An Werktagen öffnen wir die Geldleihe nach dem Mittagsläuten. Wir wechseln Münzen aus anderen Regionen, verleihen Gelder gegen Pfandstücke und bedienen uns aus dem von Isaac hinterlassenem Vermögen. Die Wechselkurse erfahren wir von Reisenden und erfragen sie beim Zahlstellenmeister. Es hatte sich herumgesprochen, der Geldjude ist wieder in der Stadt und hat einen Schutzbrief des Herzogs. Die Geschäfte laufen gut. Der Grundstock unseres Vermögens vermehrt sich trotz der Ausgabe der Kredite langsam, aber stetig. Die guten Einnahmen gestatten die Anstellung einer Magd. Marias Wahl fiel auf Rosalinde. Sie hat ein Herz für Anna, führt unseren Haushalt und muss nicht mehr anschaffen. Ohne Maria könnte ich die Geldleihe nicht führen. Sie verhandelt geschickt mit den Kunden, ohne sie in ihrer oft misslichen Lage zu demütigen. Wird ein

Kreditwunsch nicht erfüllt, ziehen sie meist verärgert davon und einige schimpfen schon beim Hinausgehen auf die Juden.

Es ist Ende November. Es ist kalt und eine dicke Schneedecke liegt über der Stadt. Marias Bauch wächst schnell. Sie klagt über Rückenschmerzen und kann nur wenige Stunden in der Geldleihe arbeiten. Unlängst besuchte sie eine Wahrsagerin, die eine Freundin ihrer Mutter war. Sie berührte Marias Bauch und prophezeite, dass Maria Zwillinge in ihrem Schoß tragen würde. Maria erzählte mir davon erst nach einigen Tagen. Ich wollte das nicht glauben. Es war Hokuspokus. Ich bin zu beschäftigt mit der Geldleihe und kann mich um diesen Weiberkram nicht mehr kümmern.

Einige jüdische Familien aus dem Umland, die während des Pogroms nicht in der Synagoge waren, leben weiter unerkannt. Zuweilen beten wir mit ihnen heimlich an den Freitagabenden in unserer Wohnung. Oft führt mich mein Weg zum Laden über den St.-Jakobs-Platz, auf dem wir unsere Tuche und Gewürze verkauften. Jetzt liegt dort eine dicke Schneedecke. Mein Traum wäre eine Synagoge, die neben der Jakobskirche stünde. Es wird nur ein Traum bleiben, sie hassen uns Juden. In Franken wütet ein Ritter namens Rintfleisch, der droht, alle Juden dort erschlagen oder bei lebendigem Leib verbrennen zu lassen. Er wird hoffentlich nicht in die Residenzstadt kommen.

Der Handel mit Waren aus anderen Landesteilen ist fast zum Erliegen gekommen. Die Straßen sind vereist, mit Schnee bedeckt und unpassierbar. Deshalb ruht für die Mehrzahl der reisenden Händler das Geschäft. Sie haben keine Einnahmen, brauchen Geld zum Leben und kommen zu uns. Sie bieten gute Sicherheiten und sind gute Kunden.

Maria geht es wieder besser. Sie hat sich an ihren Zustand gewöhnt. Rosalinde hilft ihr, kümmert sich um Anna und behält noch ein Zimmer bei Helga. Maria hat gelernt, die angebotenen Sicherheiten gut zu bewerten, sodass wir bei Kreditausfällen keine Verluste erleiden. Ich wäre zu nachgiebig, zu weich zu den stets fordernden und oft mürrischen Kunden.

In der letzten Nacht zogen Krampus und Nikolaus durch die verschneiten Straßen. Sie klopfen an allen Türen und beschenken die Kinder mit Äpfeln und Nüssen. An unserem Haus, dem Haus des Juden und des Geldverleihers, zogen sie vorüber. Anna ist traurig. Rosalinde erzählte ihr schon vor Tagen vom bevorstehenden Besuch des Nikolaus und seiner Geschenke. Um sie zu trösten, verspricht sie besondere Geschenke an Weihnachten. Maria besorgt Honigkuchen beim Pfister. Annas Augen leuchten. Der Geschmack des Honigs scheint ihr in Erinnerung geblieben zu sein.

Als wir am Abend im Bett liegen, sagt Maria beiläufig, wir könnten doch das bevorstehende Weihnachtsfest feiern. Warum sollte sie ihrer Tochter die schönen Dinge ihres alten Glaubens vorenthalten? Etwas verstört erwidere ich: „Liebe Maria, Weihnachten oder Ostern. Wir haben diese Festtage niemals begangen. Für die Christen sind wir jüdisch. Viele hassen uns deshalb. Würde Rosalinde in der Absteige arglos erzählen, wir feierten Weihnachten, so könnte das wieder böses Blut entfachen. Sage bitte Anna, wir zünden an Chanukka die Kerzen und sie bekommt an diesen Tagen den geliebten Honigkuchen mit Spekulatius." Maria nickt und umarmt mich. Ich spüre das Klopfen in ihrem Bauch und sie lächelt. Wir lieben uns. Ihre großen, festen Brüste erregen mich. Diese Liebe ist anders als im Sommer. Sie sitzt auf mir und zu schnell ergieße ich mich. Am Morgen klagt sie über starke Kreuzschmerzen und kocht Tee mit ihren Zauberblättern. In die Geldleihe wird Maria mich heute nicht begleiten können. Nach dem Mittagessen, Rosalinde servierte frische blaue Forellen vom Markt, gehe ich über die Gruftgasse zum Laden am Rathaus.

Ein alter Bekannter

Ein kalter Wind, in dem dicke Schneeflocken tanzen, bläst mir ins Gesicht. Man sieht die Hand nicht vor den Augen. So stampfe ich durch den Schnee über den Marktplatz zum Rathaus bis zur Geldleihe. Zunächst lege ich im Kamin Holzscheite auf die noch glimmende Glut von gestern. Das Holz entzündet sich und verbreitet eine wohlige Wärme. Erste Kunden kommen. Es gelingt bei einigen, gegen gute Sicherheiten kleine Darlehen auszugeben. Der späte Nachmittag bricht an, es wird bereits dunkel. Ich öffne die Ladentür, um den Geruch der Zitronensäure zu vertreiben, und sehe neben dem Fenster eine große Gestalt stehen, eingehüllt in einen dünnen Umhang und vor Kälte zitternd. Ich frage, ob ich helfen könne. Vielleicht ist er ein Kunde, der sich nicht in unser Geschäft wagt, ähnlich wie Maria und ich zögerlich vor Bonisaks Münzwerkstatt standen. Der Mann blickt mich an. Ich meine, ihn zu kennen. Mir stockt der Atem. Er betritt den Laden, ich schließe die Tür und bitte ihn, Platz zu nehmen. Nachdem ich einige Kerzen angezündet und wir uns stumm in die Augen geblickt hatten, habe ich keine Zweifel, obwohl er fast zu einem Skelett abgemagert, sein Gesicht bleich und von einem unförmigen, zerzausten Bart umrahmt ist. „Bist du es, Süßkind von Trimberg?" Er nickt und wir fallen uns beide in die Arme. „Wie hast du mich gefunden?" Er antwortet mit leiser und brüchiger Stimme: „Ich war in Venedig und bis dahin drang die Kunde, dass du auf Geheiß des Herzogs in München eine Geldleihe eröffnet hättest. Jakov, mir ist unwohl, ich habe seit zwei Tagen nichts gegessen." Er rümpft die Nase. Ich zeige auf den Säurebottich. Langsam verlassen wir den Laden. Er steht schwach auf den Beinen. Während wir uns über den Marktplatz zur Gruftgasse durch den Schnee mühen, stützt er sich mit einer Hand auf meine Schultern.

Nach einer Weile erreichen wir unser Haus. Es kam mir vor wie eine halbe Ewigkeit. Er atmet schwer und zittert am ganzen Leib, weint und auch meine Augen füllen sich mit Tränen. Gebeugt steigt er die Treppen zu unserer Wohnung hinauf. Ich öffne die Tür und führe ihn in die Stube. Rosalinde und Anna sitzen um den Tisch und spielen. Als sie uns hereinkommen sehen, erschrecken sie, stehen auf und mustern mitleidsvoll und sprachlos Süßkind. Anna kommt zu mir, umklammert mein Bein und beginnt zu weinen. Sie hat Angst vor dieser bemitleidenswerten, gebeugten Gestalt. Süßkind legt seinen Umhang ab, unter dem er seine Laute an einem Halsband trägt und legt sie auf den Tisch. „Rosalinde, das ist mein Freund Süßkind von Trimberg. Er hat Hunger. Gibt es noch Reste vom Mittagessen?"

Die Magd eilt zum Herd und kommt mit einem Holzteller mit Speck-knödel von gestern, Rettich, Soße und Brot zurück. Süßkind bittet um Besteck, das ihm Rosalinde kopfschüttelnd nach einem weiteren Gang zur Anrichte reicht. Unser Gast isst die Knödel mit Messer und Gabel. Den Speck legt er zur Seite. Anna löst sich von meinem Bein. Sie geht zum Tisch und berührt mit dem kleinen Zeigefinger sanft die Saiten der Laute. Süßkind streicht über ihr Haar. Die bekannten leisen Klänge haben Maria geweckt. Erschrocken kommt sie aus dem Schlafzimmer. Als sie Süßkind erblickt, wird sie kreidebleich im Gesicht. Sie kann sich kaum aufrecht halten, stützt sich mit einer Hand am Tisch, mit der anderen umfängt sie ihren Bauch. Ich halte sie, bis sie auf den Stuhl gegenüber von Süßkind sinkt. Sie mustert ihn lange und stumm. Da tritt nicht der elegante, höfische Minnesänger vom Sommer in ihr Leben, sondern eine verhärmte Gestalt, die nach den letzten Brotkrumen giert. Ihre Augen füllen sich mit Tränen. Sie streicht über seine Hand und sagt: „Wir haben oft an dich gedacht und dich vermisst. Warum bist du so plötzlich verschwunden, ohne ein Wort zu sagen? Doch nun komm erst zu Kräften und wir werden weitersehen." Ich hatte befürchtet, Maria würde ihn davonjagen. Sie war sehr verletzt, als er uns wortlos verlassen hatte. Es ist schon spät. Rosalinde bringt Anna zu Bett und geht nach Hause. Sie schläft noch immer in Helgas Absteige. Wir vermuten, sie würde dort gelegentlich altbekannte Freier treffen. Ich denke an Meir. Süßkinds Hunger scheint nicht gestillt. Ich gehe auf die Suche nach weiteren Essensresten und finde in Annas Zimmer in einem Versteck ein großes Stück Honigkuchen und mehrere alte Brezen. Dankbar verzehrt Süßkind ohne Hast Annas geheime Vorräte. Er blickt angestrengt auf Marias Bauch und fragt, ob sie guter Hoffnung sei. Sie antwortet: „Lieber Freund, ich trage, wie eine Wahrsagerin nach Berühren meines Bauches vorhersagte, Zwillinge unter meinem Herzen. Es ist oft unerträglich, ich gehe sehr in die Breite und meine Beine sind schwer und schmerzen. Ich werde bis zur Geburt das Haus und Bett hüten müssen. Eine Hebamme, die zunächst nicht in ein Judenhaus kommen wollte, bis wir sie mit einigen Kreuzern überzeugen konnten, meinte, die Kindchen würden im März oder April geboren werden.

Süßkind lächelt milde. Ich spüre, welche Fragen ihm auf der Zunge liegen. „Maria und ich heirateten bei Rabbiner Bonisak in Bozen. Meine Frau hat jüdische Vorfahren. Wir haben im Auftrag der Herzogin die Geldleihe vom ermordeten Isaac Ben David weitergeführt. Anna nahmen wir an Kindes statt an. Sie überlebte ein Massaker der Tempelritter an ihrer Sinti-Familie. Das ist die Wohnung meiner verstorbenen Familie. Das Haus, das einst uns gehörte, hat der Herzog in Besitz genommen. Die Räume meiner Eltern hat er für uns freigehalten. Sie haben verstanden, dass ohne Geldwechsel und Pfandleihe der Handel in der Stadt brach liegt. Sie brauchen uns Juden. Ludwig der Strenge gewährte einen Schutzbrief und verfügte, zunächst innerhalb der Burgmauern keine jüdische Gemeinde zu tolerieren. Es gibt noch die Geschichte von einem Buch mit Minneliedern. Es gehört der Herzogin Mathilde. An den Rändern stehen Anmerkungen, auch in Hebräisch. Und wie ist es dir ergangen?" In das fahle Gesicht Süßkinds fällt eine leichte Röte. Seine Lippen bewegen sich langsam und zögerlich. Er bleibt stumm, räuspert sich, trinkt einen großen Schluck Wasser, bis er endlich leise und heiser zu sprechen beginnt: „Während der letzten Wochen auf dem Weg über die Berge nach München wäre ich beinahe erfroren und verhungert. Einmal verlor ich am Straßenrand das Bewusstsein. Ein Mönch rettete mich. Er lud meinen reglosen Körper auf seinen Eselskarren und so landete ich in einer Mönchszelle, erlangte mit Gottes Hilfe das Bewusstsein, bekam schlechtes Essen und als Dank dafür musste ich mit meiner Laute vorspielen. Als ich aus Übermut die Melodie des Kol Nidre intonierte, erkannte einer der Mönche das Lied. Sie fragten, ob ich jüdisch sei, was ich bejahte, und wiesen mich aus ihrem Kloster. Dennoch verdanke ich ihnen mein Leben. Meine lieben Freunde, meine Stimme versagt, ich bin sehr müde. Habt ihr für diese Nacht für mich ein Bett? Doch zunächst möchte ich vor dem Schlafengehen ein kurzes Gebet sprechen."

Wir beten stehend, nach Osten ausgerichtet. Süßkind bewegt nur seine Lippen und ich spreche die hebräischen Worte laut und deutlich. Nach dem Gebet deute ich auf die Liege, die neben dem Kamin steht, und hole aus einer Kammer die Decke von Mimi. Das Pferd mit Karren hatte ich vor einigen Monaten an einen Bauern verkauft. Süßkind schläft sofort ein. Im Kamin lege ich Holzscheite nach. Bald schnarcht er unregelmäßig.

Ich lösche die Kerzen, gehe ins Schlafzimmer und lege mich zu Maria. Sie ist hellwach. Sie fragt, wo ich Süßkind getroffen hätte. „Er stand zitternd vor unserem Laden. Als er die Geldleihe betreten hatte, erkannte ich ihn schnell. Er sah erbärmlich und krank aus. Ich habe Mitleid und meine Liebe zu ihm ist nicht erloschen." „Ich fühle ähnlich", entgegnet Maria und fährt fort: „Wir müssen ihm zur Seite stehen, sodass er bald zu Kräften kommt und seine alte Würde wiederfindet. Aus alter Liebe. Zudem kommt er gelegen. Wer soll dir in den nächsten Monaten im Laden helfen, dem du vertrauen könntest? Seit er aufgetaucht ist, gehen mir viele Gedanken durch den Kopf. Wer ist der Vater der Kinder, die ich zur Welt bringen werde?" Bei diesem Gedanken stockt mir der Atem. Stellte sich Süßkind die gleiche Frage, als er Maria sah? Bald falle ich in einen tiefen Schlaf und träume von den paradiesischen Tagen des Sommers mit Maria und Süßkind.

Am Morgen wecken uns Rosalinde und Anna. Sie bringen frisches Brot und Brezen vom Bäcker. Anna legt sich zu uns ins Bett und fragt nach dem kranken Mann, der gestern zu uns kam. Ich antworte: „Er ist ein enger Freund und Minnesänger, der leider sehr schwach ist und einige Tage bei uns bleiben muss. Er wird dir auf seiner Laute schöne Lieder vorspielen." Anna springt aus dem Bett, klatscht vor Freude in die Hände und läuft ins Wohnzimmer. Die Magd hat bereits das Frühstück bereitet. Auf dem Tisch stehen das Brot und die Brezen der Pfisterei, dazu warme Milch, ein Topf Honig und Sauermilchkäse vom Markt. Als Maria und ich uns an den Tisch setzen, erhebt sich Süßkind langsam von der Liege. Er zittert leicht und wirft seinen Umhang um die Schultern. Anna bittet ihn, auf seiner Laute zu spielen. „Bitte etwas Geduld. Nach dem Frühstück werde ich einige Kinderlieder singen." Annas Augen leuchten. Er spricht nun leise und langsam, aber mit fester Stimme. Auf den matten Augen von gestern liegt ein leichter Glanz. Sein gelblicher Bart reicht bis zu Brust. Er trägt seit seiner Ankunft eine schwarze Kappe. Nachdem wir gefrühstückt hatten, nimmt er die Laute zur Hand und singt leise einige Lieder aus dem Buch über den Auszug der Juden aus Ägypten. „Was unterscheidet diese Nacht von allen anderen? Das sind die Fragen, liebe Anna, welche die Kinder am Vorabend des Pessach-Festes stellen." Rosalinde räumt den Tisch ab und geht mit Anna zum Markt, um Fleisch und Gemüse für das Abendessen zu kaufen.

Süßkind legt die Laute zur Seite und sagt: „Viel zu erzählen gibt es nicht. Das junge Mädchen hieß Agnes. Wir liebten uns auf den ersten Blick. Flohen auf einer schnellen Stute. Unterwegs sang ich Lieder auf den Märkten und meine junge Freundin sammelte Geld ein. Sie war charmant zu den Leuten, geizte nicht mit ihren Reizen und war eine leidenschaftliche Liebhaberin. Als wir nach einigen Wochen in der Lagunenstadt ankamen, machte ihr ein venezianischer Jüngling den Hof. Ein mittelloser, jüdischer Minnesänger kann gegen einen Edelmann nicht ankommen. Zudem hatten die schwarz gekleideten Geistlichen, die wir am Lagerfeuer in der Karawanserei trafen, uns erwartet, um uns hinter Gitter zu bringen. Am Ende musste ich zusehen, wie Agnes mit ihrem Gönner das Weite suchte. So sperrten sie mich bei Wasser und Brot in eine Mönchszelle und ließen mir nur mein Instrument. Ich musste täglich die Marienandacht mit der Laute begleiten. Stellt euch vor, sie beten eine Frau an und nicht Gott. An einem Abend, nach der Andacht, stellten sie im Refektorium ein Weinfass auf den Tisch, dann sperrten sie mich in meine Zelle. Nach einigen Stunden, als ich schon eingeschlafen war, gab es ein heftiges Schlagen an meiner Türe, dann schloss ein Mönch auf, stürzte lallend herein und wollte mir die Kleider vom Leib reißen. Ich entzog mich dem betrunkenen Lüstling und konnte mit der Laute unter dem Arm fliehen, hatte Sehnsucht nach euch, war völlig mittellos und überwand mich, zurück nach Deutschland zu gehen. Es war ein beschwerlicher Weg. Ich fror, hungerte und wanderte durch Wälder, um auf den Straßen als ungeschützter Jude nicht gemeuchelt zu werden. In Bozen traf ich Aaron auf dem Markt. Wir freundeten uns schnell an. Rabbiner Bonisak nahm mich in seinem Haus auf und überließ mir für einige Tage seine Gästekammer. An den Abenden sang ich in ihrem Kreis meine Lieder. Sie hatten schon vorher von mir gehört. Nach einem Abendgebet, ich durfte vorbeten, erzählte der Rabbiner von Jakov und Maria, dem jungen Paar, dessen Eheschließung er vollzog. Mit Stolz in seiner Stimme fuhr er fort, er hätte gehört, dass die beiden auf Geheiß des Herzogs in München am Markt eine Geldleihe eröffneten. Ich verschwieg unsere Freundschaft und machte mich bald auf den Weg zu euch. Zum Abschied schenkten mir Aaron für die Weiterreise seinen schwarzen Umhang.

Auf dem Weg, der euch wohlbekannt ist, bin ich nicht nur einmal Räubern und Banditen entflohen, habe gehungert, gebettelt und hatte stets Gott an meiner Seite. Mit letzten Kräften erreichte ich München, schlich am Torwächter vorbei und schleppte mich zum Markt, nicht tot und nicht lebendig. Nun bin ich sehr müde und muss mich mit eurer Erlaubnis hinlegen. Mit Gottes Hilfe werde ich wieder zu Kräften kommen." Die letzten Worte spricht er sehr leise, kaum hörbar, legt sich auf die Liege und schläft sofort ein. Maria hüllt ihn in die wärmende Pferdedecke. Sie klagt über Schmerzen im Rücken und in den Beinen, kocht mit im Herbst gesammelten Blättern ihre geheime Medizin, liegt bald entspannt in ihrem Bett und flüstert, während ich mich ankleide. „Es darf keinen Zweifel an deiner Vaterschaft geben. So wird es sein. Am Markt hat ein Barbier seinen Stand. Er soll Süßkind den Bart stutzen, seine verfilzten und verlausten Haare schneiden, sodass unser Freund wieder unter Menschen gehen kann. Im Geschäft soll er dir zur Hand gehen und bei uns wohnen. Es wird wieder so sein, wie im letzten Sommer. Ich sehne mich danach." Nachdem sich Maria in das Schlafzimmer zurückgezogen hatte und Anna und Rosalinde mit Schneeflocken auf ihrer Kleidung zurückkommen waren, gehe ich in die Geldleihe.

München versinkt im Schnee. Am Nachmittag kommen deshalb nur zwei Kunden. Einer stellt zögerlich einen silbernen, siebenarmigen Leuchter auf den Tisch. An einer kleinen Delle erkenne ich die Menora aus meinem Elternhaus. Bilder aus meiner Jugend, als der Leuchter an hohen Feiertagen das Wohnzimmer hell erleuchtete, ziehen an mir vorüber. Ich sollte diesen Hehler hinauswerfen, ihn mit einem Prügel, der für Notfälle bereitliegt, erschlagen. Ich denke an Süßkind, an Maria, was hätten sie an meiner Stelle getan? Sie hätten gewollt, dass der Leuchter wieder in unserer Wohnung an seinem angestammten Platz steht. Ich sage dem Mann in einem vorwurfsvollen Ton, ich würde das Stück kennen, es ist Hehlerware und ich sollte die Wachen aus der Residenz rufen. Ich gebe ihm kurz entschlossen einen Silbertaler. Das entspricht nur einem Bruchteil des Wertes des Leuchters. Er nimmt die Münze, kehrt mir in einer schnellen Bewegung den Rücken zu und verlässt fluchtartig den Laden. Ich öffne die Tür und blicke hinaus auf den Markt. Die dunklen Wolken haben sich verzogen. Kleine Schneeflocken tanzen unter dem diesigen, blauen Himmel im Wind. Mit dem Leuchter unter dem Arm gehe ich über den menschenleeren Marktplatz durch den tiefen Schnee zur Gruftgasse. Ich laufe die Stufen hinauf zur Wohnung, öffne die Tür und stürze in die Stube. Süßkind und Maria sitzen zusammen und reden. Ich stelle mit einem Lächeln den Leuchter auf den Tisch. „Das ist die Menora, die über Generationen meiner Familie gehörte und während des Pogroms gestohlen wurde. Nun hat sie zu uns zurückgefunden." Maria und Süßkind umarmen mich. Ist es ein Zeichen für eine glückliche Zukunft von uns und unseren Kindern?

Süßkind scheint es besser zu gehen. Er spricht lauter und seine fahle Gesichtsfarbe ist gewichen. Er blickt mich an: „Bitte, hole morgen den Barbier. Ich kann so nicht auf die Straße gehen und dir im Laden helfen." Maria nickt: „Jakov, wir haben alles besprochen und Süßkind ist einverstanden." „Das freut mich. Aber große Sorge bereitet mir dein Zustand. Du hast heute Nacht auch mit Zaubertrank kaum geschlafen. Du klagst über Kreuzschmerzen. Vielleicht sollte die Hebamme vorbeischauen?"

Seit einigen Stunden weht ein Föhnwind und der Schnee schmilzt dahin. Doch wie sollte ich die Hebamme finden? Ich laufe in der Dunkelheit zu Helgas Wirtshaus. Sie sitzt mit Kreuzeder, Rosalinde und anderen Damen an einem großen Tisch und sie trinken Bier. Ich sage ihr leise, dass ich die Hebamme dringend sprechen müsse. Sie antwortet belustigt: „Wie könnte sie dir zu Diensten sein? Ich habe gehört, sie soll heute im Heilig-Geist-Spital neben der Katharinenkirche eine Frau entbinden. Wegen ihrer großen Kunstfertigkeit jagen sie nicht alle Kirchenleute zum Teufel." Tatsächlich finde ich die Hebamme dort. Sie entbindet das Kind einer bedürftigen Frau, die ich in Helgas Absteige schon gesehen hatte, und verspricht nach der anstehenden Geburt ihren Besuch. Tatsächlich kommt sie noch am späten Abend, tastet Marias Bauch sorgfältig ab und sagt: „Es werden mit Gottes Hilfe gesunde Zwillinge sein und spätestens im März auf die Welt kommen. Maria, du musst bis dahin strikt das Bett hüten, sonst droht ein Unglück." Dann jammert sie über den Pfarrer von St. Peter, der nicht davor zurückschreckte, sie in aller Öffentlichkeit als Hexe zu beschimpfen. Maria entlohnt sie fürstlich und sie verspricht, Ende Februar nach ihr zu sehen.

Am nächsten Tag kann ich den Barbier, der missmutig in seiner kalten und nassen Marktbude auf Kundschaft wartet, mit einigen Kreuzern überreden, zu uns ins Haus zu kommen. Er stutzt Süßkinds langen, verfilzten Bart, entlaust, wäscht und kürzt sein langes Haar. Auch mein Bart und meine Haare kommen unter seine Schere. Nach dem Mittagsläuten und dem Essen gehen wir zusammen in die Geldleihe. Mein Freund ist fasziniert vom Rechenbrett. Ich öffne für ihn die gut gefüllte Geldtruhe und erläutere den Gang unserer Geschäfte, bis uns die ersten Kunden aufsuchen. Zunächst soll er die Geldwaage und das Rechenbrett bedienen, während ich die Gespräche führe. Mit ihm im kleinen Laden fühle ich mich sicherer.

Für Maria werden die Tage lang und beschwerlich. Rosalinde führt den Haushalt und macht Süßkind schöne Augen. Der Heilige Abend fällt auf einen Freitag, wir entzünden die Menora und sagen die Abendgebete. Unsere Magd vermisst die weihnachtliche Stimmung in unserem Haus und geht zu Helga.

Nach dem kurzen Tauwetter kommt der Winter mit großer Kälte zurück. Es weht ein eisiger Wind und die Stadt liegt unter einer dicken Schneedecke. In den Kirchen sammeln sich die Armen. Warme Suppen und Decken sollen sie vor dem Erfrieren bewahren. Bei dieser Kälte kommen keine Kunden in die Pfandleihe. So verbringen auch wir die meisten Nachmittage zu Hause. Marias Körper ist schwer gezeichnet von der Schwangerschaft und wir warten angsterfüllt auf die Geburt.

Mitte Februar weicht die große Kälte, der Himmel reißt auf. Die Sonne scheint tagsüber und der Schnee schmilzt. Nun sind Straßen und Plätze wieder mit einem dicken, braunen Matsch bedeckt. Kunden aus der Stadt und oft Reisende besuchen unseren Laden und das eine oder andere gute Geschäft gelingt. Vor einigen Tagen kam die Hebamme vorbei und meinte mit einem Augenzwinkern, es könne nicht mehr lange dauern. Sollte es so weit sein, mit Helgas Hilfe würde ich sie schnell finden.

Süßkind besucht Helga in ihrem Wirtshaus. Er hat seine Laute umgehängt, um zu Ehren ihres runden Geburtstages einige seiner Lieder vorzutragen. Minnesang in einer Absteige? Ich sage ihm, das würde nicht passen. Mein Freund willigt dennoch ein. Vielleicht auch wegen Rosalinde?

Nachdem er gut gelaunt das Haus verlassen hatte, gehe ich in die Geldleihe und schreibe an einer Inventarliste. Bald betritt ein junger, schlanker Mann mit schwarzem Haar und Bart den Laden. Er ist wie ein Templer gekleidet, grüßt freundlich und legt einen schweren Silberring mit einem Rubinstein vorsichtig auf den Tisch. Ich bitte ihn Platz zu nehmen und halte das Schmuckstück nahe an meine Augen. Der Stein ist unversehrt und hat keine Einschlüsse, die Silberfassung mit Verzierungen ist kunstvoll gearbeitet. Ich lege den Ring zurück auf den Tisch und frage höflich, womit ich dienen könne. Er stellt sich als Bertram von Mechtigen vor, bittet um ein Glas Wasser und beginnt zu erzählen: „Vor einigen Jahren trat ich meinen Dienst als Tempelritter im Heiligen Land an und beschützte christliche Pilger auf ihrem Weg nach Jerusalem. Unglücklicherweise verliebte ich mich in eine junge, schöne Orientalin, brach mein Keuschheitsgelübde und wurde aus dem Orden verstoßen. Ich heiratete das junge Mädchen und wurde in ihrem Elternhaus freundschaftlich aufgenommen. Sie verkaufen in einem kleinen Laden nahe an der Via Dolorosa Devotionalien wie Kruzifixe und Rosenkränze. Es sind zum Christentum konvertierte Juden und ich ging ihnen im Geschäft zur Hand. Dann gab es Streit mit den Templern, die meine Lebensweise auf das Schärfste missbilligten, und als sie erfuhren, dass meine Frau guter Hoffnung war, zwangen sie mich unter

Androhung der Todesstrafe, die Heilige Stadt zu verlassen. Nun bin ich als Ritter seit einem Jahr im Dienste von Ludwig dem Strengen und sehne mich nach meiner Frau und meinem Kind, so es gesund mit Gottes Hilfe geboren wurde. Ich brauche Geld für die lange Reise und den Erwerb eines tüchtigen Pferdes. Der Templerorden ist derzeit mit sich selbst und seiner Zukunft beschäftigt. Ich hoffe, sie haben mich vergessen und würden uns in Ruhe leben lassen. Was zahlt Ihr für den schönen und wertvollen Ring? Er ist ein altes Erbstück und für mich von besonderem ideellem Wert." Ich nehme das Schmuckstück, betrachte es von allen Seiten, gehe zur Geldtruhe und nehme aus einem der Leinensäcke drei Goldtaler und überreiche ihm zwei der Münzen. Nun beginnt der Handel und am Ende einigen wir uns auf zwei Goldtaler und einige Kreuzer. Er verabschiedet sich mit einer Verneigung sehr höflich und sagt: „Ich interessiere mich für Eure Sitten und Gebräuche wegen meiner Familie in Jerusalem. Ihr findet mich in einer kleinen Kammer über den Stallungen der Residenz." Nachdem er gegangen war, verwahre ich den Ring in einer kleinen Holzdose in der Truhe, verschließe sie sorgfältig und verlasse den Laden, um zu Hause nach Maria zu sehen. Langsam kommt ein heftiger Föhnwind auf und fegt über den Schnee auf dem Marktplatz.

Zu Hause finde ich Anna am Tisch mit ihren Puppen spielen. Die Wohnung ist unaufgeräumt, die Magd außer Haus, weil sie mit Helga und Süßkind Geburtstag feiert. Maria jammert über Schmerzen und dass sie seit Tagen an das Bett gefesselt sei. Ich bringe ihr den Nachttopf und erzähle vom Kauf des Rubinrings von einem von seinem Orden verstoßenen Templer. Sie will davon nichts hören und bittet, die Hebamme zu holen, sie möchte endlich niederkommen. Ich erwidere, den Zeitpunkt der Geburt würden nicht wir bestimmen, er läge in Gottes Hand. Es ist später Nachmittag. Ich bringe Anna zu Bett und erzähle ihr eine lustige Geschichte vom Kasper, bis sie endlich einschläft, esse die Reste vom Frühstück, ein gekochtes Ei und einige Scheiben trockenes Brot, und lege mich dann zu Maria. Sie liegt auf dem Rücken, schläft unruhig und schnarcht leise.

Zwei Väter

Plötzlich schreit sie laut, sie windet sich vor Schmerzen und das Laken ist völlig durchnässt. Ich steige schnell aus dem Bett. Nun versagt ihre Stimme, sie setzt sich aufrecht und keucht. Es wird langsam dunkel. Die Wohnungstür öffnet sich, Rosalinde und Süßkind kommen herein. Maria öffnet langsam den Mund und sagt mit zittriger, leiser Stimme: „Gott stehe mir bei. Die Knaben wollen raus, wo ist die Hebamme! Werde ich das überleben?" Wir sind von Angst erfüllt und verzweifelt. Ein merkwürdig strenger Geruch verbreitet sich im Schlafzimmer. Ich kleide mich schnell an, werfe den Umhang über und laufe in großer Eile zu Helgas Wirtshaus. Als sie mich sieht, sagt sie mit einem süffisanten Lächeln, Süßkind und Rosalinde wären schon längst gegangen. Ich schüttle energisch den Kopf und erwidere: „Maria hat große Schmerzen, die Geburt steht bevor, wo finde ich die Hebamme." Helga erkennt schnell den Ernst der Situation. Sie führt mich hinaus zur Straße und zeigt in die Richtung des Schäfflerturms. „Biege nach dem Turm nach rechts bis zur Weingasse. Sie wohnt im zweiten Haus im Erdgeschoss. Lass nicht locker, bis sie dich mit ihrer Stuhlfrau nach Hause begleitet. Ich hoffe, du wirst die Hebamme und ihre Helferin in ihrer Wohnung antreffen."

Ich laufe in der angehenden Abenddämmerung zu ihrem Haus und klopfe laut an die Tür. Sie öffnet, erkennt mich und nimmt ohne Zaudern ihren Koffer. Eine Freundin von kräftiger Statur, die wohl mit ihr wohnt, begleitet sie und trägt den schweren Gebärstuhl. Wir überqueren den Marktplatz. Unter dem warmen Föhnwind schmilzt der Schnee. Einige schon am späten Nachmittag angetrunkene Zecher amüsieren sich lauthals über unseren Auftritt. Ich helfe nun beim Tragen des Stuhls.

Endlich erreichen wir unsere Wohnung. Schon im Treppenhaus höre ich Marias Schreie. Im Schlafzimmer stehen Süßkind und Rosalinde hilflos neben dem Bett. Das Laken ist vom Blut der Gebärenden rosa gefärbt. Die Hebamme und ihre Helferin heben Maria gemeinsam in den neben dem Bett aufgestellten Gebärstuhl. Sie stöhnt laut. „Das sind die ersten Wehen", sagt die Geburtshelferin und fügt mit beinahe herrschendem Ton an, die Mannsbilder hätten den Raum nun schleunigst zu verlassen, was jetzt käme, wäre reine Weibersache. Ich blicke zu Maria, sie nickt und stöhnt abermals laut auf. Sie sitzt nun in diesem massiven Holzgestell mit gespreizten Beinen. Auf Befehl der Hebamme presst sie unter heftigen Schmerzen, als wolle sie die Ungeborenen mit Gewalt schnell hinausdrücken. Verstohlen blicke ich zu ihrer Scham und sehe den Muttermund weit geöffnet. Bald schiebt die gestrenge Helferin Süßkind und mich energisch in die Wohnstube. Dort sitzen Anna und Rosalinde am Tisch und essen. Das Kind hat Tränen in den Augen und fragt, warum ihre Mutter so krank sei. „Sie ist nicht krank, sie wird mit Gottes Hilfe ein Geschwisterchen zur Welt bringen." Meine Worte können Anna nicht beruhigen. Marias Schreie dringen auch durch die geschlossene Tür. Die Hebamme kommt eilenden Schrittes zu uns. Rosalinde soll in einem großen Kessel am Kamin Wasser kochen und dann bei der Geburt mithelfen. Die Herren müssen sich um Anna kümmern und Schlafkörbe auf dem Markt kaufen. Anna nimmt ihren Kasper und die Prinzessin und zu dritt gehen wir vorbei an der Synagoge zum Marktplatz. Die wenigsten Geschäfte sind noch geöffnet. Wir finden den Korbflechter. Er schließt gerade seinen Laden und blickt mürrisch, als er uns sieht. Wir fragen nach zwei kleinen Schlafkörben. Er verschwindet in seiner Bude und kommt mit zwei kunstvoll geflochtenen, mit grauem Leinenfutter ausgelegten Wiegen zurück. Der Mann ist klein und schmächtig, in seinem Gesicht funkeln verschmitzte Augen und sein Haupt ziert ein ergrauter Haarkranz. Er sagt, er hätte Süßkind gestern Abend bei Helga gesehen, und fragt, wer denn nun der glückliche Vater sei und warum wir zwei Körbe kaufen wollten. Ich wiege gelangweilt meinen Kopf und zahle anstandslos den geforderten Preis. Wir gehen, jeder von uns mit einem Korb unter dem Arm, über den Marktplatz zur Geldleihe. Ich denke an Maria und meine Knie zittern. Ich fürchte um ihr Leben. Im Laden lege ich Holzscheite nach und schnell verbreitet sich wohlige Wärme. Wir setzen uns an den Tisch. Anna spielt mit den Kugeln des Rechenbrettes. Süßkind hat Tränen in den Augen. Auch seine Gedanken sind bei Maria. Nach einer Weile beugt sich der Oberkörper Annas nach vorn. Sie ist eingeschlafen. Ich lege sie auf eine Decke auf dem Boden und hülle sie in meinen Umhang. Süßkind und ich schweigen. Es ist nun alles gesagt, wir warten und fürchten das Schlimmste. Allein eine Frage schwebt im Raum und weder Süßkind noch ich wagt sie zu stellen. Ich nehme all meinen Mut zusammen: „Süßkind, wer ist der Vater der Kinder. Werden wir es je erfahren?" Er antwortet: „Gott wird es schon richten. Die Früchte der paradiesischen Tage an den Flüssen und Seen werden wir gemeinsam ernten. Beten wir, dass alles gut ausgehen wird." Wir wenden uns nach Osten, sagen die Abendgebete und das Totengebet für meine Eltern und für meiner Schwester. Nach dem „Amen" öffnet sich die Türe und eine Kundin tritt ein. Sie ist hübsch, hat schwarz-rötliches Haar, tiefblaue Augen und trägt ein fußlanges, dunkles Kleid. Mit weinerlicher Stimme erzählt sie, ihr Mann sei mit einer Jüngeren davongelaufen und nun stünde sie mittellos da. Sie will ein wertvolles Armband verkaufen. Süßkind verhandelt mit ihr, zahlt einen halben Silbergulden für das einfache Schmuckstück und verabschiedet sie höflich.

Wir warten bis zum Abendläuten und gehen schweigend zur Wohnung. Anna klagt über Hunger und wir nehmen einen Umweg über die Pfisterei. Die Brezen von heute Morgen sind schon hart geworden. Wir kaufen einige und legen sie in die Körbe. Anna lächelt fröhlich und kaut an einem Stück dieses seltsam geformten, salzigen Backwerks.

Schon im Treppenhaus hören wir die Schmerzschreie von Maria. Im Wohnzimmer angekommen, sehe ich Rosalinde, wie sie eilig frische Tücher in das Zimmer der Gebärenden trägt. Die Hebamme und ihre Helferin rufen laut „Pressen!", während Maria schreit und stöhnt. Dann ist es wieder still. Als ich nach Maria schauen will, verwehrt mir die Helferin den Zutritt zum Schlafzimmer. Die Pausen zwischen den Wehen werden kürzer. Wir sitzen aufgeregt am Tisch, warten, erschrecken, wenn Maria wieder laut stöhnt und die Hebamme sie energisch zum Pressen antreibt. Die Hebamme kommt zu uns. Mit der Bemerkung, es könne nicht mehr lange dauern, nimmt sie die beiden Wiegen. Die Wehen kommen minütlich, Marias heisere Schreie gehen durch Mark und Bein und die Hebamme ruft immer wieder das Gleiche.

Nach einer kurzen Stille ertönt ein lauter Schrei, dann das leise Weinen eines Säuglings. Nach einigen Minuten ist erneut, in einer anderen Tonlage, das eindringliche Weinen eines Neugeborenen zu hören. Zwei neue Erdenbürger wurden geboren. Süßkind und ich umarmen uns. Doch wie geht es Maria? Lebt sie noch? Kein Laut dringt aus dem Zimmer. Nichts geschieht. Jede Sekunde des Wartens fühlt sich an wie .halbe Ewigkeit Plötzlich öffnet sich ruckartig die Tür und die Hebamme und ihre Helferin tragen die Kindchen in ihren Körben zu uns. Dann sagt sie in einem feierlichen Ton: „Maria und die beiden Knaben sind gesund und bald wieder munter. Jakov, meine herzliche Gratulation." Vor Freude umarme ich sie und laufe ins Schlafzimmer. Maria liegt erschöpft im Bett. Rosalinde hat alle Laken ausgetauscht und verlässt das Zimmer, um einen Kübel mit den Nachgeburten und blutigen Tüchern in den Hof zum Abort zu tragen.

Das Mitternachtsläuten von St. Peter erklingt. Wir bringen die weinenden Säuglinge zu Maria. Die Hebamme legt ein Neugeborenes an ihre Brust, das andere wiegt sie zärtlich in ihren Armen, begleitet uns zurück in die Wohnstube und sagt leise: „Ihr müsst Maria Zeit geben und sie schonen. Es war eine schwere Geburt mit den Zwillingen. Glücklicherweise waren sie beide schmal und klein und es ging deshalb recht schnell. Maria hat sieben schwere Tage des Kindbetts vor sich. Nicht alle jungen Mütter überleben diese Zeit. Maria selbst wird sie nicht satt bekommen. Ich besuche Euch morgen und bringe eine Amme mit. Sie ist kräftig, hat viel Milch und wird die kleinen Würmchen aufpäppeln." Dann wirft sie mir einen fragenden Blick zu. Ich überreiche ihr mehrere Münzen und danke ihr überschwänglich. Sie scheint zufrieden, steigt mit ihrer Helferin, die den schweren Stuhl trägt, die Treppen hinab und sie laufen nach dem späten Ruf des Nachtwächters auf den menschenleeren Straßen zurück in die Weingasse.

Ich gehe zu Maria. Süßkind sitzt neben dem Bettrand und hält ein leise weinendes Kindchen im Arm, das andere nuckelt noch langsam, aber beharrlich an ihrer Brust. Anna liegt im Bett daneben und betrachtet neugierig ihren Bruder am Busen der Mutter. Maria zieht mich mit ihren Blicken und einer kurzen Kopfbewegung zu sich und sagt leise, mit brüchiger Stimme: „Im Spätherbst war ich im Wald und sammelte Blätter gegen den Starrkrampf. Sie halfen auch dir, als du vom Wolf gebissen wurdest. Nun sollen sie unsere Söhne und mich schützen. In der Kammer liegt ein großer Leinensack mit diesen Blättern. Koche damit jeden Tag eine große Kanne Tee und gib mir davon zu trinken. Hast du schon die kleinen Gesichter unserer Söhne gesehen? Ich meine, sie sind verschieden." Erschöpft sinkt sie auf ihr Kissen und schließt für wenige Sekunden mit einem geheimnisvollen Lächeln die Augen. Süßkind nimmt nun das eine Kindchen von der Brust und legt das andere an.

Mein Freund und ich umarmen uns. Was für ein Glück! Zwei gesunde Buben wurden geboren. Wir stoßen mit dem abgestandenen Bier aus der Küche an. „LeChaim, auf das Leben." Dann halten wir einige Sekunden inne. Süßkind bricht die Stille und sagt: „Du weißt, mein lieber Freund, nach dem Gesetz müssen die Neugeborenen nach dem achten Tag ihrer Geburt beschnitten werden, um in den Bund mit Gott einzutreten. Wer war bei euch der Beschneider, als deine Eltern noch lebten?" Ich hatte noch keinen Gedanken an dieses Thema verschwendet. Bin ich Gott etwas schuldig? Er hat den Tod meiner Eltern zugelassen. Sie waren mit ihm im Bunde und wurden dennoch grausam ermordet. Süßkind sieht mich an. Er kann meine Gedanken erahnen und meint, gerade meine Eltern hätten die Beschneidung gewollt. Ich erinnere mich, wir hatten keinen Beschneider. Stattdessen wagte der Bader Rudolf Müller den Eingriff. Er bekam ein kleines rituelles Messer in Silber geschenkt und konnte damit kunstfertig die Vorhäutchen abschneiden. Süßkind verspricht, bei ihm anzufragen. In Helgas Herberge könne er schnell Müllers Adresse erfahren. Wir betten die Knaben in ihre Körbchen und legen uns daneben auf dem Boden schlafen.

Sie weinen. Ich wache auf, bringe sie zu Maria ans Bett. Sie liegt mit offenen, traurigen Augen auf dem Rücken, setzt sich vorsichtig auf, nimmt die beiden Kinder an die Brust und klagt über heftige

Schmerzen im Unterleib. Neben ihr schläft Anna. Ich gehe zum Kamin, koche Wasser für Marias Zaubertee und stelle eine gefüllte Kanne und einen Becher auf den Nachttisch neben ihrem Bett. Am späten Morgen erschreckt uns ein lautes Klopfen an der Türe. Süßkind ist aufgewacht und öffnet. Die Hebamme mit weißen Tüchern unter dem Arm betritt mit einer größeren, wohlgenährten jüngeren Frau unsere Räume. „Das ist die Amme, Wiltrud. Sie wird Deinem Weib beim Stillen zur Seite stehen. Die Entlohnung läuft über mich." Wiltrud verbeugt sich und lächelt. Sie gehen zu Maria ins Schlafzimmer und verschließen die Tür.

Es ist Anfang März und die Tage werden länger. Am Morgen ist es schon taghell. Im Föhnwind schmilzt der Schnee. Ein dunstig, blauer Himmel verspricht einen schönen Tag. Wir gehen mit einer Milchkanne in der Hand über die Gruftgasse durch den braunen Matsch zur Geldleihe. Ich öffne die Truhe und nehme einige Münzen. Auf dem Markt kaufen wir Gemüse noch vom Herbst, Ziegenmilch und Honig, in der Pfisterei warmes Brot und knusprige Brezen. Zu Hause deckt Süßkind im Wohnzimmer den Frühstückstisch. Als Anna uns hört, läuft sie zu uns und lässt die Tür offen. Ich sehe, wie Maria entspannt blickt. Sie und die Amme haben die Säuglinge am Busen. Sofort wird die Tür von innen mit einem Ruck verschlossen. Nach einer Weile kommen die Hebamme und die Amme zum Frühstückstisch. Sie essen mit großem Appetit. Ich bringe Maria einen Teller mit Brot, Honig und Milch. Neben ihr schlafen in ihren Körben meine Söhne. Sie versucht zu lächeln. „Die Schmerzen haben dank des Tees nachgelassen. Die Hebamme musste die blutigen Laken wechseln. Liebst du deine Söhne?" Sie nippt an dem Becher mit Ziegenmilch, isst ein Stück Brot mit viel Honig. Dann fallen ihr die Augen zu und sie schläft. Natürlich liebe ich meine Söhne, geht mir durch den Kopf. Warum stellt Maria diese Frage? Beim späten Frühstück sagt die Hebamme: „Maria geht es mit den Säuglingen gut und sie kann zum Wochenende vom Kindbett aufstehen. Sie ist zäh und stark. Für beide Säuglinge wird ihre Milch nicht ausreichen. Die Amme soll die nächsten Wochen täglich zweimal kommen. Jetzt bleibt sie bis morgen Abend. Ich muss nach Hause und nach dem

Rechten sehen. In der Nachbarschaft lebt eine Witwe, die bald niederkommen wird." Ich begleite sie bis zur Wohnungstüre und sage: „Bitte erzähle nichts von diesen Geburten. Wir haben einen Schutzbrief des Herzogs, dennoch soll das gemeine Volk nicht wissen, dass Juden in dieser Stadt leben. Sag das auch Deiner Helferin und der Amme. Wir werden Euch fürstlich entlohnen." Sie nickt gefasst und steigt die Treppen zur Straße hinab.

So gehen die Tage dahin, Süßkind hat für übermorgen den Bader Müller bestellt und Maria verbringt nicht mehr den gesamten Tag im Bett und trinkt beständig ihren Zaubertee. Die beiden Knaben werden munterer und blinzeln mit halb geöffneten Augen in die Welt. Am Abend vor der Beschneidung, als die Amme schon gegangen war und Anna in ihrem Bett schläft, ruft Maria Süßkind und mich ins Schlafzimmer. Neben ihr liegen die beiden. Sie zeigt auf das eine Kind, das direkt neben ihr liegt, und sagt feierlich zu Süßkind: „Das ist dein Sohn, mein Geliebter. Er hat blaue Augen wie du, deine fein geschnittene Nase, dein schmales Gesicht und die hell angedeuteten Haare. Und der andere, lieber Jakov, mein Gatte, ist der deine, mit den dunklen Augen und Haaren, einer größeren Nase und dem südländischen Teint deiner spanischen Mutter. Ich liebe euch beide und ihr seid die Väter meiner Söhne. Ich bin die Tochter einer Hexe, nur mir kann dieses Wunder widerfahren. Ich halte eure und meine Söhne seit der Geburt in meinen Armen und habe keinen Zweifel."

Maria steht auf und reicht uns unsere Söhne. Sie ähneln einander und doch fühle ich eine besondere väterliche Vertrautheit zu meinem Kind. Seine Gesichtszüge erinnern an meine selige Mutter. Süßkind wiegt seinen Knaben in den Armen, der ihn mit seinen blauen Augen zu fixieren scheint, und singt leise ein Wiegenlied. Die Frage der Vaterschaft quälte mich in den letzten Tagen. Maria hat eine pragmatische Antwort gefunden. Und allen Anschein nach liegt sie richtig. Süßkind behielt recht. Gott würde einen Weg finden. Unsere Freundschaft und Liebe werden darunter nicht leiden. Nachdenklich sage ich: „So willkommen und selbstverständlich für uns diese Fügung ist, so ablehnend werden die Menschen darauf reagieren, erführen sie davon. Dessen bin ich gewiss. Es muss unser Geheimnis

bleiben und für die anderen werde ich der Vater von beiden sein."
Süßkind nickt und lächelt bitter. Maria küsst ihn auf den Mund, zeigt
auf das Kind in seinen Armen und sagt: „Das ist dein Sohn Süßkind
und er wird es bleiben." Anna war aufgewacht. Sie steht neben Maria und sieht mit zugekniffenen Augen auf unseren Freund und das
Kind in seinen Armen.

Am achten Tag nach der Geburt, am frühen Morgen, kommt der
Bader zu uns in die Wohnung. Leise steigt er die Treppen empor.
Niemand soll ihn hören und sehen, wie er in das Judenhaus
schleicht. Maria fürchtet um das Leben ihrer Söhne und bleibt mit
Anna der Zeremonie fern. Die Amme und Rosalinde sind erst für
den Nachmittag bestellt.

Wir haben inmitten des Zimmers einen Stuhl mit Lehne aufgestellt. Süßkind hält während der Beschneidung meinen Sohn. Er soll
den Namen meines Vaters Nathan tragen. Ich halte Süßkinds Felix.
So nennt er sein Kind nach einem entfernten Onkel in Aachen, der
ihn aufzog. Während der Zeremonie sprechen wir die Segensworte
aus der Thora. Der Bader versteht sein Handwerk. Kunstvoll entfernt er mit dem scharfen kleinen Messer die Vorhaut und stillt
schnell die Blutung. Er streicht einen dicken Saft auf die Wunde, den
ich am frühen Morgen mit den Wunderblättern von Maria braute.
Felix und Nathan weinen wenig. Zur Betäubung streichen wir Bier
und Honig auf ihre Lippen. Bald nach der Zeremonie verlässt uns
der Bader mit einem feinen Salär. Er betritt die Gruftgasse erst, nachdem er sich vergewissert hatte, dass dort keine Menschenseele unterwegs ist.

Wir bringen das Zwillingspaar zu seiner Mutter. Sie legt beide an
die Brust. Maria zeigt sich erstaunt, dass Felix und Nathan nicht weinen und friedlich trinken. Süßkind und ich stehen neben ihr. Sie
streicht zärtlich über die Köpfchen der Säuglinge, überlegt und sagt
dann: „Das ist noch einmal gut gegangen. Hatte das aber sein müssen? Ihr habt sie für ihr ganzes Leben gezeichnet. Ich erinnere mich
an Bruder Richolf, der im Fluss schnell erkannte, als er dein Geschlecht sah, dass du ein Jud bist. Der Geistliche schrie es lauthals

heraus und erpresste uns. Ich werde das nicht vergessen. Doch nun ist es unabänderlich geschehen."

Nach dem Mittagsläuten kommen Rosalinde und die Hebamme gleichzeitig. Mit einem schönen Gruß von Helga stellt unsere Magd einen großen schweren Topf mit Rindfleisch und Wirsing auf die Anrichte neben dem Kamin. Der Geruch nach gutem, würzigem Essen erfüllt unsere Wohnstube. Wir sind gemeinsam um den Tisch versammelt und essen und trinken mit großem Appetit. Maria sitzt nahe am Kamin. Die beiden Schlafkörbe mit Nathan und Felix liegen auf dem Boden daneben. Als sie im Chor zunächst leise seufzen und dann laut weinen, springt die Amme mit einem Satz auf, lässt ihren Teller mit noch etwas Wirsing stehen und eilt mit dem Kindchen im Arm und wogendem Busen ins Schlafzimmer.

Am frühen Nachmittag gehen Süßkind und ich über den Markt in die Geldleihe. Die meisten Buden wurden schon abgebaut. Fleischabfall und sonstiger Unrat liegen im Rinnstein neben dem Gehweg und verströmen einen üblen Geruch bis zu unserem Laden. Da bei der besseren Witterung die Handelsleute wieder reisen, kommen täglich Kunden, um fremde Währungen zu wechseln. Die Geschäfte laufen gut und wir verdienen genug, um unseren großen Hausstand zu finanzieren. Viele der Geschäftsleute sind freundlich und zuvorkommend, vielleicht nur, um bessere Konditionen auszuhandeln, viele zeigen offen ihren Hass auf uns Juden, insbesondere beim Eintreiben der Zinsen. Auf unseren Hinweis, dass der Zinssatz vom Herzog angeordnet sei, erhalten wir meist ein höhnischen Lächeln als Antwort.

Süßkind und ich sind stolz auf unsere Söhne, sind dankbar, dass es ihnen und Maria gut geht. Ich denke an die Beschneidung und daran, dass mein Junge nun den Namen meines geliebten Vaters trägt. Das Vermächtnis meiner Eltern, ihre letzten Worte in den Flammen, bevor sie untergingen, ist erfüllt. Sie werden in uns fortleben.

Warum wählte Süßkind für seinen Sohn den Namen des Onkels? Er hat bis heute nichts von seiner Kindheit und seinen Eltern erzählt. Die Frage nach seiner Jugend wagte ich nie zu stellen. Was hatte er zu verbergen? Nun war vielleicht der geeignete Zeitpunkt gekommen: „Warum gabst du deinem Sohn den Namen deines Onkels und nicht den deines Vaters?" Mein Freund zögert lange mit seiner Antwort, als könne er dieses Geheimnis nur schwer preisgeben. Endlich sagt er: „Vater und Mutter verstarben, ich war noch ein Jüngling, im Feuer unseres Hauses. Der Mob hatte es in Brand gesetzt und es brannte in wenigen Sekunden lichterloh. Ich hatte mich im Garten versteckt und sah durch die Flammen und den dichten Rauch meine Mutter, wie sie laut schrie, dann zusammensackte, und sah meinen Vater schon leblos auf seinem Stuhl sitzen. Schnell stürzten die Dachbalken in die Tiefe und begruben alles unter sich. Die Leichname meiner Eltern verbrannten bis zur Unkenntlichkeit. Mein Vater war ein weit über Trimberg hinaus bekannter Gelehrter und Kaufmann. Er hieß Jehuda Ben Elieser. Er lehrte mich Schreiben, das Lesen der heiligen Bücher und die Gebete. Nach dem Tod meiner Eltern gab es nur noch die Familie meiner Mutter in Oppenheim am Rhein mit meinem Onkel Felix. Nach ihm ist mein Sohn benannt. Mönche versprachen nach dem Feuer, mich auf ihren Ochsenkarren an den Rhein zu bringen. Sie hielten das Versprechen nicht. Ich wurde ein Gefangener in ihrem Kloster. Sie tauften mich und ich ließ sie im Glauben, ein guter Christ geworden zu sein. Einer der Mönche sang wunderschön und spielte auf der Laute. Er erkannte schnell den Musikus in mir und war ein geduldiger und lieber Lehrer bis zu meiner Flucht. Die Laute gewann ich beim Spiel in einem Wirtshaus. Die Antwort auf deine Frage ist einfach. Ich wollte nicht, dass schon der Name meines Sohnes seine Religion preisgibt. Deshalb nicht Jehuda, sondern Felix. Mein seliger Vater möge es mir verzeihen."

Einige Tage später betritt Bertram von Mechtingen unseren Laden. Er grüßt freundschaftlich und fragt, ob ich seinen Stein schon verkauft hätte. Nachdem ich dies verneint hatte, bittet er, den Ring nochmals in Händen halten zu dürfen. Ich nehme ihn aus der Truhe, überreiche das Schmuckstück, das er nahe an seinen Mund führt und dann mit seinen Lippen zärtlich berührt. „Den Stein trug einst meine Mutter, die schon längst verstorben ist, an einer goldenen Kette, dann mein Vater in dieser schönen silbernen Fassung. In einigen

Tage werde ich vorbeikommen und dir noch einen wertvollen Silberbecher zum Kauf anbieten. Die Zeit meiner Abreise nach Jerusalem rückt näher. Der Herzog kennt und befürwortet übrigens meine Pläne." Bevor von Mechtingen geht, erzählt er Süßkind von seiner Familie in Jerusalem, von seinem größten Wunsch, möglichst bald in das Heilige Land zu reisen. „Ich sehne mich nach dem hellen Licht in dieser Stadt, nach der Sonne und der Wärme. Christen, Muselmänner und Juden leben dort, meist im Einvernehmen, hinter den alten Mauern, solange sie nicht von den Kreuzrittern malträtiert werden. Viele dieser Familien haben Wohlstand erlangt, dank der Geschäfte mit den vielen Pilgern."

Die Tage vergehen schnell. Oft weht von den Bergen ein warmer Wind, an den Bäumen treiben die ersten hellgrünen Blätter. Nathan und Felix wachsen kräftig, brabbeln um die Wette. Die Amme kommt nur noch täglich. Zusätzlich bekommen die Kinder von Maria Ziegenmilch und Honig und für die Nacht etwas Bier. Täglich spielt Süßkind für sie auf seiner Laute und singt mit Anna lustige Lieder. Für die nächsten Tage hat sich Xaver Kreuzeder angekündigt. Er will die kleinen Holzbetten aufstellen, die er für Nathan und Felix in seiner Werkstatt aus gehobeltem Fichtenholz gezimmert hat.

Die Nächte verbringe ich wieder mit Maria. Gelegentlich kommt Süßkind dazu. Wir erzählen uns von den Reisen, der Liebe und den oft unbeschwerten Tagen auf der Straße. Das Gute blieb in Erinnerung. Am Morgen, bevor die Amme kommt, schleicht er zu seiner Liege in der Wohnstube.

An einem warmen Frühlingstag, Maria und Rosalinde reinigen in einem großen Waschzuber im Hof Bettlaken und Tücher, spazieren Süßkind und ich mit den Kindern durch die noch unbelebten Straßen der Stadt. Vorbei an der Synagoge mit dem Kreuz auf dem Dach bis zum Platz vor der Residenz und sitzen auf der Bank neben dem Brunnen. Ich laufe mit Anna um die Wette bis zu den Wachleuten vor dem Eingangsportal, während Süßkind Nathan und Felix in seinen Armen wiegt und leise singt. Uns entgehen nicht die verächtlichen Blicke der Passanten. Dunkle Wolken schieben sich vor die Sonne. Es könnte bald regnen. Wir nehmen die Kinder und gehen in

Helgas Wirtshaus. Es gibt eine gute Wirsingsuppe mit etwas Rind-fleisch und für die Kinder Honig und Ziegenmilch. Wir sitzen allein. Nur Helga bleibt, nachdem sie serviert hat, für kurze Zeit bei uns. Die wenigen Damen, die am späten Vormittag mit ihren Freiern tän-deln, gehen grußlos an uns vorüber.

Nachdem wir gezahlt hatten, gehen wir hinaus auf die Straße. Der Himmel ist wieder wolkenlos, die Luft ist warm. Vorbei am Schäff-lerturm, laufen wir bis zur Residenz und erreichen bald den Markt. Die Händler rufen laut ihre Preise und feilschen mit den murrenden Kundinnen. Wir gehen zum Rathaus und beim Blick auf die Geld-leihe stockt mir der Atem. Vor der Eingangstür liegt ein abgesägter Schweinekopf, dessen Rüssel nach vorn zeigt. In die rosafarbene Haut ist ein Davidstern eingeritzt. Wand und Tür des Ladens sind mit dunklem Blut beschmiert. Anna beginnt laut zu weinen und zeigt auf den Kadaver, den Süßkind wütend in die Gosse wirft. Die Säuglinge halte ich in den Armen. Einige Passanten beobachten das Schauspiel und lachen spöttisch. Es dauert nicht lange, bis die Hunde der Umgebung knurrend und bellend an der Beute zerren. Wir betreten den Laden. Alles ist unversehrt. Mit diesem blutigen Geschmiere können wir keine Kunden empfangen. Auf dem Markt suche ich nach einem Knecht, der für einige Kreuzer bereit ist, die Wand zu reinigen. Tatsächlich finde ich einen dürren, älteren, zahn-losen Gehilfen eines Gemüsehändlers, der fluchend und schwitzend für ein paar Kreuzer mit viel Wasser aus einem undichten Holzeimer die Wand gründlich abwäscht. Nach getaner Arbeit gebe ich ihm die Münzen, er spuckt auf den Boden und verschwindet grußlos mit ge-senktem Kopf.

Verärgert und erschöpft wollen wir gehen, als ein vornehm ge-kleideter, jüngerer Herr die Geldleihe betritt. Er gibt vor, nach Vene-dig reisen zu wollen, und benötigt für seine Geschäfte veneziani-sches Geld. Ich verkaufe ihm Silber-Piccoli gegen bayerische Münzen zu einem angemessenen Kurs. Er ist zufrieden, betrachtet uns und unsere Kinder und meint, wir sollten uns vorsehen. Dann verlässt er nach einer eleganten Verbeugung den Laden. Ich ver-schließe sorgfältig die Geldtruhe, wir gehen zunächst zur Pfisterei, kaufen Brot und Brezen, dann zur Gruftgasse und betreten bald unsere Wohnstube. Maria sitzt allein am Tisch und trinkt heiße Milch. Anna läuft zu ihr und drängt sich auf ihren Schoß. Die Kindchen weinen. Sie haben Hunger und bekommen zunächst Honig. Dann geht Maria mit ihnen in das Schlafzimmer und stillt sie. In der Kammer steht noch ein Krug mit abgestandenem Bier. Wir füllen unsere Becher und trinken hastig. Bald wird mir schwindlig. Sollen wir Maria von dem Vorfall berichten? Süßkind ist immer noch wütend und ich bin sehr verzweifelt. Vielleicht liegt es auch am Bier. Wir werden es ihr sagen und begreifen müssen, dass sich der Wind gegen uns dreht. Bald kommt Maria zurück und legt Nathan und Felix in ihre Körbe. Sie schlafen sofort ein. Ich berichte ihr vom Schweinskopf, von den blutigen Schmierereien und dem zynischen Gelächter der Leute. Vor Entsetzen findet sie keine Worte. Ihr Gesicht ist kreidebleich. Sie holt sich einen Becher und trinkt den Rest vom Bier. Dann lächelt sie und sagt: „Ihr hättet den Schweinekopf mitbringen sollen. In einem großen Topf gekocht, wäre es eine gute Suppe geworden!" Sie hält einige Sekunden inne: „Das war ein schlechter Scherz." Sie weint und sagt, sie sähe düstere Wolken über uns aufziehen und schlimme Albträume hätten sie in den letzten Nächten geplagt. Ich streiche über ihr Haar und sage: „Solange wir zusammenhalten, unsere Geldtruhe gefüllt bleibt und der Herzog uns beschützt, können sie uns nichts anhaben. Morgen kommen der Schreiner und Helga. Da hören wir mehr." Die zweifelnden Blicke von Maria und Süßkind zeigen, dass sie wenig Hoffnung haben. Müde gehen wir zu Bett.

Ich hatte einen tiefen Schlaf und wurde am Morgen geweckt, als unsere Magd geräuschvoll die Wohnstube betritt und den Frühstückstisch deckt. Sie rückt laut mit den Stühlen und knallt, vielleicht mit Absicht, Teller und Becher auf den Tisch. Bald sitzen wir zum Frühstück versammelt. Maria kommt etwas später, sie hat zuvor Felix und Nathan gestillt. Nun liegen sie in ihren schon eng gewordenen Körbchen. Ihre kleinen Füßchen ragen über den Rand der Wiege. Maria sitzt neben Anna und bestreicht für sie eine der Brezen von gestern mit Gänseschmalz. Anna isst davon mit großem Appetit. Ihre kleinen Hände glänzen bald vom Fett. Rosalinde verkündet, dass nach dem Mittagessen Helga in Begleitung von Xaver Kreuzeder kommen würde. Der hätte heute Geburtstag und zur Feier des Tages brächten sie ein kleines Fass Bier mit. Wir hatten zunächst nur den Schreiner erwartet, doch freuten uns auch auf den Besuch von Helga. „Wir sind eine große Familie", erwidert Süßkind und lächelt nachdenklich.

Vor dem Mittagsläuten gehen Süßkind und ich zum Markt. Es weht ein für die Jahreszeit ungewöhnlich kühler Wind. Gelegentlich fallen wärmende Sonnenstrahlen durch die aufgerissene Wolkendecke. Wir kaufen für unsere Gäste süßes Früchtebrot in einer Marktbude nahe der Geldleihe. Der Bäcker schneidet mit einem Holzmesser dünne Scheiben von einem großen Laib. Es riecht wunderbar nach Zimt und Nelken. Er wiegt das köstliche Brot, berechnet den Preis, wir zahlen und legen es in eine Tasche. Lächelnd sagt er, als er die Münzen nimmt, er bedaure, was gestern geschehen sei. Er erzählt: „Schon am frühen Morgen, als ich in meine Bude kam, lag der Schweinskopf vor Ihrem Eingang und die Wände waren blutverschmiert. Keiner meiner Kollegen am Markt wollte sich dazu äußern. Einige meinten unter vorgehaltener Hand, das sei die Quittung für die Gier der Juden nach immer mehr Geld. Wachleute von der Residenz gingen vorüber, ohne ein Wort zu sagen. Ich komme aus der Gegend um Fürth. Dort gibt es viele jüdische Familien und wir leben gut miteinander. Ich höre viele hässliche Bemerkungen über Euer Geschäft und Eure Familie." Wir danken dem ehrlichen und guten Mann aus Franken, überqueren den Platz, bis wir vor unserem Laden stehen. Nichts hat sich seit gestern verändert. Das Blut ist bis auf einige wenige Stellen von der Wand abgewaschen. Vom Schweinekopf in der Gosse ist nichts mehr zu sehen. Im Geschäft ist der Geruch nach der Zitronensäure fast unerträglich. Wir stellen den Bottich auf die Straße und lassen die Tür zum Lüften offenstehen. Einige Sonnenstrahlen leuchten in den dunklen Raum. Süßkind nimmt sich eine Scheibe vom duftenden Früchtebrot.

Einer der Marktleute, ein Getreidehändler, kommt und will eine Silbermünze aus Sachsen gegen bayrisches Geld eintauschen. Ich wiege das Geldstück, lege es kurz in den Säurebottich. Gewicht und

Farbe deuten darauf hin, dass der Silbergehalt der Münze zu gering ist und nicht dem eingeprägten Wert entspricht. Ich sage ihm, dass er betrogen worden sei und ich ihm nur die Hälfte seiner Forderung bezahlen könne. Er sieht mich ungläubig an, entreißt mir die Münze und sagt laut, sodass es weit bis auf den Platz zu hören ist: „Ihr seid doch alle die gleichen Halsabschneider und Betrüger!" Dann stürzt er kopfschüttelnd hinaus auf die Straße. Das war genug für heute. Ich drehe den Schlüssel der Geldtruhe zweimal, Süßkind schließt den Laden und wir gehen mit dem Früchtebrot über den Markt zur Gruftgasse nach Hause.

Im Treppenhaus höre ich die laute Stimme von Helga und das La- chen von Maria. Wir gehen in die Wohnstube. Anna kommt und um- armt erst Süßkind und dann mich. Xaver Kreuzeder hat bereits die beiden Betten aufgestellt. An den Seiten befinden sich zum Schutz schmale Holzlatten. Wir bewundern das Werk des Schreiners. Er ist stolz. Helga überreicht ihm einen mit Bier bis an den Rand gefüllten Becher, den er in einem Zug austrinkt. In kurzer Zeit haben wir das Bierfass geleert, das köstliche Früchtebrot gegessen und sind ange- heitert. Rosalinde spielt mit Anna und ihren Puppen. Maria liest für Helga aus den Karten. Sie blickt ernst und sagt kein Wort. Ihre Ah- nungen scheinen düster.

Süßkind und ich heben unsere Söhne aus den zu kleinen Schlaf- körben. Anna kommt schnell zu uns und legt die Kissen und Decken in die neuen Holzbetten. Mein Freund singt leise ein Wiegenlied und legt Felix in sein neues Bett. Ich wiege Nathan in meinen Armen, er öffnet seine Augen weit und lächelt.

Bald liegen beide vergnügt in ihren neuen Liegen und sind um- ringt von den Erwachsenen. Anna kommt, zeigt auf Felix und dann auf Süßkind und sagt „Papa". Dann deutet sie auf Nathan und auf mich. Helga und Rosalinde nähern sich den Säuglingen und betrach- ten sie lange. Immer wieder kreuzen sich unsere Blicke. Maria steht daneben und grinst. Helga leert das Fass bis zur Neige und trinkt einen vollen Becher in einem Zug aus. Dann sagt sie laut: „Maria, deine Zwillinge haben zwei verschiedene Väter. Braune und blaue Augen. Das ist schön, aber Hexenwerk. Meine Gratulation!", und lacht donnernd. Rosalinde neigt sich zu den Säuglingen, blickt zu uns und schüttelt ihr Haupt. Sie geht zu Süßkind und flüstert ihm einige Sätze ins Ohr. Kreuzeder lehnt in einer Ecke nahe am Kamin und blickt ins Leere. Ich hoffe, er hatte nicht verstanden, worum es ging. Maria nimmt Helga und die Magd zur Seite. Sie bittet um dringendes Stillschweigen über das, was sie zu sehen geglaubt haben. Der Schein würde trügen und tatsächlich sei ihr Ehegatte Jakov der Vater von Nathan und Felix. Es ist später Nachmittag. Helga und Rosalinde wanken zurück ins Wirtshaus. Das Abendgeschäft wartet. Kreuzeder begleitet sie auf wackeligen Beinen. Vor dem Schlafengehen frage ich Süßkind, was ihm unsere Magd ins Ohr geflüstert hatte. Er sagte leise, sie wolle von ihm ein Kind, so schön wie Felix. Dabei füllen sich seine Augen mit Tränen. Ich liebe meinen Freund, weil er so ist, wie ich es oft selbst sein wollte. Wir gehen zu Bett. Maria kann lange nicht einschlafen und flüstert leise: „Ich fürchte das Gerede der Leute und ihren Hass. Sie werden uns nicht in Ruhe lassen."

Das Morgenläuten von Sankt Peter weckt mich. Maria sitzt mit Nathan und Felix an der Brust am Tisch in der Wohnstube. Anna kniet daneben auf einem Stuhl und kaut an einem harten Brotstück. Süßkind steht von seiner Liege auf, gähnt und streckt sich, blickt in die Runde und fragt nach Rosalinde. Sie ist heute nicht gekommen. Vielleicht hat Helga sie nicht gehen lassen. Ich laufe zum Markt einkaufen, während Süßkind mit den Kindern spielt und Maria den Haushalt besorgt. Die Sonne scheint und es ist wärmer als gestern. Die Vögel zwitschern in den Bäumen. Es ist ein heller, sonniger Tag, doch meine Gefühle sind düster angesichts der Unsäglichkeiten der letzten Tage.

Nach dem Mittagessen öffne ich die Geldleihe und warte auf Kundschaft. Es dauert nicht lange, bis sich langsam die Tür öffnet. Ein jüngerer Herr mit schwarzem Bart, dunklen Augen und grünem Barett blickt erst auf die Straße nach allen Seiten, bis er langsam und vorsichtig seine Schritte in den Laden lenkt. Ich biete ihm einen Platz an, er legt sein Barett ab und zeigt mir zwei Silbermünzen aus der Lombardei. Flüsternd nennt er seine Preisvorstellung. Ich wiege das

Geld, lege es für Sekunden in das Säurebad. Es sind echte Silbermünzen. Wir sind uns schnell einig. Er nimmt das bayerische Geld und bittet mich, über unseren Handel absolutes Stillschweigen zu bewahren. Ich frage nach dem Grund dieser Geheimniskrämerei und er antwortet, es gäbe Gerüchte über meine Familie und mich. Mit einem Zeigefinger verschließt er die Lippen und tritt hinaus auf die Straße. Nach dieser Begegnung verriegle ich die Tür und hole die Geldsäcke aus der Truhe. Ich zähle alle Münzen der verschiedenen Währungen, überschlage die Werte der Pfänder und ausgegebenen Darlehen. Unser Vermögen hat sich gemehrt, so wie es die Herzogin in Aussicht stellte.

Am nächsten Tag nach Geschäftsschluss gehen Süßkind und ich ins Wirtshaus am Schäfflerturm. Wir fragen eine der Damen nach Rosalinde und Helga. Sie bittet uns zu warten und steigt in das erste Stockwerk. Nach einer Weile kehrt sie zurück und sagt: „Rosalinde ist nicht mehr zu gebrauchen. Sie weint unaufhörlich und verlässt ihr Zimmer nicht. Das kann passieren, wenn sich eine Hure verliebt. Helga soll ich entschuldigen, sie sei unabkömmlich in der Küche." Die Dame lächelt spöttisch und fragt, ob wir sie in ihr Zimmer begleiten wollten. Süßkind zögert, am Ende verneinen wir höflich. Welche Kälte umfängt uns an diesem Ort, den wir einst als unser Zuhause wähnten?

Seit Tagen sitzen wir an den Nachmittagen im Laden und nur heute verirrt sich eine Magd zu uns. Das schöne Mädchen legt eine erlesene Brosche auf den Tisch. Ich betrachte das Schmuckstück. Es hat mindestens den Wert von zwei Silbertalern. Auf meine Frage nach dessen Herkunft antwortet sie mit einem Achselzucken. Höflich erwidere ich, dass wir unter diesen Umständen das Pfandstück nicht akzeptieren können. Sie antwortet, sie bräuchte dieses Geld, sie wolle heiraten und hätte keine Aussteuer. Süßkind versucht sie zu trösten und schenkt ihr zwei Kreuzer. Wütend nimmt sie die Brosche und sagt: „Bei Euch Juden ist doch der Teufel im Spiel. Das meinen alle." Dann verlässt sie weinend den Laden. Ich frage Süßkind, ob das auch ihre Worte gewesen wären, wenn wir uns mit ihr geeinigt hätten. Er wiegt den Kopf: „Sie hätte uns weiter gehasst, es aber nicht ausgesprochen."

Es ist später Freitagnachmittag, wir schließen das Geschäft und gehen in der Dämmerung nach Hause. Als wir den Markt überqueren, spüre ich einen warmen Luftzug. Ich blicke empor und sehe die beiden grauen Gestalten nahe über uns schweben. Sie wiegen sich im Wind, winken, als wollten sie uns fortziehen, verbeugen sich und rufen kaum hörbar unsere und die Namen meiner Eltern im Singsang eines leise gesprochenen Gebetes. Dann sind sie verschwunden. Ihr Wohlwollen stimmt mich zuversichtlich. Süßkind hat davon nichts bemerkt.

Zu Hause entzündet Maria die Schabbatkerzen. Wir sitzen am Tisch, halten die Knaben und sagen den Segen über Wein und Brot. Maria hat ein Huhn gegrillt. Wir erzählen ihr von der Kundin heute Nachmittag. Sie erwidert mit einem Stirnrunzeln, sie wage ohne Begleitung keinen Gang mehr auf den Markt.

Frühlingshaftes, sonniges Wetter lockt zu einem Spaziergang mit den Kindern, dennoch setzen wir keinen Schritt vor die Tür. Auch am Sonntag verlassen wir die Wohnung nicht. Am frühen Morgen wurden einige Steine gegen die Fenster des Schlafzimmers geworfen. Die dicken, in Blei gefassten Scheiben widerstanden.

Erneute Flucht

Einige Stunden nach dem Abendläuten klopft es heftig an der Wohnungstür. Süßkind öffnet. Eine Dame und ein jüngerer Herr betreten hastig die Wohnstube. Es ist Bertram von Mechtingen. Er lächelt verlegen, verbeugt sich und hilft ihr den Umhang abzulegen, dessen Kapuze weit über die Stirn gezogen war. Süßkind erblickt ihr Antlitz. Es ist Herzogin Mathilde, seine Liebschaft aus längst vergangenen Tagen. Wir begrüßen unsere Gäste mit einer Verneigung. Maria kommt mit Nathan und Felix im Arm aus dem Schlafzimmer. Ich stelle sie der Herzogin mit Namen vor. Sie nähert sich den Säuglingen, betrachtet sie angestrengt und wartet, bis sie ihre Augen öffnen. Dann sagt sie mit spöttischem Unterton, von ihnen und ihren Vätern hätte sie bereits gehört. Wir bieten ihnen Platz am langen Esstisch. Die Herzogin verlangt nach einem Becher Milch. Süßkind bringt das Getränk und Maria geht mit den weinenden Kindern ins Schlafzimmer.

Süßkind und ich sitzen Mathilde gegenüber, an ihrer Seite Bertram. Ich frage, was sie zu uns führte. „Benötigt der Herzog Geld?" Sie antwortet: „Sicherlich, aber derzeit könnte er von Euch keinen Kreuzer leihen. Seid Ihr denn von allen guten Geistern verlassen? Ihr erzählt der Puffmutter und ihrer Hure im Beisein des stets betrunkenen Kreuzeders von den Zwillingen und deren zwei Vätern. Selbst dem Vorwurf der Hexerei habt Ihr nicht widersprochen. Der Mob will Euch auf dem Scheiterhaufen sehen. Ihr wisst, dass der Ritter Rintfleisch in Franken gegen die Juden wütet. Sein Neffe hat sich nach München geschlichen, hetzt und die Saat wird aufgehen. Um einen Aufruhr zu verhindern, will der Rat bis auf Weiteres Fremden und Juden den Zutritt zur Stadt verwehren und die Geldleihe schließen. Unter diesen Umständen entziehen wir den Schutzbrief und Ihr seid vogelfrei. Spätestens morgen wird der Mob mit Rintfleisch an der Spitze in unseren Straßen sein Unwesen treiben, vielleicht nach Eurem Leben trachten und die hohen Räte werden ihre Hände in den Schoß legen. Ihr müsst im Morgengrauen die Stadt mit Kind und Kegel verlassen. Sonst seid Ihr verloren."

Mein Herz pocht wie wild. Süßkinds Gesicht ist bleich und unbewegt wie eine Maske. Mit zitternder Stimme frage ich, wie das gehen soll. Die Herzogin erteilt Bertram mit einer Handbewegung das Wort. „Im Hof Eures Hauses habe ich vorhin einen zweiachsigen, geschlossenen, großen Wagen mit zwei Stuten abgestellt. Der Herzog berechnet dafür 150 Silbertaler." Die Herzogin fällt ihm ins Wort: „Zugegeben, das ist nicht wenig. Ihr habt von Isaac Ben David ein Vermögen geerbt. Außerdem werden bis morgen früh vor der Geldleihe unsere Wachen postiert. Bertram wird Euch auf dem Weg in den Süden begleiten. Er will nach Jerusalem reiten und hat für uns eine Mission zu erfüllen." Demonstrativ zerreißt sie den Schutzbrief. „Bringt noch heute das Geld in die Residenz. Dann könnt Ihr morgen unbehelligt die Stadt verlassen." Sie steht auf, Süßkind hilft ihr in den Umhang, sie berührt mit einer Hand zärtlich seine Wangen, wendet sich schnell von ihm ab, verlässt mit Bertram an ihrer Seite und einem kurzen Kopfschütteln die Wohnung.

Nach wenigen Minuten kommt Bertram zurück und gemeinsam gehen wir in den Hof. Zwei Pferde stehen im Stall, davor der geschlossene Holzwagen mit einem hohen Kutschbock, groß genug für unsere Familie. Er erinnert mich an den herrschaftlichen Wagen, der uns auf dem Weg nach Bozen überholte. Am Fenster saß das junge, schöne Mädchen mit den blonden Haaren.

Süßkind bleibt bei Maria und den Kindern. Bertram begleitet mich zur Geldleihe. Ich nehme einen der Leinensäcke und fülle ihn mit 150 Silbertalern. Das ist ein Großteil unseres Vermögens. Die Rechnung des Herzogs ist aufgegangen. Wir eilen zur Residenz, steigen an den Wachleuten vorbei die Treppen empor zu den herzoglichen Gemächern. Bertram klopft an und übergibt einem Diener das Geld. Ich bin erleichtert über den Gang der Dinge. In dieser Stadt würden wir mit unseren Kindern keine Woche überleben. Bertram bleibt in der Residenz. Auf dem Rückweg gehe ich in den Laden und nehme den verbliebenen Geldsack und die Pfandstücke aus der Truhe. Isaac Ben Nathans Geheimschriften zur Kabbala lasse ich zurück. Das Säurefass bleibt ohne Deckel. Der Wachmann hatte schon seinen Posten verlassen. Ein Teil unseres Vermögens liegt nun in den Händen des Herzogs. Dennoch bleibt hoffentlich genug, um vor Hass und Verfolgung zu fliehen. Zu Hause sitzen Maria und Anna mit geröteten Augen am Tisch. Süßkind redet auf sie ein: „Sie wollen uns nicht und wir wollen sie nicht. Lasst uns mit einer wunderbaren großen Kutsche in den warmen Süden reisen." Es bleibt unsere Liebe. Ich erzähle Maria die Geschichte von Bertram von Mechtingen, der bei uns einen wertvollen Ring mit Rubinstein versetzte. Er hätte Familie in Jerusalem, sei deshalb aus seinem Orden verbannt worden und möchte zurück. Süßkind überlegt und erzählt von einem Gebet am Ende des Versöhnungstages. Er blickt auf Anna. „Darin heißt es, nächstes Jahr in Jerusalem. Wir sollten Bertram dorthin begleiten und unser Glück in dieser Stadt suchen, in der Juden mit Christen und Muselmännern meist in Frieden leben."

Süßkind deutet auf einen Lichtstreif am Horizont. Unsere Herzen werden leichter. Wir nicken und laden schnell das Nötigste unseres Hausrates in die geräumige Kutsche. Es ist ein Wettlauf mit der Zeit. Bertram kommt nach einigen Stunden und ist überrascht, von uns zu erfahren, dass auch unser Reiseziel die Heilige Stadt sein soll. Er hilft uns, die beiden Pferde einzuspannen. Neben Maria liegen die Kinder in der Kutsche und schlafen. Die Wohnung haben wir versperrt. Sicher vergebens, schon morgen werden sie unser Zuhause plündern und verwüsten.

Zu dritt lenken wir in der Dunkelheit den Wagen zu den Stallungen der Residenz. Bertram springt geschickt vom Kutschbock und verschwindet im Stall. Bald kommt er mit einer dunkelbraunen Stute und bindet sie an den Wagen. Schnell ist sein Hausrat verladen. In Ritterkleidung sitzt er auf sein Pferd auf, in der linken Hand hält er einen langen Speer und begleitet uns auf der Fahrt zum Sendlinger Tor. Davor steht ein Wächter der Residenz. Als er uns kommen sieht, öffnet er grimmig die hohen Türflügel.

Ich blicke erwartungsvoll in den Himmel. In weiter Ferne die Gestalten. Der Tag bricht an. Ich sehe den Schein der Morgenröte über der Stadt. Es könnte ein böses Omen sein. Wir fahren durch den Torbogen, sind wieder auf der Flucht und sehnen uns nach einem friedlichen Leben im fernen Jerusalem.

Zitate

(1) Friedrich Torberg, Süßkind von Trimberg, S. 113, Fischer Verlag

(2) Bibliothek der Minnesänger, Minnesang.com, Sueskind von Trimberg, Nachdichtung von Dr. Lothar Jahn

(3) Friedrich Torberg, Süßkind von Trimberg, S. 276, Fischer Verlag

(4) Friedrich Torberg, Süßkind von Trimberg, S. 144, Fischer Verlag

Marian Offman

Geboren 1948, lebt in München, ist jüdischer Kommunalpolitiker und Beauftragter der Landeshauptstadt München für den interreligiösen Dialog. 2022 erschien sein autofiktionaler Roman „Mandelbaum". Er engagiert sich für ein Miteinander der Religionen und gegen jegliche Form von Rassismus.